천군의 전쟁

천군의 전쟁

2016년 3월 7일 초판 1쇄 | 2016년 3월 11일 초판 3쇄 발행
지은이 · 김승호

펴낸이 · 이성만
책임편집 · 최세현 | 디자인 · 김애숙

마케팅 · 권금숙, 김석원, 김명래, 최의범, 조히라, 강신우
경영지원 · 김상현, 이윤하, 김현우

펴낸곳 · (주)쌤앤파커스 달물 | 출판신고 · 2006년 9월 25일 제406-2012-000063호
주소 · 경기도 파주시 회동길 174 파주출판도시
전화 · 031-960-4800 | 팩스 · 031-960-4806 | 이메일 · info@smpk.kr

ⓒ 김승호(저작권자와 맺은 특약에 따라 검인을 생략합니다)
ISBN 978-89-6570-313-6 (03810)

天軍戰爭

한반도 핵전쟁과 통일을 밝힌
주역학자 김승호 예언소설

천군의 전쟁

김승호 지음

달물

차례

여는 말

　이 책을 시작하기에 앞서 나는 독자들에게 깊은 양해를 구하고자 몇 가지 얘기를 전하고 싶다. 이 책을 왜 쓰게 되었는지와 이야기의 구성에 관한 것이다.

　얼마 전 북한은 4차 핵실험을 기습적으로 단행하며, 수소탄 실험에 성공했다고 발표했다. 이는 핵위협을 계속 유지하겠다는 뜻이다. 그들은 핵전쟁을 일으킬망정 남한과 협상을 하거나 평화공세에 응하지 않을 것을 분명히 했다. 이러한 그들의 전략은 김정일 시대로부터 이어져 내려온 것으로, 앞으로도 계속될 것이 틀림없다.
　이로써 한반도의 평화로운 통일은 허망한 꿈에 불과해졌다. 최근 우리나라 정부와 국민은 북한과의 협상에 희망을 걸고 있었다. 하지만 다시 한 번 농락을 당하고 만 것이다. 북한은 항상 이런 식이다. 나는 그들의 이러한 속성을 오래 전부터 이미 알고 있었다. 그래서 대한민국 국민에게 이를 알리기 위해 소설을 쓰게 되었다. 계속 속고만 있다가 멸망에 이를 수는 없는 것이 아닌가!

　수년 전 내가 이 소설을 구상하고 쓰기 시작할 때만 해도 북한과의 평화협상은 잘 진행되고 있었다. 하지만 나는 그 결말을 이미 알고 있었다. 그들은 절대로 남한과 협상하지 않는다는 것을…. 나는 오랜 기간 이 소설을 쓰면서 북한이 계속 평화를 가장하고 있고, 또한 우리 정부와 국민이 속고 있다는 것을 확신했다. 때문에 소설 쓰기를 멈출 수가 없었다.

이유가 한 가지 더 있다. 나는 주역 전문가로서 오래전부터 한반도의 앞날을 예언하고자 했었다. 그리고 그것을 이제 소설 형식을 빌려 세상에 밝히게 되었다. 이 소설은 단순한 가상 시나리오가 아니다. 내용 그대로 예언서다. 이는 더 말할 필요가 없다. 한반도는 지금 이 소설에서 밝힌 방향으로 가고 있다는 것을 나는 천 번 만 번 확신하고 있다.

이에 대해 이미 드러난 현실적인 내용을 밝혀보겠다. 지금 북한을 보자. 그들은 중국과 미국이 반대하고 전 세계가 반대하는 핵실험을 계속 강행하고 있다. 우리나라와 세계는 그들에게 계속 속아왔지만, 그러면서도 그들이 결국 평화로 돌아오거나 굴복할 것을 굳게 믿는다. 참으로 어리석은 일이다. 하지만 그것을 재론할 필요는 없고 냉정히 실상을 점검해보자.

현재 무엇이 문제인가? 핵실험 그 자체가 문제일까? 결코 그렇지 않다. 그보다 더 위험한 실상이 존재하는 것이다. 생각해보자. 북한은 도대체 무슨 용기로 그 위험한 짓을 계속할까? 세계가 온갖 제재를 가하며 반대해도 북한은 끄덕도 하지 않는다.

그들에게는 분명 그런 짓을 해도 아무 문제가 없을 것임을 아는 지혜가 있는 것 같다. 그들의 이러한 생각과 행동은 김정일 시대부터 계속되어왔고, 지금은 김정은이 이어 받았지만 그들의 지략은 항상 예측불허의 방향으로 세계를 앞지르고 있다. 우리나라는 물론 미국이나 중국, 일본도 그들을 예측할 수 없는 상황이다.

이것이 웬일인가? 김정은이 그토록 지혜로운가? 아무리 김정은이 용감하다 해도 무엇인가 믿는 구석이 없다면 그런 짓은 상상도 할 수 없는 것이다. 분명히 있다. 그들에게는 세계를 따돌릴 만한 지혜가 있는 것이다. 나는 오래 전부터 이 점을 주목해왔다. 북한 내부에는 세계를 뺨치는 지략가가 있다는 것을….

　이는 김정일도 아니고 김정은도 아니다. 그렇다면 누가 그만한 지략을 구사할까? 북한의 용기에 감탄만 하고 있을 것이 아니다. 그 용기 뒤에는 미래의 상황을 확신하는 지략가가 숨어 있을 것이다. 이 소설은 그 내용을 밝히고 있다. 물론 다소 과장된 면이 있지만, 그러한 지략가의 존재에 대해서는 충분한 당위성을 입증해 보였다.

　이 소설에는 다른 인물들도 많이 등장하는데, 이 또한 현실성이 없지 않다. 세상을 제대로 바라보는 현자는 남한에도 반드시 있다고 봐야 한다. 이 소설에서는 그들이 도인이나 신선이라는 이름으로 등장하는데, 이는 허구라고 웃어넘길 일이 아니다. 단지 현자들에 대한 비유적인 표현일 뿐이다. 그러나 혹시 아는가! 그런 사람들이 현재 활동하고 있는지…. 《육도삼략》에서도 이렇게 말한 바도 있다. 세상이 험해지면 동굴 속에 있던 기인들이 출현한다고….

　이 책은 신문처럼 팩트fact를 보도하는 것이 아니라 소설인 까닭에 사실 자체보다는 그 내용 속에 담긴 뜻을 중시해주길 바란다. 특히 이 점에 대해서는 독자 여러분의 깊은 양해를 구하고 싶다. 그 외에 이 소설에 등장하는 군사작전이나 정보전, 핵전쟁 등은 사실 그 자체의 모습이다. 특히 북한군의 상륙작전은 지금 당장이라도 일어날 수 있는 일이다. 우리 정부는 소설 속에서 경고하고 있는 내용에 대해 진지하게 검토해보아야 할 것이다.

　이에 대해 나는 특별히 할 말이 있다. 2008년에 숭례문이 불타 없어졌는데, 이는 분명한 징조로서 그 실현을 소설에 그려냈다. 다시 말하지만 나는 주역 전문가로서 온갖 징조에 대해 잘 알고 분명히 해석할 수 있다. 이 소설에 등장하는 징조 부분은 차라리 주역 논문의 내용이라고 봐야 할 것이다. 숭례문이 불탄 것은 남쪽에서 변란이 일어날 징조가 분명하다. 소설에서는 정밀한 주역 이론을 사용하여 구체적인 미래를 예시해놓았다.

이제 가장 중요한 내용을 얘기해두어야겠다. 이 소설은 우리나라가 망해가는 과정과 그 이유를 그려내고 있는데, 이는 엄연한 현실이다. 우리나라는 일제에게 36년간 나라를 빼앗겼었다. 우리의 영토가 없어지는 일이 발생한 것이다. 영토의 상실, 이는 아주 참담한 일이다. 하지만 오늘날은 어떤가! 비록 눈에 보이는 영토는 유지하고 있으나 그보다 더 심각한 정신의 영토가 무너지고 있다.
오늘날 우리나라의 많은 사람들이 정부를 비웃고 윗사람을 부정하고 북한 편을 들고 있다. 이것은 주역의 괘상으로 보면 망할 징조에 해당한다. 이 소설은 이것을 상세히 그려내고 있다. 그리고 대책을 강구하고 있는데, 다소 무리가 있지만 나라가 망하는 데 강력한 방법을 사용한다고 해서 크게 잘못된 일은 아닐 것이다. 우리나라는 현재 멸망의 길을 걸어가는 중이다. 이는 주역으로 바라본 확실한 미래다. 나는 나라를 구하고자 부득이 이 소설을 썼다. 내용이 과장되었거나 다소 유치한 면도 있겠지만, 소설적 재미를 더하려는 의도일 뿐이다.

운명이란 원래 개조할 수 있는 것이다. 이 소설에서는 우리나라의 참담한 운명을 고치려고 많은 사람이 활동하고 있다. 나는 실제로 우리나라가 이 소설에 등장하는 사람들처럼 노력하기를 희망한다. 그렇게 하지 않으면 우리나라는 결국 멸망할 것으로 나는 보고 있다. 나로서는 충분한 근거가 있다. 하지만 소설에서 그것을 일일이 설명할 수는 없었다. 소설은 어디까지나 소설이기 때문에 이론서처럼 세세히 설명하지는 않았다.

그러나 위기에 처한 나라를 구하기 위해서 할 수 있는 모든 행동을 해야 할 것이다. 소설은 위기를 경고하고 또한 고치려고 무던히 애쓰고 있다. 그래서 많은 인물이 등장할 수밖에 없는데, 다소 유치하고 과장되었다 하더라도 그 안에 담긴 충정은 아름다운 것이라고 자부할 수 있다.

나는 작가로서 단순히 재미있는 소설 한 권을 세상에 내놓는 것이 목적은 아니었다. 그럴 것이라면 당초 이런 소설을 쓰지도 않았을 것이다. 나는 우리나라의 가까운 미래를 예언하기 위해 이 소설을 썼다. 소설에 등장하는 인물이나 얘기는 수단에 불과하다. 진정한 뜻은 오로지 좋지 않은 미래가 다가온다는 그 자체다.

세상 사람들은 자신들이 봐온 상식적인 일에만 익숙한 법이다. 그래서 소설 속에서 전개되는 내용을 보고 현실감을 느끼지 못할 수도 있다. 그러나 우리 민족을 위해 진지한 마음과 넓은 혜량으로 이 소설을 읽어주기를 바란다. 소설에 등장하는 사람들의 능력과 방법은 일반적이지 않지만, '세상에는 이런 일도 있구나.' 하고 바라보면 재미가 있을 것이다. 물론 재미보다는 소설 속에 함축된 뜻을 읽어주었으면 하는 것이 나의 바람이다.

나는 남북한이 평화적인 협상을 통해 통일을 이룩하길 간절히 기원한다. 이를 위해서는 그 무엇보다도 남한 자체의 단결이 절대적으로 필요할 것이다. 소설에서는 이를 강조했다. 결코 누구를 미워하자는 것이 아니다. 그렇게 해서라도 민족의 멸망을 막자는 것뿐이다.

지금 이 시간에도 북한에서는 핵무기 개발이 진행 중이고, 이로써 한반도의 장래는 계속해서 암담해지고 있다. 이러한 시기에 우리 남한 국민만이라도 이스라엘처럼 굳건히 단결할 수만 있다면 위기를 해소하는 데 큰 도움이 되지 않겠는가!

소설에서는 민족의 멸망을 막기 위해 극단적인 방법도 동원하는데, 이는 오로지 민족의 단결을 해치는 행동을 하지 말자는 뜻일 뿐이다. 정치적인 의도는 없다. 우리가 북한에 대해 평화를 요구하는 것만큼, 우리 남한 사회에도 평화가 필요하다. 현재 우리가 당면한 문제는 북한의 핵개발만이 아니다. 남한 내부의 분열도 그에 못지않게 위험하다.

사회 제반의 문제에 대해서는 모든 사람이 자기 의견을 주장할 것이 아니라 국민이 뽑은 정부를 믿고 절차에 따라 해결하는 것이 마땅할 것이다. 무작정 거리로 뛰쳐나오는 것은 북한이 바라는 바이고, 그 자체로서 아주 흉한 징조다. 이 소설은 그 징조에 따른 미래를 다루고 있다. 이는 미래를 내다보는 선견지명일 뿐, 공포 분위기를 조성하고자 한 것이 아니다. 민족이 멸망으로 가는 것이 분명한데 이에 대해 대책을 세우지 않고 거짓 희망으로 세상을 우롱해서야 되겠는가!

이 소설은 우리 민족의 암울한 미래를 예언하고 있지만 그로써 끝이 아니다. 오히려 그렇기 때문에 비상한 방법을 동원해서라도 암울한 운명을 극복하자는 것이다. 소설은 우리 민족의 멸망을 예고하고 있지만, 또한 그것을 바꿀 수 있다는 것에 초점을 맞추고 있다. 물론 우리가 태평히 아무 일도 하지 않고 있으면 소설에서처럼 멸망은 현실이 될 것이다.

나는 이 책을 쓰면서 독자들도 민족의 멸망을 막는 데 나서서 함께 해결해주길 염원했다. 그렇게 될지도 모르겠다. 여기서 더 이상 얘기하면 소설의 재미를 해칠 수도 있을 것이다. 거듭 당부하건대 넓은 이해로 재미있게 읽어주시기를 바란다. 또한 우리 민족의 앞날에 대해서도 함께 걱정하고 힘을 모아주길 바란다.

지은이 김승호

주요 등장인물

대선생 김정은의 책사. 김일성 집권 당시부터 각종 조언을 했으며, 김정일 때부터는 본격적으로 책사 임무를 맡았다.

피닉스 87세, 피닉스 작전을 수행하는 첩보원. 한국전쟁 중 포로로 잡혔다가 전향 후 다시 북송을 자청해 피닉스 작전을 수행한다.

존 글랜 89세, 전직 CIA요원으로 피닉스의 친구. 피닉스 작전의 입안 및 책임자.

강주혁 50대 후반, 북한 국가특수보안국 사령관. 김정은의 신변과 관련하여 대선생을 도와 큰 공을 세운다.

강민형 27세, 조선인민군 육군 대위. 국가특수보안국 소속으로 강주혁의 아들. 반역자 색출 및 검거로 악명이 높고 국가에 대한 충성도가 높다.

김지현 21세, 강민형의 애인.

벼락 40대 중반, CIA와 MSS로부터 유성작전 수행의 임무를 부여받고 북한에 침투하는 킬러.

동방칠선東方七仙 사진四眞과 삼태성三台星, 총 7인의 신선의 경지 에 이른 도인. 사진은 고곡, 유중, 일휴, 소천을, 삼태성은 항천, 적파, 지일을 이른다. 단군족 멸망이라는 천명天命의 발현을 미리 알고 동방칠선은 각기 입장을 달리하는데, 고곡, 유중, 일휴는 대한민국을 구하기 위한 행동에 돌입하고, 삼태성은 이를 저지하려 한다. 이 중 소천은 북한에 머물면서 천명을 가속화하는 데 앞장선다.

야원   유중의 수제자. 스승의 지시로 박진곤 회장을 도와 국민연합을 설립하고 고문을 맡는다.

인허   고곡의 수제자. 뛰어난 무술실력의 보유자로 미아리 큰집에서 준철에게 무술과 명상을 지도한다.

박진곤   중앙물산 회장. 6·25 당시 목숨을 구해준 선비가 60년 후 '점 안 치는 점집'으로 찾아오라는 말을 평생 가슴에 새기며 살아간다. 국민연합의 총재가 된다.

박영민   박진곤 회장의 아들이자 중앙물산 대표이사. 국민연합 총무를 맡으나 이보다 더 큰일을 준비한다.

정해천(일지매)   36세, 선천적인 천강지체天剛之體의 소유자. 불우한 환경에서 자라 부자를 극도로 싫어하고 공격한다.

이한영   일지매의 애인. 노동운동가 출신으로 일지매를 이용해 원수를 갚으려 한다.

김준철   미아리 큰집을 지키는 청년. 여러 차례 죽을 고비에 처했을 때 유중과 고곡이 구해준다. 병법에 상당한 식견이 있다.

이세나   19세, 미아리 화재현장에서 준철 덕분에 목숨을 구한다.

뜻밖의 문제

한 중년 남자가 길을 건너다 말고 잠시 멈추어 섰다. 뒤에서 부르는 듯한 소리가 들렸기 때문이었다. 아니, 정확히는 아래에서 부르는 소리였다. 아래? 도로인데 말소리가 아래에서 들리다니…! 남자는 찰나 동안 생각하면서 뒤를 돌아다봤다. 소리가 들려온 곳은 아래쪽이 틀림없었다.

한 아이가 땅바닥에 주저앉아서 부른 것이었다. 동냥을 하는 아이는 아니었고, 비닐을 펴놓고 손톱깎이, 지갑, 옷핀, 볼펜 같은 잡다한 물건을 팔고 있는 아이였다. 아이는 손을 허우적거리고 입을 비틀며 겨우 소리를 내는데, 남자는 이 아이가 장애인인 것을 즉시 간파했다.

"아저씨!"

아이는 이렇게 부른 것이었지만 발음이 정확한 것은 아니었다. 중년남자는 아이에게 한걸음 다가와서 말을 건네려는 표정을 지었다. 그러나 아이가 먼저 말을 건넸다.

"아저씨 도사예요?"

남자는 잠시 머뭇거리며 생각했다. 도사? 나의 행색을 보고 물은 것인가 본데 답이 궁색했다. 남자의 복장은 도포가 분명하지만 스스로를 도사라고 말하기는 다소 민망했던 것이다. 자신의 공부가 충분치 못하다고 늘 생각하며 지냈기 때문이었다.

'도사라면 깨달음이 있어야 하고 학문이 높아야 할 터인즉, 내가 과연 그런 사람인가!'

남자는 스스로를 자책하고 있었다. 그러자 아이의 말이 들려왔다.

"아저씨, 도사가 맞네! 그렇지요?"

"음? 글쎄…."

남자는 멋쩍어하면서 우물거렸다. 아이가 또 말했다.

"아저씨, 도사가 아니라면 아니라고 말했을 텐데 그렇지 않은 것을 보면 도사라는 뜻이잖아요? 도사 맞아…!"

아이의 말에는 제법 논리가 있었다. 남자는 아이가 귀엽기도 하고 한편으로는 어처구니가 없어서 웃고 말았다.

"네 말이 맞구나. 도사가 아니라면 진작 아니라고 말을 했을 걸, 하하…. 그런데 나를 왜 불렀니?"

남자는 장애인 아이를 자못 심각하게 대하고 있었다. 이처럼 사람을 존중하는 이 태도를 보면 도사라고 할 만하지 않을까! 아이가 이런 생각까지 하는지는 모르겠지만 다음 말은 더욱 놀라웠다.

"도사 아저씨, 우리나라가 어떻게 되겠어요?"

남자는 이 말에 깜짝 놀랐다. 한 번도 생각해보지 않은 문제였기 때문이었다. 게다가 장애인 어린이가 거리에서 느닷없이 물으니 신기한 일이 아닐 수 없었다. 남자는 속으로 신중히 생각하며 대답했다.

"모르겠는데…. 미안하군…!"

아이는 남자의 대답에 다소 실망했다는 듯이 손을 휘저으며 말했다.

"모르면 됐어요. 가보세요!"

"…."

남자는 말문이 막혔다. 아이는 아무 일 없었다는 듯이 자신의 일로 돌아갔다. 마침 횡단보도의 신호가 파란불로 바뀌자 남자는 자리를 피하듯 급히 걸음을 재촉했다. 속으로 많은 생각들이 피어오르고 있었다.

'나는 무슨 생각을 하며 지냈던가! 어린아이조차 나라의 앞날을 걱정하는데 나는 너무 태평하게 지낸 것이지…. 그래, 그런데 우리나라가 앞으로 어떻게 될까? 아니, 이런 게 문제가 되기는 하는 걸까? 문제는 되겠지! 하지만 내가 뭔데 이런 생각을 해야 되지? 나는 그저 산에서 공부만 하는 사람인데…. 세상은 저 될 대로 되겠지…. 이런 문제라면 정치적 문제가 아닐까…? 나는 세상을 떠난 사람이 아닌가…. 아니, 그래도 나라 걱정은 해야 될 거야! 아, 모르겠다. 나라가 어떻게 되느냐? 나는 어떻게 되고…? 나중에 생각을 좀 해봐야겠지…. 지금은 너무 복잡해…. 어지럽군!'

여기까지 생각한 남자는 씁쓸한 기분을 느끼고 있었다. 15년 만에 처음으로 산에서 내려왔는데 엉뚱한 문제에 부딪친 것이었다.

'세상은 과연 어지럽구나…!'

남자는 속으로 이런 생각을 하며 걷고 있었다. 하지만 어린아이를 떨쳐내지는 못했다.

'나중에… 생각해볼 문제일 거야….'

남자는 스스로에게 다짐하면서 평상심으로 돌아왔다. 서울의 거리는 여전히 북적이고 있었다.

대가점집

　미아리 길음시장 건너편 골목길. 이곳에는 점치는 집이 많이 모여 있는데, 1년 내내 사람이 끊이지 않는다. 점집 간판들은 저마다 특색을 내세우는 유별난 명칭이 붙어 있었다. 처녀보살, 계룡산도인, 백두도사, 천신처녀, 맹인신점, 장군신점, 선녀명리원, 칠성점, 태을관, 대가점집, 천지인도사, 신내린집 등등….

　이 중에서 특히 눈길을 끄는 곳은 대가점집이었다. 이름 그대로 집이 아주 크기 때문이다. 집이 커서 '대가大家'라고 했는지 점술의 대가여서 그런 이름을 붙였는지는 분명치 않다. 다만 이 동네 사람들에 의하면 대가점집은 특이한 면이 있었는데, 그것은 바로 점을 치지 않는다는 것이다. 1년 내내 문이 닫혀 있고 문 앞에는 '금일 마감'이라는 큼직한 안내문이 붙어 있다.

　금일 마감? 누가 보면 오늘 하루 동안 정해진 숫자의 손님을 다 받았다고 생각할 수도 있는데, 실은 한 사람도 받은 적이 없다. 이런 정도라면 간판을 아예 떼어도 좋으련만 굳이 점집이라는 것을 확실히 내세우고 있다.

　대가점집은 이 동네에서 가장 유명한데, 그 이유가 3가지다. 첫째는 집이 크다는 것, 둘째는 점을 치지 않는다는 것, 셋째는 집주인(도사?)이 나이가 아주 많다는 것이다. 100살 남짓이란다. 그리고 대가점집에는 두 사람이 사는 것으로 알려져 있다. 늙은 도사와 청년인데, 이들 중에서 청년만 가끔 바깥출입을 한다. 도사는 3년 전에 이사 올 때 딱 한 번 외부인에게 얼굴을 보였고, 그 후로는 한여름에 대문 밖에 한참 서서 하늘을 멀끔히 바라보다가 집 안으로 들어간 것이 전부였다.

사람의 출입이 없는 대가점집은 다소 으스스한 느낌이 들 수도 있겠지만, 실제로는 밤에 집 안팎으로 불을 환히 밝혀놓아 오히려 안도감이 든다. 이 집의 불이 밝혀지면 이 동네의 밤이 시작되는 것이고, 새벽에 불이 꺼지면 멀리 태양이 떠오르는 것이다. 대가점집은 높은 곳에 위치하고 밤에는 항상 불빛이 비추기 때문에 마치 등대 같은 느낌이 든다.

그 외에는 알려진 것이 거의 없지만 대가점집은 이 동네 사람들이 가장 많이 말하는 곳이다. 화제라고 해봤자 청년이 밖으로 출입했다는 것이고, 누군가가 청년에게 말을 걸면 그 내용이 순식간에 동네 전체에 퍼졌다. 청년은 사람을 피하는 것 같지도 않고 묻는 말에 친절하게 대답해준다. 그래서 대가점집은 신기하기는 하지만 무서운 집은 아닌 것이다.

그런데 오늘은 청년이 아침부터 4차례나 외출을 했고, 저녁 무렵에는 방문객도 있었다. 방문객은 도포 차림으로 키가 훤칠했고 50대 정도로 보였는데, 매서움과 고귀함이 서려 있었다. 이 사람은 대가점집 앞에 서서 문을 밀어보고는 열리지 않자 몇 번 두드렸다. 그리고 잠시 후 문이 열렸다. 나타난 사람은 청년, 해맑은 미남형의 얼굴이었지만 왠지 얼굴에 근심이 서려 있는 것처럼 보였다.

"무슨 일이신지요?"

청년이 정중히 말을 건넸다. 중년 남자는 집 안쪽을 흘긋 보고는 대답했다.

"나는 먼 곳에서 왔는데, 이곳에 고곡古谷선생이란 분이 계십니까?"

"그런 분은 안 계십니다. 이곳의 어른은 무명無名입니다. 손님의 성명이나 말씀해보시지요."

청년은 이렇게 말해놓고 문을 닫으려는 자세를 보였다. 남자는 급히 말했다.

"나는 인허忍虛라고 합니다. 고곡선생님의 제자입니다만….."

"인허라고요? 들어오십시오. 어른께서 기다리고 계십니다."

청년은 남자를 안으로 들이고 대문의 빗장을 닫아걸었다.

"….."

남자는 청년의 안내를 받으며 속으로 잠시 놀라고 있었다.

'고곡선생님이 기다린다고? 나는 이곳에 갑자기 왔는데 어떻게 알고 기다린단 말인가! 하긴, 신통하신 스승님이시니까 그런 일도 있을 수 있겠지….'

이때 안방의 문이 열리고 고요한 천둥소리 같은 음성이 들려왔다. 강렬하고 인자한 음성이었다.

"인허, 어서 오게. 잘도 찾아왔구먼….."

고곡선생의 모습은 백발이 성성하고 얼굴에는 온통 수염이 덮여 있었다. 눈은 깊은 고요와 함께 먼 곳을 보는 듯한 느낌을 주고 있었다. 남자는 스승의 모습을 보자 반가운 미소를 머금고 즉시 땅바닥에 엎드렸다.

"스승님, 인사 올리겠습니다. 그간 평안하시었는지요?"

"허허, 나는 별 탈 없네. 어서 올라오게."

남자는 안방으로 올라섰고 청년은 물러갔다. 사제지간인 두 사람은 방으로 들어가 정좌를 취하고 잠시 침묵했다. 침묵은 잠깐이었지만 오랜 세월이 흘러가는 듯했고 적막함은 밖으로도 넘치고 있었다. 인허가 먼저 조용히 말을 꺼냈다.

"스승님, 어찌 이런 곳에 계십니까? 이 동네는 점술가들이 가득 찼는데….."

"허허, 그래서 이곳에 왔다네. 할 일이 좀 있네. 그보다는 자네를 부른 이유부터 얘기하지….."

고곡스승이 여기까지 얘기하자 인허는 당혹감을 느끼고 있었다. 자신이 이곳에 온 것은 스스로 즉흥적으로 찾아온 것이 아닌가! 그런데 스승은 당신이 부른 것이라고 얘기하고 있는 것이다. 고곡스승의 말이 이어졌다.

"여기 서찰이 두 통 있네. 이것을 자네가 전달해야겠어. 반드시 본인을 만나서 직접 전달해야 하네. 알겠나?"

"네, 스승님."

인허는 고개 숙여 복명復命하고 서찰을 받아보았다. 봉투에는 각각 이름이 적혀 있었는데, 하나는 일휴一休였고 또 하나는 유중幽中으로서, 두 분 다 스승님의 도반이었다. 인허가 두 분을 뵌 지는 10여 년 전이었지만 얼굴은 생생히 떠올랐다. 이 중에서 특히 일휴선생은 인허에게 각별한 사랑과 함께 많은 가르침을 내려준 바 있었다. 유중선생은 냉정한 분으로서 잠깐 마주치고는 소식을 듣지 못했다.

인허는 심부름차 두 분 선생을 다시 보게 된다는 것이 기쁘고 설렜다. 도인의 세계에서는 경지가 높은 웃어른을 만나본다는 그 자체가 복이고 또한 발전의 자극제가 되는 것이어서 항상 염원하는 일이다. 서찰을 가슴에 간직한 인허가 말했다.

"스승님, 분부는 이것뿐입니까?"

"…."

고곡스승은 말없이 고개를 끄덕여주었다. 그러자 인허는 곧바로 이어 말했다.

"스승님, 그러하시면 제가 몇 말씀 여쭙겠습니다."

"…."

고곡스승은 고개를 끄덕이고 인허는 계속했다.

"스승님, 이곳에 계신 연유를 말씀해주십시오. 산중 도량에는 저와 도제들이 있습니다. 저희는 어찌하라고 버려두십니까? 속세에 무슨 볼 일이 있다고…."

여기까지 얘기한 인허는 눈물을 흘리면서 머리를 조아렸다. 애처로운 일이었다. 고곡선생은 제자를 떠나 하산했고, 멀리 산중에 남아 있던 제자는 이를 탄원하는 것이다. 고곡선생은 잠시 눈을 감았다 뜨고는 인자한 목소리로 서두를 꺼냈다.

"얘야, 인허…. 내가 산중 도량을 떠난 것은 속세에 중요한 일이 있기 때문이란다…. 게다가 자네는 공부가 높은 경지에 이르렀기 때문에 혼자서도 충분히 걸어갈 수 있다네…! 자, 이제 떠날 시간이네, 일어나게…."

고곡선생은 이렇게 말하고는 눈을 감았다. 하지만 인허는 물러서지 않고 따지듯 물었다.

"스승님, 속세에서 중요한 일이란 무엇입니까? 무슨 일이기에 직접 나서야 하는 것인지요?"

"허허, 얘야…. 이것은 천기天機라서 아직은 누설할 수 없어. 자네도 장차 맡게 될 일이지. 아쉽겠지만 지금은 길을 떠나게…."

"…."

인허는 스승의 인자한 음성에 마음을 애써 추슬렀다.

"스승님, 그러하시면 물러가서 분부를 받들겠습니다. 떠나기 전에 저 청년에 대해 물으면 안 되겠습니까?"

인허는 이것저것 알고 싶은 것도 많았다. 하지만 스승을 가까이 모시고 있는 청년이 아까부터 굉장히 궁금했던 것이다. 고곡선생은 곧바로 대답해주었다.

"저 아이의 속명俗名은 김준철이라고 하네. 아직 도명道名은 갖지 못했지만 장차 수도인이 될 운명이야. 유중선생의 제자가 되겠지. 아, 그리고 자네는 저 아이의 관상을 보았나?"

"네? 아, 네. 아까 들어오면서 잠깐 봤습니다."

인허는 황급히 대답했다. 고곡선생이 다시 물었다.

"어떻던가?"

"자세히는 모르겠습니다. 죽음의 기운이 서려 있다고 느꼈습니다."

"허, 그런가! 제대로 보았군. 저 아이는 죽을 고비를 여러 차례 넘겼네. 유중선생이 구해주었지. 앞으로도 몇 차례 더 있을 걸세. 유중선생이 돌연 찾아와 내게 맡기고 떠났다네. 마침 시동侍童이 필요해서 내가 보호하는 중이지…. 자네 이제 할 말은 다 했나?"

고곡선생은 인허의 기색을 살피며 달래듯 말했다. 인허는 더 이상 스승에게 매달릴 수 없다는 것을 느꼈다. 그러고는 작별의 큰절을 올렸다.

"…."

인허는 방을 나섰고 고곡선생은 그 자리에서 벽을 향해 돌아앉았다. 인허가 방을 내려오자 청년이 마중했다.

"…."

집 안은 등불이 훤하게 밝혀져 있었고 어디선가 향냄새도 풍겨왔다. 인허는 속으로 집이 상당히 크다고 생각하며 대문 밖으로 나섰다. 이때 청년이 말을 걸어왔다.

"선생님, 뭐 좀 물어봐도 될까요?"

"음? 그래. 무슨 일이지?"

"네, 별것은 아니고요, 며칠 전 무명선생(고곡선생)께서 마음속으로 제자를 불렀다고 했는데, 그래서 오셨나요?"

"그런 일이 있었나? 아니 뭐, 글쎄…. 그럴 수도 있겠군…."

인허는 청년에게 미소를 지으며 얼버무렸다. 하지만 분명한 것이 있었다. 며칠 전 산중에 있을 때 갑자기 스승의 모습이 떠올랐던 것이다. 인허는 항상 스승을 그리워하며 수도생활을 해왔던바, 명상 중에 갑자기 스승의 얼굴이 떠오르자 그리움이 북받쳐 산을 나섰던 것이다.

'나를 부르셨구나…!'

인허는 아련한 미소를 지으며 점집 골목을 빠져나왔다.

날벼락

서울 강남의 한 골목. 밤이 되자 술집들이 하나둘씩 간판등을 밝히기 시작했다. 어떤 간판들은 요란하지 않고 단순히 술집이란 것을 밝히고 있을 뿐이었다. 고급 룸살롱은 원래 이런 식이다. 보이지도 않고 안 보이지도 않고….

드나드는 사람은 한동안 보이지 않다가 이윽고 누군가 나타났다. 혼자였고, 젊은 30대로 보였다. 이 친구는 간판을 한동안 뚫어지게 보더니 안으로 들어섰다. 그러자 말끔히 차려입은 웨이터가 즉시 나타나 친절하게 안내했다.

"이쪽으로 오십시오. 회원이신가요?"

"아니! 그냥 왔는데, 안 되나?"

손님으로 들어선 젊은 친구는 말투가 다소 거칠었다. 그러나 웨이터는 개의치 않고 더욱 친절하게 말을 건넸다.

"이곳에 처음 오셨군요! 저희는 멤버십으로 운영하고 있는데요…."

"뭐라고? 안 된다는 거야?"

"네, 죄송합니다. 회원이 아니면 들어오실 수가 없습니다…."

이 말에 30대 친구는 버럭 화를 냈다.

"이봐, 내 돈 내고 술 마시겠다는데 안 된다고? 여기 뭐하는 곳이야? 그리고 너 말이야…."

이때 다른 사람이 나타났다. 건장한 청년인데, 술집을 지키는 기도木戸였다. 기도는 친절은 전혀 없이 위압적으로 말했다.

"손님, 왜 이러십니까? 회원이 아니면 안 된다고 하지 않았습니까? 어서 가세요!"

하지만 손님은 물러가기는커녕 한발 다가서며 기도를 밀쳐냈다. 그러고는 목소리를 마음껏 높였다. 막가는 식이다.

"야, 이 자식아! 여기 회원은 도대체 어떤 놈이 되는 거야? 난 안 되나? 안에 좀 들어가 봐야겠는데, 어떤 놈들이 있는지….''

이 순간 기도는 젊은이의 멱살을 잡았다. 그러나 동시에 배에 주먹이 강타되는 것을 느꼈다. 다음 순간 기도는 조용히 무너졌다. 완전히 뻗어서 널브러진 것이다. 그러는 사이 웨이터는 안쪽으로 급히 도망쳤다.

젊은이는 이를 보지도 않고 안으로 들어가 닥치는 대로 문을 열어 재꼈다. 아무도 없었다. 아직 손님이 들어오지 않은 방이었다. 이어 또 다른 방을 열었다. 역시 없었다. 그러자 젊은이는 소리를 질렀다.

"야, 이 개자식들아! 어디 있는 거야?"

이렇게 말하면서 방 5개를 열었다. 그러자 드디어 손님이 있는 방을 찾았다.

"악!"

여자들이 소리쳤다. 손님은 4명이었는데, 놀랄 사이도 없이 젊은이의 발길질이 탁자 위로 날아들었다. "퍽!", "쨍그랑!", "악!" 소리가 들리더니 손님 4명은 순식간에 기절해버렸다. 젊은이는 이를 확인도 하지 않고 뛰쳐나가 다른 방을 뒤지기 시작했다. 도대체 무슨 일이 일어난 것인가? 젊은이는 다음 방에 가서도 무작정 주먹과 발길질을 날렸다. 누구 하나 대항할 사이도 없이 모두 다 꺼꾸러졌다.

젊은 친구는 누구를 찾는 것일까? 그런 것 같지는 않았다. 단지 더욱더 분노를 키우고 있을 뿐이었다. 혼란은 3번째 방으로 이어졌는데, 이때 구원병이 나타났다. 웨이터가 어딘가에서 데려온 조폭 5명이었다. 모두 건장하고 흉측한 기운이 감돌았다. 이들은 술집을 지켜주는 조직 패거리 같았다. 근방에 있다가 잽싸게 달려온 것이다.

젊은이는 이들을 보며 잠시 행동을 멈추었다. 그러나 얼굴에는 두려움은커녕 오히려 기쁨이 넘치는 듯 보였다. 좀 전에는 그토록 화가 나 있더니…. 젊은이가 패거리를 향해 일성을 토했다.

"야, 너희들 나 잡으러 왔니? 형사야?"

이 말에 패거리 중 하나가 음흉한 미소를 지으며 고개를 저었다. 젊은이가 또 말했다.

"깡패구먼. 너희들 내가 누군지 알아?"

"누군데?"

패거리 중 다른 하나가 노려보며 물었다. 이 물음에 젊은이는 싸늘하게 대답했다.

"나는 일지매다. 너희들은 꺼져. 나는 돈 많은 놈들 술 마시는 거 구경하러 왔을 뿐이니까…."

어처구니없는 일이었다. 일지매인지 뭔지 웬 미친놈이 이토록 난동을 부리다니…! 더 이상 말이 필요 없었다. 패거리들은 저마다 동작을 취하면서 무섭게 접근해왔다. 그중 하나는 공중을 날아오르면서 앞으로 발길질을 뻗어냈다.

"휙!" 소리와 함께 일지매는 가볍게 피하면서 앞쪽을 향해 나섰다. 누군가 막아섰다. 이때 일지매의 주먹이 안면을 강타했다.

"빽!"

이로써 한 명은 퇴장, 또 한 명이 달려들었는데, 일지매는 공중으로 뛰어오르면서 가슴팍을 밀어 찼다. 몇 대인가 갈비뼈가 부서지고 또 한 명이 사라졌다. 이제 남은 인원은 3명! 잠시 침묵과 동작정지 상태가 이어졌다. 이때 일지매가 말했다.

"이봐, 나는 너희들에게 유감없어…. 난 이만 갈 거야, 막아설 텐가?"

"…."

3명은 말이 없었다. 일지매의 동작과 괴력에 질린 것이다. 일지매는 뒤돌아 술집 문밖으로 사라졌다. 남아 있는 패거리들은 얼이 빠진 듯 한 동안 멍한 상태였다. 이 사건은 너무나 괴이했다. 그러나 경찰이 등장하지도 않았고 신문에 기사도 실리지 않았다. 손님들도 조용히 사라졌을 뿐이다. 그 후 술집은 문을 닫았고, 사건은 흔적도 없이 잊혀졌다.

분열, 또 분열

　봄이 되자 이른바 춘투春鬪가 시작되었다. 이는 노조와 회사가 벌이는 연례행사인데, 날씨가 따뜻해지자 노조가 행동을 개시한 것이다. 매년 처음엔 임금협상으로 시작되지만 결론은 파업으로 이어진다. 실제 내용이 어떻든 간에 밖에서 보기는 그렇다는 것이다. 협상과 파업, 그것이 공식적인 수순이다.

　노조 측에서는 임금을 올리려 하고 회사 측에서는 현 상태를 지키려 한다. 이것은 자연의 섭리다. 누군들 임금을 더 많이 받고 싶지 않겠는가! 또한 값싸게 일을 시키고 싶은 것도 당연한 본능이다. 서로가 이익을 많이 남기려는 것뿐이다. 여기에는 선도 악도 없다. 양보나 이해도 있을 수 없다. 오로지 이익만이 목표인 것이다. 그래서 서로 싸운다.

　이런 현상은 어느 나라나 마찬가지겠지만 우리나라는 특히 심한 편이다. 이는 적극적인 국민성 때문이라고 하면 이해가 된다. 하지만 우리 사회는 중대한 문제에 봉착했다. 노조와 회사는 이제 단순한 이익 챙기기 줄다리기 차원을 넘어서 서로 적이 된 것이다. 이들은 어떤 사안이 발생했을 때 그 사안에 한해서만 대결하고 사안이 해결되면 다시 동지로 돌아와야 하는데, 그게 아니다. 적은 계속 적이 되어버렸다. 그 결과 이제는 사상과 이념이 서로 완전히 엇갈리게 되었다. 적군과 아군이 있을 뿐이다. 이들은 각각 자기들의 아성을 지키고 있다.

　한 국토 내의 두 진영! 이는 점점 더 심화되어 가는 중이다. 우리나라는 참 이상하다. 이미 영토가 남북으로 갈라져 있는데, 남한 내에서는 또 다른 분열이 정착되고 있다. 아니, 이미 정착되었다. 우리 국민은 갈라진 한쪽 땅에서 살고 있건만 이런 곳에서조차 마음은 2개로 갈라졌다. '한 민족 한 국가'라는 특성은 사라진 것이다. 단결은 만물의 영장인 우리 인류의 필수적 조건인데, 왜 우리 민족에게는 이것이 없을까?

결국 우리 민족은 파멸하게 될 것인가? 암담할 뿐이다. 분열은 한쪽이 이겨서 통합된다고 멈추는 것이 아니다. 그곳에 또 다른 분열이 발생하는 것이 자연의 이치이기 때문이다. 이제 국가와 사회의 분열을 넘어서 파멸의 길을 가고 있는 우리 민족! 저 멀리 아메리카 대륙에 살았던 인디언처럼 역사 속에 자취를 감출 것인가!

한때 위대하고 찬란했던 역사를 이룩했던 우리 민족은 지금 분열을 계속하고 있는 중이다. 그런데도 우리 땅에는 아직 희망적인 예언이 난무하고 있다. 장차 중원을 제패하고 세계에 우뚝 설 것이라고…. 그러나 그러한 기미는 어디에서도 찾아볼 수 없다. 오히려 서로 이질적인 국민성만 확연해질 뿐이다. 하늘이여, 우리 민족을 보우하사 부디 하나가 되게 하소서….

숨겨진 작전

5월의 어느 청량한 아침, 미국 뉴저지 주에 사는 존 글랜은 한 통의 전화를 받았다.

"…."

"여보세요, 존 글랜 씨입니까?"

"그렇소만, 뉘시오?"

존 글랜은 90세를 바라보는 노인으로서 혼자 살고 있는데, 아침 일찍 전화가 걸려온 것은 참으로 오랜만이었다. 전화를 걸어온 사람은 아주 정중하게 말했다.

"저는 국가공무원인데, 방문해서 긴히 말씀드릴 것이 있습니다. 시간을 좀 내주시겠습니까?"

글랜은 1초 정도 생각하고 되물었다.

"CIA 직원인가요?"

"네? 아, 네. 그렇습니다만…."

글랜의 육감은 맞았다. 오랜 세월 CIA에 재직했던 글랜은 상대방의 말투에서 심상치 않은 기운을 느낀 것이었다. 글랜은 아침 일찍 걸려온 전화의 목소리가 심각한 것을 듣고 자신의 과거와 관련된 일임도 간파했다.

"방문해도 좋소. 벌써 와 있는 것 아니오?"

"아…, 그렇습니다. 밖에 와 있는데 들어가서 좀…."

"알았소. 들어오시오…."

존 글랜이 문을 여니 검은 승용차가 서 있고 젊은 사람 둘이 걸어왔다.

"안녕하십니까? 처음 뵙겠습니다."

청년은 정중했고 힘이 넘쳐흘렀다. 이들은 오래 전에 CIA에 근무했던 대선배를 찾아온 것이다. CIA 직원은 안으로 안내되었고, 즉시 대화가 시작되었다.

"선배님, 저희는 CIA에 재직한 지 10여 년밖에 되지 않았습니다만, 명성을 많이 들었습니다. 당신에게 경의를 표하면서 용건을 말씀드리겠습니다."

"음, 그러신가? 내용을 들려주게…!"

존 글랜은 지난 60년 세월을 음미하면서 잠깐 눈을 잠시 감았다. 그리고는 정신을 수습했다. CIA 청년은 천천히 서두를 꺼냈다.

"며칠 전 중국 선양瀋陽 주재 우리 영사관에 한 여인이 나타났습니다. 그녀는 탈북자 같은데 우리 영사관에 들어와 피신하려고 한 것이지요. 하지만 경비병이 막아 들어오지 못하고 잠시 실랑이가 벌어졌습니다."

"….."

존 글랜은 상황을 마음속으로 그리며 무엇인가 예측하려고 애쓰고 있었다. CIA요원의 목소리가 이어졌다.

"결국 여인은 떠나가면서 편지봉투를 하나 던져 놓았습니다. 봉투는 사전에 준비한 것이고, 눈에 띄는 빨간 색이었지요…. 경비병은 봉투가 특이하여 열어보았는데, 그 속에서 종이가 한 장 나왔고, 이런 내용이 있었습니다. '피닉스는 살아 있다고 존 글랜 씨에게 전해주십시오.'"

"음…, 그런 일이 있었나? 그래서 어떤 조치를 취했나?"

"네, 경비병은 영사관에 근무하는 정보책임자에게 알렸고, 그 책임자는 본부에 보고했습니다. 이 보고를 받고 우리는 존 글랜이 누구인가 폭넓게 알아보았습니다. 60여 년 전에 근무한 적이 있는 것이 눈에 띄었습니다. 그리고 폐기된 '피닉스 작전'이란 것이 있다는 것도 확인했습니다…. 그래서 여기까지 찾아왔습니다. 여인의 메모에 나오는 존 글랜 씨가 선배님 맞습니까?"

"그렇다네, 내가 피닉스 작전을 입안했었지. 너무 오래된 일이고, 성과도 없어서 폐기된 것인데 이렇게 나타나는구먼…. 편지의 내용이 사실이라면 이는 아주 중요한 일일세…. 특별조치가 필요할 것 같은데…."

"네, 선배님. 우리 CIA에서는 회의가 열렸고, 피닉스 작전이 아주 중요하다는 결론을 내렸습니다. 다만 그 내용을 자세히 모르기 때문에 선배님을 찾아왔습니다. 도와주시겠습니까?"

"물론일세. 내가 본부로 직접 가봐야 하는 것 아닌가?"

"그렇습니다. 가까운 비행장에 비상기가 대기 중입니다. 지금 떠나실 수 있는지요?"

"알겠네, 잠시 기다리게. 옷을 갈아입어야겠군…."

"…."

존 글랜은 옷을 갈아입으면서 전신이 떨리는 것을 느꼈다. 마음속에는 많은 상념이 일어나고 있었다. '이토록 오랜 세월이 지나서 피닉스가 다시 나타나다니. 6·25전쟁이 끝난 지는 63년이나 지나지 않았나…. 하긴, 내가 아직 살아 있으니 그도 살아 있을 수 있겠지. 그러나 아직도 작전이 진행 중일까? 그런데 그 여인은 도대체 누구일까?'

존 글랜은 옷을 다 입었고 일행은 밖으로 나섰다. 이때 CIA요원이 존 글랜의 마음을 아는 듯 불쑥 얘기했다.

"그 여인을 찾기 위해 대대적인 수색을 벌이고 있습니다. 현재 어떤 중국인이 그녀를 본 적이 있다고 합니다. 북한 쪽 움직임도 파악하고 있는 중인데, 아직 여인이 체포된 것 같지는 않습니다."

밖으로 나온 일행은 검은 승용차 안으로 들어섰고, 차는 즉시 출발했다.

위대한 민족

    서울 종로의 인사동 거리, 이곳은 우리나라 최대의 문화거리다. 오랜 전통을 갖고 있는 이 거리는 곳곳에 경건함이 배어 있다. 예술을 사랑하는 사람들의 혼이 깃들어 있기 때문일까! 이 지역은 그리 넓은 곳은 아닌데 연중 많은 사람이 찾아오고 구경거리가 참으로 많다.

    골목에 들어서면 우리 조상들의 정취를 흠뻑 느낄 수 있는 오래된 전통 가옥들이 줄지어 있다. 이 모든 곳은 평화스럽고 적막하지만 생명력이 넘친다. 이곳을 거닐면 영혼이 크게 안정되고 단정해지는 것을 느끼게 된다.

    이 거리의 어느 찻집. 안으로 들어서자 겉보기와 달리 아주 넓었다. 한쪽에 여러 명이 앉아 있는데 전혀 번잡하지 않다. 오히려 고요하고 정중하여 주변마저 안정시키는 것 같았다. 한 노인이 말하고 있다. 노인은 그윽한 한복을 차려 입었는데, 주변에 둘러 앉아 있는 사람들은 평범한 복장의 도시인들이다. 이들은 노인의 강의를 듣고 있는 중이었다. 강의에 참석하고 있는 사람은 교수, 예술인, 기업인, 정치인, 그리고 젊은 남녀 등으로 다양했다. 노인의 말소리가 근엄하게 들려왔다.

    "우리의 조상은 백두산 영역으로 이동하여 앞으로 영원할 터전에 새롭게 자리를 잡았습니다. 지금으로부터 4,300여 년 전입니다. 이때부터 우리 조상님의 나라는 '단군조선'이라 칭하여졌던바, 그 전에 있었던 '배달나라'와는 구별이 되는 것입니다."

    "…."

좌중은 4,300년 전 먼 옛날 조상들의 역사에 아련한 상상을 하면서 귀를 기울이고 있었다. 노인의 말이 이어졌다.

"여기서 단군 이전의 역사를 잠시 돌아보겠습니다. 멀고 먼 우리 조상들의 위대한 발자취입니다. 9,000여 년 전, 우리 민족은 험난하고 긴 여정을 거쳐 현 러시아 영토 내에 있는 바이칼 호에 도달했습니다. 바이칼 호 주변은 옛날에는 우리 조상의 영토였던 것입니다. 그런데 우리 민족은 이곳에 이르러 정착하지 못하고 또다시 이동을 시작했습니다. 머나먼 곳에서 이동해와서 잠시 머물렀던 바이칼 호 주변은 물은 풍부했으나 기후가 혹독하여 영구적으로 머물기는 적당치 않았기 때문일 것입니다. 당시 우리 조상이 처했던 상황은 애처롭기 그지없었습니다…."

여기서 노인의 눈에는 눈물이 맺히는 듯 보였고 잠시 숨을 가다듬고는 다시 이어갔다.

"바이칼 호에서 우리 민족은 약간의 분열이 있었습니다. 알 수 없는 먼 미래의 운명을 개척해야 하는 순간이었기 때문에 모든 견해를 수용해야 했던 것입니다. 민족의 본류는 동남쪽으로 향했지만 일부는 북동, 남서쪽으로 이동하기도 했습니다. 극히 일부는 오던 길을 되돌아 서쪽으로 향하기도 했습니다. 본류에서 갈라진 일부는 먼 곳으로 떠나 외딴 곳에 정착하고 훗날에는 우리 민족으로 일컬어지지 않게 되었습니다.

하지만 이런 현상은 인류의 보편적인 발자취일 뿐입니다. 우리 인류는 본시 아프리카에서 기원하였지만 세계 여러 곳으로 뿔뿔이 흩어져 다양한 민족으로 분리된 것입니다. 이 모든 것을 여기서 일일이 다 열거할 수는 없습니다. 우리는 가까운 혈통, 즉 우리 민족의 본류에만 유의해야 할 것입니다.

가히 민족이라 할 수 있는 우리 민족은 파미르 고원에서 발원된 것으로 생각됩니다. 이곳은 인도와 파키스탄의 북쪽에 있는 현 타지키스탄과 아프가니스탄, 중국의 신장위구르자치구 일부에 해당되는 지역입니다. 이곳에서 출발한 우리 민족은 북방 경로를 통과해서 마침내 바이칼 호에 도달한 것입니다.

여기에는 다른 이론도 있습니다. 또 다른 우리 민족의 이동경로이기 때문에 잠깐 얘기하겠습니다. 복잡하게 생각하지 마십시오. 우리 민족은 처음부터 두 가지 경로를 택해 이동을 시작했습니다. 그중 하나가 남방경로입니다. 이것은 파미르 고원에서 인도를 거쳐 태국, 말레이시아, 인도네시아를 통과하여 오늘날 중국 땅으로 들어섰습니다. 인도네시아에서는 호주로 나아가기도 했습니다만, 남방 이동 민족의 본류는 곧바로 동남아시아로 진입했습니다.

이들은 후에 멀리 북방경로를 택한 민족과 최종적으로 합류하게 됩니다. 하지만 남방경로를 택했던 민족은 북방계열인 단군조선의 위쪽 조상처럼 제국을 건설하지는 못했던 것입니다.

여기서 잠시 고찰할 것이 있습니다. 그것은 우리 민족의 모든 혈통을 다 조사할 수는 없다는 것입니다. 다만 민족이 이동하면서 국가를 건설하고 역사를 남긴 그 본류에 초점을 맞추어야 한다는 것입니다. 그것은 바로 바이칼 호에 도달했던 민족의 흐름입니다. 이곳 이전의 이동은 인류의 이동이라 해야 마땅할 것입니다. 민족이라고 이름 붙이려면 발자취가 분명하고, 역사를 남겨야 하고, 현재의 우리와 현저히 가까워야 한다는 조건이 붙습니다. 그래서 우리는 바이칼 호에 도달했던 민족에 주목하고자 합니다.

이 뜻을 분명히 하겠습니다. 현재를 기점으로 해서 볼 때 우리 민족이 바이칼 호에 도달했다는 것이 아니라, 바이칼 호에 도달한 그 민족이 우리 민족이라는 것입니다. 혼동하지 마십시오. 우리는 지금 이곳에 앉아 있는 우리 자신의 직계조상에 대해 얘기하는 중입니다. 인류의 역사를 얘기하는 중이 아니란 말입니다.

다시 한 번 말씀드립니다만, 우리는 우리 민족의 본류로서 제국을 건설했던 조선민족과 그 이전 민족인 배달민족을 얘기하고 있습니다. 조선민족과 배달민족은 즉 우리 민족입니다. 그리고 그 외에 파미르 고원에서 다른 이동경로를 택했던 민족은 그저 혈통이라고 부를 것입니다. 얘기가 좀 복잡해졌지요? 잠시 차를 마시며 쉬겠습니다."

"…."

노인은 말을 멈추고 차를 한 모금 들이켰다. 좌중들은 서로 말을 나누며 차를 마셨다. 잠시 후 노인의 강연은 다시 시작되었다.

"우리 민족은 9,000년 전 파미르 고원에 나라를 세우고 집단으로 이동을 개시한 후 바이칼 호에 대거 도달했고, 다시 이 영역에서 3,000년에 걸쳐 사방으로 확장을 시작했습니다. 일부는 이동했다고도 할 수 있지만 본류는 일대 지역을 장악하면서 분명한 확장이라고 할 수 있는 역사활동을 시작했던 것입니다.

이때의 나라 이름은 환桓이라고 칭하는바, 인류 역사에 정부가 만들어진 것은 이때가 처음입니다. 그 이전은 선사시대로서, 역사학이 아닌 고고학의 영역이지요. 우리는 지금 역사를 고찰하는 중입니다. 바이칼 호에서 시작된 우리 조상의 역사는 인류의 자랑이 아닐 수 없습니다.

잠시 여기서 민족의 본류가 아닌 일부 이동을 언급해두겠습니다. 이는 큰 흐름을 쫓아가기 위해 작은 흐름을 마무리하겠다는 뜻입니다. 우리 민족 중 극히 일부는 거꾸로 서쪽으로 이동하여 지금의 핀란드 북쪽에 이른 것으로 보입니다. 오늘날까지 아직도 그 존재가 남아 있다고 하나 정확한 것은 알 수 없습니다. 우리 민족의 또 하나의 지류는 5,500년 전쯤 메소포타미아로 이동하여 그곳에서 수메르 문명을 일으켰다 하나 이 또한 역사인지 전설인지 모릅니다. 저의 개인적 생각으로는 충분히 일리가 있다고 봅니다만, 본류가 아니므로 생략하겠습니다.

그리고 또 한 부류가 있습니다. 이들은 북동쪽으로 이동하여 베링해협을 건너 북아메리카에 도달했고, 북미 인디언의 조상이 되었다고 합니다. 이 역시 자세한 물증은 연구되지 않고 있습니다. 훗날 필요하다면 연구가 이루어지겠지요….″

노인은 좌중을 둘러보고 차를 한잔 마셨다. 본인이 쉬는 것은 전혀 아니었고, 좌중들이 집중하는지를 점검한 것이다. 노인의 말은 다시 시작되었다.

″이제 본류의 이동만 남았습니다. 이들이 바로 우리의 조상으로서 단군족 또는 조선족이라고 불리는 직계혈통입니다. 여기서부터는 선명하고 구체적인 단군족이라고 부르겠습니다. 단군족은 바이칼 호에서 남동쪽으로 확산되어 갔지요. 이동이 아닌 확산입니다. 이때 단군민족의 지배영역은 남북으로 5만 리, 동서로 2만 리나 되어 인류 역사상 가장 큰 영토를 차지했던 것입니다.

오늘날 중국이라고 하는 나라는 배달나라(단군조선의 조상) 당시에는 자그마한 속국이었습니다. 그들은 배달나라에 조공을 바치는 제후국에 불과했지요. 배달나라는 천자天子국으로서 제1세 천자는 거발한居發桓이라 일컬어집니다. 천자는 바로 인신人神이었습니다. 인신의 임무는 하늘에 제사를 지내고 주변 만국을 통치하는 일인데, 당시 제후국은 감히 하늘에 제사를 지낼 수 없었습니다. 그들은 지신地神에게만 제사를 지낼 수 있을 뿐이었습니다. 배달나라는 이후 1,600년간 아시아 대륙 일대를 지배하면서 위대한 역사를 이룩했던 것입니다.

그러나 단군족의 배달나라는 화산족華山族, 즉 지금의 중국민족에게 끊임없이 도전을 받아왔습니다. 그들은 왕성한 번식력으로 인해 인구가 팽창하여 세력이 점점 커지고 있었습니다. 이로 인해 배달나라는 1,600년 간의 역사를 지키다가 마침내 제18대 거불단居弗檀 천자에 이르러 수도 를 옮기지 않을 수 없게 되었지요. 그곳이 바로 우리 민족의 성지인 백두 산입니다. 4,500년 전 일입니다만 슬픈 일이 아닐 수 없었습니다.

이로부터 서남쪽에 있는 화산 근방은 중국인이 장악하고 우리 민족은 단군조선이라는 새로운 나라를 세우게 된 것입니다. 물론 이때만 해도 아직은 화산족이 황해 바다에 이르지 못하도록 내륙에 철저히 봉쇄해 놓 을 수 있었습니다. 하지만 세월이 지남에 따라 화산족의 도전은 더욱 거 세지고 결국 황해에 이르는 광활한 서쪽 영토를 화산족에게 빼앗기는 운 명을 맞이하게 됩니다.

인류역사의 큰 굴레는 지금도 계속되고 있는 중입니다만, 우리 단군민 족은 3,000년간 계속 밀리면서 지금에 이르렀습니다. 이제 와서 우리 민 족은 겨우 한반도 하나를 지키고 있을 뿐입니다. 성산聖山 백두산도 절반 이상 중국에 편입되어 있습니다. 통탄할 일이 아닐 수 없습니다. 이 모든 일은 우리가 각성해야 할 것입니다.

오늘은 단군왕조 이전의 역사를 간략히 소개했습니다. 핵심은 우리 민 족의 조상이 중원과 만주, 시베리아 일대 지역을 장악하고 7,500여 년간 다스렸다는 것입니다. 그 후 몰락을 거듭하여 1,500년 전쯤에는 한반도 에 갇히고 말았습니다. 단군왕조는 3,000년이나 버티어왔지만 결국 패 망했습니다.

제가 멀고 먼 옛날 얘기를 하는 것은 민족의 긍지를 잃지 말라는 뜻일 뿐입니다. 역사 공부 그 자체는 지금 이 자리에서 길게 얘기하고 싶지 않 습니다. 혹시 다음에 기회가 닿는다면 단군왕조 3,000년간의 영광과 치 욕에 대해서 설명하겠습니다.

오늘 저는 다른 일로 시내에 나왔다가 여기 계신 박진일 교수의 청을 받고 잠시 민족정신을 일깨우고자 했던 것입니다. 여러분들은 공부 열심히 하시고 민족혼을 잃지 마시기 바랍니다. 그럼, 오늘은 이만…."

노인의 강연은 여기서 끝났다. 좌중은 우리 민족의 고대국가인 배달나라의 위대함을 느꼈지만 화산족의 팽창과 우리 민족의 끊임없는 패퇴에 대해 열등감도 함께 느끼고 있었다.

민족 간의 혈투

1950년 6월 25일 새벽 4시, 북한의 김일성은 전군에 암호명 '폭풍'을 하달했다. 이는 전쟁선포도 없이 기습적으로 남한을 공격하는 것으로서, 38선 전역에서 이루어졌다. 남침이 시작된 것이다.

중국의 화산족에 밀려 후퇴를 거듭하던 우리 단군민족은 또 한 번의 슬픈 전쟁을 맞이할 수밖에 없었다. 전쟁은 이민족인 러시아의 지원과 화산족의 염원에 따라 전격적으로 이루어진 것인데, 그들은 이로써 단군 조선족의 혼을 역사에서 영원히 지워버리고자 했던 것이다. 그리하여 지상에는 화산족의 발자취만 남아 있도록….

그리하여 6·25전쟁을 통해 화산족의 염원이 이루어지는 듯 보였다. 김일성의 북한 인민군은 남침을 개시한 지 이틀 만인 6월 27일에 서울에 진입했고, 다음 날 서울을 완전히 장악했던 것이다. 이들은 서울에 잠시 머문 후 남하를 계속했다. 국군은 싸움 한 번 제대로 못하고 결국은 낙동강 이남인 대구까지 밀리게 되었다.

낙동강 전선은 우리 국군의 마지막 보루였는데, 이곳마저 뚫리면 남한 정부는 궤멸하고 한반도는 북한 공산당에 의해 통일이 이룩될 터였다. 이렇게 되었다면 우리 민족은 어떻게 되었을까? 김일성은 이렇게 되기를 갈망했다. 그 이후에는 김일성의 1인 공산독재시대가 도래했을 것이고, 백성들의 고통은 이루 말할 수 없었을 것이다.

시간이 더 흐르고 나면 무엇이 찾아왔을까? 명약관화한 일이었다. 이번에는 중국 화산족이 남하하여 단군조선족을 말살시키는 일만 남았을 것이다. 그들은 한반도에서 미군과 UN군이 물러나길 기대했었다. 그렇게 되면 한반도에는 중국 화산족에 맞설 세력은 전무한 상태가 될 것이다.

김일성의 꿈은 단순했다. 한반도에서 동포인 자유인을 말살하고, 혼자서 영원히 한반도를 통치할 생각이었던 것이다. 그러나 세상의 이치는 그토록 단순하지 않다. 주변에 강자가 가득 찬 상태에서 어찌 나라를 지킬 수 있을 것인가! 화산족의 침략은 필지의 사실일 수밖에 없다.

결국 김일성은 자신의 혈통인 단군조선족을 화산족에 바치는 결과를 초래할 것이다. 혼자만의 권력은 잠시뿐이다. 수많은 백성을 도탄에 빠뜨리고 잠시 행복을 누린다면 그것이 큰 보람이 될 수 있을까? 만민의 피눈물을 흘리게 한 자는 죽어서도 편치 못할 것이다. 하늘인들 그를 가만히 놔둘 것인가!

6·25전쟁은 UN군의 참전으로 막을 내리게 되었다. 세계가 도운 것이다. 천만다행이 아닐 수 없었다. 다만 우리의 힘만으로 나라를 지킬 수 없었다는 사실이 서글프다. 외세의 도움으로 남침의 무리들은 다시 북으로 물러갔다.

하지만 그들은 60여 년이 지난 오늘날까지도 건재하다. 그들이 언제 다시 책동할지는 아무도 모른다. 우리 민족, 우리 단군족은 크나큰 위험을 간직한 채 위태롭게 살아가고 있다. 반드시 터지게 될 화근을 어떻게 해야 하는가! 현재로서는 우리의 조상님과 하늘의 보호만 바랄 수 있을 뿐이다. 애석하다! 그토록 장구한 역사를 지내왔던 위대한 우리 단군족은 지상에서 영원히 자취를 지우게 될 것인가?

꺼지지 않은 등불

미국 버지니아 주 랭글리 CIA 본부 동아시아 담당국 소회의실에는 5명의 참석자가 앞에 놓인 서류를 뒤적이고 있었다. 이어 한 사람이 나서 개회를 선언했다.

"여러분 앞에 놓인 서류를 참조해주시고, 오늘 특별히 이 자리에 오신 분을 소개하겠습니다…. 이분은 우리들의 오랜 선배입니다. 먼 곳에서 일부러 참석하셨습니다. 환영행사는 생략하고 곧바로 용건으로 들어가겠습니다. 존 글랜 씨, 나와서 설명해주시겠습니까…?"

존 글랜이 나섰다. 나이 든 오랜 선배가 나섰지만 박수 없이 엄숙하게 바라볼 뿐이었다. 존 글랜은 조용히 서두를 꺼냈다.

"여러분, 나는 전직 CIA요원이었습니다. 1952년부터 35년간 재직하고 퇴직한 지 30년 만에 여러분을 뵙는 것 같습니다만…."

청중들은 다정함과 존경심을 담은 눈길을 주었고 존 글랜은 편안히 얘기를 이어갔다.

"나는 1951년까지 맥아더 사령부 G2요원으로 근무하다가 잠시 쉬고는 CIA로 소속을 옮겼습니다. 당시 전쟁이 본격적으로 진행되었는데, 한국군과 UN군은 낙동강 이남까지 밀려 한국 정부가 완전히 궤멸하는 상황까지 갔었지요. 하지만 운이 좋아서 맥아더 사령부는 인천상륙작전에 성공함으로써 전세를 역전시킬 수 있었습니다. 이로써 북진이 이루어졌고, 전쟁이 승리로 끝나는 듯했었는데, 중공군의 개입으로 전세는 엎치락뒤치락 앞날을 알 수 없게 되었습니다…."

존 글랜이 여기까지 얘기하자 청중들은 다소 지루한 듯 서류를 뒤적이기 시작했다. 존 글랜은 잠시 멈추고 다소 엄숙하게 말투를 바꾸었다.

"당시 우리 CIA는 미국이 더 이상 전쟁의지가 없다는 것을 간파했었습니다. 트루먼 대통령이 맥아더 장군을 해임했기 때문입니다. 이때 우리는 우연과 함께 하나의 작전을 입안했습니다. 내가 책임자였고, 암호명은 피닉스입니다. 서류에 나와 있습니다만…."

존 글랜은 과거를 회상하듯 잠시 눈을 감았다 뜨고는 다시 이어갔다.

"피닉스 작전은 전쟁이 끝난 후를 겨냥한 것인데, 먼 훗날을 대비하여 북한 내에 공작원을 위장 침투시키는 것이었습니다. 이 공작원은 전쟁포로 중 아주 특별한 사람으로, 생각이 아주 깊었습니다. 이 사람은 남한으로 전향한 후 석방을 원치 않았고, 북한으로 다시 돌아가 일을 하겠다고 했습니다. 이 사람이 자청한 임무는 북한 내의 정보수집과 동지를 포섭하는 것이었습니다.

방법은 이렇습니다. 북한에 살면서 전향자를 비밀리에 포섭하여 그를 공작원으로 활용하는 것입니다. 마치 세균처럼 번식하여 북한 전역에 자유사상을 확산시키고 또한 그들로 하여금 공작임무를 부여하는 것입니다. 이른바 증식하는 공작원이지요. 한 사람이 10명이 될 수도 있고 10명이 100명이 될 수도 있습니다.

다소 애매한 면은 있지만 북한 내에 이러한 조직을 정착시킬 수만 있다면 효용가치는 무한할 것입니다. 이 조직은 만약 힘이 충분히 갖추어지면 그 자체로 북한 정부를 붕괴시킬 수도 있으며, 우리나 한국이 북한과 대립하고 있는 상황에서 두더지 역할을 할 수도 있습니다. 이는 공작의 신개념으로서, 증식과 더불어 장기전략을 세울 수 있습니다.

어쨌건 우리는 이 작전을 실행에 옮기기로 했습니다. 비용이 드는 것도 아니고, 실패했을 때 손해 볼 것도 없으니까요. 단지 우리는 그 포로,

즉 피닉스가 북한으로 돌아갔을 때 출세가 빨라지도록 약간의 경력을 만들어주었습니다. 그는 1953년까지 거제도 포로수용소에 있다가 북송되었습니다만, 그는 그동안 철저한 공산주의자로서 수용소 폭동, 전향자에 대한 테러, 비전향자에 대한 사상교육 등으로 북한에 대한 자신의 충성을 과시했습니다. 그것이 그에게 도움을 주었는지는 확인되지 않았지만 함께 북송된 포로들은 그의 활약을 보고했을 것입니다."

"…."

존 글랜은 여기까지 설명하고는 청중을 바라봤다. 그러자 한 사람이 일어났다.

"존 글랜 씨, 수고 많았습니다. 그다음은 제가 설명하지요."

"…."

젊은 CIA요원이 설명을 이어갔다.

"여러분, 암호명 피닉스는 한국인이고 당시 24세였습니다. 그는 포로 생활을 2년 가까이 했는데, 그 기간 중 존 글랜 씨는 그와 여러 번 접촉하면서 고도의 스파이 교육을 해주었습니다. 그리고 그는 1953년 북한으로 돌아갔습니다. 남한을 위해, CIA를 위해 일을 하겠다고 다짐하면서….

그가 그런 인생을 택한 것은 나름 충분한 사연이 있었습니다. 그 내용은 서류를 참조해주십시오. 그 이후 60여 년이 흘렀습니다만, 그는 한 번도 우리에게 연락을 해온 적이 없었습니다. 어쩌면 피닉스가 몇 차례 연락을 했는데 우리가 그것을 놓쳤을 수도 있습니다. 어쨌거나 공식적으로는 60여 년간 연락이 끊겼던 것입니다.

그런데 돌연 중국 쪽에서 연락이 들어온 것이지요. 이상한 일입니다. 그동안 우리는 작전의 성과를 기대도 하지 않았고, 작전 자체가 잊혀졌습니다. 그런데 이렇게 연락이 오다니…! 존 글랜 씨께 물어보겠습니다.

연락해온 내용을 보건대 그분이 과연 피닉스일까요?"

"…."

존 글랜은 고개를 천천히 끄덕이며 대답했다.

"피닉스가 아니면 누가 내 이름을 알겠습니까! 그 사람이 살아 있다면 87세가 되었겠군요. 내가 살아 있는 것을 보면 그도 살아 있을 것 같군요…."

"네, 좋습니다. 그렇다면…."

다른 CIA요원이 끼어들었다. 이 사람은 북한 담당 책임자였다.

"그토록 고령인 분이 이제 와서 연락해왔다면 상당한 이유가 있겠군요! 그동안 사연도 길겠고…, 존 글랜 씨!"

"…."

"우리는 현재 중국 선양 주재 영사관에 접촉해왔던 여인을 찾고 있습니다. 만약에 그녀를 찾는다면 존 글랜 씨가 직접 만나볼 용의가 있습니까?"

존 글랜은 의욕적으로 대답했다.

"그러고 싶습니다. 필경 중요한 정보를 가지고 있을 것입니다. 혹시, 나만 이해할 수 있는 내용을 피닉스가 전달해올 수도 있습니다."

"네, 존 글랜 씨. 우리도 그렇게 생각하고 있습니다. 어쩌면 피닉스가 당신과 직접 연락하겠다고 할 수도 있겠지요. 우리는 현지에서 신속히 대응할 필요가 있다고 봅니다. 그곳에서 이곳으로 연락이 오간다면 시간이 지체되어 중요한 타이밍을 놓칠 수 있겠지요. 그래서 말입니다만…. 존 글랜 씨! 당신이 직접 중국 현지로 가실 수 있겠는지요? 현재 건강은 괜찮은가요?"

CIA 측이 요구하는 것은 존 글랜이 직접 중국으로 출동하는 것이었다. 문제는 89세의 나이로 비행기를 타고 먼 곳까지 이동해서 일을 볼 수 있느냐다. 이에 대해 존 글랜은 단호하게 말했다.

"나는 젊은이 못지않게 일할 수 있소. 그리고 내 친구인 피닉스와 신속하게 직접 연락하고 싶소이다. 여기 앉아서 기다리다가 늦을 수도 있으니까…!"

"좋습니다, 고맙습니다. 존 글랜 씨, 먼저 신체검사를 받고 결정하시지요. 건강만 괜찮으시다면 내일 바로 떠날 수 있습니다."

"…."

다음 날 존 글랜은 중국을 향해 장도長途에 올랐다. 마음속으로는 젊음을 다시 찾은 듯한 느낌이 일고 있었다.

위험한 순간

미아리 골목에 있는 대가점집의 청년 김준철은 외출했다가 귀가하는 중이었다. 한쪽 손에는 시장 보따리가 들려 있고 밝은 표정을 짓고 있었다. 준철은 주변을 훤하게 할 만큼 미남이었지만, 얼굴 어딘가에는 액운이 깃들어 있는 듯 느껴진다. 물론 이것은 전문가의 눈에만 보이는 현상이지만 준철은 가끔 우울해질 때가 있다. 또한 원인 모를 공포에 휩싸이기도 했다. 오늘의 모습은 그저 깨끗해 보일 뿐이다.

준철은 골목으로 들어서려 했다. 그런데 많은 사람들이 모여 웅성거리고 누구는 소리를 치고 있었다. 준철이 바라보니 화재가 발생한 것이었다. 골목 입구 좌측에 있는 5층 빌딩인데, 불길은 2층에서부터 위쪽으로 치솟는 중이다. 소방서에는 방금 전에 연락한 상태, 하지만 불은 이미 걷잡을 수 없을 만큼 확산되고 있었다. 입주해 있던 사람들은 그보다 먼저 피신한 상태…. 그런데 4층 창문으로 누가 소리를 지르고 있었다.

"살려주세요!"

구원을 청하고 있는 사람은 젊은 여인이었는데, 모두들 발을 동동 구르며 안타까워하고 있었다. 여인은 계단을 통해 내려올 수도 없고 창문으로 뛰어내리기에는 너무 높았다. 사람들은 소방대원이 도착하기를 애타게 기다리고 있을 뿐이었다. 여인의 울음 섞인 애처로운 목소리는 계속 이어졌다.

"살려주세요…!"

준철은 이 모습을 보는 순간 시장 보따리를 떨어뜨리고 건물을 향해 돌진했다. 그는 불타고 있는 계단을 무작정 뛰어올랐다. 계단 주변은 불길에 싸여 있었지만 계단은 아직 통로가 열려 있었다. 단지 너무 뜨겁다는 것이 문제였다. 하지만 준철은 이를 상관하지 않고 재빠르게 돌파했다. 밖에서 떠들고 있는 관중들은 준철이 건물로 뛰어든 것을 아무도 보지 못했다.

준철은 3층에 도달했다. 불길은 더욱 거셌고 사방에 연기가 자욱했다. 계단은 이미 고열상태. 여기서 준철은 1초 정도 생각하고 4층을 향해 다시 돌진했다. 누가 봐도 무모한 짓이다. 하지만 그런 것을 생각할 겨를이 없었다. 위쪽에서 한 생명이 구원을 기다리고 있지 않은가!

준철의 신발은 이미 불타고 있었고 발이 너무 뜨거워 걷지 못할 상태였지만 준철은 비몽사몽간에 무작정 위쪽을 향했다. 바로 옆에서 구조물이 파괴되어 바닥에 크고 작은 파편이 쏟아졌다. 그러나 준철에게 부딪친 것은 아니었고 입구를 봉쇄했을 뿐이다. 준철은 이를 뒤로 하고 4층으로 향했다. 그러고는 발의 뜨거움을 못 이겨 앞으로 고꾸라졌다. 하지만 준철은 기적같이 일어났다. 무작정 위로 위로….

마침내 4층에 도달한 준철은 재빨리 신발을 벗어냈다. 열기는 누그러지고 발은 아직 움직일 수 있는 정도였다. 준철은 절뚝거리면서 아직도 소리치고 있는 여인의 방문을 열었다. 여인은 혼이 나간 상태로 더 이상 소리를 지르지도 못하고 있었다. 이때 불길이 4층을 덮치기 시작했다.

준철은 상처 입은 발임에도 불구하고 여인을 끌어당겨 부축하고 5층으로 올라갔다. 5층은 아직 안전했으나 오래갈 상황은 아니었다. 준철은 여인과 함께 옥상으로 향했다. 특별한 대책이 있는 것은 아니었다. 무작정 불길부터 피하고 볼 일이다. 1분 1초라도 시간을 벌어야 하는 것이다.

그런데 옥상문이 잠겨 있었다. 준철은 다시 5층으로 향했다. 이때 여

인은 다소 정신을 수습하고 준철이 내려가는 것을 보았다. 여인이 소리
쳤다.

"아저씨, 어디로 가세요? 살려주세요, 흑흑….'"

준철은 뒤돌아보지 않고 내려가 5층에 있는 아무 방이나 열었다. 그리
고 또 다른 방으로 이동했다. 마침내 묵직한 물건을 하나 찾아냈다. 준철
은 속으로 가늠하면서 이 물건을 들고 옥상 입구로 달려왔다.

'효과가 있어야 할 텐데….'

준철은 이런 생각을 하면서 옥상문을 내리쳤다.

"우지끈!"

문은 손잡이가 파괴되면서 쉽게 열렸다. 준철이 내려친 힘은 초인적인
것이었다. 오로지 출구를 확보하고 한 생명을 구하겠다는 일념, 준철은
자기 자신에 대해서는 잊은 지 오래였다. 옥상문이 열리고 시원한 공기
가 들어왔다. 두 사람은 옥상으로 올라섰다. 하지만 이뿐이었다. 뛰어내
릴 수도 없고…. 다행인 것은 여인의 정신이 완전히 수습된 것뿐이었다.
준철은 잠시 생각하고는 여인을 바라보며 말했다.

"아가씨, 저쪽에 가서 기다리세요. 아래를 내려다보지 마세요, 위험하
니까…."

준철은 다시 5층으로 향했다. 그리고 열리는 방문은 계속해서 열어 재
꼈다. 그러던 중 한 방에서 쓸 만한 물건을 발견했다. 전선줄이었는데,
굵기로 봐서 밧줄로 사용할 수도 있을 것 같았다. 준철은 재빨리 물건을
챙겨 방 밖으로 나왔다. 불길은 이미 5층에 답지選至, 온통 열기에 휩싸
였다.

그러나 옥상으로 향하는 통로는 아직 견딜 만했다. 아래쪽에서 폭발음
이 들렸다. 이때 불길이 위로 치솟았다. 준철은 이를 피해 옥상으로 뛰어
올라갔다. 발바닥에는 이미 피가 낭자했지만, 아픔이 느껴지지는 않았

다. 정신이 그런 것까지 느낄 상황이 아니었던 것이다. 불길은 잠깐 사이 5층을 덮치고 옥상으로 향했다. 옥상 바닥이 갈라지면서 열기가 오르기 시작했다.

준철은 이를 살필 겨를도 없이 여인에게 달려왔다. 그리고는 재빨리 여인의 몸을 묶었다. 다행히 줄은 제법 길어 보였다. 하지만 이것이 여인을 어디까지 데려다줄지는 모를 일이었다. 준철은 단단히 묶고 균형을 잡아보았다. 이대로 내리기만 하면 되는 상태였다. 여인의 몸은 무겁지 않았고 준철은 팔에 힘이 있었다.

"…."

여인은 상황을 인식하고 있는 듯 준철이 하는 대로 몸을 맡겨 놓았다. 이윽고 생명의 줄은 내려지고 있었다.

"…."

준철은 아무 생각 없이 줄을 힘 있게 쥐고는 아래로 흘러 내렸다. 거리에 있는 사람들은 이때 이 모습을 보고 여인이 떨어질 자리에 몰려들었다. 줄은 약간 모자랐다. 하지만 군중들이 여인을 받아내어 땅에 내려놓았다. 이 순간 막 도착한 소방대원들은 건물에 진입했다. 그러나 특별히 할 일이 없었다. 불길은 이미 위로 다 올라간 상태, 옥상이 갈라지고 불길이 치솟았다. 열기는 방금 전 옥상의 모든 곳을 덮쳤다.

준철의 몸에는 위기가 닥쳐왔다. 이제 선택은 둘 중에 하나, 옥상에서 그냥 버티거나 건물 아래로 뛰어내리는 것이었다. 바람이 건물을 식혀준다면 어떻게든 버텨볼 수도 있었다. 하지만 어느덧 옥상 전역은 더욱 달구어지기 시작했다.

몇 초도 견디기 어려운 상태, 준철의 정신은 혼미해지기 시작했다. 준철은 애써 견디며 최후의 결단을 내렸다. 뛰어내리는 것, 그러나 이도 쉽지는 않았다. 준철의 몸은 이미 탈진상태로 난간의 높이도 넘기에는 버거웠다. 하지만 준철은 최후의 힘을 다해 난간을 넘고 아래로 뛰어내렸다. 아니, 그저 떨어진 것이다.

그런데 이 순간 기적이 일어났다. 어쩌면 꿈인지도 몰랐다. 10m가량 앞 건물에서 무엇인가 날아오는 것을 느꼈다. 준철은 눈을 뜨고 보려고 애썼지만 희미할 뿐이었다. 물체는 사람인 듯 보였다. 사람? 준철은 사람이라고 확신했다. 그 사람은 저쪽 건물에서 이쪽으로 뛰어 날아온 듯했지만 확신할 수는 없었다.

그러나 준철은 보지 않고 느꼈다. 그것이, 아니 그 사람이 허공에서 걸어오는 것을! 허공의 그 사람은 준철이 낙하하는 것을 사뿐히 낚아챘다. 그러고는 저쪽 건물로 다시 날아간 것이다. 준철은 그 사람에게 안겨 어딘가로 이동하는 것을 느끼고 있다. 땅바닥으로 떨어진 것은 아니었다.

꿈일까? 준철은 잠시 기절했다. 다시 깨어났다. 그러나 그 사이에 시간이 이틀이나 흘렀다고 한다. 머리맡에는 인자한 고곡선생님이 앉아 있었다.

"얘야…."

선생님의 목소리가 천상의 음악처럼 조용하게 들려왔다.

"너는 살아 있다. 몸도 내가 손을 좀 써두어서 멀쩡하단다. 푹 자고 나면 더 좋아질 것이야. 아무 걱정하지 말고 잠을 청하거라. 내가 지키고 있으마…."

여기까지 들은 준철은 깊게 잠으로 빠져 들었다. 저녁이 되자 대가점 집은 다시 등불이 밝혀지고 있었다.

법과 정의

　중랑구 제51지구 재개발지역 현장. 이미 토목공사가 시작되었는데 아직 헐리지 않은 집이 몇 채 보였다. 이 집들이 재개발을 반대하여 아직 헐리지 못한 것이다. 이들은 이곳을 끝까지 지키겠다고 건설회사 측과 대치한 지 6개월이 지났다. 하지만 요지부동이었다.

　집 주위는 여기저기 흙더미가 쌓여 흉물스럽고, 도로도 파괴되어 다니기도 불편했다. 겨우 견디고 있는 집의 벽에는 빨간 글씨로 '철거반대'라고 써 붙인 종이가 가득 메우고 있었다. 한쪽 벽은 구멍이 나 있었는데, 이곳은 판자로 막아놓았다.

　다른 주민들은 벌써 오래전에 다 떠났고, 이곳을 헐고 재개발해도 좋다는 법원의 판결도 오래전에 나 있는 상태였다. 그러나 이를 반대하고 물리적으로 점거하고 있는 몇 가구는 자신들을 인질로 삼아 공사를 막고 있었다. 이들의 명분은 조상 대대로 살아온 고향집을 떠날 수 없다는 것이고, 어떤 집은 보상액수가 너무 적다는 것이었다.

　공권력은 이미 손을 놔버린 상태. 회사 측에서는 할 수 없이 사적으로 인원을 동원하여 협박과 회유를 거듭해왔다. 오늘도 6~7명의 건장한 청년이 나타났다. 이들은 오늘이야말로 결판을 내겠다는 자세로 포클레인으로 한쪽 벽을 슬쩍 허물었다. 한 사람은 신발을 신은 채 방에 들어가 주민을 힘으로 끌어냈다.

　"악!"

　한 여인이 비명을 지르지만 청년들은 막무가내였다. 오늘은 비로소 끝장나려나…! 집 안의 살림살이도 하나씩 밖으로 들려 나오고 있었다.

"악! 아악!"

여자들은 비명을 질러대고 노인네들은 방바닥에 드러누웠다. 그러나 철거원들은 짐부터 나르는 중이다. 저쪽 벽이 약하게 허물어지고 있었다.

"꽝!"

그런데 이 순간 어떤 청년이 방으로 들어섰다. 철거원들의 동료는 아니었는데, 청년은 철거원에게 다가왔다.

"뻑!"

"윽!"

"악!"

방에서 짐을 꺼내던 철거원들은 어느새 청년의 발길질과 주먹에 맞아 그 자리에서 곱게 주저앉았다. 폭력을 휘두른 청년은 지체 없이 밖으로 나와 다른 철거원들을 공격했다. 이번에도 시간이 얼마 걸리지 않고 철거원들이 모두 기절해버렸다. 청년은 이어 포클레인 쪽으로 걸어왔다.

"…"

포클레인 기사는 영문을 몰라 쩔쩔매고 있었는데, 청년이 협박하듯 작게 말했다.

"너 죽고 싶어, 살고 싶어?"

"…"

기사의 입은 얼어붙은 상태. 청년은 기사에게 주먹을 약하게 휘둘렀다. 하지만 이빨이 부러지고 코피가 터졌다. 청년이 소리쳤다.

"야, 이 새끼야! 포클레인 저기다 처박아놔. 3초 내에 안 하면 죽여버린다. 어서!"

포클레인은 흙무더기 깊숙한 곳으로 처박혔고, 기사는 기어서 올라왔다. 그러자 청년이 정강이를 걷어찼다. "뻑!" 소리와 함께 기사는 뼈가 부러지고 그 자리에 엎어졌다. 청년이 말했다.

"야, 이 새끼야! 너 똑똑히 전해. 너희들, 부자 앞잡이 노릇 계속하면 다 죽여버리겠다고…. 회사 사장도 죽여버릴 거야. 나 누군지 알아? 일지매야. 나 오늘 화났어! 나는 미친놈이기도 하지만 정의의 사자라고, 이 개새끼야. 나 내일 다시 온다. 알았어? 대답해!"

그 사이에 기사는 이미 기절해 대답을 할 수 없었다. 일지매인지 미친놈인지는 사라졌다.

공포의 일지매

건설 현장의 일지매 사건은 철거용역 패거리 두목에게는 알려졌으나 회사 측에는 비밀에 부쳐졌다. 이것은 폭력 패거리들의 위신 문제였기 때문이다. 하지만 철거용역을 받아 실행했던 조직은 이미 커다란 상처를 입었다. 현장에서 죽도록 맞은 행동대원은 물론 이를 알게 된 동료들까지 분노와 공포를 느낀 것이다.

폭력배들은 자기들의 힘이 밀리면 분노를 느끼지만, 이번 경우는 공포가 분노를 가리고 있었다. 일격! 그 미친놈, 일지매라고 하는 그 놈은 사람을 한 방에 기절시킨다. 이들 패거리 중에 그 누구도 그와 필적할 사람이 없었다.

두목은 복수를 다짐했지만 마음이 뒤숭숭했다.

'복수? 그런 놈을 어떻게 당할 것인가! 그리고 부자 앞잡이 노릇 하지 말라고? 그럼, 우린 어떻게 먹고살라는 것인가! 도둑질을 하든가 약자의 돈을 뜯어먹고 살아야 하는가? 아니다. 우리는 정당하게 용역을 받아서 일을 해준 것뿐이다. 그런데 일지매인지 미친놈인지가 공연히 뛰어들어 방해한 것이다. 그놈은 다른 조직원일지도 몰라. 누구일까? 조사해봐야겠어. 그놈을 기필코 찾아서 복수할 것이야. 그건 그렇고…, 그놈이 다시 온다고 했지? 단단히 준비해야겠어!'

"야, 애들 다 모이라고 해. 연장 챙기고!"

"네, 형님!"

패거리들은 여기저기로 전화연락을 하고 있었다. 다음 날 이들은 건설

현장에 남아 있는 집을 완전히 때려 부수면서 경계태세를 취했다. 현장에 20여 명이 출동하고 주변에 30여 명이 잠복해서 상황을 주시하고 있었다. 이들은 칼이나 야구방망이 등으로 무장했고, 긴장을 늦추지 않았다. 하지만 미친놈은 나타나지 않고 시간만 흘러갔다.

이윽고 3시간이 지나자 두목은 철수를 지시했고, 아울러 곳곳에 흩어져 일지매를 탐문하라고 명령했다. 멀리 하늘에는 한가히 구름이 흘러가고 있었다.

탐지

중국국가안전부(이하 MSS) 선양지국 담당 국장은 일상적인 첩보보고를 받고 있었다. 새로운 내용은 없었다. 매일 이어지는 고만고만한 사항들 뿐이다.

'오늘도 별게 없구나…!'

국장은 이렇게 생각하며 다소 무료함을 느끼고 있었다. 그런데 부국장의 일일취합 보고내용에 귀가 솔깃한 내용이 들려 왔다.

"국장님, 별것은 아닙니다만…, 미국 영사관 측에서 어떤 사람을 찾고 있는 것 같습니다. 여자입니다."

"여자? 무슨 일로 여자를 찾고 있나?"

부국장은 태연한 표정으로 대답했다.

"잘 모르겠습니다만, 상당히 열을 올리고 있던데요…!"

"그래? 그 여자가 누군지는 알아봤나?"

"네, 저희도 찾아봤습니다. 조선 여자인데 현재 선양 시내 어떤 요정에 있습니다. 탈북 여성인데, 잡아들일까요?"

"음…? 아니, 안 되지. 미국이 왜 그 여자를 찾고 있을까? 재미있는데…. 그냥 살펴보고 있어! 눈치 못 채게….”

"물론입니다. 그런데 국장님! 한 가지 사항이 더 있습니다. 미국에서 심상치 않은 인물이 선양에 와 있습니다. 약간 이상한 듯해서….”

"누군가?"

국장은 부국장이 말하는 것을 도중에 가로채며 물었다. 요즘 며칠간

심심했던 국장이 일부러 서두르는 것 같았다.

"노인네입니다. 90세쯤 된 분인데, 전직 CIA요원입니다. 어제 도착했는데 영사관에서 찾는 여인과의 관계는 알아보지 못했습니다. 각각 다른 사건일 수도 있겠지만요…."

"음, 노인네가 선양에 왜 왔을까? 입국 목적이 뭐라던가?"

"네, 입국서류에는 관광이라고 적었습니다만, 이런 곳에 고령의 전직 CIA요원이 관광할 만한 데가 있겠습니까? 그분은 여행 자체가 위험할 텐데 말입니다."

국장은 고개를 끄덕이며 미소를 지었다. 무엇인가 느끼는 게 있는 것 같았다.

"이보게, 그 노인네가 입국한 것은 확실히 이상해…! 때마침 영사관 측에서 조선인 탈북 여자를 찾고 있는 것도 그렇고…. 두 사건을 연결시켜 보게. 뭔가 있을 것 같은데…."

"네, 제 생각에도 그렇습니다. 현재 그 노인네의 행동을 감시하고 있습니다. 노인네는 관광할 생각은 안 하고 호텔에 틀어박혀 있습니다."

"그런가? 누구 만나는 사람은 없고?"

"있습니다. 영사관 직원이 두 차례 호텔을 다녀갔습니다."

"좋아, 분명히 뭔가 있어. 인원을 늘리고 철저히 감시하게!"

"네, 조치는 이미 다 취해놨습니다. 중앙본부에 보고할까요?"

"아니, 아직 그럴 필요가 없어. 뭔가 그럴듯한 것이 나오면 그때 가서 보고해도 돼. 그럼, 나 먼저 퇴근하겠네."

국장은 좌석에서 일어나면서 부국장을 빤히 쳐다봤다. 기분은 좋은 듯 보였다. 오랜만에 사건이 생겨서일 것이다. 국장이 나가자 부국장은 어디론가 급히 연락을 취했다.

지도자의 스승

조선인민공화국 최고사령부 제21지구. 이곳은 북한 내에서 가장 경비가 삼엄한 곳이다. 주변 일대는 높은 산으로 둘러싸여 있고 숲 속에는 특별경호군이 주둔해 있다. 이들은 유사시 최고지도자 김정은 국방위 제1비서를 위해 동원되고 평시에는 최고사령부 건물을 경비하는 임무를 맡고 있었다.

사령부 건물이라고 해야 계곡의 절벽에 뚫려 있는 작은 입구뿐이다. 그러나 이곳 입구를 들어서면 복잡한 미로가 나타나고 그중 어떤 미로는 단계적으로 지하로 이어지고 최종적으로는 수천m 아래 비밀공간에 도달한다. 하지만 이곳 동굴문은 그 누구도 출입한 적이 없다. 비밀공간은 지하철도를 통해 지하에서 지하 먼 곳으로 연결되어 있는 것이다.

제21지구라고 명명된 이곳은 북한 최고지도자 김정은이 자주 들르는 곳으로, 위에서 핵폭탄 100개가 폭발해도 끄떡없는 곳이다. 북한에서 가장 안전하고 가장 비밀스런 이 장소에 기차가 도착했다. 역에서 경호총국 군인들이 에워싸고 마중하고 있었다. 이어 기차 안에서 경호원에 둘러싸인 채로 뚱뚱한 체구의 한 인물이 내렸다.

이 인물이 바로 김정은이었다. 김정은은 경호원과 함께 거대한 건물로 들어섰고, 이곳에서 다시 수백m 아래로 이동했다. 이윽고 도달한 곳은 김정은의 비밀집무실이었다. 오늘 김정은은 이곳에서 비밀스러운 인물 한 명과 만나기로 되어 있었다. 이 인물은 북한 내에서 완전히 비밀에 싸여 있고 가장 좋은 대우를 받고 있는 인물이었다. 김정은은 의자에 편안히 앉아 있었고 잠시 후 문이 열렸다. 문 앞에 나타난 사람은 건강해 보이는 노인. 김정은은 일어나서 환영인사를 건넸다.

"어서오시오, 대선생大先生!"

"…."

대선생이라고 불린 노인은 고개 숙여 인사한 후 앞으로 걸어왔다. 김정은은 미소를 지으며 대선생과 악수를 하고 자리에 앉았다. 잠시 후 젊은 여자비서가 찻잔을 날라왔고, 비서가 나가자 문은 무겁게 닫혔다. 이제 방에 남은 사람은 김정은 제1비서와 대선생뿐이었다. 김정은이 먼저 말을 건넸다.

"대선생, 잘 지냈소? 건강도 괜찮으시고?"

김정은의 말투는 아주 공손했다. 대선생은 침착하게 대답했다.

"네, 존경하는 지도자 동지 덕분에 저는 항상 잘 지내고 있습니다. 그보다 지도자 동지께서는 요즘 심신이 두루 평안하신지요…?"

대선생은 이렇게 말하면서 김정은을 정면으로 바라봤다. 김정은도 눈을 마주치며 고개를 끄덕였다. 두 사람은 아주 친한 것 같았다. 엄격한 격식은 없었다. 김정은이 다정함과 존경심을 담아서 말했다.

"대선생, 나는 요즘 머리가 좀 복잡하오. 선생의 가르침을 받고 싶소!"

김정은이 이렇게 말하는 것으로 봐서 대선생은 아주 생각이 깊고 신임을 받고 있는 듯 보였다. 대선생이 말했다.

"지도자 동지, 말씀해보십시오. 저의 생각을 말씀드리겠습니다."

"…."

김정은은 잠시 생각하면서 속으로 내용을 간추렸다.

"대선생, 직설적으로 묻겠소! 우리 조선인민공화국 내에서 가장 신임할 수 있는 인물은 누구겠소?"

이 말을 듣는 순간 대선생의 머릿속에서는 무수히 많은 생각이 일어났고, 순식간에 대답할 말을 찾아냈다.

"지도자 동지, 저는 솔직히 말씀드리겠습니다. 우리 조선인민공화국 관리들 중에는 믿을 만한 사람이 한 명도 없습니다."

"···."

김정은은 이 말에 놀라지 않았다. 대선생은 천재 중의 천재로서 아버지 김정일 때부터 옳은 견해만 내놓은 사람이 아니었던가! 김정은이 다시 물었다.

"대선생, 어째서 그렇소?"

"네, 대답 올리겠습니다. 존경하는 지도자 동지 휘하에는 수많은 관리들이 조직되어 있지요. 그리고 이들은 사상과 이념으로 철저히 정신무장하고 지도자 동지를 받들고 있습니다. 그러나···, 그들은 사상과 이념뿐입니다. 그래서 믿을 수 없다는 것입니다."

"그게 무슨 말이요? 세상에 사상과 이념 말고 다른 것이 더 필요하오?"

"그렇습니다, 지도자 동지. 사상과 이념은 하급관리들에게는 절대적인 것이나, 고급관리들에게는 그 외에 다른 것이 더 필요합니다."

"···."

김정은은 잠시 의아한 표정을 짓고 있었으나 침묵했다. 대선생의 말이 이어졌다.

"존경하는 지도자 동지, 우리 조선인민공화국은 현재 많은 도전을 받고 있습니다. 밖에는 원수들이 가득 차 있고, 이들은 우리를 협박하며 침략의 기회를 노리고 있습니다. 이럴 때 우리는 더 강한 무엇이 필요합니다. 사상과 이념보다 더 강한 것 말입니다···. 그것은 바로 충성입니다!"

여기까지 말한 대선생은 김정은을 바라봤다. 김정은은 고개를 약간 갸우뚱하면서 반문했다.

"대선생, 우리 조선인민공화국의 모든 인민은 나에게 충성하고 있지 않소?"

"네, 그렇습니다, 존경하는 지도자 동지. 하지만 그들은 사상과 이념 또는 체제에 충성하는 것뿐입니다. 지도자 동지에게 충성하는 것이 아닙니다. 그들은 사람 자체보다 사상과 이념에 더 충성하는 것이지요…."

"그게 그거 아니오? 인민들은 어차피 나에게 충성하는 것 아닌가요?"

김정은은 화를 내지 않고 조용히 반문했다. 대선생이 고개를 저으며 대답했다.

"조금 다릅니다. 쉽게 말씀드리지요. 우리에게는 조선인민공화국이 먼저 있고, 그다음에 위대한 지도자 동지가 있는 것이지요. 조선인민공화국이 지도자 동지를 받들기 위해 존재하는 것이 아니란 뜻입니다. 제1이 국가이고 제2가 지도자 동지이지요. 이래서는 약합니다. 어떤 고급관리들이 국가를 위해서라는 명분을 내세워 지도자 동지에게 반기를 들 수도 있다는 것입니다. 이것을 바꿔야 합니다. 조선인민공화국은 지도자 동지를 받들기 위해서만 존재한다고…."

김정은은 고개를 천천히 끄덕이고 잠시 생각하다 재차 물었다.

"그렇다면 말이오, 대선생, 내가 어떤 조치를 취해야겠소?"

"지도자 동지, 급할 것은 없습니다. 인민들에게는 현재 조선인민공화국의 사상과 이념에 충성하도록 하면 됩니다. 하지만 고급 관리들에게는 지도자 동지에게만 충성을 바치도록 해야 합니다. 만일 말입니다. 지도자 동지께서 지금의 사상과 이념을 바꾼다 하더라도 고급관리들은 조금도 주저함이 없이 지도자 동지를 따라야 한다는 것이지요. 사상과 이념은 무엇이든 상관없습니다. 지도자 동지 자체가 중요하다는 뜻입니다."

"…."

김정은은 고개를 잠깐 끄덕이다가 가로저으며 다소 음성을 높였다.

"나보고 공산주의를 버리란 말이오?"

"아닙니다. 국가이든 공산주의이든 그 무엇이든 간에 지도자 동지 아래에 있다는 뜻입니다. 오늘날 중국이나 러시아도 변해가고 있습니다. 우리는 지도자 동지의 영도 아래 더 좋은 사상도 개발할 수 있고, 국가도 개조할 수 있어야 합니다. 그래야만 남조선을 이길 수 있고, 중국이나 러시아 등으로부터의 위협을 제거할 수 있습니다."

"아니, 중국과 러시아가 우리의 적입니까?"

"그렇습니다. 미국이나 남조선, 중국과 러시아, 일본 등도 이제는 모두 적입니다. 그들을 이길 수 있는 더욱 강력한 방법을 강구해야 합니다. 군부나 관리들은 외부의 은근한 협박에 동조할 소지가 있다는 것입니다. 그들은 상황이 달라지면 배신할 수도 있습니다. '국가를 위해서, 공산주의를 위해서'라고 외치면서 말입니다. 이래서 국가에 대한 충성이나 사상에 대한 충성 말고 그보다 더 강한 지도자 동지에 대한 충성이 요구되는 것입니다. 지금 세계는 변해가고 있습니다. 우리도 바뀌어야 합니다. 체제나 이념을 바꾸라는 것이 아니라, 모든 것을 지도자 동지를 위해서만 존재하는 것으로 바꾸라는 뜻입니다. 위대하신 지도자 동지는 국가의 위에 있는 것입니다."

"…."

김정은은 눈을 감고 음미하다가 힘없이 말했다.

"알겠소. 생각을 좀 해봅시다. 그런데 중국은 우리를 배신하고 있소. 미국의 위협도 점점 커가는 것 같고…, 대책이 있으시오?"

"지도자 동지, 미국은 군사적으로 우리를 공격하지 못합니다. 우리가 강해서가 아니라 명분이 없고, 중국의 눈치를 봐야 하기 때문이지요."

"그런가요? 그렇다면 미국과 중국이 협력하여 우리를 공격하면 어떻게 하겠소?"

"지도자 동지, 그것은 염려 마십시오. 충분한 대책이 있습니다. 제가 보고서를 만들고 있는 중인데, 자세히 대책을 강구해놓았습니다. 미국이든 중국이든 우리를 이길 수 없습니다. 그리고 남조선이 요즘 통일이니 뭐니 제멋대로 떠들고 있는데, 조금도 신경 쓰지 마십시오. 남조선을 붕괴시킬 수 있는 방법도 있습니다. 이 문제는 따로 계획서를 제출하겠습니다. 오늘은 좀 쉬시지 않겠습니까?"

김정은은 고개를 끄덕였고 두 사람은 서로를 바라보고 미소를 지었다. 잠시 후 이들은 문을 나서 어디론가 사라졌다.

신비의 인물

중앙물산 총수 박진곤 회장은 집무실에 앉아 깊은 상념에 젖어 있었다.

'허무하구나…! 내 인생은 이것으로 그만인가? 앞으로 한 달 정도 남았던가…!'

박회장은 간암 말기로 3개월 시한부 판정을 받고 현재 2개월이 지난 상태였다. 희망은 이미 사라졌고, 삶을 마감하기 위한 주변정리로 시간을 보내고 있는 중이었다. 이제 와서 특별히 후회되는 일은 없었다. 박회장은 인생을 떳떳하게 살면서 충분히 일해왔고, 인격공부도 쉬지 않고 연마해왔다.

하지만 모든 일에 끝이 있듯이 박회장도 끝이 왔다는 것을 알고 있었다. 그러나 마음은 평온한 상태였다. 대자연의 섭리를 따를 뿐 더 이상의 집착은 없는 것이다. 다만 한 가지 아쉬운 것은 어떤 한 사람을 만날 수 없었다는 것이었다. 박회장은 고개를 저으며 상념을 이어갔다.

'실제로 그분이 있을까…? 공연한 일일 것이야…. 게다가 지금 와서 그분을 만난들 무엇이 달라질 것인가…!'

박회장은 고개를 저으며 씁쓸한 미소를 짓고 있었다. 이 순간 방문객이 왔다고 비서가 알려왔다.

잠시 후 방문객이 집무실에 들어섰는데, 그는 회사의 대표이사이자 박회장의 아들이었다. 아들은 급한 듯 말했다.

"아버지, 긴급한 소식이 있습니다. 그분을 찾은 것 같습니다!"

"음?"

박회장은 의자에서 급히 허리를 펴고 아들의 다음 말을 기다렸다. 아들은 미소를 머금고 힘차게 말했다.

"점 안 치는 점쟁이 말입니다. 실제로 있더군요. 이모저모를 알아보니 아버지가 찾는 그분이 분명해요. 미아리에 있습니다. 지금 가보실까요?"

"…."

박회장은 미소를 지으며 잠시 눈을 감았다 뜨고 조용히 말했다.

"얘야, 지금은 안 된다. 귀인을 만나는데 가볍게 달려가서야 되겠느냐! 오늘은 음식을 끊고 목욕재계한 후 내일 아침에 찾아뵐 것이야. 너도 경건함을 갖추고 함께 가자꾸나!"

"네, 아버지. 그럼 저는 나가서 내일 일정을 다 취소하고 방문 준비를 하겠습니다."

아들의 음성은 기쁨에 들떠 있었다. 그러자 박회장이 말했다.

"얘야, 그런데 그분이 밤새 사라지지는 않겠지?"

박회장은 조바심이 나서 이렇게 물었는데, 아들은 손을 저으며 미소로 대답했다.

"아버지, 현재 그곳 일대에는 우리 인원 20여 명이 지키고 있습니다. 아무 염려 마십시오."

"…."

아들이 나가자 박회장은 먼 과거를 회상했다.

1950년 8월, 동해쪽의 강원도 산간 마을, 6·25전쟁은 이곳에도 영향을 미치고 있었다. 당시 박회장은 11살이었는데, 마을에 북한 인민군이 들이닥쳤다. 마을 사람들은 끌려나와 무리지어 있었고, 인민군 장교가 남자, 여자, 어린이, 노인, 젊은 사람, 부자, 가난한 사람 등을 선별하고 있었다.

이때 박회장은 아버지 손을 붙잡고 있었는데, 인민군이 이를 떼어내려 하자 박회장의 아버지가 인민군 장교에게 무릎을 꿇고 사정을 했다. 함께 있게 해달라는 것이었다. 그러나 이는 묵살당했고 이어 군인들은 박회장 아버지를 때려눕히고 한없이 짓밟았다. 박회장의 아버지는 그 자리에서 즉사했다. 아버지가 매를 맞는 광경을 보고 아이는 달려들었으나, 인민군의 군화발에 걷어차여 그 자리에서 쓰러져 기절했다.

이후 젊은 사람들은 북으로 끌려가고 노인들은 사살되었다. 아이도 깨어나서 철사줄로 묶인 채 어딘가로 끌려가고 있었다. 주변에 군인들이 5~6명 있었는데, 갑자기 누군가 길을 막아섰다. 바라보니 선비 차림으로 머리에는 갓을 썼는데, 나이는 50대 정도로 보였다. 군인들은 선비를 재미있게 바라보고는 소리쳤다.

"야, 넌 뭐냐? 이쪽으로 와, 얼른!"

"…."

선비는 말없이 다가왔다. 군인들은 선비를 에워싸고 철사줄로 묶으려 했다. 그러나 이 순간 깜짝 놀랄 상황이 벌어졌다.

"타닥, 억!"

"악!"

인민군 5~6명이 1초 만에 다 쓰러진 것이다. 선비는 아이의 철사줄을 풀어주었다.

"얘야, 어서 가자."

"…."

아이는 선비를 따라 산 위로 오랫동안 올라갔다. 이윽고 도착한 곳은 산속의 움막. 이곳은 선비가 숨어 사는 곳 같았다. 선비가 말했다.

"얘야, 나는 주변을 살피러 나갔다 올 테니 여기서 꼼짝 말고 있어야 한다. 울지도 말고, 소리치지도 말아라. 배고프면 이것을 먹고 기다려야 한다. 내가 다시 오마. 알겠지?"

"…."

아이는 고개를 끄덕였고, 선비는 사라졌다. 이때 아이의 마음속에는 아버지가 인민군에게 맞아죽는 광경이 떠올랐다. 그러나 울지는 않았다. 소리를 내서는 안 된다는 것을 알고 있었기 때문이었다.

선비는 이틀 만에 나타났다. 손에는 쌀과 음식 등이 들려 있었고, 옷차림은 아주 단정했다. 선비는 아이를 토닥거려주고는 또다시 어디론가 떠났다. 그러고는 며칠 뒤 다시 나타나 잠시 머문 후에 또 사라졌다. 당시 11살 나이였던 아이는 그저 숨어서 모든 것을 운명에 맡기고 지냈다.

15일 가량 경과했을 때 선비가 또 나타났다. 이번에는 좋은 소식을 가져왔다. 인민군이 물러갔으니 집으로 가자는 것이었다.

"…."

아이는 속으로 기쁘고 한편으로 아버지의 모습이 떠올라 눈물이 쏟아졌다. 한참 후에 마을에 도착하고 보니 몇 사람만 보이고 다른 사람들은 보이지 않았다. 이때 마을을 떠난 사람들은 집으로 돌아오지 못했다. 인민군에 의해 죽었거나 북으로 끌려갔을 것이다.

아이를 집으로 데려다놓은 다음 날 선비는 떠나가면서 의미심장한 말을 남겼다.

"애야, 이제 너 혼자 살아야 한다. 마을 사람들이 몇 명 있으니 그곳에 가서 살든지. 너는 오래 살 것이야. 나를 찾으려면 60년이 지난 다음에 우리나라 어딘가로 오면 된다. 점 안 치는 점쟁이 집으로…. 알겠니?"

박회장은 울면서 끄덕이고 선비의 품에 안겼다. 잠시 후 선비는 떠나갔다. 박회장은 꿈같았던 이 시절 일을 때로 생각하고 때로 잊으면서 길고 긴 인생을 살아왔다. 박회장은 몇 년 후 서울로 올라와서 학교에 다녔고 이후 크게 성공하여 재벌이 되었다. 그러나 현재는 간암에 걸려 1달 여의 수명만 남겨져 있는 상태. 박회장은 지난 2년간 점 안 치는 점쟁이, 즉 선비를 찾았던 것이다.

박회장에게는 선비가 아버지나 마찬가지였다. 아니, 그 이상일 수도 있었다. 꿈처럼 나타났다가 사라진 신비의 인물, 그분이 65년이나 지난 오늘날까지도 살아 있다는 것을 박회장은 처음엔 못 느꼈다. 그러나 잠시 계산해보니 100살도 넘었을 선비, 세상에 어떻게 이런 일이…!

이 모든 것이 꿈인가? 내가 지금 살아 있는 것인가? 박회장은 정신이 혼돈스러웠다. 그러나 죽기 전에 선비를 만날 수 있다는 사실이 너무나 행복했다. 이것이 꿈이라도 좋다. 이젠 죽음도 무섭지 않다! 박회장은 이런 기분을 느끼면서 집무실을 나왔다. 밖에는 경호원, 운전기사, 간호사 등이 지키고 있었다.

재회

새벽 4시가 되자 박회장은 홀로 일어나 목욕을 한 후 서재에 앉았다. 어제 저녁부터 피워놓은 향은 방 전체를 정숙하게 만들어놓고 있었다. 박회장은 65년 전 산속에서 25일간 지냈던 선비와의 날들을 일일이 회상하면서 마음을 차분히 가라앉혔다. 꿈이든 아니든 당시부터 지금껏 살아온 인생은 행복했던 것이다. 이제 머지않아 죽음을 앞둔 박회장으로서는 선비를 만나게 되는 것이 인생 최고의 환송이 아닐 수 없었다.

선비는 위험한 순간에 출현해 생명을 구해주었고, 이제 편안히 생을 마칠 수 있도록 다시 출현한 것이리라! 박회장은 스스로 큰 복이 있는 사람이라고 생각했다. 세상에 나서 귀인을 만나는 것보다 더 큰 복이 무엇이겠는가! 선비는 하늘이 보내준 사람으로서, 삶과 죽음을 하나로 묶어 박회장을 보호해주고 있는 것이다. 내 인생은 진정 복된 것이었다!

박회장은 이런 생각으로 마음이 더욱 밝아졌다. 창밖의 어둠도 서서히 걷히는 중이었다. 박회장은 지난밤에 준비해두었던 새 옷을 하나씩 챙겨 입기 시작했다. 식사는 이미 어제 낮부터 거른 상태, 따뜻한 물을 한 잔 마시고 창밖을 내다봤다. 날씨는 쾌청했다.

대문 쪽에서 인기척이 났다. 아들이 도착했을 것이다. 박회장은 서재를 나와 현관으로 향했다. 아들은 막 도착하여 대기하고 있었다. 시간은 아침 6시. 다소 이른 시간이 아닐까! 박회장은 이런 생각을 잠깐 했지만 현장에 도착해서 기다리기로 예정해두었다. 박회장과 아들은 차에 올랐고, 차는 즉시 출발했다.

거리는 생기가 넘치는 듯 보였다. 태양은 앞쪽을 비추고 있었다. 박회장은 오로지 마음을 가라앉히고 경건함을 유지하는 데 전념했다. 지난 65년 전 산속에서의 일들이 마음속에서 새로움으로 떠올랐다. 당시에는 느끼지 못했던 많은 의미가 폭포처럼 쏟아지고 있었다. 박회장은 모든 것을 다시 음미하면서 죽음을 앞둔 자신의 처지는 벌써 잊어버렸다.

이윽고 차는 미아리 골목 입구에 도착했다. 마침내 성지聖地에 온 것이다. 박회장은 이런 생각을 하면서 차에서 내렸다. 그러자 어디선가 건장한 청년 몇 명이 다가왔고, 정중히 인사를 한 후 보고를 시작했다.

"그분은 집에 계신 것 같습니다. 저희는 밤새 지키면서 인적을 살폈는데, 어떤 움직임도 없었습니다. 집 전체는 환하게 불이 켜져 있어서 살펴보기 쉬웠습니다. 올라가시겠습니까?"

"…"

회장은 고개를 끄덕였고, 아들에 앞서 출발했다. 시간은 7시 30분경이었고, 주변은 아주 조용했다. 일행이 잠시 걸어 올라가자 큼직한 집이 보였다.

"저 집입니다."

아들이 설명해주었다.

"…"

박회장의 마음은 설레기 시작했고, 마침내 귀인의 문 앞에 당도했다. 박회장은 여기서 기다릴 생각이었다. 아직은 이른 시간, 귀인을 만나는 데 일찍부터 소란을 피울 수는 없는 일이다. 박회장의 아들은 손짓으로 경호원들을 물리쳤다. 경호원들은 조용히 물러나 잠복하고 있었다.

그런데 갑자기 대문이 열렸다. 박회장이 덜컥 놀라면서 바라보니 젊은 청년이 한 걸음 밖으로 나왔다. 청년은 박회장 일행을 발견하고 인사를 건넸다.

"안녕하십니까? 여기까지 오시느라 수고 많으셨습니다. 들어오시지요, 선생님께서 기다리고 계십니다…."

"…."

박회장은 속으로 놀랐으나 내색은 하지 않고 조용히 청년을 뒤따랐다. 잠시 후 마당을 거쳐 귀인의 방 앞에 섰다. 그러자 청년이 즉시 말했다.

"선생님, 손님이 도착했습니다."

이 순간 방문이 열리고 백발노인이 서 있는 모습이 보였다. 박회장은 즉시 무릎을 꿇고 땅바닥에 엎드렸다.

"선비 어르신, 선생님, 제가 왔습니다. 박진곤인데 기억이 나시는지요? 65년 전 아이입니다. 선생님께서 구해주셨지요…."

박회장은 두서없이 흥분해서 말했는데 고요한 목소리가 이를 제지했다.

"올라오게, 자네는 별로 변한 게 없구먼…. 젊은이는 아들인가? 함께 와도 괜찮아."

"…."

박회장과 아들은 선비, 즉 고곡선생을 따라 방으로 들어갔다. 방은 그윽함이 가득 차 있어 박회장의 마음은 저절로 평온함을 되찾았다. 방 안에는 찻상이 있었는데, 그 위에는 아직 식지 않은 어떤 종류의 차가 세 잔 채워져 있었다. 고곡선생의 말이 들려왔다.

"이름이 진곤이라 했지? 만나서 반갑네. 그런데 1년 일찍 왔으면 좋았을걸…."

"네, 선생님 저는 2년 이상 선생님을 찾았습니다. 전국에 사람을 보내 모든 점집을 뒤졌었지요. 그런데 이제야…, 흑…."

박회장은 몸이 불편한지 말문이 막혔다. 그러자 고곡선생이 손을 잡아주며 인자한 음성으로 말했다.

"많이 아프구먼, 간에 기운이 없어. 걱정 말게, 내가 응급조치를 하겠네."

고곡선생은 이렇게 말하면서 손가락으로 박회장의 몸을 몇 군데 찔렀다. 이는 간경락에 기운을 소통시키는 도인들의 비상처방이었다. 박회장은 몸이 다소 편안해지는 것을 느꼈는데, 고곡선생이 다시 말했다.

"우린 만날 때마다 일이 생겨 있구면. 자네 병부터 치료해야겠어. 뿌리가 깊은 병이야. 간암인 것 같은데, 완치되려면 며칠은 걸리겠군…. 잠깐 이 방에 앉아 있게…."

고곡선생은 일어나서 방 밖으로 나갔다. 박회장의 귓전에는 한마디 말이 여운을 남기고 있었다.

'완치!? 이것은 무슨 말인가? 간암이 어디 치료될 병인가! 그런데 선비 선생님은 완치라고 말하지 않았던가! 며칠은 걸린다고…?'

옆에 앉아 있는 아들도 같은 생각을 하고 있었다. 고곡선생은 한참 만에 다시 방으로 들어왔다. 손에는 종이 한 장이 들려 있었다.

"얘야…."

고곡선생은 아들을 향해 말했다.

"여기 처방이 있네. 흔한 약이라서 아무 한약방에서나 구할 수 있을 것이야. 잘 달여서 하루 세 번 복용하도록 하게. 그리고… 이곳에 이틀에 한 번씩 와야 하네. 침뜸치료와 기공치료를 함께 받아야 할 것이야. 1주일만 늦게 왔어도 구할 수 없었을 텐데…. 이젠 걱정 말게. 아버지는 20년은 더 살 것이야. 오늘은 이만 가보게. 이틀 후 같은 시간에 오게…."

고곡선생은 이렇게 말하면서 박회장의 어깨를 만져 주었다.

"…."

박회장은 꿈꾸는 기분이 되어 할 말을 잊었다. 그저 눈물만 주르륵 흘러내릴 뿐이었다.

'무엇인가 말해야 할 텐데!'

박회장은 속으로 애써봤지만 종래 한마디도 못했다. 선비 선생님의 말이 들려왔다.

"이보게, 아들도 매번 함께 와야 하네. 이렇게 만나게 되어 나도 기쁘다네. 못다 한 이야기는 다음번에 하세. 자, 그럼…."

"…."

박회장은 일어나서 다시 한 번 큰절을 올렸다. 아들도 눈물을 흘리면서 아버지를 따라 했다. 두 사람이 떠나가자 고곡선생은 곧바로 준철을 불러 지시를 내렸다.

"얘야, 이제 점집 간판은 떼어내거라. 이제부터 이곳은 점집이 아니야."

점 한 번 친 적 없는 대가점집은 이렇게 막을 내리게 되었다.

산속의 도인

산에서 멧돼지 한 마리가 어슬렁거리며 내려오고 있었다. 긴 겨울이
되자 먹을 것이 없어 내려온 것이다. 멧돼지는 상당히 큰 놈이었는데, 새
로운 곳을 찾아다니다 이곳에 당도한 것이었다. 길은 잘 찾아든 것 같
다. 저쪽에 큼직한 집이 있지 않은가! 저런 곳에는 으레 먹을 것이 있는
법이다. 멧돼지는 지난 몇 년간의 경험으로 잘 알고 있었다. 집 밖에는
사람이 보이지 않는다. 하지만 무엇인가 농사지은 것이 있을 것이다. 없
으면 부엌으로 들어가 보면 된다.

주변은 온통 눈밭이고 집은 오로지 한 채였다. 이토록 외진 곳에 집이
있다니…! 멧돼지가 신경 쓸 일은 아니다. 민가와 멀리 떨어져 있으니 오
히려 간편하다. 사람이 많이 모여 사는 곳이면 누군가가 나와서 방해할
것이고 시끄럽기도 할 것이다. 하지만 이곳은 아무리 헤집고 다녀도 누가
나타날 일이 없다. 집주인이 나온다 한들 내가 겁낼 것이 무엇이랴! 나는
크고 힘도 세다. 사람도 좋은 식량일 테니 그 또한 바람직한 일이다.

멧돼지는 온갖 상상을 하면서 집 가까이 다가왔다. 이때 인기척이 들
렸다. 아니, 그 전에 사람 냄새가 난 것이다. 돌아보니 사람이 틀림없다.

'저놈을 잡아먹어야겠다.'

멧돼지는 기분이 좋아졌다. 먹이가 생겼기 때문이다. 멧돼지는 사람
쪽으로 방향을 돌렸다. 저쪽에서도 다가오고 있으니 머지않아 서로 맞닥
뜨릴 것이다. 그런데 사람이 멈추었다. 그러나 멧돼지는 걸음을 더 빨리
하여 다시 뛰고 있었다.

사람은 이미 멧돼지를 발견하고 생각하는 중이었다.

'저놈은 뭐지? 호랑이는 아닌 것 같고 곰도 아니네. 오, 멧돼지구먼…'

사람은 중년 남자였는데, 검은 도포를 차려 입고 멧돼지가 다가오기를 기다렸다. 남자는 속으로 생각했다.

'저기가 일휴 선생님의 도량인 것 같은데, 멧돼지 저놈이 식량을 훔치러 왔나보군. 도적놈! 혼내줘야겠는데…'

멧돼지는 이미 돌진을 시작했다. 사람 인허는 이것을 바라보면서 생각을 하고 있었다.

'저놈, 내게 부딪쳐올 모양인데 어떻게 처리할까? 상당히 빠른데…, 몸집도 크고!'

인허는 멧돼지의 속도를 가늠했다.

'저놈은 엄청난 속도로 다가오는데 피하면 다시 쫓아오겠고, 부딪치면 내 몸도 더러워질 거야. 바로 없애버려야겠어!'

멧돼지는 인허에게 부딪쳐 왔다. 그러나 인허는 한 찰나 빠르게 왼발을 오른쪽 앞으로 비스듬히 이동시키고 순간 오른발도 오른쪽으로 피했다. 멧돼지는 허공을 가르며 지나가고 있었다. 이때 인허는 몸을 왼쪽으로 휙 돌리며 오른손 수도手刀로 번개처럼 내려쳤다.

천뢰무망天雷無妄의 초식! 수도는 멧돼지의 목 뒤쪽 뼈에 적중했다.

천뢰무망

"뻑! 우직!"

인허의 손에 멧돼지의 목뼈가 박살나는 느낌이 전해왔다. 이로써 멧돼지는 앞으로 구르며 즉사했다. 인허는 멧돼지는 보지 않고 자기 옷을 면

저 살폈다. 다행히 옷은 더러워지지 않았다. 손에도 피가 묻지 않았다. 인허는 멧돼지를 잠깐 바라보고는 발길을 돌려 집으로 향했다.

집에서는 기척을 느끼고 세 사람이 달려 나오고 있었다. 모두 체격이 건장한 청년이었는데, 인허를 즉시 알아봤다.

"아니, 도형 아니십니까? 인허 도형이 여기에 오시다니…."

청년들은 인허를 둘러싸고 끌어안았다.

"하하하…."

청년들은 너무 반갑고 놀라서 인허의 양팔을 붙잡고 흔들어댔다. 이들 청년은 일휴선생의 제자로서, 일휴선생은 고곡선생과 계제가 같은 스승이므로 인허의 사제 뻘이 되는 것이다. 이들 사제들은 어린 날부터 친하게 지내왔지만, 최근에는 오랫동안 만나지 못했다. 그런데 돌연 인허 도형이 나타난 것이다. 이들은 한동안 부둥켜안고 인사를 나눈 후 평상으로 돌아왔다. 인허가 먼저 말했다.

"얘들아, 일휴스승님은 잘 계신가?"

"네, 도형. 스승님께서는 안에서 기다리십니다. 어서 들어가시지요."

인허는 기쁜 얼굴로 집 안으로 들어섰다. 집은 널찍했고 집 밖은 나뭇가지로 둘러쳐져 있었다. 일휴선생은 이미 방에서 나와 미소를 머금고 인허를 맞이했다.

"어서 오게! 고생이 많았겠군…."

"스승님, 그간 평안하시었는지요?"

인허는 땅바닥에 즉시 무릎을 꿇었다. 그러자 일휴선생의 급한 말소리가 들려왔다.

"이보게, 흙이 묻지 않나! 인사는 안에 들어와서 할 것이지, 허허."

인허는 일어나 방으로 올라섰고, 일휴선생은 어깨를 두드려주었다. 두 사람은 방으로 들어섰고, 도제 3명은 다른 방으로 가 있었다.

방에 들어서자 인허는 바로 찾아온 사연을 얘기했다.

"스승님, 서찰을 가져왔습니다. 고곡스승님께서 보내신 것이지요."

"…."

인허는 품에서 편지를 꺼내 일휴선생에게 넘겼다. 일휴선생은 편지를 받고 개봉하지 않고 잠시 눈을 감았다 뜨고는 다정한 음성으로 지시를 내렸다.

"애야, 서찰은 나 혼자 보겠네. 자네는 오랜만에 왔으니 아이들과 어울려 지내게나. 나는 내일 아침까지 좌정할 터인데, 자네들은 떠들어도 상관없네. 어서 나가보게."

인허는 물러나왔다. 도제들이 있는 방은 집 뒤 산 쪽으로 떨어져 있어서 일휴스승을 방해하지는 않을 것이었다. 인허가 도제들의 방을 찾아가 안으로 들어서니 그곳에는 술상이 차려져 있었다. 도제가 말했다.

"도형! 어서 오세요, 스승님께서 오늘 아침에 술상을 봐놓으라고 하셨습니다. 도형이 오신다고…."

"허허, 그런가? 잘됐군! 술을 마셔본 지 너무 오래 되었다네."

인허는 술이 기쁜지 도제들을 만나서 기쁜지 환하게 웃고 있었다. 그리고 한마디 덧붙였다.

"이보게들, 나도 안주를 준비하였다네. 하늘이 주신 것이지! 허허…."

"네? 도형! 무엇인데요?"

"얘들아, 장작불은 준비되어 있겠지? 저 앞에 나가보게. 큼직한 고기가 쌓여 있을 거야."

도제들은 밖으로 달려 나갔다. 잠시 후 멧돼지는 집 안으로 옮겨졌고 요리는 신속히 장만되고 있었다. 산중의 밤은 이렇게 깊어갔다.

심문

중국 선양시 MSS 선양지국 본부. 전화벨이 조용히 울렸다.

"따르릉!"

담당 여직원은 즉시 수화기를 들고 대답했다.

"여보세요, 양진 제약회사입니다."

"…."

양진 제약회사라는 것은 MSS 선양지국의 암호. 전화를 걸어온 사람은 사장을 부탁했다. 담당 직원은 상대방을 확인한 후 사장실로 전화를 돌렸다. 사장은 바로 MSS 선양지국장이고 전화를 건 사람은 현장에 나가 있는 부국장이었다. 국장이 전화를 받자 부국장은 보고했다.

"국장님…, 미국 측에서 여자를 만나고 있습니다. 어디론가 빼돌리려는 것 같은데, 체포할까요?"

"아닐세…."

국장은 속으로 생각하면서 지시했다.

"살펴보기만 하게. 영사관으로 가겠지!"

"국장님, 그러다가 모든 것을 놓치게 되는 것은 아닐까요?"

부국장은 국장의 지시가 잘 납득되지 않았다. 그러자 국장은 다소 음성을 높였다.

"영사관으로 들어가는 것만 확인하고 다 철수시켜. 부국장은 곧장 들어오고…."

얼마 후 미국 측 요원은 여자를 데리고 영사관으로 사라졌다. MSS요원은 이를 확인하고 부국장에게 보고했다. 부국장은 이를 납득하지 못한 상태로 본부로 들어와 국장과 마주 앉았다.

"…."

국장은 잠시 생각하는 듯하더니 서두를 꺼냈다.

"이봐, 자네 이런 일 처음 하나? 그 여자를 체포해봤자 탈북자 한 사람 잡아들이는 것뿐이야. 그게 우리 할 일인가?"

"…."

부국장은 침묵하고 있었고, 국장이 말을 이었다.

"미국이 언제 탈북자에 신경 쓰던가? 이번에는 분명 중요한 일이 있어. 현지 작전일 거야. 만일 말일세…, 그 여자를 단순히 미국으로 데려가려고 했다면 존 글랜이 선양까지 올 일이 뭐가 있겠나? 필경 존 글랜이 움직일 거야. 우린 존 글랜을 쫓으면 되는 거지. 어쩌면 여자가 동행할 수도 있겠지…. 이게 내 생각일세."

"하지만 국장님…."

부국장은 아직도 불만스러운 듯 끼어들었다.

"그들이 움직인다고 해서 우리가 무엇을 알 수 있을까요? 이익이 뭐죠?"

"이런 바보 같으니! 조선 여자가 끼어들었다면 북한 쪽 일이 아니겠나! 더구나 존 글랜이 움직인다면 우리는 작전의 장소를 알 수 있어. 어렵게 생각하지 말고 특별 미행조를 편성해두게. 영사관 주변은 24시간 감시하고…. 나가보게!"

국장은 부국장이 나가자 고개를 가로졌더니 깊은 생각에 돌입했다.

이럴 즈음, 영사관에 당도한 여인은 심문실에 들어가 기다리고 있는 중이었다. 한참 만에 미국 정보관계자가 들어섰다.

"안녕하십니까?"

미국인은 한국말로 얘기했다. 여인은 다소 놀랐지만 별일 아니라고 생각하고 기다렸다. 미국인은 여자에게 물을 한 잔 건네고는 마주 앉았다. 심문이 시작되는 것이었다.

"아가씨, 북한에서 왔습니까?"

"네."

"이름은?"

"김지현입니다."

"나이는?"

"21세."

"언제 북한을 탈출했습니까?"

"2주 전입니다."

"왜 미국 영사관으로 왔습니까?"

"전달할 것이 있어서요."

"그것 때문에 탈출했습니까?"

"네."

"무엇입니까?"

"그보다 먼저 얘기하고 싶은 것이 있습니다."

여인은 심문을 정지시켰다. 심문관은 잠시 여자를 바라보더니 고개를 끄덕이며 친절히 말했다.

"얘기해보세요."

"저는 피닉스 얘기를 하려는데, 조건이 하나 있습니다."

"뭔가요?"

"나를 미국이나 한국으로 갈 수 있게 해주세요."

"오, 그래요? 미국에 가는 것은 아가씨가 하는 얘기에 따라 정해질 수 있습니다. 한국행은 한국 측과 얘기해 봐야겠지요!"

"그럼, 그것부터 확인해주세요. 그때까지는 아무 말도 안 할 거예요."

여자는 여기서 말을 멈추었다. 피닉스에 대해 정보를 주는 대가로 안전보장을 요구하는 것이었다. 심문관은 미소를 짓더니 자리에서 일어나 밖으로 나갔다. 잠시 후 심문관은 나이 많은 미국인과 함께 들어왔다. 나이 든 미국인도 한국말을 잘하는 것 같았다.

"아가씨, 나는 피닉스의 친구요. 아가씨의 안전은 우리 영사관에 들어오는 순간 이미 확보된 것입니다. 우리는 한국 영사관처럼 탈북자를 소홀히 하지 않습니다. 알겠소?"

김지현은 한국 영사관 어쩌고 하는 말은 잘 이해하지 못했다. 하지만 자신이 안전하다는 것은 확신할 수 있게 되었다. 순간 긴장이 풀리고 마음이 침착하게 가라앉았다. 존 글랜에 의해 심문은 다시 시작되었다.

"아가씨, 피닉스는 살아 있습니까?"

존 글랜이 가장 궁금한 것은 이것이었다.

"살아 있습니다."

지현의 대답은 분명했다.

"그렇다면 말입니다, 아가씨, 그 증거가 있습니까? 못 믿겠다는 것이 아니고 좀 더 확실히 하고 싶어서입니다."

"피닉스는 이렇게 말했습니다. '미국 여자들이 몸은 예쁘지만 마음씨는 한국 여자가 더 낫다.'고…. 또 이런 얘기도 했답니다. '당신은 미국인인데 무엇 때문에 위험한 한국에 왔습니까?' 이 모두 당시 미국인 친구에게 한 말이랍니다. 혹시 당신이 그 미국인 아닌가요?"

지현이 이렇게 말하자 존 글랜은 위를 쳐다보며 눈물을 주르르 흘렸고, 격한 음성으로 겨우 말을 이었다.

"아가씨, 내가 다 기억합니다. 피닉스가 분명해, 내 친구…! 그런데 아가씨, 그 말은 아가씨가 직접 들은 것입니까?"

"…."

이 대목에서 지현은 잠시 생각했다. 이 순간 존 글랜 옆에 앉아 있는 심문관은 다소 실망했다. 피닉스에게 직접 들은 얘기가 아니라면 피닉스가 살아 있는지가 불분명해질 수 있기 때문이었다. 지현이 말했다.

"저는 그 얘기를 피닉스의 손자에게 들었습니다. 그 손자는 피닉스에게 직접 들었답니다."

"오, 그렇습니까? 그런데 그 얘기가 어떻게 아가씨에게 들어왔지요?"

"그 손자가…, 저의 애인입니다."

지현은 이렇게 말하고는 갑자기 얼굴을 감싸고 소리 내어 울었다.

"흑…. 흑…."

사연이 깊은 것 같았다. 존 글랜과 심문관은 잠시 멈추었다가 냉수를 권하고 부드럽게 심문을 이어갔다.

"아가씨, 잘 알겠어요. 그 대목은 조금 있다가 묻겠습니다. 지금은 피닉스에게 집중하지요. 피닉스가 우리에게 전달해달라고 한 내용이 있습니까?"

존 글랜은 피닉스로부터 어떤 정보 전달이 있느냐를 묻는 것이었다. 지현이 대답했다.

"피닉스는 현재 건강이 좋지 않습니다. 오래 일을 할 수는 없다더군요. 후임자를 몇 명 만들었는데, 이들을 소개하고 싶어 합니다. 존 글랜 씨와 직접 연락하면 좋겠다고 했어요."

"그랬나요? 어떻게 연락할 수 있을까? 아, 방법을 찾아봐야겠군요…!"

"…."

존 글랜은 난감한 듯 얼굴을 잠시 찡그렸다. 지현이 다시 말했다.

"피닉스는 핸드폰을 원했어요. 미국 측과 직접 연락이 되는 전화기 말이에요. 요즘 그런 장비가 있지 않나요?"

지현이 얘기하는 장비는 첩보업무에 흔히 쓰이는 위성연락장치를 말한다. 존 글랜은 희망을 발견했다.

"아가씨, 잘 알겠습니다. 피닉스에게 핸드폰을 보내는 방법을 연구해보도록 하지요. 현재 피닉스는 안전한가요?"

"네, 안전할 거예요. 하지만 제가 탈출했기 때문에 제 애인과 그 가족들이 위험해질 수 있겠지요. 그건 잘 모르겠어요!"

"알겠어요. 천천히 얘기합시다. 그보다는 아가씨는 어떻게 탈출할 수 있었나요?"

"네, 저는 1년간 계획을 세웠습니다. 애인이 모든 일을 준비했어요. 그는 저를 탈출시키려고 온 힘을 기울였어요."

여기서 지현은 다시 눈물을 글썽였다. 심문관이 나서서 말을 이었다.

"아가씨, 그 남자에 대해 얘기해봅시다. 그는 피닉스 플랜을 알고 있습니까?"

"잘 알고 있습니다. 자기는 피닉스 플랜을 위해 목숨을 걸겠다고 했습니다."

"오, 그렇군요. 잠시 쉬고 좀 더 상세히 얘기해봅시다."

심문관은 존 글랜을 바라봤다. 서로 말은 없었지만 큰일이 발생했다는 것을 공감하고 있었다. 피닉스 작전은 현재까지 실행되고 있는 것이다.

은인의 행방

미아리 골목 앞 화재사건은 여러 달째 잊혀지지 않고 있었다. 그곳에서 극적으로 살아남은 여인이 있건만 그녀를 구해준 사람은 밝혀지지 않았기 때문이었다. 당국은 화재현장과 그 주변을 샅샅이 수색했지만 시체를 찾을 수가 없었다. 여인을 잘 묶어서 내려보낸 사람은 분명 어딘가에 있어야 하는데, 종적을 찾을 수 없는 것이었다.

당시 화재현장에 있었던 사람들도 여인이 내려지는 것만 보고 있었지 위에서 줄을 잡고 있는 사람에 대해서는 누구도 신경을 쓰지 않았다. 그 사람은 여인의 안전이 확인되자 뒤쪽으로 돌아가 뛰어내렸다. 연기가 자욱한 현장에서 이것은 보이지 않았을 것이다. 다만 목격자가 한 사람이 있었다. 화재현장을 측면에서 바라보고 있었던 동네 아주머니였는데, 이렇게 말하고 있다.

"청년이 떨어지다가 공중으로 떠올랐어요. 그리고 건너편 건물로 날아갔는데, 천사가 그 청년을 옆에 끼고 있었지요. 천사 맞아요….."

이로부터 한 달여 동안은 천사를 비롯한 종교의 기적이 신문에 연일 보도되고 있었다. 경찰에서는 오랫동안 탐문수사를 진행했으나 사건은 오리무중. 차츰 관심은 잦아들고 있었으나 기자들은 끈질기게 특종기사를 찾고 있었다. 하지만 안타깝게도 청년은 나타나지 않았다. 과연 천사가 데려갔을까…? 이것은 누구도 알 수 없었다.

다만 한 여인은 그 청년이 어딘가에 살아 있다고 굳게 믿고 있었다. 그리고 한없이 그리워했다. 여인의 이름은 이세나, 나이는 19세, 이세나는 화재현장에서 구조된 후 즉시 병원으로 이송되었다. 진단 결과 신체적인 손상은 전무했고, 단지 정신적인 충격 때문에 정신과 치료를 받았다. 지금은 완쾌된 상태다.

하지만 이세나는 청년에 대한 그리움을 떨쳐내지 못하고 있었다. 그 청년의 모습이 날이 갈수록 선명하게 떠올랐다. 깨끗하고 강력한 의지를 담은 얼굴, 그리고 왠지 고독해 보이는 느낌. 세나는 자신의 목숨을 구해 준 사람에게 고맙다는 인사를 꼭 전하고 싶었다. 그를 보지 못한다면 평생 그리워할 것이 분명했다. 또한 고통의 나날을 보낼 것이다.

세나는 어떻게 하든 그 청년을 찾기로 결심했다. 그러나 경찰이나 기자들도 찾지 못한 신비의 인물을 힘없는 어린 여자가 어떻게 찾는단 말인가! 세나는 오늘도 그 청년을 생각하다가 저절로 눈물을 흘리고 말았다. 그러다 하나의 생각이 떠올랐다.

그날 그 순간, 몸과 마음이 다 불타버릴 것 같은 처절했던 순간, 세나의 마음속에는 그때의 정경이 그려지고 있었다.

'그 사람! 옷차림은 트레이닝복이었지. 그래, 그랬어. 색깔은 청색, 머리는 짧았어. 갓 이발을 한 것처럼. 얼굴색은 맑았지. 검은 눈썹…, 손은 깨끗했지. 고생을 안 해본 사람처럼…. 그리고 또 뭐가 있더라. 그래, 붉은색 카디건…. 머리칼은 아주 검었고….'

이세나는 경찰에서 조사를 받을 때는 아무것도 생각나지 않았었다. 그러나 지금은 청년의 모습을 선명하게 떠올리고 있었다.

'줄을 내릴 때 침착하고 조심스러웠던 표정…. 땀을 흘리고 있었지, 나를 계속 바라보면서…. 그 사람은 내가 땅에 닿을 때까지 근심스럽게 나를 바라보았어….'

이세나는 다시 생각을 간추렸다.

'그날이 수요일이었지. 낮 3시경, 그 사람은 동네 사람이야. 트레이닝복을 입고 있었어. 직장인도 아닐 거야. 그 시간에 그런 옷을 입고 돌아다니는 직장인은 없어. 동네에서 자영업을 하고 있는 사람일까? 아니야, 그 사람은 그 동네에서 살고, 볼일 보러 나왔다가 화재현장을 본 것일 테지. 그리고 그 사람은 이웃들에게 잘 알려진 사람은 아닐 거야. 그렇다면 동네 사람이 그 사람을 생각해냈을 거니까. 신문이나 TV도 안 보는 사람이야. 많은 사람들이 그토록 찾고 있는데 피할 이유가 없지. 아주 폐쇄적인 사람일 거야. 이 동네에서! 거기가 어딜까? 트레이닝복은 새 옷이었지. 어디서 샀을까? 이 동네? 맞아! 이발은 어디서 했을까? 멀리 가서 하지는 않았을 거야. 동네 이발소야! 어딜까? 고급 미용실은 아니겠고…. 시간이 3시였으니 그 시간에 그 거리를 가끔 지나다닐 수도 있고, 화재현장을 보러 나왔을 수도 있겠지….'

이세나는 모든 사항을 점검하고 미아리 골목 일대를 탐색해보기로 결심했다.

'매일 찾아다니다 보면 부딪칠 수도 있겠고…, 이발소나 트레이닝복 가게, 은폐된 곳 등을 찾아보면 무엇인가 나올 수도 있겠지….'

이렇게 생각하고 나니 용기와 희망이 생기는 듯했다. 그 사람에 대한 그리움은 애써 억눌렀다. 찾을 수 있다…! 찾을 것이다! 이세나의 마음은 더욱 밝아지고 있었다.

완치

고곡선생은 지난주 박진곤 회장의 간암이 완치되었다고 선언했다. 그동안 침뜸과 한약, 그리고 선도의 비법인 기공술을 이용하여 박회장의 몸을 건강한 상태로 되돌려놓은 것이다. 오늘은 현대의학의 최종진단이 나오는 날이었다.

박회장은 이미 스스로 몸의 활력을 확인하고 있는 중이다. 박회장이 느끼기에 70대라고는 도저히 생각할 수도 없는 몸이고, 아들한테는 자신이 20대로 돌아왔다고 호언장담했다. 병원의 진단 역시 완치로 나왔다. CT촬영이나 혈액검사 등으로 판정해볼 때 간암의 징후는 전혀 없었다.

이로써 박회장은 새로운 생명을 얻은 셈이다. 이는 기적인가, 운명인가? 그것은 알 길이 없었으나 박회장은 자신의 새로운 인생을 보람 있는 일에 쓰기로 굳게 다짐했다.

'나는 새로 태어난 것이야. 선생님은 65년 전에 이미 알고 있었던 것 같고…. 찾아뵙고 가르침을 받아야겠지….'

이렇게 생각한 박회장은 아들과 함께 미아리 고곡선생의 도량을 찾았다. 대문 앞에는 언제나처럼 해맑은 청년이 마중을 나왔다. 청년과는 친숙해진 상태. 일행은 곧바로 고곡선생을 배견했다.

"선생님, 저를 다시 태어나게 해준 은혜는 그 무엇으로도 갚을 길이 없겠습니다. 앞으로 제 인생이 나아갈 길을 지시해주십시오. 신명을 다해 받들겠습니다."

박회장은 이렇게 말하고 엎드려 있었다. 선생이 말했다.

"박회장, 자네의 남은 인생은 나라를 위해 써주게. 자네 아들도 함께 하면 더욱 좋겠고…."

"네? 아 네, 알겠습니다. 저의 아들까지 큰일을 하게 해주신다면 더할 수 없는 영광입니다."

박회장은 여기서 아들을 보며 엄한 목소리로 말했다.

"영민아, 선생님께 가르침을 청하도록 해라…."

박영민은 일어나 고곡선생께 또 한 번 큰절을 올렸다. 박씨 부자는 이미 얘기를 나누어둔 적이 있었다. 박회장은 치료를 위해 미아리를 찾을 때 고곡선생이 아들을 함께 오라고 한 것을 깊게 새기고 있었던 것이다.

'필경 중요한 가르침이 있을 것이야!'

박회장은 아들에게 이렇게 말했는데, 아들은 벌써 전부터 생각해두었다. 박회장의 아들 박영민은 아버지로부터 긴긴 세월 선비 선생님의 얘기를 들은 바 있었다. 이때부터 선생님을 만나게 되면 반드시 가르침을 받겠다고 다짐해둔 터였다. 그런데 오늘 아버지가 다시 태어난(?) 날 선생님의 각별한 당부가 있어서 너무나 기뻤다. 박영민은 말했다.

"선생님, 가르침을 내려주십시오. 그리고 저를 제자로 받아주십시오."

"허허, 기특하구먼…. 아버지도 함께 편히 앉아서 듣게. 박회장, 자네들은 속세에서 할 일이 많다네. 한가하게 내 제자가 되어 공부에만 전념할 수 없겠지. 뭐 그게 그것이야. 공부란 억조창생을 구하는 데 쓰는 것이니 훌륭한 일을 한다면 그 또한 공부일세. 나의 제자가 되어 할 수 있는 산중공부는 훗날 우리나라가 평안해지면 그때 다시 얘기하세."

"…."

박영민은 들으면서 속으로 약간 놀랐다. 우리나라가 평안해지면…? 이 말은 무슨 뜻일까? 나라의 혼란이 온다는 뜻일까…?

고곡선생의 말이 이어졌다.

"이보게 박회장, 여기 전화번호가 있네. 박진일 교수인데, 이 사람을 찾아서 또 한 분을 소개받게. 그리하면 자네가 해야 할 일을 알게 될 것이야. 우리나라 상황부터 파악해야겠지…. 그리고 자네 아들은 앞으로 큰 인물이 될 걸세. 모든 역량을 다해 나라를 구하는 데 힘써주게. 이것이 내가 65년간 자네를 기다린 일일세…. 알겠나?"

고곡선생은 강조했고 박회장은 고개를 조아리고 분명히 대답했다.

"네, 선생님. 충분히 깨닫고 있습니다. 죽을 힘을 다해 뜻을 받들겠습니다. "

박회장이 이렇게 말하자 박영민도 고개 숙여 복명했다.

"선생님, 저도 역량을 다 동원하고 생명을 바치더라도 기필코 선생님의 분부를 완수하겠습니다."

박회장 부자의 결의는 대단했다. 이를 간파한 고곡선생은 고개를 끄덕여 만족을 표시했다. 고곡선생이 말했다.

"그럼 이만 가보게."

"네, 선생님. 저희는 분부 받자옵고 물러가겠습니다. 그런데 저희가 이곳을 언제나 다시 찾아와 뵈어도 되겠는지요?"

박회장은 고곡선생을 다시 못 볼까 봐 불안한 마음으로 물었다. 선생의 인자한 음성이 들려왔다.

"언제든지 찾아오게. 다만 나는 이곳에 오래 있게 되지는 않아. 자네들의 앞날에 천지신명의 가호가 있기를 빌겠네…."

"…."

박회장 부자는 큰집을 나왔다. 하늘은 잔뜩 흐려 있었다.

여인과 제비

동해안 속초 앞바다의 한 최고급 호화콘도. 새로 지어진 이 콘도는 바다가 직접 내려다보이는 곳에 위치해 있고, 주변경관이 뛰어나 사시사철 손님이 붐볐다. 오늘도 객실은 거의 다 예약되어 있는 상태.

일지매는 한참 전에 나타나 속속 도착하는 손님을 살피는 중이다. 일지매는 무엇인가 고르고 있었는데, 그것은 다름 아닌 부자였고 또한 불륜이었다. 부자를 고르는 방법은 어렵지 않다. 얼굴색이 편안하고 걸음걸이가 여유가 있는 데다 옷차림이 수수하면 부자다. 고급 외제차량이면 이는 더욱 분명하다.

불륜 커플을 찾아내는 것은 더욱 쉽다. 그저 나이 차이를 보면 된다. 20~30년 차이의 남녀라면 이것은 뻔하다. 이토록 외지고 경치 좋은 곳에 부부가 단둘이 오는 경우는 흔치 않다. 일지매는 오로지 나이 차이가 많이 나는 한 쌍을 찾고 있었다. 한동안 살펴본 바에 의하면 이곳에 도착하는 사람은 거의 다 부자처럼 보이기 때문에 나이 차이만 보면 되는 것이었다.

마침 한 쌍이 차에서 내리고 있다. 나이 차이는 분명히 많았다. 최소 20년 이상. 일지매는 속으로 틀림없다고 생각했다. 저 정도면 부자이고 불륜이다!

그런데 약간의 문제가 있었다. 여자 나이가 훨씬 많은 것이었다. 40대 중반 또는 50대 초반. 이에 비해 남자는 20대 초반 정도로 보였다. 어떤 관계일까? 엄마와 아들? 글쎄…, 엄마라면 저렇게 화장을 야하게 했을까? 남자 녀석은 다소 오만하게 보인다. 엄마 앞에서 보일 만한 태도는 아니었다. 그리고 엄마와 아들이 콘도에 올 일이 뭐가 있겠는가! 이는 틀림없는 불륜 관계일 것이다. 돈 많은 여자가 어린 남자와 놀아나는 것이다.

일지매는 일순간 분노가 치솟았다.

'저런 연놈들은 처벌을 받아야 해…!'

일지매가 생각하는 사이에 불륜 남녀는 로비에 가서 체크인 절차를 마쳤다. 두 사람은 엘리베이터 앞으로 걸어가기 시작했다. 일지매가 이미 봐둔 위치였다. 두 사람은 엘리베이터 앞에 섰고 일지매는 약간 거리를 두고 서서 다른 곳을 쳐다보는 시늉을 하고 있었다.

엘리베이터가 도착하고 남녀는 안으로 들어섰다. 일지매도 자연스럽게 들어서고는 벽을 바라보고 있었다. 남녀는 5층을 눌렀다. 일지매는 다른 곳을 보다가 버튼을 누르려다 말았다. 마침 같은 층인 것처럼…. 엘리베이터는 곧 5층에 도착했고, 세 사람은 내렸다. 남녀는 일지매를 전혀 의식하지 못한 듯 복도를 걸어 예약된 객실문을 열었다. 일지매는 조금 떨어진 다른 객실을 여는 척하다가 남녀가 들어서는 객실로 순간적으로 함께 들어섰다.

"어머! 누구세요?"

여자는 깜짝 놀라 일지매를 쳐다봤고, 남자도 기분이 몹시 나쁜 듯 노려봤다. 일지매는 태연히 대답했다.

"직원입니다. 수도를 잠깐 점검하겠습니다. 죄송합니다."

이 말에 남녀는 안심한 듯했으나 기분이 크게 상했다. 그러나 기분이 더욱 상한 것은 다음 순간이었다. 일지매는 뒷발로 남자의 옆구리를 질러댔다.

"퍽! 윽! 쿵!"

남자는 기절했고, 여자는 말문이 막혔다. 일지매가 조용히 말했다.

"소리 지르면 죽여버릴 거야! 조용히 해, 알겠어?"

여자는 소리를 지르려다 말았다. 쓰러진 남자가 일어나지 못하는 것을 보고 괴한의 위력을 감지했던 것이다.

'강도일까…?'

여자는 속으로 이런 생각을 하고 있었는데, 일지매가 다그쳤다.

"야, 이년! 너 부자야?"

여자는 잠시 망설이다 대답했다.

"아니에요!"

"뭐? 부자가 아니라고? 그럼 이런 데를 어떻게 왔어?"

"올 만해서요. 당신은 누구세요?"

여자의 말에 일지매는 잠시 당황했다. 그러나 이내 정신을 수습하고 위협적으로 말했다.

"이년, 난 일지매야! 너 헛소리하면 바로 죽는다. 알았어?"

"네…."

여자는 다소곳이 대답하고는 일지매의 태도를 지켜보고 있었다. 일지매의 다음 말이 이어졌다.

"저놈은 뭐야?"

"애인이에요!"

"뭐? 뭐라고?"

일지매는 놀랐다. 여자의 당당한 태도 때문이었다. 그러나 일지매는 다음 말을 벌써 전부터 준비해둔 상태였다.

"애인이라고? 네 남편은?"

"죽었어요!"

일이 꼬이고 있었다. 일지매의 예상은 여자가 쩔쩔 매며 남편에게 알리지 말아 달라며 비는 것이었다. 그러나 이 여자는 남편이 죽고 젊은 애인을 만난 것뿐이었다. 이럴 때 어떻게 해야 되지? 일지매는 속으로 생각하면서 겨우 말을 꺼냈다.

"저놈을 어떻게 만났어?"

일지매는 이렇게 말해놓고 보니 스스로가 약간 유치해 보였다. 남이야 어떻게 만나든 일지매가 상관할 일이 아니지 않은가! 그런데 여자의 다음 말이 기가 막혔다.

"제비에요…!"

'음? 제비…? 그렇지, 저놈은 제비일 거야!'

일지매는 일이 더욱 꼬여가는 것을 느꼈다. 이럴 때 누구를 응징해야 하는가? 제비도 나쁘고, 돈 많은 여자가 제비와 놀아나는 것도 나쁘고…. 아니, 그런데 이 여자는 부자가 아니라고 하지 않는가! 일지매의 생각이 다소 길어지자 여자가 말했다.

"돈을 줄까요?"

여자는 일지매를 강도로 생각하는 것 같았다. 일지매는 약간의 분노를 느꼈다.

"야, 이년, 너 나를 강도로 보는 거야?"

"아니에요, 돈이 필요한 사람 같아서요!"

"음, 뭐라고?"

일지매는 갑자기 생각이 많아졌다. 요즘 그렇지 않아도 쪼들리는 판인데 돈 얘기가 나온 것이다. 게다가 쉽게 돈이 생길 순간이 아니더냐! 일지매는 판단이 서지 않았다. 그러자 여자가 다시 말했다.

"돈을 드릴 테니 살려주세요. 나는 부자가 아니에요. 세상에 부자가 얼마나 많은데…."

"…."

일지매는 길게 생각하고 있었다.

'부자! 이 여자는 부자가 맞다. 그러나 큰 부자는 아닌 것 같아…. 얼마나 돈이 많아야 부자일까? 온 세상 사람이 나보다는 부자일 거야. 하지만 그런 사람을 다 부자라고 하면 안 되겠지. 여기는 서울 강남의 룸살롱도 아니고….'

일지매가 생각하는 동안 여자는 어느새 수표를 꺼내 일지매 앞에 내밀고 있었다. 여기서 또 일지매는 혼란을 겪고 있었다. 하루하루 형편이 매우 어려운 지경이었다. 값싼 원룸에 집세도 밀리지 않았나! 게다가 살아갈 앞날도 막막하고…. 내가 계속 일지매 노릇을 하려면 돈이 좀 있어야겠지. 일지매는 여기까지 생각하고는 여자가 내민 수표를 슬쩍 훑어봤다.

일, 십, 백, 천, 만, 십만…. 일지매는 놀랐다. 여자가 내민 돈은 1,000만 원이었다. 분명 1,000만 원! 이 돈이면 1년을 생활할 수 있겠지…. 받아야 하나? 여자가 먼저 결정했다. 일지매의 손은 여자의 손에 잡히고 수표가 들려지고 있었다. 거액이 넘어오는 순간이었다. 일지매는 여자의 손이 참 부드럽다는 생각이 들었다. 그리고 느껴지는 1,000만 원의 감각…!

일지매는 어느새 수표를 은근히 잡고는 방을 나섰다. 복도에는 아무도 없었다. 그런데 수표 밑으로 또 하나 느껴지는 것이 있었다. 딱딱한 느낌인데…, 무엇이지? 일지매는 생각할 사이도 없이 눈으로 벌써 그것을 확인했다. 딱딱한 종이, 명함이었다. 명함! 여자는 일지매에게 1,000만 원을 안기고 명함을 남겨 놓았던 것이다. 왜 그랬을까?

일지매는 잠깐 생각했으나 현장을 빠져나오는 것이 급선무였다. 엘리베이터는 마침 5층에 머물러 있었다. 일지매는 그것을 타고 내려와 콘도 건물을 빠져나왔다. 그러자 멀리 푸른 바다의 정경이 눈에 들어왔다. 일지매는 빠른 걸음으로 사라졌다.

나라의 운명

밤새 눈이 내리고 산중의 아침은 조용히 찾아왔다. 새소리나 바람소리도 없었다. 인허와 도제 3명은 일휴선생을 문안하는 중이었다.

"스승님, 저희가 왔습니다. 밤새 평안하셨는지요?"

"들어오게!"

일휴선생의 음성은 맑고 고요했다. 방으로 들어서자 밤새 벽을 바라보며 좌정을 했던 일휴선생은 벽으로부터 돌아앉았고, 제자들은 무릎을 꿇고 절을 올렸다. 그러자 일휴선생은 곧바로 서두를 꺼냈다.

"얘들아…, 나는 잠시 산 위로 올라갈 것이야. 인허는 며칠 더 있다 떠나도록 하게. 그리고 너희들은 각자 스스로의 공부를 하고 있거라. 멀리 나가지는 말고!"

"네, 그리하겠습니다. 그런데 스승님은 산 위에 무슨 일로 가시는지요?"

일휴선생의 수제자인 원진이 나서서 물었다. 일휴선생은 제자들을 바라보며 인자한 표정을 짓고 대답해주었다.

"풍욕을 할 생각이네…."

풍욕風浴이란 바람에 몸을 노출시키는 것인데, 마음을 목욕시킨다는 뜻이 있다. 도인들은 중요한 일이 있을 때 이런 예식을 취한다. 원진은 약간 놀라며 반문했다.

"스승님, 지금은 겨울인데 풍욕을 하시다니요! 그토록 중요한 일이 무엇인지요?"

"음, 나는 100일간 풍욕을 하고 나서 점을 칠 생각이야…."

100일간의 풍욕은 범인으로서는 견딜 수 없는 일이다. 더구나 지금 같은 겨울이라면 1시간도 채 견디지 못하고 죽음에 이를 것이다. 하지만 이미 노신풍체露身風體의 경지에 이른 일휴선생으로서는 불가능한 일이 아니었다. 단지 그토록 마음을 경건하게 갖출 일이 무엇이냐가 궁금했을 뿐이다. 이때 인허가 나섰다. 마음에 짚이는 것이 있어서였다.

"스승님, 어떤 점을 치시는데요? 겨울에 풍욕을 100일간이나 하시면 서…."

일휴선생은 모두에게 말했다.

"나는 우리나라의 장래에 대해서 점을 치려고 하네. 점을 쳐야 할 때가 되었기 때문이지…."

인허는 이 말을 듣고 자신이 겪었던 얼마 전 일을 회상하고 있었다.

"도사 아저씨, 우리나라가 어떻게 되겠어요…?"

장애인 아이가 했던 질문인데, 당시 인허는 말문이 막혔다. 감히 상상도 할 수 없는 문제! 학문이 아직 부족한 인허로서는 나라의 장래를 생각한다는 것이 실감이 나지 않았다. 그런데 지금 일휴스승이 그 문제를 가지고 점을 치겠다는 것이다. 이런 문제라면 과연 100일간 풍욕을 하면서 마음을 정갈하게 할 필요가 있을 것이다.

단지 겨울에 하는 100일간의 풍욕은 목숨을 걸어야 할 일이다. 인허 자신은 감당하기 어려운 시련이었다. 하지만 일휴스승은 이루어낼 수 있을 것이다. 그러나 혹시 건강을 상하지나 않으실지…. 인허는 이런 생각을 하고 있었는데 일휴스승의 말이 들려왔다.

"내 몸은 걱정하지 말게. 나는 큰일을 점치기에 앞서 모든 잡념을 바람에 날려 보내려 하네. 바람이 내 몸을 뚫고 들어와 마음속까지 깨끗하게 해줬으면 하는 바램뿐이야."

원진이 나섰다.

"스승님, 스승님의 마음은 항상 맑을 터, 거기에 풍욕까지 필요하십니까? 머지않아 봄인데 그때 가서 하시면 안 되겠습니까?"

원진은 스승의 생명을 걱정해서 묻는 것이다. 수양이 많이 부족한 원진으로서는 겨울에 하는 100일간의 풍욕은 상상도 할 수 없는 일이었다. 하루나 견딜 수 있을까? 이런 생각은 다른 도제들도 마찬가지였다. 일휴선생은 웃으며 말했다.

"허허, 녀석들…. 내 몸 걱정을 하는구나! 아무 걱정 말거라. 나의 천복天服은 아직 쓸 만해. 나라의 일이 급하니 나는 곧 떠나야겠다. 100일 후에 내려올 것이야. 그동안 무슨 일이 있어도 나를 찾아오면 안 되네. 너희들이 방해를 하면 다시 100일간 풍욕을 해야 하는 것이야, 알겠니?"

천복은 태어났을 때의 몸을 말하는바, 일휴선생의 몸은 이미 신선의 경지에 오른 지 오래 되었다. 제자들은 자신의 몸이 아직 범부의 경지에 있기 때문에 스승의 몸이 어떤지 잠시 잊었던 것이다. 스승의 각별한 설명에 이해는 했으나 100세가 넘은 몸을 걱정하지 않을 수는 없었다. 하지만 스승의 당부가 엄격한지라 머리를 조아려 대답할 수밖에 없었다.

"네…."

스승의 지시는 어길 수 없는 것이었다. 위험한 풍욕, 그리고 나라의 장래를 점치는 일, 모든 것을 성취하기만 바랄 뿐이다. 잠시 후 일휴선생은 산 위를 향해 조용히 떠나갔다.

첩보 보고

중국 북경, MSS 중앙본부 본부장은 선양지국에서 올라온 첩보 보고서를 읽고 있었다. 내용은 편지체로 쓰여졌는데, 사진 등 첨부서류가 많았다. 부장은 사진 몇 장을 훑어보고는 내용을 읽기 시작했다.

최근 선양시 미국 영사관에는 존 글랜(89세)이라는 전직 CIA요원이 와 있습니다. 이즈음 영사관 측에서는 대대적인 수색을 벌여 한 여인을 찾아냈습니다. 이름은 김지현(21세)입니다. 이 여자는 영사관에 들어간 지 며칠이 지났는데, 미국이나 한국으로 떠나지 않았습니다. 필경 CIA의 어떤 작전에 관여하는 것 같습니다.

그 후 CIA측은 외교관 차량을 타고 압록강 상류 일대를 관광했는데, 그 일대를 상세히 촬영하는 것이 목격되었습니다. 지형을 살피는 것이겠지요. 누군가의 탈출을 준비하는 것으로 보이는데, 어쩌면 상설 정보 루트를 개발하는지도 모릅니다. 그리고 CIA요원은 압록강 상류의 중국인 밀수꾼도 만났는데, 지역 상황에 대해 자문을 받은 듯합니다.

현재 우리는 모든 사항을 놓치지 않고 장악하고 있습니다. 행동지침을 하달 받고 싶습니다. 저의 개인적 생각입니다만, 우리는 미국 측 작전을 관망하거나, 또는 정지시키거나, 북한 측에 알리는 것과, 미국 측과 작전을 공유하는 것 등 4가지 선택이 있다고 봅니다. 본부의 신속한 지시를 기다리고 있겠습니다.

－ 선양지국장

보고서는 여기까지인데, 본부장은 한동안 생각에 잠겼다가 부본부장을 호출했다.

잠시 후 부본부장이 들어왔다.

"부르셨습니까?"

"음, 잠깐 앉게. 의논할 일이 있네…."

"….."

"여기 보고서 말일세. 지금 선양시에서 심상치 않은 일이 벌어지고 있는 것 같아. 북한 내부에서 들어오는 중요 정보를 미국 측이 수집하려는 듯 보이는구먼. 그런데 우리가 어떻게 하면 좋을까? 선양지국에서는 미국과 공동작전을 펴는 것이 어떤가 하고 의견을 제시해 왔다네. 자네 생각은 어떤가?"

부본부장은 잠깐 생각하고는 대답했다.

"본부장님, 저도 그 보고서를 상세히 읽어봤는데요, 선양지국에서 적절히 행동한 것 같습니다. 우리는 현재 북한 내부에서의 정보수집이 날로 축소되고 있습니다. 이럴 때 미국이 어떤 정보망을 발굴해냈다면 우리도 좀 이용해도 되지 않을까 싶습니다."

부본부장은 거침없이 자신의 견해를 밝혔는데, 본부장은 미소를 짓고는 대답했다.

"나의 생각도 그렇다네. 선양지국장은 판단력이 있는 친구로구먼. 자네가 직접 전화로 연락해서 미국 측과 접촉을 시도하라고 명령하게. 그리고 칭찬도 한마디 해주고…."

"네, 본부장님."

부본부장은 힘차게 대답하고 밖으로 나갔다. 본부장은 첨부 서류를 계속 들춰보고 있었다.

위험한 중국

북한의 최고지도자 김정은은 오늘도 21지구를 찾았다. 요즘 들어 이곳을 자주 찾는 편이다. 경계가 삼엄한 밀실, 김정은은 대선생과 마주 앉아 있었다. 언제나 똑같은 광경이다. 비서가 차를 날라 오고 나서 문은 닫혔다. 문 밖에는 붉은 등이 켜져 있고, 경호원 몇 명이 지키고 있다. 저쪽 떨어진 곳은 경비병들이 모든 통로를 물샐 틈 없이 막아섰다. 더 먼 곳에서는 군인들이 겹겹이 벽을 쌓고 있을 것이다.

안에서는 대화가 시작되고 있었다.

"대선생, 최근 들어 중국과 미국이 상당히 가까워지고 있는 것 같소. 우리에게 어떤 위협이 생기지 않을까요?"

대선생은 고개를 천천히 끄덕이고 나서 서두를 꺼냈다.

"지도자 동지, 우리에게 최고의 적은 미국이 아니라 중국입니다. 그 배경을 좀 설명하겠습니다."

김정은은 묵묵히 듣고만 있었다. 대선생의 통찰력은 당금 세계제일이라고 믿고 있는 김정은으로서는 언제나 경청할 뿐이다. 대선생의 음성이 고요히 흘러 나왔다.

"먼저 우리 땅을 고찰해보겠습니다. 이 땅에 사는 사람은 오랜 옛날부터 중국에 대항해 왔습니다. 남쪽은 미국과 내통하고 사상과 이념도 중국과 다릅니다. 우리 북조선은 아주 강력한 정부가 있어 중국에 굴복하지 않습니다. 게다가 우리 북조선은 미국의 적으로서 미국이 남한을 앞세워 우리를 침략하여 중국에 더욱 다가올 수도 있습니다.

물론 우리가 미국에 밀리는 것은 절대 아니지만, 중국 측으로서는 불안합니다. 미국은 중국을 견제하기 위해 바로 코앞에 진을 치고 있습니다. 여기서 전쟁이 나도 미국은 다치는 게 없습니다. 미국은 한반도에서 중국을 공격할 수 있습니다. 이 모두 조선반도가 가진 땅의 특성 때문입니다.

만약 조선 땅이 중국 것이라 하면 중국은 곧바로 일본을 바라볼 수 있고, 드넓은 황해 바다 전역을 안방처럼 사용할 수 있습니다. 황해 바다를 중국이 독차지하는 경우 이익이 지대합니다. 조선반도가 만약 중국 것이 된다면 일본을 막아주는 방패 역할을 합니다. 일본 측에서도 현재 조선반도를 중국을 막아주는 방패로 사용하고 있는 것과 같습니다. 지금 조선반도는 중국 것도 아니고 중국 편도 아니라서 중국은 한없이 답답할 것입니다. 조선반도는 일본이나 미국이 중국 대륙으로 진출하는 길목에 그들의 전진기지 역할을 하는 중입니다.

만약 말입니다. 미국이 한반도에 핵기지를 건설한다면 중국은 더욱 난감할 것입니다. 옛 소련이 쿠바에서 한 것처럼 말입니다. 조선반도는 중국이나 미국이나 서로 얻었을 때 이익이 극대화되고 상대에게는 치명적인 위협을 줄 수 있는 것입니다. 이래서 미국은 기필코 조선반도에 상륙하고자 하고, 중국은 이를 몰아내려고 하는 것이지요. 한반도는 중국이 볼 때 눈엣가시이고, 턱을 겨누고 있는 창칼입니다. 이러니 중국은 조선반도를 차지하려 혈안이 되어 있는 것입니다.

현재는 중국과 미국이 균형을 이루고 있습니다만, 장차는 중국 쪽으로 균형이 기울어질 것입니다. 그때가 되면 중국은 우리 위대한 북조선과 남한을 싸잡아 무너뜨리고 안으로는 황해 바다를 감싸고 한발 앞으로는 일본을 겨눌 것입니다.

얘기가 다소 길어졌습니다만, 여기까지가 조선반도가 갖는 중요한 특성입니다. 조선반도는 세계의 보석과 같은 땅이지요. 역사적으로는 수천 년 전부터 화산족(중국)이 조선족을 몰아내고 있었습니다. 이제는 결판을 내야 하는 시기가 되었습니다. 미국이 한반도에 붙어 있어서 중국을 노리고 있기 때문입니다.

당초 중국은 조선반도를 속국으로 하거나 천천히 밀어내어 통일하려고 했습니다만, 이제는 급해졌습니다. 가만히 있으면 중국 본토마저 위협받기 때문입니다. 조선반도는 이래저래 전쟁으로 가는 길목에 있습니다. 전쟁은 필지必至의 사실입니다. 이 점이 중요합니다.

우리가 중국에 굴복해도 중국은 남하하여 우리의 주권을 빼앗을 것이고, 남조선이 미국과 한편이든 아니든 중국은 남조선을 완전히 장악하여 이른바 중화통일을 이룩하려 할 것입니다. 조선반도는 전쟁의 압력을 용케도 버티고 있습니다만, 전쟁을 막을 방법을 찾기가 쉽지 않습니다.

중국은 우리가 남조선을 정복한 다음에 내려올지, 우리 북조선을 먼저 정복한 뒤 남쪽으로 갈지를 선택하고 있는 중입니다. 여기서 우리 위대한 조선민주주의인민공화국의 역할이 절대적입니다. 남조선 당국이나 인민들은 바보입니다. 그들은 평화를 지킬 능력도 없고, 더더구나 전쟁을 치를 능력도 없습니다. 그들은 우리가 어느 쪽으로 향하느냐를 바라보고 있을 뿐입니다. 여기서 위대한 지도자 동지께 한 가지 질문을 드리겠습니다."

"…."

"우리는 중국에 대항해야 하겠습니까, 아니면 중국의 속국이 되어 편안함을 추구해야 하겠습니까?"

김정은은 잠시 생각한 후 망설이듯 대답했다.

"어려운 질문이군요. 하지만 나는 중국에 굴복하지 않을 것이오."

"맞습니다. 중국에 굴복한다는 것은 시간 벌기에 불과합니다. 중국은 어차피 조선반도를 다 집어삼키려 할 것입니다."

"그런데 잠깐, 대선생….""

김정은이 막아섰다. 대선생은 말을 중단하고 김정은을 바라봤다. 김정은은 잠시 근심스러운 표정을 짓고는 무겁게 질문을 토해냈다.

"우리는 위로는 중국이 있고, 아래로는 미국이 있습니다. 진퇴양난이지요. 이럴 때 만약 중국이 쳐내려온다면 우리가 이를 막을 수 있습니까? 또한 미국이 중국의 묵인 아래 쳐올라온다면 이를 막을 수 있습니까? 우리의 핵무기로 남한을 초토화시킬 수는 있지만 미군을 궤멸시키지는 못할 것입니다.

그들은 오히려 남한을 핵공격했다는 것을 빌미로 우리에게 핵공격을 가해올 것입니다. 그들은 오키나와에 핵기지가 있고, 핵잠수함도 순식간에 한반도에 답지할 수 있습니다. 그들은 또한 B-52 전략폭격기로 우리 북조선에 무더기로 핵무기를 투하할 수 있습니다. 국제사회도 우리가 먼저 핵무기를 사용한 상황에서는 미국의 반격을 지지할 것입니다. 우리가 어떻게 견딜 것입니까?"

김정은은 여기까지 얘기하고 대선생을 바라봤다. 대선생은 약간 미소를 지으며 대답했다.

"위대하신 지도자 동지, 너무 급히 생각하지 마십시오. 미국이 우리를 먼저 공격하지는 못합니다. 명분이 없습니다. UN이나 국제사회도 용납못합니다. 힘이 있다고 마구 휘두를 수 있는 세상이 아닙니다. 미국이 우리를 먼저 공격하는 것은 미국 국회의 승인을 얻어야 합니다. 미국 의회와 국민은 이를 절대로 승인하지 않습니다. 남조선도 이를 쉽게 용납하지는 않을 것입니다.

문제는 오로지 중국입니다. 그 일에만 집중해야 합니다. 위대하신 지도자 동지, 근심이 너무 많으십니다. 미국은 외부에서 압력을 넣을 수는 있으나 군사행동은 못합니다. 이해하시겠습니까?"

김정은은 말없이 고개를 끄덕였고, 대선생은 다시 이어갔다.

"지도자 동지, 문제는 중국입니다. 하지만 중국이 압록강을 건너 남하하는 것은 쉬운 일이 아닙니다. 물론 불가능한 일도 아닙니다만, 조건이 성숙되려면 아직 멀었습니다. 만약 중국이 우리를 침략할 기미가 보인다면 우리는 러시아를 끌어들여야 합니다. 그들은 얼지 않는 따뜻한 항구를 오랜 세월 전부터 원해왔습니다. 우리는 동북쪽의 항구를 빌려주면 됩니다.

물론 최악의 경우를 얘기하는 것입니다. 중국이 우리를 침략한다면 일본이 반대할 것이고, 미국이나 서방사회도 반대할 것이고, UN도 용납하지 않습니다. 게다가 무엇보다도 남조선이 반대할 것입니다. 남조선은 우리의 조상이 남겨놓은 땅을 중국이 차지하도록 하지 않을 것입니다. 우리는 현재 남조선과 적대관계에 있습니다만, 이는 한반도 내에서의 일입니다. 만일 러시아나 일본 또는 중국이 조선땅을 차지하려 한다면 가장 먼저 남쪽이 반대할 것입니다.

이모저모로 중국이 우리를 치려고 한다면 많은 전제조건이 필요합니다. 우리에게는 시간이 많다는 뜻입니다."

"좋습니다, 대선생….."

김정은이 또 끼어들었다.

"우리에게 시간이 많다는 것은 이해하겠습니다. 그러나 지금 상태로 언제까지 기다릴 수는 없지 않겠습니까? 미국은 국제사회와 더불어 우리에게 압력 수위를 높여가고 있습니다. 이 때문에 우리 경제는 파탄 지경에 이르고 있지 않은가요? 결국 중국이 기회를 잡고 우리를 더욱 굴복시키려 할 것입니다. 언젠가는 군사적으로도 압력을 가해오지 않을까요? 경제도 당장 문제이고, 군사적 위협도 머지않아 도래할 것입니다. 대책이 있습니까?"

"존경하는 지도자 동지, 아무런 걱정하지 마십시오…."

대선생은 애써 미소를 지으며 달래듯 조용히 말했다.

"군사적인 면을 우선 말씀드리지요. 우리는 현재 다량의 핵무기를 보유하고 있습니다. 문제는 이것을 적진에 떨어뜨릴 수 없다는 것인데, 최근 우리는 핵무기의 경량화에 일대 진전을 이룩했습니다. 조만간 미사일에 핵탄두를 장착할 수 있을 것입니다. 이 점을 상세히 말씀드리지요.

제가 직접 지휘하고 있는 전략무기연구소에서는 최근 새로운 개념으로 핵폭탄의 무게를 줄이는 방법에 접근했습니다. 이참에 핵무기에 대해 조금 설명하겠습니다.

보통 핵폭탄은 우라늄235라는 물질을 사용합니다. 이 물질은 추출해내기가 아주 힘들고 시간도 많이 걸리는데, 플루토늄244라는 물질은 우라늄235의 대용품으로 쓰일 수 있는 물질로서, 만들어내기가 아주 쉽습니다. 우리는 이미 플루토늄244라는 물질을 다량 확보하고 있어 핵폭탄 수십 개를 만들고 있습니다. 뿐만 아니라 현재 플루토늄 비축량이 급속도로 늘어나고 있어 핵폭탄을 무제한 생산해낼 수 있는 상황입니다.

하지만 문제는 그게 아닙니다. 이 핵폭탄을 소형화시켜 미사일에 장착할 수 있어야 하지요. 그런데 최근 풀러렌fullerene이란 탄소구조물로 플루토늄을 원자 단위에서 감쌀 수 있게 되었는바, 이로써 플루토늄의 중성자 민감성을 줄일 수 있었고, 또한 탄화 플루토늄을 순수 플루토늄과 적당히 배합하면 아주 이상적인 연쇄반응을 촉발시킬 수가 있습니다.

이것은 플루토늄을 임계량까지 압축하는 데 도움을 줍니다. 임계압축 시간은 100만 분의 1초가량인데, 신물질을 사용하면 임계압축시간이 10배가량 지연되어도 연쇄반응을 일으킬 수 있습니다. 이것은 내향 고폭을 손쉽게 하여 결과적으로는 폭발력은 높이고 총체적으로 소형화가 가능하다는 뜻입니다.

실제 핵폭발에 쓰이는 우라늄 또는 플루토늄의 양은 100kg도 안 됩니다. 그 외의 설비, 즉 내향 고폭장치의 무게가 많이 나가기 때문에 핵폭탄이 무거워지는 것입니다. 전에 우리가 만든 폭탄은 3~5t 정도인데, 현재는 이를 5배 정도 줄였습니다. 그리고 이를 더 줄이려고 실험을 계속하고 있으므로, 조만간 10배 이상 줄일 것으로 보입니다. 이는 미국이나 중국을 앞서는 수준입니다.

핵폭탄의 무게를 어느 정도까지 줄일 수 있을지는 누구도 모릅니다. 하지만 우리는 500kg 이하로 줄이겠다는 목표를 가지고 있습니다. 어쩌면 훨씬 더 줄일 수도 있겠지요. 현재 풀러렌이라는 물질은 많은 희망을 주고 있습니다. 이 물질에 어떤 금속을 가미하면 아주 강하고 가벼운 물질로 변합니다. 이것은 고폭 시 외부막을 탄탄히 하는 효과를 만들기 때문에 핵폭탄의 무게는 더욱 줄어듭니다.

세세한 내용은 아주 많습니다만, 여기서 결론을 내겠습니다. 우리가 핵폭탄의 소형화, 아니 초소형화에 성공한다면 중국을 물리칠 수 있습니다. 중국을 공략하지 못하더라도 저들이 쳐들어오면 앉아서 물리칠 수 있다는 말입니다. 연구결과를 조금 더 보고 자세히 보고 올리겠습니다. 현재는 낙관적이라고만 알고 계시면 될 것입니다."

여기까지 얘기한 대선생은 김정은의 얼굴을 살폈는데, 만족한 듯 보였다. 대선생은 다시 이어갔다.

"위대하신 지도자 동지, 경제문제는 변수가 많고 복잡하여 보고서를 작성하고 있습니다. 그럼 여기서 남쪽 일에 대해 말씀드리고자 합니다."

"대선생!"

김정은이 말을 막았다.

"천천히 합시다. 잠시 자리를 옮길까요…."

두 사람은 밖으로 나와 복도 끝으로 사라졌다.

귀인들

박진곤 회장은 큰집(고곡선생의 도량)에 다녀온 다음 날 박진일 교수에게 전화를 걸었다. 박교수의 전화번호는 고곡선생이 친히 적어준 것이어서 존경심을 가지고 다이얼을 눌렀다. 상대방은 한참 만에 전화를 받았다.

"아, 여보세요. 누구시라구요?"

박교수의 음성은 젊고 씩씩한 느낌을 주었다. 박회장은 잠시 자신을 소개하려다 말고 단순하게 바꾸었다.

"고곡선생님의 소개를 받고 전화드렸습니다만…."

"네? 고곡선생님이요?"

박교수는 화들짝 놀라면서 다급한 음성으로 말했다.

"우리 만나서 얘기하면 안 될까요…!"

이렇게 되어 두 사람은 오늘 당장 만나기로 했다. 전화를 끊고 박교수는 생각에 젖었다.

'고곡스승님께서 나에게 말씀하셨지. '자네는 당장 내 제자가 될 수는 없으나 세상에 큰일은 할 수 있네…. 귀인을 기다리게….' 이런 말씀을 들은 지 3년이나 지났어. 오늘 귀인을 만나려나!'

박교수는 이렇게 생각하고 급히 사무실을 나섰다. 만나기로 한 장소는 인사동 골목의 찻집. 박교수는 뜻있는 사람을 만날 때면 이곳을 자주 이용했다. 택시를 타고 이동하는 데는 시간이 많이 걸렸다. 하지만 박교수는 2시간 먼저 나섰기 때문에 오히려 약속시간보다 일찍 도착할 수 있었다.

먼저 찻집에 들어가서 자리를 정해놓은 박교수는 다시 밖으로 나와 거리에서 기다렸다. 귀인을 만나는데 편안히 앉아서 기다릴 수는 없다는 뜻. 아직 시간이 40분이나 남았다. 그런데 10분가량 기다리자 두 사람이 나타났다. 노인과 젊은 사람. 박교수는 이들을 보자마자 자신이 기다리는 사람이라는 것을 즉시 느낄 수 있었다. 생명력이 넘치고 근엄한 기상…! 박교수는 예의를 차려 말을 건넸다.

"박진곤 회장 아니십니까? 저는 박진일이라고 합니다만….”

박교수가 이렇게 말을 건네는 순간 박회장도 이미 상대방이 누군지 깨닫고 있었다.

"오, 교수님…. 반갑습니다.”

박회장은 악수를 청하고, 이어 아들을 소개했다.

"이쪽은 내 아들입니다.”

"그렇습니까? 안녕하세요, 저는 박진일이라고 합니다….”

박교수는 인사를 나누고 명함을 교환한 다음 찻집 안으로 들어갔다. 잠시 후 차를 마시면서 얘기를 시작했다. 먼저 박회장이 고곡선생을 만나게 된 길고 긴 사연을 얘기했다.

"이토록 오래전에 선생님을 뵙고 오늘에 이르렀습니다. 나는 죽을 몸이었습니다만, 선생님의 은혜를 입어 다시 소생하게 되었습니다. 고곡선생님께서는 이제 와서 나에게 남은 인생을 나라를 위해 써달라고 당부하셨습니다. 영광스러운 일이지요. 하지만 어떻게, 무슨 일을 해야 하는지는 모르고 있습니다. 필경 교수님께서 알고 계시리라 믿습니다. 가르침을 주십시오.”

박회장이 여기까지 얘기하자 박교수는 당황하면서 자리를 고쳐 앉았다. 그러고는 곤란한 듯 천천히 서두를 꺼냈다.

"저는 아무것도 모릅니다. 고곡선생님께서 3년 전 제게 귀인을 만나면 세상에 할 일을 알게 된다고 하셨습니다. 저는 회장님께서 나타나 모든

112

일을 지시할 것이라고 기다리는 중이었습니다. 그런데…."

박교수는 할 말을 잃고 회장을 쳐다봤다. 박회장은 난처했지만 순간 떠오르는 생각이 있었다.

"교수님, 혹시 어떤 분을 알고 계시지 않습니까? 고곡선생님께서 어떤 분을 소개받으라고 하셨습니다."

"아, 그러시군요. 소개할 분이 있습니다. 야원선생이란 분인데, 유중 선생님의 제자랍니다. 유중선생을 모르시나요? 유중선생은 고곡선생님 의 도반이라고 하셨습니다…."

박회장은 고개를 저었다.

"유중선생이란 분은 모릅니다. 하지만 그분의 제자를 만날 수 있다면 다행이겠습니다만…."

"만날 수 있습니다. 야원선생은 마침 서울에 와계십니다. 그렇지 않아 도 일이 있으면 찾아오라고 하셨습니다. 괜찮으시다면 지금 즉시 가보실 까요?"

박회장은 미소를 지었다. 일이 제대로 풀려가고 있기 때문이었다. 모 든 일이 척척 진행되고 있는 것이다.

"그럽시다. 귀인을 만나는데 시간을 지체해서는 안 되겠지요!"

이렇게 되어 세 사람은 찻집을 나서 골목길로 빠져나왔다. 머지않은 곳에 박회장의 승용차가 대기하고 있었다. 일행은 야원선생이 머물고 있 는 정릉 방향을 향해 시원하게 출발했다.

국가의 징조

2008년 2월 10일 저녁 8시 50분경, 남대문이 불타고 있는 것이 한 택시기사에 의해 신고되었다. 이에 당국은 즉각 활동을 개시하여 소방차 32대와 소방대원 128명을 급파했다. 소방당국의 신속한 대응으로 불은 일단 진화된 듯 보였다.

9시 30분쯤, 화재는 연기만 약하게 내뿜고 있어서 진화가 완료된 것으로 당국은 생각하고 있었다. 그러나 불은 계속해서 내부로 타들어가고 있었던 것이다. 남대문이 국보 1호라는 점 때문에 소방 당국이 지나치게 조심스러워했던 것이 불씨를 발견하지 못한 원인이었다.

이후 문화재청과 협의한 소방대원들은 재차 진화에 나섰지만 진화는 신속히 이루어지지 않았다. 남대문은 특수하게 설계되어 있어서 소방차에서 내뿜는 물이나 소화액 등이 불씨가 있는 곳까지 침투할 수 없었기 때문이었다. 문화재청은 이런 상황에서 화재진압이 우선이므로 남대문을 파괴해도 좋다고 허가했다. 이때부터 소방대원들은 지붕을 해체하는 등 화재현장을 적극적으로 파고들었지만 진화는 늦어졌다. 결국 다음 날 새벽 1시 40분경 남대문이 전소되면서 화재는 진압되었다.

역사적으로 말하면 2008년 2월 11일 남대문은 불타 없어진 것이다. 국민들은 경악했고, 어처구니없는 사건에 할 말을 잃었다. 이런 일이 있어도 되는 것인가! 처음에 국민들은 남대문이 공격받은 것으로 생각했다. 그러나 화재는 평범한 일개 시민이 저지른 것으로, 거대한 음모 같은 것은 없었다. 범인은 노인이었는데, 조사결과 배후는 없는 것으로 밝혀졌다.

하지만 사건이 너무 끔찍해서 국민들은 크게 놀라고 괴이한 느낌을 가졌었다. 남대문이 어떤 존재인가! 600년간 지탱해온 서울의 남쪽 관문 아닌가! 남대문이 불타 없어진 것은 어떤 대문 하나가 불탄 것과는 완전히 다르다. 서울의 한쪽 귀퉁이에 불이 붙었다고 해도 과언이 아니다.

화재는 끝났지만 이는 역사에 영원히 남을 일인 것이다. 놀랍고 허무하다. 몇 년이 지난 후에도 국민들은 어처구니없는 사건에 허탈한 웃음을 지을 뿐 무어라 말을 잇지 못했다. 너무나 거대한 사건! 평범한 개인의 사소한 난동. 두 가지는 대비하기 어렵다. 남대문 정도의 화재라면 좀 더 거대한 원인이 있어야 하지 않겠는가!

범인은 후에 재판을 받고 몇 년의 실형을 선고받았다. 불과 몇 년의 형벌! 이로써 600년의 고귀한 문화재는 힘없는 한 노인의 몇 년간의 형벌과 맞바꾸어진 셈이 되었다. 어쩔 수 없는 일이었다. 남대문 화재사건은 이렇게 결말을 맺었다.

역사 혹은 추억 속에서 조용히 사라지는 사건! 누군가 그 일을 얘기하면 대개의 사람들은 어처구니없는 표정만 지을 뿐 그 사건에 의미를 부여하지 못한다. 600년을 지탱해온 대한민국 국보 1호가 타 없어져도 무어라 말을 못하는 것이다.

그러나 어떤 절대 위인 한 사람은 이 사건을 종내 잊지 못했다. 유중선생은 며칠 뒤에야 이 사건을 뉴스를 통해 들었다. 그는 너무 놀라 하늘을 망연히 바라봤고, 그 의미를 생각하기 시작했다. 남대문 정도의 화재라면 이는 서울의 어떤 거대한 건물의 화재보다 의미가 크다고 봐야 한다.

바로 국가의 어떤 징조인 것이다. 유중선생도 그렇게 생각하고 있었다. 이 무슨 괴이한 일인가! 이는 단순한 사건이 아니다. 하늘이 내려준 징조가 아닐 수 없었다. 유중선생의 마음속에 많은 생각이 떠올랐다.

서울을 한 채의 집이라고 볼 때 남대문은 그 집의 남쪽 대문인 것이 틀림없다. 그런데 집의 대문이 불탄 것이다. 이는 무슨 징조인가? 주역의 대가인 유중선생에게는 즉각 해석이 가능한 문제였다. 대문이 불탄 것은 산풍고山風蠱로서 배신, 습격, 붕괴 등을 상징한다. 흉한 징조다.

산풍고

그런데 문제가 있었다. 남대문의 화재는 좀 이상했다. 국가적인 큰 배신이 일어난다면 북쪽이어야 하지 않겠는가! 즉 북한이 남침을 하는 상황이 아니라면 남쪽에 무슨 일이 있을 것인가? 유중선생이 남대문이 불탄 소식을 듣고 즉시 떠오른 생각은 이것이었다.

남대문처럼 거대한 의미를 가진 존재가 갑자기 사라졌다면 이는 분명 징조인바, 그 내용은 남쪽으로부터의 배신 혹은 거대한 습격을 뜻한다. 남쪽 어디서? 북문이 불탔다면 이는 북한의 침공으로 해석할 수 있을 것이다. 하지만 남대문, 즉 남쪽이라면 일본을 생각할 수 있다.

그것이 아니라면 남쪽 어디선가 민중 봉기가 일어나거나 군사 쿠데타가 발생해서 군대가 서울로 진입하는 것 등을 생각해볼 수 있다. 하지만 오늘날 민중봉기나 군사 쿠데타 같은 일은 좀처럼 일어나지 않는다. 어쨌건 남쪽에서 사건이 일어나 서울에까지 파급을 미칠 일은 생각하기 힘든 것이다.

유중선생은 순식간에 모든 것을 점검해보고는 고개를 가로저었다. 남대문 화재사건은 선뜻 떠오르는 사건이 없었다. 하지만 남대문 화재는 징조가 틀림없다. 600년 건축물이 일개 힘없는 노인에 의해 무너져 내린 것은 너무나 부자연스럽다. 이는 하늘의 계시라고 볼 수밖에 없다. 유중선생은 그렇게 판단했다. 다만 구체적으로 어떤 사건이 발생할지는 확신이 서지 않았다.

　미래의 일은 참으로 알기 어렵다. 천하의 일을 다 통달한 도인마저도 미래가 쉽사리 보이지 않는 것이다. 유중선생이 확신하는 것은 큰일이 남쪽으로부터 발생하여 서울로 진입한다는 것이었다. 그러나 남쪽이란 것이 못내 거북했다. 차라리 북대문의 화재사건이었다면 쉽게 북한의 남침으로 생각할 수 있었다. 이것이 문제였다. 남대문의 붕괴!

　유중선생은 며칠을 생각한 끝에 제자들을 모두 하산시켰다. 자신은 폐관수련을 하면서 깊게 생각해보겠다는 것이었다. 유중선생이 하나의 징조에 이토록 매달리는 것은 일어날 사건이 국가의 큰 환란을 뜻하기 때문에 방임할 수가 없었던 것이다.

　남대문이 불탄 지는 벌써 7년이나 지났다. 그동안 아무 일도 없었으니 남대문 화재는 징조가 아닌 단순한 우연이 아닐까! 대자연의 현상은 우연과 운명으로 뒤섞여 있기 때문에 무슨 일이든 일어날 수는 있다. 아주 기이하면서도 우연인 경우는 허다한 것이다.

　그러나 유중선생은 이러저러한 다른 이유도 있고 해서 남대문 화재가 징조라고 확신했다. 하지만 현재 7년이나 지났지만 특별한 사건은 없었다. 달리 생각하면 거대한 사건은 시간 단위가 더 클 수 있는 것이다. 예컨대 1,000년을 좌우하는 큰 사건은 그 징조가 10년 전, 혹은 수십 년 전에 발생할 수도 있는 법이다.

　유중선생은 멀고 먼 앞날을 보고자 했다. 대개 큰 징조는 긴 세월의 앞날을 예고한다. 남대문은 국보 1호이고, 600년 이상 그 자리에 서 있었던 것이다. 이것에 그토록 당치 않은 일이 발생했다면 그저 우연한 사건일 수는 없다. 유중선생은 지금 이 시간에도 깊은 명상을 통해 미래의 어느 시점을 찾아 헤매고 있다.

조직의 탄생

고곡스승의 지시를 받은 인허는 먼저 일휴스승을 찾아뵙고 이어 유중스승을 찾아 나섰다. 인허가 방금 도착한 곳은 지리산 영역. 산자락은 고요했고 인적은 끊어진 듯 보였다. 인허는 등에 큼직한 배낭을 짊어지고 나타났는데, 올라가는 방향은 노고단 쪽이었다. 인허가 이곳에 온 것은 유중스승을 만나보기 위함인데, 그분은 별로 사람을 반기지 않는 성품이어서 인허를 친절하게 대하지는 않을 터…. 필경 '일 다 봤으면 가보게' 이런 식으로 나올 것이다. 인허로서는 유중스승과 잠시라도 더 시간을 보내고 싶지만 그것이 허락될지는 미지수였다.

'스승의 편지에 대해 물으며 시간을 끌어 보는 것은 어떨까? 천기니까 누설할 수 없겠다고 하겠지…! 결국은 만난 지 1분도 안 되서 쫓겨날 것이야.'

여기까지 생각한 인허는 혼자 허탈한 웃음을 지었다.

산은 올라갈수록 더욱 적막해졌고, 땅은 하얀 눈으로 덮여 있었다. 산길은 올라가면서 몇 갈레로 나뉘었지만 제대로 들어선 것 같았다. 10여 년 전에 와봤던 길이지만 크게 변한 것이 없어서 인허는 어렵지 않게 옛길을 찾아가는 것이었다. 길은 좁아지고 산은 점점 더 깊어지고 있었다. 산속에 들어선 지 3시간가량 지난 상태, 이제부터는 길 없는 계곡 쪽으로 방향을 틀어야 한다.

유중선생의 수제자인 야원은 인허가 지리산에 당도하기 7년 전쯤에 이미 서울에 가 있었다. 인허와 야원은 서로 친숙한 사이인데, 야원이 6살 가량 나이가 많고 수도경력도 10년 이상 앞서 있다.

어느 날 유중선생은 제자인 야원을 하산시키면서 세상의 인심을 살피고 서울의 기운을 조사하라고 간곡한 지시를 내린바 있다. 유중선생에게는 제자가 2명 있었는데, 막내 제자는 도명道名이 야진野眞으로, 현재는 남쪽 지방을 순회하는 중이다. 유중선생은 두 제자를 서울과 부산 근방에 파견한 셈이다.

도인이란 원래 자신의 수행을 위해 세속을 떠나 산중에 기거하지만 세상이 위기에 처하면 이를 외면하지 않는 법이다. 유중선생으로서는 우리나라의 미래가 미증유의 난을 겪을 것이라고 판단하고 미리 제자를 하산시켜 세상의 동정을 살피게 한 것이다.

야원은 스승의 지시를 받고 곧장 서울에 당도하여 거처를 마련하고 몇 년을 지냈다. 물론 민심을 살피면서 세속의 상황을 탐색하는 것을 게을리 하지 않았다. 이러던 중 스승의 도반인 고곡스승이 직접 하산하여 미아리 큰집에 안주하자 즉시 찾아뵙고 가르침을 청한 바 있었다. 이때 고곡스승은 당부를 내렸다.

"지금 세상이 몹시 위험하니 서울에 머물면서 할 일을 찾아보게…. 또한 머지않아 귀인이 나타날 터인즉 서로 힘을 합치도록 하게…."

고곡스승의 지시를 야원은 한시도 잊은 적 없지만 딱히 무슨 일을 해야 하는지는 알 길이 없었다. 단지 기대되는 것은 귀인이 나타나서 할 일을 알려줄 것이라는 것이었다.

하지만 얼마 전 기다리던 귀인을 만났지만 그분도 아는 것이 없었다. 당시 박회장과 그의 아들, 그리고 야원이 잘 알고 지내는 박교수 등 4명이 모였지만 난감할 뿐이었다. 그 누구도 스승께서 지시한 내용을 아는 사람이 없었던 것이다. 이런…! 네 사람은 속으로 당혹했다. 하지만 일단은 서로 자주 만나면서 생각을 나누자는 것으로 마무리를 지었다.

그러던 중 오늘 다시 만남이 이루어졌다. 박회장의 요청이었는데, 박교수와 야원이 흔쾌히 응하여 네 사람이 다 함께 모였다. 장소는 박회장의 서재, 박회장이 먼저 서두를 꺼냈다.

"저희 집을 찾아주셔서 고맙습니다. 그동안 저는 몇 가지 생각을 해봤는데 박교수님과 야원선생님께 점검을 받고자 합니다…."

이렇게 말하자 박교수는 야원선생을 바라봤고, 야원선생은 미소를 지었다. 박회장은 이를 바라보면서 말을 이어갔다.

"우리는 지금 스승님의 지시를 받고 그것을 받들기 위해 이 자리에 모였습니다. 저는 아직도 스승님의 뜻을 잘 모르겠으나 하나의 생각이 떠올랐습니다…. 스승님께서 당부하신 일은 어쨌건 우리나라에 대한 일이 아니겠습니까! 어쩌면 우리나라가 위기에 처하게 되니 그것을 구하라는 것이 아닐까요? 어떻습니까, 제 의견이…?"

박회장은 여기까지 얘기하고 박교수와 야원선생을 바라봤다. 두 사람은 고개를 끄덕여 동감을 표시했다. 이를 확인한 박회장은 자신감을 얻고 다시 말했다.

"저는 정치를 잘 모릅니다. 하지만 우리가 처한 현실은 잘 알고 있습니다. 당금 우리가 추구하는 최고 가치는 우리 민족을 위하는 길일 것입니다. 현재 우리 한반도는 두 개의 진영으로 나뉘어 있는데, 하나는 공산주의를 추구하는 북한이고 또 하나는 민주주의를 추구하는 남한입니다.

하나의 민족이 둘로 나뉘어져 서로 다른 사상을 갖고 있다는 것은 참으로 슬픈 현실이 아닐 수 없습니다. 게다가 두 진영은 한차례 전쟁을 치른 바 있고, 앞으로도 어떤 일이 발생할지 알 수 없는 위태로운 상황입니다. 스승님이 우리들에게 지시한 내용은 이러한 현실도 감안했다고 저는 생각하고 있습니다. 박교수님과 야원선생께서는 어떻게 생각하시는지요?"

박회장의 묻는 말에 박교수는 야원선생을 바라보고 있었다. 자신의 의견보다는 야원선생의 의견이 먼저라는 뜻이었다. 야원선생은 선뜻 대답했다.

"제 생각도 회장님과 같습니다. 계속 하시지요…!"

이 말에 박회장은 기쁨을 내보이며 말을 이었다.

"저는 생각했습니다. 스승님의 당부는 우리 민족, 우리나라를 도우라는 뜻이라고…. 그래서 저는 이 자리에서 한 가지 제안을 하겠습니다. 이왕 우리가 스승님의 뜻을 펼치고자 한다면 좀 더 적극적이어야 한다고 봅니다. 우리 네 사람의 힘만으로는 역부족일 것입니다. 저는 단체를 만들기를 원합니다. 두 분은 어떻게 생각하십니까?"

박교수가 나섰다.

"좋습니다. 저는 진작부터 그런 생각을 하고 있었고, 그것을 야원선생께도 여쭈어본 적이 있습니다. 야원선생님도 이미 찬성한 바 있으니 회장님의 의견을 더 말씀해보시지요…."

"네, 감사합니다."

박회장은 만족한 듯 고마움을 표시하고 말을 이어 나갔다.

"저 혼자 단체 이름을 구상해봤습니다. 단체 이름이 좀 긴데, 이것은 혼돈을 피하기 위해서입니다. 오늘날 '민주주의'라는 말은 누구나 사용하고 있습니다. 북한도 스스로를 민주주의라고 말하고 있지 않습니까! 공산주의와 민주주의는 엄연히 다른데도 말입니다. 그래서 저는 단체 이름에 사상을 구체화했습니다.

제가 임시로 지어본 단체 이름은 '시장경제자유민주주의 대한민국수호국민연합'입니다. 줄여서 '국민연합'이라고 불러도 좋을 것입니다. 저는 이 단체를 통해 우리나라를 구하고자 합니다. 많은 인재를 모으고 국민의 뜻을 합치면 스승님의 당부를 성취하는 데 더욱 힘을 얻을 것이라고 봅니다. 어떻습니까?"

박회장은 또다시 박교수와 야원선생을 바라봤는데, 두 사람은 동시에 박수를 치고 있었다. 이에 박회장은 크게 기뻐하면서 말을 덧붙였다.

"찬성하는 것으로 보겠습니다. 저는 모든 경비를 지원할 것입니다. 사무실도 곧장 마련하는 게 어떻겠습니까?"

더 말할 나위가 없었다. 옳은 뜻이 있고, 사람이 있고, 돈이 있다. 이른바 천지인天地人 삼재三才를 다 갖춘 것이었다. 여기서 굳이 말하자면 야원선생은 큰 뜻을 유지하는 천天이고, 박회장은 자본을 담당하는 지地이며, 박교수는 사람을 구하는 인人에 해당한다.

이들은 좀더 얘기를 진행하여 구체적인 직책도 정해놓았다. 박교수는 사무총장, 야원선생은 고문, 박회장은 총재, 박회장의 아들은 총무로서 조직은 구체화되기 시작했다. 네 사람은 오늘을 기념하기 위해 함께 술잔을 기울이기로 뜻을 모았다.

"자, 나가시지요. 내가 잘 아는 조용한 곳이 있습니다."

박회장은 힘이 넘쳤고 박교수와 야원선생도 환한 모습이었다. 다만 박회장의 아들은 잠깐 어두운 기색을 보였다. 그러나 이를 발견한 사람은 없었고, 분위기는 밝은 쪽으로 계속 흘러갔다. 오늘 결성하기로 한 민간단체는 과연 무슨 의미가 있는 것일까? 박회장의 아들은 속으로 다소 부정적인 생각을 진행시키고 있었다.

슬픈 운명

서울 전역에 비가 오고 있었다. 미아리 큰집에서는 고곡스승과 시동인 김준철이 마주앉아 담론하고 있었다. 먼저 고곡스승의 말소리가 들려온다.

"애야, 비가 많이 오는구나….."

준철이 답했다.

"스승님, 저는 이제 비가 무섭지 않습니다. 모두 스승님 덕분이지요."

"허, 그런가? 기특하구나. 정말로 무섭지 않더냐?"

두 사람의 대화는 비에 관한 것이었다. 고곡선생은 준철이 비를 무서워한다는 것을 잘 알고 있는 터, 이를 걱정해서 물은 것이다. 하지만 준철은 당당히 비를 바라보고 있었다. 몇 년 전 같으면 비가 오면 즉시 방으로 들어가 눈을 감고 있었을 것이다. 사람이 비를 무서워하다니! 준철에게는 그만한 사연이 있다.

15년 전쯤 준철은 부모님과 시골 동네의 시냇가를 건너고 있었다. 당시는 비가 오고 있었고, 세 사람은 함께 아랫마을에 다녀오는 중이었다. 처음엔 비가 많이 오지는 않았지만 일행이 시냇가에 이를 때쯤 빗발은 굵어지기 시작했다. 집은 냇물 건너 멀지 않은 곳에 있었다.

준철의 아버지는 아직 냇물이 불지 않은 상태여서 서둘러 건넜다. 냇물은 깊지는 않았지만 폭이 약간 넓었고, 곳곳에 징검다리로 이어져 있었다. 물은 점점 깊어지고 있었으나 건너는 데는 지장이 없어 보였다. 더구나 이들은 동네에서 산 지 오래 되었고, 냇물을 자주 건너 다녔기 때문

123

에 돌덩이 하나하나를 다 헤아릴 수 있었다. 그야말로 눈을 감고도 건널 수 있는 정도였다. 세 사람에게는 오로지 하늘에서 내리는 비가 거추장스러울 뿐 땅에서 흐르는 물은 걱정하지 않았다.

그런데 이날따라 준철은 장난기가 동했다. 껑충껑충 뛰면서 징검다리를 건너는 놀이를 하고 있었던 것이다. 대수롭지 않은 일이어서 부모님도 이를 제지하지는 않았다. 아버지는 가끔 하늘을 바라볼 뿐이었고, 엄마는 두 손을 올려 머리에 내리는 비를 막고 있었다.

그러던 중 준철이 갑자기 발을 헛디뎠다. 아니, 정확히 돌을 밟았지만 돌이 부스러지면서 미끄러졌다. 오랜 세월 동안 약해지면서 돌에 균열이 있었던 것이다. 마침 비가 오고 있어서 무너지면서 미끄러움을 유발시켰다. 준철은 균형을 잡으려 애썼지만 물로 첨벙 빠졌다.

아직은 위험한 상황이 아니었다. 그런데 엄마가 놀라서 준철을 잡으려다 함께 물에 빠지게 된 것이다. 이 무슨 운명인가! 이 순간 상류에서 밀려온 물이 덮치고 있었다. 아버지는 앞서 가던 두 사람을 구하려고 물에 뛰어들었다. 이때 물속에 있던 돌을 잘못 디뎌 자세가 나빠졌다. 또한 급류가 덮쳤다.

"악!"

엄마는 비명을 질렀고, 세 사람은 급류에 허우적거렸다. 물살은 점점 거세졌다. 세 사람은 거센 물살에 뿔뿔이 흩어지기 시작했다. 냇물은 하류로 내려가다가 다른 냇물과 합류함으로써 더욱 깊어져갔다. 엄마와 아버지는 어디론가 흘러갔는데 준철은 아직 의식을 잃지 않고 있었다.

그러나 물을 많이 마시고 깊은 물에 빠져 들어 죽음을 눈앞에 둔 상태였다. 강물 주변에는 인적이 보이지 않았다. 거센 빗발은 누그러들지 않고 시간이 좀 더 흘렀다. 준철은 이제 완전히 의식을 잃고 물속에서 죽음을 앞둔 상태. 그런데 이때 누군가 이 모습을 보았다. 하지만 물속에 뛰어들어 준철의 몸을 건질 수 있을까?

뛰어들었다. 노인이었는데, 능숙하게 헤엄치면서 다가와 준철을 구해냈다. 아직 숨이 붙어 있는 상태였는데, 노인은 인공호흡 등 신속한 조치를 취해 준철을 살려냈다. 그 노인은 바로 유중선생이었다.

유중선생은 준철을 업고 마을로 들어섰다. 준철은 이런 과정을 겪고 살아남은 것이다. 하지만 이때 준철의 정신은 파괴되어 있었던 것이다. 몇 년 동안 제정신이 아니었다. 하지만 이것도 유중선생에 의해 치료되었다.

이후 준철은 고곡선생께 인도되었지만, 비를 무서워하는 아이가 된 것이다. 그러나 고곡선생의 보호와 가르침에 의해 준철의 정신은 날로 강해지고 있었다. 이제는 비를 무서워하지 않는 완전한 정신을 되찾은 것이다.

오늘 고곡선생은 준철의 상태를 다시 한 번 점검하고는 크게 안도했다. 고곡선생은 속으로 생각하고 있었다.

'이 아이의 운명적 고난이 이제 풀려가고 있구나…. 수난水難과 화난火難을 겪었으니 무척 강해지기도 했고…. 하지만 이제 가장 어려운 고난이 하나 남았을 터, 이는 내가 어찌 할 수 없는 일인즉 운명에 맡겨야 되겠지…. 애석하구나…!'

준철은 내리는 빗물을 손으로 받아보면서 천진한 표정을 짓고 있었다.

산중의 밤

　지리산 근처, 날은 어두워지고 있었으나 인허는 아직 목적지에 도달하지 못하고 있었다. 인허가 가는 길은 깊은 계곡, 오래 전에 와보기는 했지만 눈 덮인 산속을 정확히 찾아가기는 힘들 것이다. 다만 인허는 야생에서 특별한 훈련을 오래 받은 도인으로서 큰 애로사항은 없었다.

　햇빛은 이미 사라졌고 달빛이 대신하기 시작했다. 하얀 눈도 달빛에 반사되어 제법 빛을 내고 있었다. 이런 곳에 인적이 있을 리는 만무하다. 만약 사람이 있다면 그 자체로서 위험할 것이다. 인허의 발길은 갈래길에 들어섰다.

　'여긴가? 저쪽일까…?'

　인허는 길이 잘 생각나지 않았다. 잠시 귀를 기울여 보았으나 아무 기척도 없었다. 이런 곳에서 짐승이 나타나도 길을 물어볼 수 없으니 귀를 기울여보나 마나…. 인허는 스스로 웃고는 하나의 길을 선택하려 했다. 그 길이 맞는다는 보장은 없었다. '가다가 아닌 듯하면 다시 되돌아오면 되겠지…!' 이런 생각으로 길을 가려 했다.

　그런데 이 순간 한 생각이 떠올랐다. 10여 년 전, 이곳에 처음 찾아올 때 처음부터 길 안내를 해준 야원이 생각났던 것이다. 야원은 유중선생의 수제자로서 인허가 수행하는 도량에는 종종 찾아와 함께 지낸 적이 있었던 터였다.

　'야원 사형…! 지금은 어떤 모습일까? 아, 그렇지. 당시 야원 사형께서는 이렇게 말했어. 길을 찾다가 갈래길이 나오면 어려운 길을 택해야

해. 도인들은 일부러 그런 곳을 찾아내어 지내고 있다네.'

인허는 이 생각을 떠올리고 자신이 방금 선택한 길이 어떤 곳인가 판단해봤다. 쉬운 길이었다. 본능에 따라 순간적으로 가기 쉬운 길을 선택했던 것이다. 아니다! 인허는 급히 방향을 돌렸다. 사람이나 짐승조차도 들어서기 어려운 길, 비스듬한 절벽으로 눈 때문에 위험한 길이었다. 하지만 인허는 쉽게 뛰어올라 나뭇가지를 잡고 숲을 헤쳐 나갔다.

산은 점점 더 캄캄해지고 있었다. 길은 옳게 들어선 것 같았다. 기억도 어렴풋이 떠올랐다. 도중에 몇 번 갈래길이 나왔지만 그때마다 인허는 야원 사형의 방식을 따랐다. 그 결과 확실히 기억나는 곳에 도달했던 것이다. 이제부터는 그저 걸어가면 된다. 앞에 절벽이 나타나고 다소 깊은 물이 나타났다. 여기서 인허는 절벽 쪽으로 뛰어올랐다.

그러자 바로 앞에 움막이 보였다.

'아, 도착했구나. 유중스승님은 계실까?'

인허는 급히 걸어가면서 움막의 겉모습을 봤는데, 눈이 쌓여 한쪽으로 기울어져 있고 사람의 기색은 전혀 느껴지지 않았다. 인허는 다소 걱정을 하면서 움막에 다가섰으나 역시 사람의 흔적은 없었다. 근방 일대는 적막감에 싸여 있었다. 인허는 적이 실망했지만 찾아볼 곳이 한 곳 더 있었다.

움막 옆쪽으로 조금 올라가면 바위들이 많이 나타나는데, 한쪽 편에 얕은 동굴이 있다. 이곳은 유중선생이 자주 찾는 곳이라는 것을 야원 사형으로부터 들은 바 있었다. 인허는 조심스럽게 전진했다. 혹시나 유중선생이 계시면 실례가 될 것 같아서였다

그러나 이곳 역시 사람의 자취를 느낄 수가 없었다. 인허는 생각했다.

'스승님은 안 계시는구나. 산을 아주 떠나신 걸까?'

그럴 리는 없었다. 왜냐하면 인허가 지리산의 유중도량을 찾아 떠날 것을 뻔히 알고 있는 고곡스승이나 일휴스승은 아무 말씀이 없었던 것이다. 이는 지리산으로 찾아가보란 뜻이 아니더냐! 인허는 일단 이곳에 머물며 날이 밝는 대로 주변을 수색하기로 마음먹었다.

이럴 경우를 대비해서 식량도 준비한 터여서 인허는 편안한 마음으로 짐을 풀었다. 생쌀, 건빵, 물, 전지, 성냥, 그릇 등이 배낭에서 나오고 담요도 한 장 나왔다. 땅바닥에는 유중선생이 쓰던 돗자리가 깔려 있었기 때문에 인허는 그것을 방처럼 사용하기로 했다. 잠을 잘까? 별을 바라보며 밤을 지새울까?

인허는 밤을 지새우기로 결정했다. 도착한 첫날이니 어디선가 유중스승이 불쑥 나타날 수도 있는 것이다. 인허는 간절히 그렇게 되기를 희망했다. 산중의 밤은 적막하고 스산했지만 하늘에는 별이 가득 차 빛나고 있었다. 인허는 주변을 둘러보고는 미소를 지었다. 자연이 참으로 아름답다고 느꼈다. 그리고 너무 한적하고 자유롭다는 것을….

한반도의 미래

먼 옛날 우리의 조상을 대륙으로부터 몰아낸 화산족, 오늘날의 중국, 그들은 우리 민족의 고대 영토를 송두리째 빼앗아 차지하고는 그것도 모자라 오늘날에 와서는 우리 민족의 마지막 거점을 넘보고 있는 중이다. 지금의 중국인은 한반도의 가치를 잘 알고 있다. 서해를 건너 한반도에 도달하면 이곳에서 이제 남은 곳은 일본 열도뿐이다. 만약 한반도가 중국의 수중에 떨어진다면 동해를 사용하게 되고, 동남쪽으로 자유롭게 진출하여 일본 땅을 서쪽과 남쪽에서 완전히 포위할 수가 있는 것이다.

이것은 중국인의 염원이다. 그들은 화산족 시절부터 멀리 일본에 이르러 태평양으로 민족을 확산시키고자 했다. 그들의 번식력은 세계 제일이고 또한 인구는 세계인의 1/4을 차지하고 있다. 지형으로 보나 인구로 보나 국력으로 보나 그들에게 우리 한반도를 집어 삼키는 일은 어렵지 않은 일이었다. 다만 미국이 한반도에 들어와 있고 한미동맹으로 인해 함부로 침략하기는 힘든 형편이다. 이런 상황은 한반도가 화산족에게 먹히지 않고 있는 유일한 버팀목이 되어주고 있는 것이다.

그런 상황에서 최근에 이르러 그들의 편 또는 추종국인 북한이 핵무기를 소유한 것이 여간 신경 쓰이는 것이 아니다. 핵무기로 일본이나 미국을 협박할 수 있다는 것은 소박한 생각이다. 핵무기는 결코 일본이나 미국에 사용할 수는 없을 터, 단지 이것은 남한을 협박하는 데 쓸 수 있을 뿐이다. 미국과 일본은 이것을 잘 알고 있었다.

그러나 중국의 입장으로서는 핵무기가 다른 용도에 쓰이는 데 아주 적합하다는 것을 또한 알고 있다. 다른 용도란 바로 핵무기로 중국을 겨냥할 수 있다는 뜻이다. 북한은 호락호락 중국을 따르지 않는 집단이었다. 중국이 만약 북한에게 핵무기를 없애라고 무리하게 요구하면 북한의 핵무기가 중국을 겨냥할 가능성은 더 커지게 된다. 이것이 중국의 대북한 전략의 어려움이었다.

현재 중국과 북한은 서로 적도 아니고 우방도 아닌 어정쩡한 상태다. 이런 상황에서 중국은 남한과도 교류를 하고 있어서 선택의 폭은 넓다. 남한과 북한에 양다리 걸치기를 유지하면서 적당한 기회를 넘볼 수 있는 것이다. 여기에도 문제는 있다. 남한의 경우는 미국과 확실한 동맹국이어서 남한을 중국 뜻대로 움직일 수는 없다.

한반도는 무수히 많은 변수가 겹쳐 있어 미래를 확실하게 예측할 수 없다. 이는 미국도 잘 알고 있을 테지만 중국으로서는 하나 다행스러운 것이 있었다. 남한은 현재 두 개의 진영으로 나뉘어 있는바, 한 진영은 북한과 대치하고 있는 자유 대한민국 정부고, 또 하나의 진영은 미국을 물러가라고 외치면서 북한 편을 들고 있다는 것이다.

중국으로서는 남한 국민이 스스로 미국을 몰아내고 북한에 종속되는 것이 꿈에 그리는 최선의 상황이다. 남한 땅에서 북한을 지지하는 세력이 커져서 정부를 무너뜨리고 남한을 북한에 흡수통일시키는 것은 가능성이 얼마나 될까? 누구도 알 수 없다. 하지만 충분히 가능성이 존재한다는 것만으로도 중국은 다행으로 여기고 있다.

오늘날 남한사회는 '반정부→종북→북한'으로의 흡수통일로 가려는 노선을 추구하는 세력이 존재하고 있다. 중국으로서는 이들 세력이 우선 미국만이라도 몰아내주기를 학수고대하고 있는 것이다. 미국만 없으면 중국이 한반도를 다루는 것은 땅 짚고 헤엄치기다. 한반도의 장래는 참으로 위태롭다. 이곳은 화산족과 단군족의 마지막 대결의 장인 것이다.

작전 개시

중국 선양의 CIA 지국은 본부로부터 통신문을 접수했다.

수신 : CIA 선양지국장
귀하가 본부에 요청한 피닉스 작전은 승인되었음. 필요 장비와 경비는 내일 도착할 예정임. 지국의 준비가 완료되는 대로 작전을 실시하기 바람.
발신 : CIA 아시아 담당 국장

전문을 받은 선양지국은 곧바로 작전 준비에 들어갔다. 작전의 개요는 북한에 잠복해 있는 피닉스에게 통신장비와 경비를 보내는 일로서, 물건은 압록강변 산속 밀처密處에 도달하여야 하는 것이었다.

그곳은 김지현만이 아는 장소로서, 그곳에 물건을 갖다놓는 것으로 1차 작전은 완료된다. 물론 이는 김지현이 다시 북한에 잠입해야 하는 매우 위험한 일이었다. 하지만 김지현의 각오는 투철했다. 그녀 자신이 목숨을 거는 일은 당초 북한을 탈출할 때부터 정해져 있었고, 그녀의 애인도 마찬가지였다.

그런데 두 사람의 관계는 애인이면서 동시에 특별한 동지 관계에 있었다. 두 사람 모두 피닉스 신봉자로서 이는 부모로부터 전수받은 깊은 신앙이었다. 김지현의 결의에 대해 CIA 당국은 수용할 수밖에 없었다. 물품을 전달할 장소는 김지현만이 아는 곳이었기 때문에 다른 방법은 있을 수가 없었던 것이다.

다만 CIA로서는 김지현의 안전을 위해 세심하게 작전을 마련했다. 작전 당일 중국인이 밀수꾼으로 위장하여 강을 먼저 건너간다. 만일 중국인이 체포되면 피닉스 작전은 실패한 것이고, 다음 작전을 강구한다. 중국인이 체포되지 않고 강을 건넌다면 주변 일대를 탐색한 후 강 건너편으로 불빛 신호를 보낸다. 이때 김지현이 강을 건너가는 것이다.

이후에도 김지현이 가야 할 길을 중국인이 앞장서 매번 안전을 확인한 후 김지현이 그 뒤를 따라간다. 물품전달이 완료된 후에 다시 북한을 탈출할 때도 마찬가지 방식이다. 다행히 밀수꾼으로 위장한 중국인은 북한을 종종 드나들었기 때문에 이 일이 크게 위험하다고 보지는 않았다. 게다가 이번 일이 성사될 경우 거액을 받을 수 있으니 즐거운 마음으로 임할 것이다. 물론 중국인은 현지 사정을 잘 아는 사람으로 섭외해서 성공 가능성이 높았다.

물론 실패했을 때는 김지현이 체포되는 것이므로 CIA로서는 손실이 너무 크다. 피닉스와 연락이 두절되는 것이기 때문이었다. 이렇게 되면 피닉스 쪽에서 다시 연락하기를 막연히 기다려야 하는 상황이다. 어쩔 수 없는 일이었다. 피닉스의 건강이 좋지 않다고 하니 시간이 촉박했다. 작전의 결행에 대해서는 이견이 있을 수 없었다.

중국 MSS는 김지현이 잠입할 곳은 경비가 그리 삼엄하지 않은 곳이라고 알려왔다. 밀수꾼도, 김지현도 같은 견해였다. 이제는 운명에 맡겨야 할 일, 보내야 할 물품이 선양 지구 미국 영사관에 조용히 도착했다. 위성통신기 10대와 10달러짜리 지폐 1만 불!

작전은 이로부터 3일 후 실시되었다. 현장에는 존 글랜이 직접 나왔고, 이외에 CIA요원, 중국 MSS요원, 김지현, 그리고 작전에 임할 밀수꾼이 강변을 바라보고 있었다.

달빛도 없는 심야, 중국인 밀수꾼은 회심의 미소를 지으며 물속을 향해 걸어갔다. 강은 넓지 않았다. 물살도 세지 않아서 건너기에는 불편이 없었다. 이윽고 밀수꾼이 강 건너에 도착했다. 그가 강변 마을 쪽으로 들어서는 것이 야간 투시 망원경에 확인되었다. 이제부터가 문제였다. 그러나 얼마 후 밀수꾼은 강변에 다시 나타나 불빛 신호를 보냈다. 김지현은 이를 악물고 물속으로 돌진했다.

큰집에 닥친 위험

서울 미아리 큰집, 고곡선생은 준철과 마주 앉아 있었다. 날이 갈수록 얼굴색이 밝아지고 있는 준철은 어느덧 죽음의 그림자가 사라졌다. 이제는 생기 넘치는 미남 청년. 고곡선생은 준철을 대견하게 바라보고는 인자한 지시를 내렸다.

"애야, 오늘은 한강변에 나가보렴."

"네? 아, 물구경 갔다 오라고요? 분부대로 하겠습니다. 저는 이제 물이 무섭지 않고 오히려 좋아졌어요."

준철은 고곡선생의 마음을 잘 알고 있다는 듯이 말했다.

"음, 그럼 나갔다 오거라. 물을 좀 떠오고…. 다녀와서는 나를 찾지 말고 네 방으로 곧장 들어가거라."

준철은 고곡선생의 말에 느낌이 좀 이상했지만 조용히 나갔다가 조용히 들어오라는 뜻으로 해석하고 밝은 마음으로 집을 나섰다. 고곡선생의 지시는 한강에 나아가서 큰물을 보고 무섭지 않은지를 점검해보라는 뜻이었지만, 이와 함께 세상과 널리 접촉해보라는 뜻으로 준철은 생각하고 있었다.

미아리 점집촌은 언제나처럼 사람들이 붐볐다. 준철은 이에 관심을 두지 않고 언덕길을 내려 왔다. 이때 한 가지 그림이 마음속으로 그려지고 있었다. 한 여인…! 이 여인은 준철이 항상 마음속에 그려보는 여인이었다. 오늘따라 그녀의 모습이 더 선명했다. 아름답고 잔잔한 모습에 신비한 여운이 감싸고 있었다. 준철은 자기가 목숨을 걸고 구해낸 여인에 대해 어느 때부터인가 연민의 정을 품게 되었다.

　준철은 골목길을 다 내려와 우측 공사장을 막 지나고 있었다. 이곳은 지금 불타버린 절체절명의 화재현장이었다. 준철의 마음속에 그날의 순간이 스치면서 이마에 땀방울이 맺혔다. 자신은 그날 죽음을 느끼며 땅을 향해 뛰어내렸었다. 그런데 그 순간 기적이 일어나 목숨을 건졌다. 고곡스승님이 그곳 현장에 나타났던 것이다. 스승님은 하늘을 날아와 준철을 받아내고 큰집까지 호송하여 치료를 해주었다.

　준철은 그 이후 새 생명을 얻었지만 이 마음속에는 한 여인의 그림자를 떨쳐낼 수가 없었다. 이는 행복이며 또한 고통이었다. 그 여자는 이름이 무엇일까? 다시 만날 수는 없을까…? 준철은 상상 속에서 여인의 몸을 끌어안았다. 그러나 현실은 냉혹했다. 낯모르는 사람들이 주변을 지나쳐 가고 있을 뿐이었다. 준철은 머리를 흔들며 상상의 그림을 지우려고 애썼다. 길을 건너자 바로 앞에 버스정류장이 나타났다. 한강이 어디 있는지 모르지만 무작정 남쪽을 향해 가려고 아무 버스나 올라탔다.

　이 순간 큰집 대문 앞에 누군가 나타났다. 풍채가 건장한 노인이었는데, 대문을 쏘아보고 있었다. 그러자 대문은 저절로 열렸다. 노인의 영혼에서 발출되는 기운이 압축된 공기를 만들어내고 이것이 문을 밀어 열었던 것이다. 노인은 문 안으로 성큼 들어섰다. 그러자 저 앞에 고곡선생이 서 있는 모습이 보였다.

　두 사람은 잠시 서 있었다. 이 순간 적막한 기운이 큰집 안마당을 감싸고 대문은 저절로 닫혔다. 침묵은 아주 짧았는데 긴 시간처럼 느껴지고 있었다. 방문객이 싸늘한 일성을 토해냈다.

　"고곡, 자네는 여기 숨어 무슨 일을 하고 있는가?"

이 말에 고곡은 냉정하게 응대했다.

"숨어 있다니! 나는 그저 여기 있을 뿐이네. 그리고 내가 무슨 일을 하든 항천恒泉 자네가 관심 가질 일이 아닐세…."

"뭐라고?"

항천은 거친 음성으로 말을 이었다.

"자네는 뻔뻔하군! 자연을 거스르는 자는 자연이 이를 응징하는 법, 나는 자네가 세상일에 관여하는 것을 눈 뜨고 볼 수 없네. 당장 산으로 돌아가게!"

항천이라고 불리는 노인은 고곡선생에게 시비를 걸기 위해 나타난 것으로 보인다. 이에 대해 고곡은 차분하게 대응했다.

"이보게 항천, 나는 세상이 어지러울 때 그것을 돕고 싶을 뿐이야. 산으로 돌아갈 사람은 자네인 것 같네. 공연히 파문을 일으키지 말게."

"허허! 고곡, 잘도 둘러대는군. 당금 하늘은 단국족에 벌을 내리려 하고 있다는 것을 자네도 알고 있지 않나! 그것을 왜 방해하는가? 내버려두면 될 일을…."

이렇게 말하면서 항천은 한걸음 앞으로 나왔다. 사뭇 위협적인 자세였다. 고곡의 음성은 여전했다. 하지만 음성에 강한 기운이 실려 있어 인간이 이를 듣고 있었다면 고막이 파열되었을 것이다. 선인의 경지에 이른 두 도인의 결투는 이렇게 시작되고 있었다. 고곡의 말이 들려왔다.

"허허! 항천, 천기를 누설하지 말게. 누가 듣고 있으면 어찌하려나? 우리끼리 얘기하세나…."

"닥치게!"

항천은 음성에 살기를 담고 싸늘하게 안광眼光를 발산하며 말했다.

"단국족은 1만 년 동안 화합을 모르고 살아왔네. 이 세상에 도움이 되지 않는 존재야. 그들은 스스로를 지킬 능력도 없다네. 그래서 하늘이 재앙을 내려 크게 각성시키려 함일세. 잘 아는 자네가 어째서 하늘의 뜻을 거역하는가?"

이 말에 고곡은 잠시 눈을 감았다 뜨고는 여전한 음성으로 말했다. 하지만 음성에 실린 기운은 점점 강해지고 있었다.

"항천, 자네의 뜻을 알겠네만…, 나는 민족의 불행을 방치할 수 없다네. 자넨 그만 돌아가게."

"허, 고곡 이 사람아. 자네의 행동은 사심으로 가득 차 있어. 제자들은 또 뭔가? 철없는 그들에게 나쁜 짓을 가르치지 말게나. 하늘의 뜻을 가로막는 것은 도리가 아닐세. 나와 함께 산으로 가세나."

항천은 한발 더 다가왔다. 두 선인은 미구未久에 일어날 재난에 대해 서로의 뜻이 크게 빗나가고 있는 중이었다. 고곡은 항천이 다가서는 것을 가늠하고는 급히 말했다.

"항천, 더 이상 나서지 말게. 몸으로 싸울 텐가?"

두 선인은 더 이상 말이 필요 없었다. 항천이 말했다.

"나는 자네를 기필코 제지할 것이야. 죽여서라도…."

이 말에 고곡은 고개를 끄덕였다.

"어쩔 수 없군. 나 역시 자네를 처치해버릴 것이야. 다만 우리가 여기서 몸으로 싸우면 집이 망가지고 동네 사람도 놀랄 것이네. 조용히 내투內鬪를 벌이는 것이 어떤가?"

항천이 대답했다.

"좋군. 나는 자네의 잘못을 바로잡기 위해 자네의 혼령을 저 하늘로 보낼 것이야. 나를 원망 말게. 준비됐나?"

고곡은 땅바닥에 그대로 주저앉아 자세를 취했다. 항천도 마주 앉아 눈을 감았다. 이제 내투가 시작되는 것이었다. 내투는 몸을 사용하지 않고 영혼의 힘으로 싸우는 것이다. 이는 선인들이 사생결단을 내는 방식이다. 두 선인은 자신의 뜻을 관철시키기 위해 서로를 멸망시켜야 하는 상황이 된 것이다.

항천은 서서히 기운을 발출시켰다. 이 기운은 압축의 기운으로서 영혼을 잠들게 하는 효과가 있었다. 영혼이 잠든다는 것은 뇌의 기절과 같은 뜻이다. 주역의 괘상으로는 뇌화풍雷火風인데, 고곡은 잠시 졸음이 오는 듯한 느낌을 받았다. 하지만 이를 몰아내고 자신을 환기시켰다. 이는 풍수환風水渙으로서 혼돈에서 빠져 나오는 것이다.

뇌화풍　　풍수환　　천뢰무망

고곡은 항천이 한 것과 똑같은 방식의 기운을 발출했으나 항천은 이내 빠져나왔다. 그러고는 영혼을 찌를 듯한 기운으로 공격을 바꾸었다. 이는 천뢰무망天雷无妄의 기운으로, 평정을 파괴하는 힘이다. 고곡은 이를 그대로 흡수하고 있었다. 그러나 고곡의 영혼은 추호도 흔들림이 없었다. 이에 항천은 공격의 방식을 여러 가지로 바꾸었다. 압박, 찌름, 그리고 흔들기 등으로 쉴 새 없이 방법을 바꿈으로써 고곡의 영혼을 궁지로 몰아넣고 있었다.

실세계에서 보면 두 선인이 마주 앉아 있을 뿐 어떠한 징후도 보이지 않는다. 하지만 주변에 있는 영혼들에게는 공포를 자아내기 때문에 큰집 주변을 지나는 행인들에게는 왠지 모를 섬뜩한 기분을 느끼게 한다. 이로 인해 행인들은 큰집 근방을 애써 피하며 재빨리 지나가게 된다. 이뿐 아니다. 이 순간에는 새들도 날아오지 않고 벌레들도 깊숙이 땅속을 파고든다. 멀리 있는 어린아이들은 엄마 품에 다급히 안기며, 노인들은 잠에 떨어지고 있었다.

항천은 기운을 최고 수준으로 끌어 올렸다. 고곡의 영혼을 저 하늘 끝으로 날려 보내기 위함이다. 항천의 힘이 이토록 강했던가! 고곡은 피로를 느끼며 영혼이 점점 평정을 잃어가는 듯 보였다. 이때 항천은 생각했다.

'오, 드디어 고곡이 무너지는구나! 나의 승리다. 그러나 고곡을 완전히 말살시킬 필요는 없고, 어딘가 끌고 가서 해방시켜 주어야겠군. 불쌍한 고곡…. 그러나 천명을 흔드는 행위는 용서할 수 없지….'

항천은 이제 마지막 힘을 발출시켰다. 항천의 마음에는 고곡이 완전히 무너진 것을 느꼈다. 기절한 것이다. 이제 끌고 가면 되는 것이다. 항천은 고곡의 영혼을 감싸고 어디론가 끌고 가기 시작했다. 잠시 이런 상태가 계속되었다.

그런데 이게 웬일인가! 항천은 꿈을 꾸고 있었던 것이다. 실제로 당한 사람은 항천으로, 스스로가 기절한 상태에서 상황을 거꾸로 꿈꾸었던 것이다. 항천은 조금 전에 이미 기절했던 것이고, 그 상태에서 이기고 있는 꿈을 꾸었지만 이 꿈은 꿈으로 끝날 뿐이다. 실제는 항천이 하늘 높이 떠올랐다가 다시 땅바닥으로 내동댕이쳐진 것이다. 항천의 육체가 좌측으로 기울어진 상태에서 영혼은 몸으로 돌아왔다.

이때 고곡의 음성이 들려왔다. 꿈이 아닌 실제 목소리! 항천은 자신이 패했다는 것을 깨닫고 있었다. 또한 영혼에 크나큰 상처를 입었다는 것을…. 고곡의 목소리는 천둥과 같았고 항천의 몸에는 토기가 있었다.

"이보게 항천, 나는 자네의 명을 끊어놓지는 않겠네. 돌아가서 다시는 내 앞에 나타나지 말게. 나는 할 일이 많다네. 자네의 생각은 지나치게 고지식한 것이야. 어서 가게!"

항천은 반박하고 싶었으나 몸이 천근만근인데다 영혼마저 평정을 잃고 있었다. 항천은 자신의 패배를 나중에 설욕하기로 마음먹고 자리에서 일어났다. 힘이 빠져 있는 것을 느꼈다. 그러나 몸을 운행하기에는 지장이 없었다. 항천은 대문을 향해 걸어나갔다. 고곡은 뒤따라가면서 문까지 배웅했다. 항천은 마지막으로 작별의 말을 애써 내뱉었다.

"이보게, 자네가 이겼네. 그동안 공부가 많이 달라졌구만…. 하지만 오만하지는 말게. 내가 잠시 자네에게 동정을 베풀다가 당한 것뿐이야. 만일 내가 좀 더 잔인했더라면 자네가 패했을지도 모르지. 콜록…!"

항천은 몸이 아주 불편한 듯 보였다. 고곡이 달랬다.

"말하지 말게. 어딘가에 가서 영혼과 몸을 보충하게나…."

항천은 문을 나서 어디론가 급히 사라졌다. 이를 보는 고곡의 표정은 슬퍼 보였다. 아무리 도가 높은 선인이라 할지라도 1,000년의 도반을 공격하여 영혼을 손상시켰으니 마음이 편할 리 없을 것이다. 고곡은 무거운 마음으로 방에 들어와 좌정하고 마음을 수습한 후 큰집을 나섰다. 점집 거리는 한기 서린 바람이 불기 시작했다.

뜻밖의 사태

김준철은 다소 늦은 시간에 귀가했다. 한강물을 담은 물병을 들고 큰 집에 도착해보니 주변은 이미 어두워져 있었다. 준철은 급히 대문을 열고 들어가 불부터 밝혀 놓았다. 어두워지면 불을 밝히는 것은 준철이 이 집에 살게 된 이래 수년간 하루도 쉬지 않고 해왔던 일이었다.

고곡선생의 방은 언제나처럼 고요했다. 준철은 스승님께 자기가 돌아온 것을 알리려다 자기 방으로 곧장 들어갔다. 한강에서 돌아오면 당신을 찾지 말고 곧장 방으로 들어가라는 지시를 잊지 않았다. 10여 년 만에 물가를 찾았던 준철의 마음은 한결 가벼운 상태였다. 지난날의 충격은 말끔히 씻겨진 듯했다.

준철이 방으로 들어서자 책상 위에 봉투가 보였다. 고곡선생이 남겨놓은 것임을 즉각 알 수 있었다. 찰나 동안이지만 준철은 고곡선생이 현재 집 안에 없다는 것을 느꼈다. 그렇기 때문에 아침에 외출할 때 곧장 방으로 가라고 지시했던 것이다.

준철은 급히 봉투를 열고 글을 읽었다. 고곡선생의 자상한 글은 다음과 같이 시작되고 있었다.

아이야, 나는 이 집을 떠날 일이 생겼단다. 당분간 돌아오지 못하니 이 집을 지키고 있어야 한다. 며칠 있으면 야원선생이 올 터인즉 그분의 지시를 받도록 해라. 야원선생에게는 내가 별도의 서찰을 써놓았다. 내 방에서 그것을 전하고, 너는 그동안 하던 대로 공부를 열심히 하며 지내라. 세상일은 언제나 새롭게 전개되는 법, 굳건히 운명을 맞이하도록….

고곡선생의 글은 여기까지였다. 준철은 뜻밖의 사태에 잠시 놀랐지만 금방 마음을 수습했다. 세상일은 새롭게 전개된다는 고곡선생의 가르침을 마음으로 받아들였던 것이다. 준철은 몹시 허전한 마음을 느끼고 있었지만 무너지지는 않았다.

'고곡선생님은 언제나 돌아오실까? 어쩌면 영원히 보지 못할 수도 있을 거야….'

이렇게 생각한 준철은 그동안 고곡스승님을 모신 세월을 못내 아쉬워했다.

'나는 하늘 같은 분을 모시며 최선을 다했던가!'

준철은 고개를 가로저었다.

'나는 아무것도 모르는 죄 많은 인간일 뿐이다. 앞으로 어떻게 살아가야 하는가!'

준철의 마음은 너무나 복잡했다. 하지만 세월이 어딘가로 이끌어줄 것을 굳게 믿고 있었다.

'지금은 고곡스승의 지시에 따라 그동안의 공부를 더욱 철저히 해야할 것이야….'

준철은 큰집 안을 잠시 둘러봤다. 형상은 모두 그대로이건만 생기가 사라진 듯 보였다. 이제 큰집은 세속의 집과 다를 것이 없었다. 준철은 모든 생각을 접고 잠시 잠을 청하기로 했다. 밖에서 보면 큰집은 여전히 그 자리에서 등대처럼 빛을 발하고 있었다.

고곡이 기다려왔던 것

중앙물산의 박진곤 회장은 아들과 함께 있었다. 중앙물산의 대표이사인 아들 박영민은 최근 회사의 재계 순위가 5단계나 뛰어오른 것에 대해 아버지에게 보고하고 앞으로의 회사 전망에 대해 간략하게 얘기한 후 오늘의 중대 용건을 말하기 시작했다.

"아버지, 제가 오늘 만나뵙자고 한 것은 회사 일 때문은 아닙니다. 중요한 용건이 있어서입니다."

"얘기하려무나. 그런데 잠깐…, 앞으로 회사 일은 내게 일일이 보고하지 않아도 돼. 이제 회사의 실제 주인은 영민이 네가 아니더냐. 나는 이미 은퇴한 지 오래야. 오늘 용건은 뭐니?"

"네, 아버지. 고곡스승님에 대한 얘기입니다. 그리고 저의 결심에 대해 말씀드리고자 합니다."

"음, 결심이라고? 스승님과 관련 있는 일이니?"

박회장은 아들이 고곡스승과 관련된 결심을 얘기하겠다고 하니 무조건 기분이 좋아졌다. 박회장으로서는 아들이 자기만큼 고곡스승을 신뢰했으면 하는 바람 때문이었다. 물론 박회장에게는 고곡스승이 친아버지 이상의 의미가 있었다. 아들이 말했다.

"아버지, 저는 고곡스승님에 대해 줄곧 생각해왔습니다. 그러던 중 어떤 결론이 떠올랐습니다. 아직 확실한 것은 아니지만 저는 제 생각이 맞다고 믿고 있습니다. 그래서 아버지께 말씀드리고 확인코자 합니다."

"그래. 네 생각을 말해 보거라."

"아버지, 먼저 고곡스승께서 65년이나 아버지를 기다리셨다고 하셨는데, 저는 그 이유를 생각해봤습니다. 스승님이 걱정하는 일은 아주 크고 난감한 일인 것 같습니다. 대수롭지 않은 일에 그런 분이 그토록 신경을 쓰겠습니까? 이는 분명 온 나라에 닥치는 위기라고 생각됩니다. 그리고 스승님은 일부러 저를 개입시키는 듯합니다. 말하자면 제게 어떤 일을 하라고 무언의 지시를 내리는 것이 아닌지요!"

"그런가? 그게 뭘까?"

박회장은 잠시 생각해봤으나 감이 잡히지 않았다. 그토록 신성한 도인이 박회장 자신을 기다렸다고 한다면 박회장이 쓸모 있는 사람이어야 할 텐데 현실은 그렇지가 않았다. 박회장은 그저 돈 많은 노인에 불과하지 않은가! 국가와 민족을 위해 큰일을 할 수 있는 인물이라고는 박회장 스스로도 생각해본 적이 없었다. 그저 스승님으로부터 어떤 지시가 있다면 그것을 목숨 걸고 실행할 의지가 있을 뿐이었다. 그런데 아들이 스승님의 뜻을 알게 되었다면 이보다 기쁜 일은 없을 것이다.

"얘야, 곧장 얘기해 보려무나. 나는 그저 듣고 있을 테니⋯."

"네, 아버지. 아버지는 지금 일을 하실 나이가 아닙니다. 65년이나 기다린 것은 필경 아버지가 큰돈을 벌 것을 알고 기다린 것이지요. 거대한 자금이 필요한 일임은 사실일 것입니다⋯. 그리고⋯, 정작 일을 할 사람은 저인 것 같은데⋯. 아버지 생각은 어떠신지요?"

아들이 갑자기 묻자 박회장은 깊은 생각에서 깨어나 급히 말했다.

"그런 것 같구나! 스승님께서는 너의 장래도 알고 계신 것 같아. 크게 될 사람이라고 하시지 않았니? 내가 보기엔 네가 위기에 빠진 우리나라를 구하는 데 중요한 역할을 할 것 같구나!"

"네, 제 생각도 그렇습니다. 하지만 국가와 민족을 위해 평범한 단체 하나를 만들어 운영한다는 것은 대단할 것도 없다고 봅니다. 그런 단체야 오늘날 무수히 많습니다. 고곡스승님께서 고작 그런 단체 하나 더 생기는 것을 보려고 65년을 기다리셨겠습니까? 아닙니다. 제가 생각건대 고곡스승님은 아주 특별한 행동을 원하시는 것 같습니다. 제가 그분의 제자가 되어 공부하는 것도 허락하지 않으셨습니다. '좋은 날이 오면 그때 가서 생각하자.'고 하시면서…. 이 말씀은 공부할 새도 없이 아주 다급하고 중요한 일이 있다는 뜻이 아니겠습니까! 또한 그것은 저에게 주어진 사명일 것입니다. 외람되지만 그분이 기다리는 것은 아버지가 아니라 저입니다. 아버지의 생각은 어떠하신지요?"

박회장은 잠시 생각에 잠겼다. 그리고는 고개를 끄덕이며 말했다.

"얘야, 네 생각은 아주 치밀하구나. 달리 생각할 방법이 없구나! 네 생각이 맞는 것 같다. 앞뒤를 생각해보면 추리가 딱 맞아 떨어져. 다만, 네가 구체적으로 무슨 일을 해야 하는지는 나로서는 도저히 알 길이 없구나. 너는 무슨 생각이 있니?"

박영민은 아버지의 얼굴을 잠깐 쏘아보고 천천히 말했다.

"아버지, 그러니까… 고곡스승님은 저를 기다렸던 것 아닐까요? 물론 아버지의 돈도 포함되어 있을 수 있겠지만…."

박회장은 조금 길게 생각하고 답했다.

"얘야, 고곡스승님이 너를 기다린 것은 틀림없는 것 같다. 너는 무엇인가 중요한 역할을 맡게 될 것 같은데, 무엇인가 그럴듯한 생각을 가지고 있니?"

"아버지, 그럴듯한 생각 정도가 아니에요. 저는 오랜 세월 동안 가지고 있던 생각이 있었어요. 아버지가 고곡스승님을 말씀하시기 전부터였어요. 저는 하나의 꿈을 가지고 있었는데, 아무래도 고곡선생님은 민족의 장래와 저의 꿈을 아우르는 무한한 통찰을 하신 것 같습니다. 그것은 아버지의 운명을 살피는 순간 저의 미래가 고곡스승님의 천안天眼에 보여진 것이라고 생각됩니다. 그래서 스승님은 65년이 지나 당신을 찾아 오라고 당부하신 것 같습니다. 먼 미래를 예언하는 선현들은 우리 세계에 종종 출현하는 것이 아니겠습니까! 저는 그 중심에 있는 것으로 판단됩니다. 처음부터 고곡스승님은 저를 눈여겨보는 듯했습니다. 오늘 제가 아버지께 말씀드리고자 했던 것은 바로 이것입니다."

박회장은 속으로 깊게 생각을 진행시키면서 고개를 끄덕였다. 그리고 이어 말했다.

"그래, 너의 오래된 꿈이 무엇이냐?"

"저는 아버지 덕분에 많은 재산을 갖게 되었고 또한 그동안 나름대로 깊은 공부를 해왔습니다. 저는 제 공부가 제대로 쓰일 때가 왔다고 봅니다. 그런데 아버지… 저는 고곡스승님이 저를 기다렸다는 사실을 좀 더 깊게 확인해보고 싶습니다. 이것이 분명하지 않으면 제가 그동안 가꾸어 왔던 생각은 부질없는 꿈이 될 것입니다. 아버지, 그래서 제가 고곡스승님의 목표였다는 것에 대해 야원선생님의 의견도 듣고 싶습니다. 아버지의 생각은 어떠신지요?"

박회장은 답답한 표정을 지었지만 대답은 확실하게 해주었다.

"영민아, 나는 너의 얘기를 듣고 확연한 느낌을 받았다. 너의 생각이 맞는 것 같지만 일단 너의 생각에 대해 야원선생님의 의견을 들어보자. 그 후에 너의 꿈을 얘기해주렴…."

"네, 아버지."

부자지간의 심오한 대화는 여기서 끝났다.

특별한 몸

태어나서 정해천이란 이름을 갖게 될 아이는 처음 뱃속에서부터 계속 위험하더니 지금 출생의 순간 그 위험이 절정에 달하고 있었다. 산모는 지난 10개월간 계속 영양부족 상태여서 아이를 낳는 데 몹시 애를 먹고 있었다. 아이 역시 영양부족이어서 태어나 생명이 이어질지 미지수였다.

아이는 현재 자궁을 출발하여 산도産道에 이르렀지만 기력이 없었다. 산모 역시 같은 상태. 게다가 현재 산모가 누워 있는 곳은 병원이 아니고 산속 오두막이었다. 옆에서 돌보고 있는 사람은 이웃에 살고 있는 할머니 혼자였다.

그래도 산모는 겨우 명을 이어가더니 아이를 출산하는 데 성공했다. 산파 할머니는 있는 힘을 다해 조치를 취하여 아이의 탯줄도 잘 묶고 잘랐다. 아이는 울지 않았다. 할머니가 보기에는 산모와 아이가 곧 죽을 것 같았지만, 용케 견디고 있었다.

아이는 왜 울지 않을까? 필경 울 기력도 없기 때문일 것이다. 산모는 의식불명 상태. 아이도 의식이 없는 듯 보였다. 할머니가 할 수 있는 일은 그저 방을 따뜻하게 하고 운명을 기다리는 것뿐이었다. 유난히 추웠던 어느 해 겨울, 할머니는 미역국도 못 끓이고 겨우 멀건 죽을 끓여 산모의 입에 흘려 넣어주고 있었다.

몇 시간 후 산모는 깨어났다. 그러나 아이는 의식이 없고 몸을 파르르 떨었다. 할머니는 어찌할 줄 몰랐고, 산모는 자신을 가누는 데 있는 힘을 다하고 있을 뿐이다.

정해천은 아버지 없이 이렇게 태어났다. 아이의 의식은 나흘 만에 깨어났는데, 그때 조금 울더니 차츰 기력을 회복했다.

아이는 자라면서 아무 탈이 없었고, 오히려 아주 건강했다. 먼 훗날 밝혀질 내용이었지만 아이가 태어나자마자 의식이 없었던 것은 아이의 영혼이 단전 내면에 오래 머물렀던 탓이다. 이는 생명이 몹시 위태로운 상황이지만, 아이는 그런 와중에 단전의 기운을 연마하고 있었던 것이다. 이로 인해 아이의 영혼은 남보다 나흘이나 늦게 뇌에 도달했다.

이것은 결과적으로 하늘의 축복이었다. 아이의 몸에는 출발부터 신선의 씨앗이 있었던 것이다. 이런 몸이 되려면 도인들이 최선을 다했을 경우 60년의 세월이 걸린다. 모든 도인들은 이러한 몸을 만들기 위해 고된 수련을 하는 것이다. 그러나 이 아이는 몸의 기이한 현상 때문에 뜻하지 않게 이런 몸을 갖게 된 것이다. 이른바 천강지체天剛之體!

아이는 10살 무렵이 되자 임독맥任督脈이 스스로 소통이 되면서 신선 같은 몸이 되었다. 임독맥이란 인체에 존재하는 모든 경락의 근원으로서, 등과 배 쪽을 상하로 관통하고 있는 기운의 큰 도로다. 선도에서 임독맥이 관통하면 생사현관生死玄關이 열린다고 하는 인생 최대의 경사인데, 정해천은 태어난 지 30년이 지난 후에도 자기 몸 상태를 모르고 지냈다. 그저 남들과 다른 특이한 체질이라고 생각했을 뿐이다.

정해천은 태어나서 계속 가난했다. 참으로 기이한 운명이니 이로 인해 인생의 철학이 특별히 형성되었다. 정해천의 어머니는 계속 잔병을 앓다가 해천이 18살 무렵 세상을 떠났다. 해천은 어머니의 죽음을 20여 년이 지날 때까지 계속 슬퍼했다. 어머니는 해천을 기르기 위해 허약한 몸으로 노동현장에 나갔고, 이것이 결국 명을 재촉했던 것이다. 죽음의 원인은 영양실조와 과로로 인한 심장마비였지만, 정해천은 가난 때문에 어머니가 일찍 죽었다고 결론을 내렸다.

정해천에게는 친척이 없었고 고등학교를 다닐 때까지 친구들과 잘 어울리지 못했다. 인생에 낙이 없었던 그는 늘 우울증에 걸려 있었다. 그로 인해 철저히 외톨이가 된 것이다. 대학은 다니지 못했고 인생의 목표나 재미 같은 것도 분명치 않았다. 그저 거칠게 생활하는 것이 그의 모습일 뿐이다.

36세가 된 정해천은 뒤늦게 하나의 취미를 만들었는데, 그것은 부자를 공격하고, 행복한 사람을 미워하고, 걸핏하면 폭력을 행사하는 것이었다. 정해천은 일지매라는 그럴듯한 별명을 하나 만들고 정의를 수행하는 자로 자처했다. 이제 일지매가 된 정해천은 자신의 어머니를 괄시하여 비참하게 죽게 만든 세상에 복수하고자 했다.

무엇보다도 세상이 불평등하다는 것에 끝없는 분노를 느끼고 있었다. 부자들은 한없이 행복하건만 가난한 사람들은 제대로 수명조차 누리지 못한다는 데 일지매는 초점을 맞추었다. 모든 부자가 사라질 때까지, 모든 사람이 평등해질 때까지, 가난한 사람도 행복해질 때까지 일지매는 싸울 것을 하늘에 맹세했다. 그리고 날이 갈수록 자부심을 느꼈고, 차츰 행복도 느끼는 것 같았다.

오늘은 누구를 벌줄까? 일지매는 이런 생각을 하면서 밤거리에 나섰다. 거리에는 많은 사람들이 바쁘게 지나가고 있었다.

사건 발생

　조선인민군 육군 대위 강민형은 국가 특수보안국 소속으로 제157부대에 배속되어 있었는데, 제157부대는 평안북도 신의주시에 주둔하고 있는 자그마한 부대였다. 하지만 이곳의 권력은 157부대의 상급 사단 사령부 내에서 가장 막강했다. 이들은 군인이면서도 항상 민간인 복장으로 근무했는데, 일하는 장소도 일정하지 않았고, 업무상 보고도 사단 사령부에 하지 않고 평양의 비밀기관 어딘가에 직접 하는 특별조직이었다.

　이들이 하는 일은 민관군 모두를 대상으로 하는 보안 업무다. 사상범이나 정치범, 반동분자 색출을 주로 하지만 군 내부의 반역세력을 조사하는 임무도 부여받고 있다. 북한은 원래 무수히 많은 비밀 특별부서가 있어서 157부대의 근원은 자세히 알려져 있지 않다. 다만 이 부대의 평양본부 사령관은 4성 장군, 즉 대장으로서 북한의 실세 중 실세였다.

　그리고 강민형 대위는 그 4성 장군의 아들이었다. 이런 그가 변방의 자그마한 부대에 배속되어 있는 것은 자신의 실력으로 국가에 충성하겠다는 결의로 자원한 것이다. 강민형의 생각은 국가에 대한 반역은 원래 한가한 지역, 변방 등에서 많이 일어난다는 것이고, 그래서 평양 근무를 사양했다.

　북한군 대장의 아들 정도라면 얼마든지 평양에 머물며 호화로운 생활을 할 수도 있는데, 강민형은 그것을 극구 마다한 것이다. 강민형의 이런 행동에 대해서 상부에서는 칭찬이 자자했으며, 실제로 반역자 검거에 많은 실적도 쌓고 있었다. 나이는 27세, 머지않아 소령 진급이 보장되어 있으며, 국가로부터 많은 표창을 받기도 한 인물이다.

그런데 이자는 국가 정예조직 밖에서는 악명이 높았다. 극악무도한 고문을 일삼고, 사소한 문제에 큰 죄를 뒤집어씌우며, 범죄가 있으면 반드시 색출해내는 철저한 사내였다. 이 사람의 국가에 대한 충성은 당이나 군 내부에서도 진저리칠 정도였는데, 이 사람에게 잘못 보이면 꼬투리 잡히기 일쑤였다.

신의주 일대에서는 많은 사람들이 강민형이 나타나면 바짝 얼어붙어 공연한 죄의식을 갖게 되었다. 한번은 군복에 계급장이 떨어져 있는 것을 보고 사상범으로 몰아 중죄인 감옥으로 보내기도 했다. 그는 한마디로 지독한 빨갱이로서 사상이 투철한 사람에게도 혐오의 대상이다. 아무리 잘하고 있어도 강민형의 마음에 안 들면 언제든지 중죄인이 될 수 있기 때문이다. 강민형은 실제 죄인에 대한 탁월한 조사능력을 발휘하지만, 죄가 없어도 죄인으로 만드는 기술이 있었다. 이런 점에서 강민형은 그의 아버지를 철저히 닮은 사람이었다.

강민형은 오늘도 여러 장소를 마구 헤집고 다니면서 공연히 공포 분위기를 만드는 중이었다. 다만 한 가지 장점이 있었는데 그것은 뇌물을 일절 받지 않는다는 것이다. 이는 뇌물도 통하지 않는 잔인한 인간이란 뜻이기도 하다. 강민형이 오늘은 어디로 향할까 하고 생각하던 중 부하직원으로부터 연락이 왔다.

"음, 무슨 일인가?"

연락을 해온 부하는 강민형보다 10년 정도 연상인 김규인 상사였다. 상사는 나이 어린 상관에게 깍듯이 보고했다.

"대위님, 심상치 않은 사건이 있습니다. 직접 오셔야 할 것 같습니다."

"무슨 일인데?"

강민형은 성격이 급해서 무슨 일이든 재빨리 전모를 파악하고 싶어 한다. 상사가 다시 말했다.

"사상범인 것 같은데 조직적인 냄새가 납니다. 종교 같기도 하고…. 피닉스라고 하는 무슨 운동 같기도 하고…. 내용이 애매하니 직접 와서 살펴보시지요."

"피닉스? 그게 무슨 뜻인가?"

"네, 상부에 알아보니 불사조를 뜻하는 외국어라고 합니다."

"알겠네. 바로 갈 테니 사건을 요약해놓게…."

강민형 대위는 군 차량을 타고 피닉스인가 뭔가 하는 이상한 사건이 발생한 지역으로 급히 출발했다. 강민형의 마음속에는 이번 사건이 자신의 일생에 아주 중요한 계기가 될 것이라는 직감이 떠오르고 있었다.

명함을 건네준 여자

일지매는 지난 1주일 동안 두 차례나 정의의 심판(난동)을 위해 출동했다. 두 차례 모두 남녀의 불륜을 추궁했는데, 별로 기분이 안 좋았다. 일이 생각한 대로 진행되지 않았기 때문이었다. 한 번은 여자가 울면서 빌어서 용서해주었고, 또 한 번은 남편에게까지 전화를 했는데 남편의 말이 아주 맥 빠지는 것이었다.

"당신 누구요? 남의 집 일에 웬 참견이냔 말이오. 할 일 없으면 그년 데리고 살든지…!"

아니, 세상에 자기 부인의 불륜현장을 고발하는데 남편이란 자가 부인을 '그년'이라고 지칭하면서 데리고 살라고 하니 일지매는 할 말을 잊었다. 게다가 불륜현장에서 잡힌 부인은 더욱 가관이었다.

"내 몸 내가 알아서 한다는데, 당신이 뭔데 지랄이야? 경찰에 알리든 남편에게 알리든 마음대로 해보셔. 남편 전화번호는 여기 있으니까…."

일지매는 아예 현장에서 도망쳤다. 그리고 며칠 동안 집구석에서 생각만 하고 지냈는데, 허무하기 그지없었다. 남녀의 문제는 겉보기처럼 쉽지 않았다. 게다가 죄를 논하기에는 분명치 못한 면도 있었던 것이다. 남녀의 불륜, 어디까지가 죄이고 누구를 용서할 것인가! 일지매는 열심히 생각해보았지만 명쾌한 답이 떠오르지 않았고, 공연히 밤잠만 설쳤다.

그러던 중 오늘 아침에 잠에서 깨어났는데 돌연 한 여인의 모습이 떠올랐다. 경치 좋은 해안가 콘도에서 돈과 함께 명함을 건네준 여자였다. 그 여자는 불륜하던 남자를 태연하게 '제비'라고 말했다. 일지매는 잠깐 그 제비가 부러웠고 그 여인의 몸이 궁금했다.

'어떻게 생겼을까?'

일지매는 여인의 몸을 한 번도 접한 적이 없었기 때문에 생각하는 정도로 몸이 묘하게 흥분되는 것을 느꼈다. 이와 함께 죄책감 같은 부끄러움에 휩싸였다. 그러나 그런 마음보다 그 여인이 그리워지는 마음이 훨씬 더 강하게 일어났다. 이 마음은 괴로움이라고 일지매는 느끼고 있었다. 한마디로 그 여인이 보고 싶고 그 제비가 미웠다.

'아직도 그놈과 함께 지내고 있을까? 경치 좋은 곳을 돌아다니며…?'

일지매는 얼굴을 잠시 찡그리고는 보관해놓은 명함을 찾았다. 순간 '명함이 없어졌으면 어쩌지?'라는 공포감에 떨었지만 명함은 서랍 안쪽에 그대로 있었다. 명함에는 이한영, 대표, 한국제일식품, 이외에 영어로 된 글자가 있었으나 일지매는 이름과 직책에만 유의했다. 전화번호는 보는 순간 암기했고 이제는 전화를 거는 일만 남았다.

'왜 전화했느냐고 물으면 무어라고 말할까? 아, 내게 명함을 줬으니 전화 거는 것은 문제없고…. 돈을 줬으니 고맙다는 인사는 당연한데…. 그놈에 대해 물어볼까? 질투한다고 느낄까? 아니야, 내가 그놈을 패서 기절시켰으니 안부는 물어도 될 거야. 어떻게 됐느냐고…. 죽었는지, 크게 다쳤는지…. 그리고…. 모르겠다, 무조건 걸어보자!'

일지매는 전화번호를 누르면서 가슴이 떨리는 것을 느꼈다. 수많은 사람과의 결투현장에서도 일지매는 추호도 흔들림이 없었는데 힘 약한 여자에게 전화를 거는 것이 어찌 이리 설레는가! 신호음이 들리고 상대방이 전화를 받았다.

"여보세요. 저… 동해바다 콘도에서 봤던…."

일지매는 말을 더듬었는데, 이 순간 상대방이 가로채 말했다. 선명한 목소리였다.

"어머, 일지매 씨!"

"…."

일지매는 또 말문이 막혔는데 상대방이 계속했다.

"전화를 했으면 말을 하셔야지요! 일지매 씨는 그간 안녕하셨나요?"

이때 일지매는 흥분된 감정을 수습하고 말문이 열렸다.

"안녕하세요…. 지난번에 돈을 주셔서 고맙다는 인사를 하려고요…."

일지매는 제법 세련되게 말이 나왔다. 이제는 제대로 말을 할 수 있게 된 것이다.

"돈? 아, 그 돈 생각이 나네요."

이한영이라는 여자는 마침 생각난 듯 말했다. 1,000만 원이나 되는 돈인데 그동안 모르고 지낼 수는 없었을 것이다. 이것이 바로 여자의 내숭이고 여유가 아닌가! 하지만 일지매로서는 그것을 알 길이 없었다. 일지매는 또 말했다.

"그 남자 어떻게 되었나요?"

일지매가 가장 궁금했던 것이 이 말이었다. 여인이 대답했다.

"괜찮아요. 설마 죽었겠어요…? 그 남자하고는 헤어졌어요."

일지매는 이 말을 들으니 속으로 묘한 안도감이 몰려왔다. 가장 미운 놈과 헤어졌다니 더할 나위가 없는 것이다. 왜 헤어졌는지는 알 필요가 없다. 남녀 간에는 헤어지면 헤어진 것일 뿐이다.

이한영과 일지매는 편한 상태로 얘기를 좀 더 주고받았고, 전화가 끝날 무렵 만나기로 약속했다. 일지매는 전화를 끊자 눈을 감고 한동안 좋아했다.

'오늘은 일을 하지 말아야지….'

일지매는 하루 쉬기로 했다. 이로써 어떤 한 녀석은 일지매에게 얻어 터지는 사건을 피하게 된 것이다.

심문

　강민형 대위는 평소의 그답지 않게 다소 떨리는 마음으로 사건현장에 도착했다. 사건현장이라고 해봤자 자그마한 시골 마을에 볼품없는 건물이 한 채 있는 곳이었다. 이곳에는 혐의자 2명이 체포되어 엄중하게 취조받는 중이었다.

　강민형이 도착하자 부관인 김규인 상사가 자리에서 일어나 부동자세로 경례를 했고, 그 지역 보안책임자도 일어나 고개 숙여 경의를 표했다. 강민형의 악명이 이곳에도 익히 알려져 있어 지역 근무자는 모두 긴장하고 있었다. 김규인 상사가 간략히 사건경위를 보고했다.

　"현재 관련자는 2명입니다. 이들은 어제 저녁에 체포되어 왔는데, 횡설수설하고 있는 중입니다. 직접 심문하시겠습니까?"

　"음, 헛소리를 하면 혀를 뽑아버려야지…!"

　강민형은 험악한 일성을 내뱉고 일단 서류를 점검했다. 사건개요는 다음과 같았다.

　이 지역 쌀 창고에 오래 전부터 도둑이 침입하여 창고 책임자가 조사를 받고 있었다. 그러던 중 어떤 농부 집에서 쌀이 발견되었다. 이 지역에는 옥수수 농사가 주업이고 쌀은 희귀한 상황이다. 그러므로 농부의 집에서 쌀이 발견된 것은 도둑질한 것이 분명해 보였다.

　그런데 이 농부는 엉뚱한 소리를 했다. 이 동네 사는 다른 농부에게 쌀을 얻었다는 것이다. 그래서 그 농부를 체포해서 취조한 결과 또 다른 엉뚱한 얘기가 나왔다. 쌀을 준 것은 맞는데 그 시기가 1년 전쯤이라는 것.

그 당시 처음의 농부가 병이 나서 죽을 끓여 먹으라고 쌀을 조금 나누어 주었던 것이다.

그런데 처음의 농부는 숨겨놓은 쌀의 양이 많아서 앞뒤가 맞지 않았다. 두 번째 농부는 그만한 쌀을 준 적도 없었고 줄 능력도 없다고 진술했다. 하지만 처음의 농부는 계속해서 우겼다. 쌀을 받은 게 맞다고…. 그러면서 한마디 덧붙였다.

'당신이 말했잖아. 피닉스인가 누군가로부터 쌀을 얻었는데 그것을 나눠주는 것이라고…. 피닉스가 쌀은 얼마든지 있으니 이웃과 나누어 먹으라고 말했고, 또한 피닉스를 믿으면 살기 좋은 날이 온다고….'

이래서 사건이 커진 것이다. 현재 상황으로 보면 처음 농부가 국가의 창고에서 쌀을 훔쳤거나, 두 번째 농부가 피닉스라는 작자로부터 쌀을 공급받고 있는 것이다. 그런데 피닉스를 믿으면 살기 좋은 날이 온다고 한 것은 종교 또는 민중운동인 것처럼 보인다. 두 가지 경우 모두 국가에서 금지시키는 것으로, 이를 어길 경우 반역죄가 씌워지는 것이다.

강민형은 서류를 다 읽고 직접 심문에 나섰다. 심문은 배석자 없이 강민형과 첫 번째 농부의 단독 대면으로 진행되었고, 범인은 두 손을 앞으로 해서 수갑이 채워진 상태로 서 있는 자세였다. 강민형은 책상을 앞에 두고 앉아서 냉정한 음성으로 무섭게 일성을 토해냈다.

"당신이 도둑놈이구먼! 똑바로 말해야 돼, 이름이 뭔가?"

"이순철입니다."

"나이는?"

"48세입니다."

"남의 물건을 도둑질했나?"

"아닙니다."

농부는 무서움에 떨고 있었지만 자신의 혐의는 부인했다. 자신이 가지고 있는 쌀은 도둑질한 것이 아니라 피닉스가 준 것이라는 것이다. 이에 강민형은 자리에서 일어나 범인 옆으로 왔다. 그리고 따귀를 좌우로 심하게 때리고 군화로 정강이를 걷어찼다.

"이 새끼가 거짓말을 해?"

범인은 넘어진 상태에서 코피를 흘리면서 일어나려고 애쓰고 있었다. 이 모습을 보고 강민형은 몇 번 짓밟고 심하게 걷어찼다.

"일어나! 못 일어나? 이런 개새끼가 있나!"

강민형은 범인이 일어나는 것을 기다리지 않고 한동안 밟고 질러댔다. 범인은 일어나려고 안간힘을 쓰면서 무릎을 꿇은 상태가 되었다. 강민형은 무릎 위쪽을 마구 짓밟아서 아예 일어날 수 없게 만들어 놓았다. 그러면서도 일어나라고 소리를 질러댔다.

"안 일어나? 이 새끼가 대드는 거야?"

강민형은 이미 일어날 수 없게 된 농부를 옆에 미리 준비해두었던 각목으로 한없이 두들겨 팼다. 농부가 기절하자 준비해둔 물을 쏟아 부었다. 농부는 신음을 하고 깨어난 듯 보였다. 정신은 혼미한 상태…. 그러나 악마의 음성은 또렷이 들려왔다.

"이 도둑놈이 거짓말까지 해? 너는 도둑질한 것이 틀림없어, 증거도 있고…. 해서 너는 사형이야! 그래도 자백을 하면 강제수용소 20년 정도로 낮춰줄 수는 있어. 나는 거짓말이 제일 싫어. 너 계속 고집 부리면 여기서 맞아 죽을 수도 있어. 그리고 다음은 너희 가족 차례야. 그들은 공범이지. 너 마누라는 있니?"

"네."

"자식은?"

"있습니다."

"그래? 도둑놈이 식구는 제대로 있군. 딱 한 번만 더 묻겠다. 자백 안

하면 너희 식구들을 족치겠어."

"도둑질했나?"

"네…!"

농부는 상황을 파악하고 순순히 자백했다. 혼미한 상태에서도 아내와 자식을 생각했던 것이다. 강민형은 범인이 자백을 하자 더욱 화를 냈다.

"이 새끼가, 처음엔 거짓말을 하더니 이제 와서 자백을 해? 너 혼 좀 나야겠다."

강민형은 각목으로 10여 차례 사정없이 아무 곳이나 후려 팼다. 또 다시 범인은 기절. 강민형은 부관을 불렀다.

"상사, 이놈을 가두고 가족을 모두 연행해 와. 다음 한 놈도 데리고 오고…."

부관은 보안소 직원을 보내 제1범인의 가족을 체포해 오라고 명령하고 제2범인을 데리고 왔다. 강민형은 심문을 시작했다.

"이름은?"

"박기명입니다."

"나이는?"

"52세입니다."

"가족은 있나?"

"아내와 자식 둘이 있습니다."

"묻는 말에 거짓 없이 대답하겠나?"

"네."

"좋아, 너는 도둑질은 안 했지?"

"네."

"쌀은 어디서 났나?"

"당에서 받았습니다."

"뭐? 당에서 일반 배급을 받았다고?"

"아닙니다. 지난해 태양절에 상으로 받았습니다."

"무슨 상으로 받았나?"

"열심히 일했다고 당에서 추천하여 받았습니다."

"음, 국가에 충성을 다했나보군…. 그런데 피닉스는 뭐야?"

"네, 피닉스는 김일성 장군님을 뜻합니다. 성스러운 그분의 가호 때문에 제가 상을 받았기에 쌀을 아껴 두었습니다. 그리고 이웃에 나누어준 것입니다."

"그렇다면 잘했군…. 하지만 김일성 장군님을 피닉스라고 부르면 되나?"

"그분은 영원히 살아 계시기 때문입니다."

이 말을 할 때 농부는 하늘을 쳐다봤다. 마치 먼 곳에서 김일성 장군이 내려다보고 있다는 듯이…. 이 순간 강민형은 각목을 책상에 내려쳤다.

"쾅!"

"너 이놈, 위대하신 장군님을 새에 비유하다니!"

"아, 네, 잘못했습니다. 피닉스는 영원히 사는 새이고 죽어도 다시 살아나는 새이기 때문에 그렇게 불렀습니다. 죽을죄를 지었습니다!"

농부는 이렇게 말하면서 무릎을 꿇고 연신 절을 해댔다. 강민형의 불호령이 떨어졌다.

"너 이놈, 똑바로 서지 못해…!"

농부는 다시 일어나 부동자세를 취했고 강민형이 다시 물었다.

"피닉스가 그런 새라는 것은 어디서 들었나?"

"우리 동네에 사는 노인에게서 들었습니다."

"누군데?"

"이름이 김삼일인데, 작년에 죽었습니다."

"죽었다고…? 왜 죽었나?"

"늙고 병들어서 죽었습니다."

강민형은 여기서 생각했다. 더 이상 심문할 것은 없었던 것이다. 피닉스는 불사조로서 김일성 장군의 비유로 나쁘다고 볼 수는 없었다. 필경이 농부가 거짓으로 둘러댔겠지만 도둑질을 한 것 같지는 않고, 피닉스를 외쳐대는 것은 딱히 죄목을 맞추기가 쉽지 않았다. 강민형은 부관을 불렀다.

"이놈은 석방해. 그리고 다른 국가기관에 연락해서 지난 수십 년간 어디서든 '피닉스'라는 단어가 사용된 적이 있는지 알아보게. 사령부에는 내가 직접 보고하겠네. 앞의 놈 가족이 오면 엄히 문초하고 그놈은 강제수용소로 보내."

"네, 지시대로 하겠습니다."

강민형이 다시 말했다.

"나는 강변 시찰을 다녀오겠네. 그 지역 모든 곳에 내가 나온다고 연락을 해두게. 기강을 점검해봐야겠어…."

강민형은 혼자 지프차를 몰아 어디론가 떠나갔다. 피닉스 사건수사는 대충 이런 식으로 마무리되었다. 그러나 강민형은 마음이 왠지 불안했다. 마을의 단순한 절도사건에 막강한 강민형이 왜 이렇게 초조한 것일까?

강민형의 차는 1시간을 넘게 달려 강변 숲에 도착했다. 여기서 강민형은 사방을 둘러보고 인적이 없음을 확인한 후 차에서 내렸다. 앞쪽에 강이 있고, 뒤쪽으로 높은 산자락이 이어져 있었다. 이곳은 본시 인적이 드문 곳이지만 강민형은 이 지역을 익히 아는 듯했다. 보안 시찰을 나간다더니 이런 곳엔 웬일까? 강민형은 사방을 예의주시하면서 숲 속으로 깊게 들어서고 있었다.

이윽고 도달한 곳은 바위와 나무가 어우러진 곳으로서 제법 험난한 지역이었다. 강민형은 바위 턱에 앉아 한참 동안 인적을 살폈다. 사방은 고요하고 적막했다. 멀리 새 울음소리가 들리고 있었으나 사람이 출현할 것 같지는 않았다.

강민형은 바위가 많은 곳에서 어떤 바위 하나를 선택했다. 그리고 또 한 번 주변을 잔뜩 경계하고는 바위틈 속으로 손을 집어넣었다. 바위틈은 깊지 않고 넓지도 않아서 사람이 들어설 공간은 없었다. 자그마한 상자가 하나 들어갈 공간. 강민형은 그곳에서 야무지게 생긴 가방 하나를 끌어냈다.

이어 최대한의 경계를 유지하면서 가방을 지프차로 옮겼다. 그러고는 고속으로 그 지역을 빠져 나오기 시작했다. 강민형의 차량을 감히 막아설 존재는 없었지만 마음은 초조했다. 그러나 강민형의 얼굴에는 눈물이 흘러내리고 있었다.

'지현 씨가 다녀갔구나…!'

강민형은 사랑하는 애인이 중국에 건너가 CIA와의 접선에 성공한 것을 다행스러워 했으나 그 과정이 애처로웠다.

'별 탈 없이 건너갔을까?'

차량은 속도를 더 높였다. 강민형은 김지현이 무사히 미국 대사관으로 탈출했을 거라고 추리했다. 만약 도중에 어디선가 체포되었다면 강민형에게 즉시 보고되었을 것이다. 강민형은 지난 여러 날 동안 여러 곳에서 올라오는 보고를 주의 깊게 살펴보고 있었으나 강을 건너다가 체포된 사람은 없었다.

강민형은 계속 눈물을 흘렸고, 차량은 어느덧 강민형의 개인 숙소에 도착했다. 주변은 이미 어두워지고 있었다.

대선생의 육감

북한의 최고 책사인 남우진 선생은 아침 일찍부터 왠지 기분이 우울했다. 계속되는 불길한 육감 때문이었다. 남우진 선생은 북한 최고지도자로부터 '대선생'의 칭호를 부여받을 정도로 뛰어난 사람이었지만, 오늘 아침 불길한 육감에 대한 해석에 애를 먹고 있었다. 대선생은 스스로 생각하고 있는 중이었다.

'내 몸에 병이 나려나…. 혹은 지도자 동지의 신변에 무슨 일이 있는 것은 아닐까…! 불길한 내 육감은 분명 무엇에 대한 예감일 터…. 그런데 그것이 무엇인지 알 수가 없군…!'

이런 생각을 하고 있는 대선생의 얼굴색은 상당히 어두워져 있었다. 그러던 중 핸드폰 벨이 울렸다. 핸드폰을 열자 붉은 빛이 반짝였다. 이것은 김정은 최고지도자로부터 온 전화임을 나타내는 것이다. 대선생은 의자에서 일어나 차렷자세로 전화를 받았다.

"지도자 동지, 안녕하신지요?"

대선생은 인사부터 건네고 상대방의 말소리를 기다렸다. 그러자 최고지도자의 씩씩하고 다소 천진한 음성이 들려왔다.

"대선생! 오늘 오후에 만나기로 한 일정을 내일로 연기해야겠소."

"네? 무슨 일이신지요?"

대선생은 '불길한 육감이 드디어 현실로 나타나는구나.' 하는 생각을 하면서 조심스레 반문했다. 오늘은 두 사람이 만나기로 한 날이었는데, 그것을 연기하자는 것이다. 이는 아주 이례적인 일이었다. 김정은은 한 번도 대선생과의 약속을 취소하는 법이 없었다.

'그런데 도대체 무슨 일로 만남을 연기하자는 걸까? 오늘은 내가 남한 침공에 대한 구체적인 작전을 보고하는 날이 아닌가…!'

대선생은 이런 생각으로 얼굴을 찡그리고 있었는데 김정은의 목소리는 태평했다.

"대선생, 뭘 그리 놀라시오? 백두궁전이 완성되었다기에 한번 가보려 하는 것뿐이요!"

"…."

백두궁전은 김정은의 야심작으로, 장차 남북통일 문제가 본격화될 때 남한도 인정하는 민족의 성산 백두산을 앞세워 신성한 민족정신을 자신이 유일하게 유지하고 있다는 것을 선전하기 위한 것이다.

또한 통일 이전에는 자신이 백두혈통의 최고 계승자임을 강조하고, 자신에게 충성하는 당과 군의 고위급 간부들에게 상을 내리는 신성한 장소였다. 북한에는 수많은 상이 있지만 특별한 사람에게 상을 내릴 때 그 상의 가치를 드높여 극한의 영광을 느끼게 하고, 그로써 충성심을 고취시키려 하는 매우 특별한 장소, 즉 최고로 신성하고 특별한 장소가 필요했던 것이다. 무엇보다도 백두산을 근거로 한 신성한 장소를 북한이 지키고 있다는 것으로 우리 민족의 정통적인 유일한 정부가 북한이라는 것을 은근히 내비치는 것이다.

백두궁전은 백두산 자락에 지은 것으로, 공식적으로는 김정은이 머무는 궁궐 또는 신전 같은 곳이 될 터였다. 물론 보안이 허술한 이런 곳에 김정은이 항상 머물 리는 만무하다. 단지 외부에 보일 위엄 있는 장소가 있어야 했다.

옛날 왕들은 항상 궁궐에 머물고 외부에 나가 임시로 머무는 곳은 행재소行在所라 칭했는데, 김정은은 경호 문제상 일정 주거장소가 없고, 말하자면 행재소 같은 곳을 떠도는 처지였던 것이다. 그런 이유로 해서 공식적으로 혹은 의전상 머물 최고 권위의 장소는 꼭 필요한 실정이었다. 이것이 완성되었다는 것이다.

대선생이 말했다.

"지도자 동지, 백두궁전이 완성된 것을 축하드립니다. 하지만 그곳을 갑자기 방문하는 것은 경호상 위험한 일입니다. 특별히 일정을 만들어 신중히 가야 하는 것 아닙니까! 왜 일정에 없는 일을 갑자기 행하시려는지요?"

"하하, 대선생, 어찌 그리 소심하시오! 우리의 만남은 언제라도 가지면 되는 것이고, 오늘 마침 궁전 공사가 끝났다고 하니 어떤 모습인지 빨리 보고 싶고, 그것을 만든 목수들도 만나 치하를 하려는 것이오. 그러니 우리는 내일 봅시다."

김정은은 전화를 끊으려 했다. 그러자 대선생이 다급히 막았다.

"지도자 동지, 잠깐…. 저도 따라가면 안 되겠습니까? 걱정됩니다."

"허, 그 무슨 불길한 소리요? 아무 일 없을 테니 걱정 마시오. 나는 이미 백두산을 향해 출발했소. 대선생께는 나중에 보여드리겠소. 그럼 이만…."

전화는 이미 끊겼다. 대선생은 잠시 하늘을 바라보며 망연한 표정을 지었다. 속으로는 깊게 생각을 진행하고 있었다.

'확실히 불길하군. 백두궁전은 내장공사까지 완성되려면 아직 멀었을 것이다. 완성 운운하는 것은 아랫사람들이 자신들의 노고를 칭찬받기 위해 자극적으로 보고하는 것뿐이다. 최고지도자 동지의 급한 마음은 이해하지만 지금의 행보는 무리한 것이야…. 왠지 이상하군, 나쁜 예감이 지워지지 않아…. 어떻게 하지?'

대선생은 한참을 생각한 후 어디론가 전화를 걸었다. 신호가 도달한 곳은 국가 특수보안국, 이곳의 전화번호는 대선생의 핸드폰에 내장되어 있는 것이었다. 전화는 보안국 사령관인 강주혁 대장이 직접 받았다. 상대방은 전화를 받기 전에 이미 대선생으로부터 걸려왔다는 것을 알고 있었다. 핸드폰 안에 등록된 번호였기 때문이었다. 사령관 강주혁 대장은 뜻밖의 전화에 기쁨을 나타내며 정중히 받았다.

"선생님, 안녕하십니까! 저에게 전화를 다 주시다니요….."

대선생은 인사를 생략하고 다소 급하게 말했다.

"사령관 동지, 중요한 일로 신세를 질까 해서 전화를 걸었습니다. 바쁘지나 않으신지요?"

"네? 아, 괜찮습니다. 대선생께서 전화를 주셨는데 바쁜 일이 뭐 있겠습니까! 무슨 일이신데요?"

"네, 다름이 아니라….."

대선생은 상대방이 너무 친절하게 나오자 고마움과 안도감을 느끼며 천천히 말을 이었다.

"급한 일이라서… 실례를 범해야겠군요. 정보가 좀 필요해서요."

"…..."

강주혁 대장은 잠깐 생각하며 상황을 추리해봤다.

'대선생이 이토록 다급하게 전화를 한 것을 보면 국가적으로 중요한 일일 것이다. 당연히 협조를 해야겠지….'

강주혁이 이렇게 생각하는 데는 이유가 있었다. 오래 전부터 대선생을 특별히 경계하라는 아버지의 가르침이 있었기 때문이었다. 강주혁의 아버지는 종종 이렇게 말했다.

'얘야, 대선생은 무서운 분이야. 그분에게는 어떠한 속임수도 안 돼. 만일 무슨 일로 그분이 협조를 요청하면 무조건 따라야 해. 그는 사람을 보는 순간 내면을 꿰뚫어보기 때문에 조심해야 되지. 국가나 지도자 동

지에 대한 충성도도 평가하니 조심 또 조심해야 할 것이야….'

강주혁은 아버지의 가르침을 한시도 잊은 적이 없었다. 또한 그는 수개월 만에 전화가 걸려왔는데 이는 대선생에게 잘 보일 기회라고 생각하고 있는 중이었다. 강주혁은 정중히 말했다.

"선생님, 무엇이든지 물어보시지요!"

대선생의 말소리가 거리낌 없이 들려왔다.

"오늘 최고지도자 동지께서 여행을 하시는데 통보를 받았습니까?"

"네, 오늘 새벽에 백두산 방향으로 이동하신다는 통보를 경호총국으로부터 받았습니다."

"그렇군요. 나는 알고 싶은 것이 있어서 전화를 걸었습니다. 백두궁전 말입니다. 그곳을 짓고 있는 목수들에 대한 신원조회를 하고 싶습니다. 불순한 사람이 있는지 철저히 조사를 부탁드립니다."

"목수 말입니까? 조사해보겠습니다. 그런데 시간이 좀 걸릴 텐데요."

"그리고 사령관 동지, 오늘 최고지도자 동지를 수행하는 경호원에 대해서도 알고 싶은데, 가능하겠습니까?"

"경호원이요?"

강주혁 대장은 다소 놀라고 있었다. 대선생이 경호원에 대한 정보를 달라고 하는데, 이는 국가 특수보안국으로서도 쉽게 알 수 있는 것은 아니었다. 하지만 대선생이 그런 정보를 얻고자 하는 것은 긴급한 상황이 발생했다는 것을 짐작하게 한다. 강주혁은 속으로 생각하면서 대답했다.

"선생님, 그 문제는 경호총국에 알아봐야겠습니다. 알아보고 연락드리겠습니다만…, 다른 부분은 없는지요."

"고맙습니다, 사령관 동지. 나는 최고지도자 동지를 급히 뒤따라가야겠는데, 사령관께서는 그쪽 지역의 보안상태를 점검해주시오. 또한 출동할 수 있는 보안군을 준비시켜두면 좋겠습니다."

"네? 무슨 일로….."

강주혁은 크게 놀랐다. 보안군이 출동할 상황이라면 이는 국가적 비상사태가 아닌가! 이 순간부터는 강주혁이 다급해졌다.

"선생님, 도대체 무슨 일입니까? 최고지도자 동지의 신변에 무슨 일이라도 있는 것입니까?"

대선생이 조용히 대답했다.

"아직 무슨 일이 있는 것은 아닙니다. 단지 불길한 예감이 들어서요."

"네? 예감이라고요? 하하, 선생님….."

강주혁은 자기도 모르게 웃음이 터져 나왔다. 하지만 웃음을 이내 멈췄다. 대선생이 어떤 분인가! 능히 귀신을 부르고 천리 밖을 내다본다는 분이 아닌가! 이런 분의 예감이라면 진지하게 대비해야 할 것이다. 강주혁은 여기까지 생각하고 심각하게 말했다.

"선생님, 충분히 알겠습니다. 준비를 해두겠습니다. 좀 전에 알아보라고 하신 것도 최대한 서두르겠습니다."

"고맙습니다, 기다리지요."

대선생은 전화를 끊었다. 그리고 또 다른 곳에 전화를 걸었다. 신호가 간 곳은 국가 비밀이동국이었다. 이번에도 국장이 직접 받았다.

"대선생, 안녕하십니까? 웬일로 전화를 하셨는지요?"

"아, 국장…, 급해서 용건만 말하겠습니다. 내가 지도자 동지를 뒤따르게 해줄 수 있겠습니까? 기차를 놓쳐 함께 타지를 못해서 그만….."

"아, 그렇습니까? 수배하겠습니다. 백두산으로 향하는 기차 편은 오늘 모두 중지되어 있습니다만…. 실례지만, 최고지도자 동지의 승낙을 받은 것입니까?"

비밀이동국 국장은 조심스레 물어왔다. 이러한 절차는 기본수칙이었다. 최고지도자의 뒤를 따라가겠다는 것은 누구든 마음대로 할 수 없는 일이었기 때문이다. 대선생은 간단히 대답했다.

"허락을 받지 못했습니다. 하지만 지도자 동지께서 싫어하지 않을 것입니다. 부탁드립니다."

"…."

대선생의 이 말에 국장은 잠시 생각하고는 마음을 굳혔다. 대선생의 부탁이라면 들어주어도 무방할 것이라고….

"좋습니다, 대선생. 비밀 지하철로 바로 나오실 수 있습니까? 요원을 보내 안내를 하겠습니다."

이런 과정을 거쳐 대선생은 김정은 최고지도자를 뒤따르기 위해 급히 집무실을 나섰다.

이와 시간을 같이 해서 국가 특수보안국 사령관 강주혁 대장은 경호총국과 전화를 연결했다. 전화를 받은 사람은 경호총국의 부국장. 강주혁이 먼저 말했다.

"오, 부국장. 국장님은 안 계신가?"

"아, 강주혁 대장님이시군요. 국장님은 임무수행 중입니다."

"음, 알고 있네. 그렇다면 자네가 대신 일을 해줘야겠군…."

"…."

부국장은 듣고만 있었고, 강주혁 대장이 말을 이었다.

"오늘 최고지도자 동지를 근접 경호하는 수행원의 명단을 알고 싶은데…."

"네? 그건 좀…, 국장님의 허락이 없으면 곤란한데요."

부국장은 강주혁의 부탁을 거절한 것이다. 당연한 일이다. 이런 문제는 부국장이 결정할 일도 아니고, 경호총국은 원래부터 특수보안국과 경쟁상대이기 때문이었다. 이런 사정을 잘 아는 강주혁은 목소리를 심각하게 조절해 말했다.

"이보게, 부국장…. 지금 최고지도자 동지 신변에 이상이 있다는 정보가 접수되었네. 만약 무슨 일이라도 발생하면 자네가 책임져야 돼. 자네는 최고지도자 동지를 공격한 공범이 되는 거야. 우리는 지도자 동지를 함께 보호해야 하지 않겠나!"

"네? 무슨 말씀을…. 알겠습니다. 명단을 보내드리겠습니다."

"고맙네. 당장 보내야 하네."

전화는 이렇게 끝났다. 이어 강주혁은 부관을 불러 전국의 보안상태를 점검하고 백두산 영역에 출동할 수 있는 보안군을 대기시키라고 명령했다. 부관은 대답부터 확실히 하고 나서 반문했다.

"대장님, 지시대로 즉각 시행하겠습니다. 특수 보안부대에 비상령을 내릴까요?"

"음, 그렇게 하게. 나는 백두산을 향해 지금 떠날 테니 경호부대를 뒤따르게 하게."

강주혁은 서둘렀다. 대선생의 육감이라면 분명 무슨 일이 발생할 것이라고 믿기 때문이었다. 최고지도자 김정은은 즐거운 마음으로 백두산을 향해 가고 있는데 주변 상황은 급박하게 돌아가고 있었다.

인허, 임무를 완수하다

지리산 자락에 봄이 시작되고 있었다. 산가에 쌓인 눈은 서서히 녹기 시작했다. 인허가 지리산의 유중선생의 도량을 찾은 지는 2개월이 지났다. 인허는 홀로 적막을 즐기면서 유중선생을 기다려왔다. 그러나 유중선생은 나타날 기미가 보이지 않았다. 인허는 속으로 생각했다.

'너무 안 오시는군…. 아예 지리산을 떠나신 것은 아닌지…!'

인허는 마음이 다소 불안했지만 유중선생은 반드시 돌아올 것이라는 믿음이 더 강했다. 그러던 중 밤이 다시 찾아왔다. 지난 2개월간 똑같은 일상이었다. 그러나 오늘 밤은 달랐다. 인허는 몰랐지만 지난 2개월 간 산의 저쪽에서 인허를 감시하는 생명체가 있었다. 오늘 그 생명체가 조용히 사라진 것이었다. 인허는 산속의 밤을 좋아하는지라 오늘도 산의 고요를 음미할 뿐이었다.

이렇게 밤이 지나가고 다시 새벽이 찾아왔다. 흐르는 냇물소리는 생동감이 넘치고 있었다. 봄이 시작되는 것이다. 나뭇가지들에서는 눈이 녹아 주르륵 물이 떨어지는 소리도 들렸다. 하지만 산의 적막감은 변치 않았다. 산은 언제나 고요를 간직하고 있다. 산에 사는 무수한 생명체들은 저 스스로 활동하고, 산은 이들에 관여하지 않고 자신을 지킬 뿐이다. 그래서 산은 위대하다. 남에게 삶의 터전을 마련해주지만 산은 관여하지 않는다. 영원한 고요!

인허는 산을 느끼면서 조용히 아침이 시작되는 것을 음미하고 있었다. 이 순간 멀리서 기척이 느껴졌다. 산짐승인가? 인허는 잠깐 생각했지만 느낌이 달랐다. 인허는 일어나 그곳을 살피려 했는데 어느새 그 실체가 다가왔다. 사람이었다. 그는 인허가 2개월간 기다려온 유중선생이었다.

"스승님, 이제 오십니까!"

인허는 기쁜 마음으로 목소리를 높이면서 무릎을 꿇었다. 유중선생은 미소를 머금고 있었다. 은은한 별빛처럼…. 좀처럼 웃는 모습을 보이지 않는 유중선생이 이처럼 밝은 모습을 보이자 인허 자신도 몸과 마음에 광채가 쏟아지는 듯 느꼈다. 인허는 급히 품에 간직한 서찰을 꺼냈다.

"스승님, 이것은 고곡스승님께서 전하라고 주신 것입니다."

"…."

유중선생은 서찰을 받고 품에 간직한 후 말했다.

"애야, 우리 저쪽에 가서 앉을까?"

유중선생이 가리킨 곳은 조금 아래 있는 큼직한 바위였다. 두 사람이 장소를 이동해서 자리에 앉자 유중선생이 먼저 말을 꺼냈다.

"서찰을 전하려고 오래 기다렸군. 이제 임무를 완수했으니 가봐야 하지 않을까!"

"…."

인허는 이 말을 듣고 기가 막혔다. 먼 곳에서 와서 2개월이나 기다렸는데 만난 지 몇 분 만에 떠나보내려 하는 것이다. 인허는 이럴 것을 짐작하고 있었기에 조금도 기세에 눌리지 않고 준비된 말을 당당히 토해냈다.

"스승님, 제가 이곳에 도착했을 때 스승님이 계셨으면 저는 서찰을 전달하고 바로 떠났을 것입니다…. 하지만 스승님이 일부러 2개월이나 피하셨으니 저는 그 보상을 받아야겠습니다."

유중선생은 이 말에 다시 미소를 지으며 답했다.

"이보게, 인허…. 자네는 내가 없었기 때문에 이곳에서 좋은 기운을 받으며 오랫동안 공부하지 않았나! 그보다 더 좋은 일은 없을 거야…."

"아닙니다!"

인허는 당당하게 대꾸했다.

"스승님, 제가 이곳에서 2개월 동안 앉아 있었던 것은 저 스스로 선택한 것이지 스승님이 가르치신 것이 아닙니다. 제가 만일 다른 곳에 있다가 다시 왔다면 저는 이곳에서의 공부를 이룩하지 못했을 것입니다. 스승님이 피하신 것은 스승님 사정이므로 저는 보상을 꼭 받아야겠습니다."

"허허, 내가 졌네. 그래, 무슨 보상을 받겠나?"

인허는 이 말을 듣고 상황이 예상대로 풀려나가는 것을 느꼈다. 그러나 속마음을 감추고 태연하게 말했다.

"저는 앞으로 2개월간 이곳에 머물면서 가르침을 받고자 합니다."

인허는 이 말을 하고 바위에서 일어나 큰절을 올렸다. 그러자 유중선생이 다시 앉으라고 손짓하고 미소를 지으며 말했다.

"녀석이 생떼를 쓰고 있군! 자네가 이곳에 앉아 있었던 것은 물론 내가 시킨 것은 아니네. 하지만 자네가 저쪽에 앉으면 될 것을 공연히 내 집에 앉아 있질 않았나, 허허…."

유중선생은 일부러 짓궂게 말하는 것이 틀림없었다. 유중선생이 가리킨 쪽은 물이 흐르고 있는 곳이었기 때문이었다. 유중선생의 말이 이어졌다.

"자네가 청한 것은 나중에 보상받을 것이야. 심부름을 했으니 당연히 심부름 값을 받아야지. 그러나 인허, 이곳은 현재 아주 위험하다네. 자네는 2개월이나 위험 속에 있었어. 누군가 자네를 2개월 동안이나 감시하고 있었는데, 그걸 몰랐나?"

"네? 그런 일이 있었습니까?"

인허는 크게 놀랐고, 어처구니없었다. 이토록 멍청하다니…! 유중선생이 다시 말했다.

"그자는 나를 죽이러 온 것이야. 자네를 해치지는 않겠지만…. 그건 모를 일이지. 그 자는 다시 올 것이야. 당장 피해야 하네…."

이 말을 하면서 유중선생의 안색은 어두워졌다. 인허는 더 이상 유중선생을 붙잡아둘 수 없다는 것을 알았다. 인허는 바위에서 일어나 말했다.

"스승님, 저는 떠나겠습니다. 한 말씀 가르침을 주십시오."

"…."

유중선생은 말없이 고개를 끄덕이고 잠시 눈을 감았다 뜨고는 천천히 말했다.

"자네는 이곳을 내려가 다시 일휴스승님의 도량으로 가서 지시를 받게…. 그리고 자네, 이곳에서는 어떻게 공부했나?"

인허는 황급히 대답했다.

"저는 줄곧 명상을 하고 있었습니다. 밤에는 별을 보며 지내기도 했습니다만…."

"식사는 어떻게 해결했나?"

"네, 제가 가지고 온 식량으로 하루 한 끼 생식을 하며 지냈습니다."

"음, 그랬었군. 하지만 인허, 공부하는 사람이 그렇게 많이 먹으면 안 되네…. 또한 자네의 명상은 그저 앉아 있을 뿐 맑지도 않고, 고요하지도 않아. 좀 더 노력해야 할 게야…."

인허는 감동했다. 유중선생은 인허의 공부가 잘못되었다는 것을 자상하게 지적해주는 것이었다. 인허는 일어나 무릎을 꿇고 말했다.

"스승님의 가르침, 명심 또 명심하겠습니다. 깊이 감사드립니다."

유중선생이 인허를 대견하다는 듯이 바라보며 말했다.

"인허, 그럼 나는 먼저 떠나야겠네."

"…."

유중선생은 숲 속을 향해 바람처럼 사라졌다. 이때 멀리서 청량한 새 울음소리가 들려왔다. 인허는 주변을 둘러보고 미소를 지었다. 스승이 맡긴 임무를 완수하고 가르침도 얻은 기쁨 때문이었을 것이다. 잠시 후 인허도 떠났다. 산속의 개울물 소리는 계속 이어지고 날은 더욱 밝아왔다.

비밀열차

북한의 국방위원장 김정은을 태운 비밀열차는 줄곧 지하로 이동하다가 지상으로 모습을 나타냈다. 북한에는 전쟁대비와 김정은의 은밀한 이동을 위해 전국에 걸쳐 지하철망을 구축했지만, 백두산 영역의 새로운 지구에는 아직 지하철이 없었다. 물론 현재 공사 중이다.

북한의 지하철은 핵전쟁에 대비하여 만든 지하도시와도 연결되어 있고, 또한 남한을 침공하기 위해 38선 일대까지 뻗어 있어 지하철로부터 대량의 부대를 비밀리에 출동시킬 수 있다. 북한은 현재 1년 내내 공중에서 폭격하거나 핵무기를 수백 개 떨어뜨린다 하더라도 견딜 준비가 되어 있지만, 그것도 모자라 더 깊은 지하도시를 구축하는 중이다.

비밀열차가 지상으로 출현하자 좌우 수천 명의 병력이 도열해 있는 것이 보였다. 이들은 최고지도자의 안전을 위해 출동한 보안부대였다. 열차 안에 잠복해 있는 경호원들은 이들 병력을 무심히 바라볼 뿐이었다. 열차는 쉬지 않고 백두산 영역을 향해 달려가고 있었다.

이때쯤 김정은은 멀지 않은 곳에서 뒤를 따르고자 하는 열차에 대한 허가요청을 받았다. 그 열차에는 대선생이 타고 있다. 김정은은 따라와도 좋다고 허가하고 미소를 지었다.

'노인네가 조바심이 지나치군….'

속으로는 이런 생각을 하고 있었다. 하지만 대선생의 애틋한 마음은 충분히 이해했다.

열차는 점점 백두산 쪽으로 가고 있었지만 환영 인파는 보이지 않았다. 김정은의 이동 자체가 극비에 부쳐져 있기 때문이었다. 열차는 잠시 경치가 좋고 한적한 곳을 달리고 있었다. 그러던 중 열차는 속도를 늦추었고, 차창 밖으로 보안병력이 도열한 모습이 보였다. 경호원들은 태세를 갖추고 열차는 멈추었다.

여기서부터는 차량으로 이동할 예정이었다. 군용 차량이 줄지어 있었고, 장갑차도 눈에 띄었다. 김정은을 태울 차량이 열차 가까이 다가왔고, 경호원들은 김정은을 겹겹이 에워쌌다. 차량으로 옮겨 탄 김정은은 급히 출발했다. 앞에는 장갑차가 돌진하고 뒤쪽에는 경호차량 외에 예비 병력이 뒤따르고 있었다.

마침내 김정은을 태운 차량은 백두궁전 앞에 도착했다. 궁전은 아직 어수선한 상태. 큰 건물들은 다 완성되었지만 세밀한 부분까지 완성되려면 아직도 많은 세월이 필요해 보인다. 완성이라고 보고한 것은 큰 건물을 다 완성했다는 뜻이다. 어쨌건 김정은으로서는 기분이 좋았다. 장차 건물이 완성되면 이곳을 단군 때부터 내려온 정통의 신성한 장소로 선전하게 될 것이다.

김정은 국방위원장은 차에서 내려 도보로 궁정으로 들어섰다. 수행하는 경호원들은 궁전 밖을 에워싸고 경호를 하고, 멀리 떨어진 곳은 군인 병력이 첩첩이 경비를 서고 있다. 국방위원장은 줄곧 미소를 지으며 여러 곳을 둘러봤다.

그리고 최종적으로는 호숫가에 만들어진 거대한 정자에 올랐다. 이곳에는 국방위원장이 잠시 쉬어갈 수 있도록 여러 시설이 준비되어 있었다. 김정은은 이곳의 의자에 앉았다. 무술 경호원이 좌우에 도열하고 잠시 후 허술한 옷차림의 인부 3명이 올라왔다.

이들은 목수로서 이 중 한 명은 북한 최고의 목수인 차정민이었는데, 차정민은 오늘 특별히 국방위원장을 만나 치하를 받게 되어 있었다. 김정은은 이 자리에서 차정민에게 국가영웅 훈장을 수여할 생각이었다. 차정민은 김정은 앞에 서서 단정하게 차려자세를 취했다.

김정은은 수행하는 경호원에게 훈장을 받아 차정민 앞으로 다가왔다. 이는 너무나 조촐한 행사로서 주변에는 경호원 몇 명이 지켜보고 있을 뿐이었다. 김정은 최고지도자가 말했다.

"차정민 동무, 수고가 많았소. 동무에게 영웅 칭호를 내리는 바이요."

"…."

차정민은 고개를 숙여 정중히 인사를 하고 훈장을 받았다. 그런데 이 순간 이상한 일이 벌어졌다. 갑자기 경호원들이 접근하는 것이 아닌가! 처음에는 멍청한 이들이 훈장 수여행사를 거들기 위해 접근하는 것으로 보였다. 주변에 워낙 사람이 없다 보니 훈장 수여에 경호원들이 도와야 한다는 생각을 할 수도 있었다.

그러나 그들은 일부러 접근하는 것이 분명했다. 모두 8명인데, 걸음걸이에 경건함이 없고 성큼성큼 걷고 있었다. 김정은의 얼굴이 싸늘해졌다. 그리고 위엄이 서린 강렬한 목소리가 이어졌다.

"이놈들, 이 무슨 무례한 짓인가! 당장 그 자리에 서지 못해!"

궁전의 적막함을 흔들어 놓는 우레와 같은 목소리였다. 경호원들은 흠칫 놀라기는 했지만 계속 다가왔다. 이 순간 북한의 최고지도자 국방위원장은 이들의 행동이 무례를 넘어 반역이라는 것을 감지했다.

'이 무슨 일인가? 쿠데타라도 발생한 것일까…!'

김정은은 속으로 이런 생각을 하면서 권총을 뽑아 들었다. 경호원들은 무장하지 않았다. 종종 경호원들이 무장하고 근무할 때는 김정은이 권총을 휴대하지 않는다. 무장한 경호원들이 대량의 무기를 들이대면 권총 한 자루가 무슨 소용이 있으랴! 그러나 지금은 무술 경호원들뿐이었기 때문에 권총은 위력적이었다. 김정은은 회심의 표정을 지었다. 그리고 다시 한 번 근엄한 기상이 섞인 일성을 내뱉었다.

"이놈들, 너희들 지금 무얼 하는 거냐? 그 자리에 서 있어!"

경호원들은 멈춰 섰다. 김정은은 이들을 세워놓고 순간적으로 주변을 살폈다. 역적의 무리들은 어디 있는가? 나를 도울 사람은 없는가? 김정은은 다소 공포를 느꼈지만 난관을 돌파해야겠다고 생각했다.

"너희들 한쪽으로 들어가 있어. 조금이라도 수상쩍은 행동을 하면 즉시 사살하겠다."

김정은은 이렇게 외쳐놓고 현장을 피하려고 주변을 살폈다. 그러나 이 순간 또 하나의 사건이 발생했다. 목수 3명이 김정은을 뒤에서 덮치는 것이 아닌가! 이 순간 경호원들은 재빨리 달려들어 김정은을 제압했다. 권총을 빼앗고 손을 뒤로 해서 수갑을 채웠다.

이로써 대역 반동의 음모는 가장 중요한 단계를 넘고 있었다. 쿠데타가 준비되어 있는지는 현재 미지수였다. 김정은은 품위를 지키며 상황을 주시하고 있었다. 주변에 아직 대량 병력은 보이지 않고 있었다.

현재 이들의 두목은 목수인 것 같았다. 오늘 국가영웅이 될 뻔한 목수. 경호원들은 목수를 바라보며 다음 명령을 기다렸다. 목수는 주머니에서 통신장비를 꺼내 어디론가 통화를 하고 있었다.

"김정은 국방위원장을 체포했소. 다음 행동을 서두르시오."

"…"

저쪽에서 지시가 내려온 듯했다. 목수는 김정은 앞에 다가와 당당하게 말했다.

"국방위원장 동지, 죄송하게 됐소이다. 우리랑 가줘야겠소."

목수는 권총을 들이댔고, 김정은은 따를 수밖에 없었다.

'이제 본격적으로 상황이 전개되는구나…'

김정은은 속으로 이런 생각을 하면서 후회를 하고 있었다. 슬픔과 분노도 복받쳤다. 경호원들은 앞장서서 정자의 계단을 내려가고 그 뒤를 이어 김정은이 내려갔다. 목수는 총을 겨누고 경계를 늦추지 않고 있었다. 이들 일행은 층계를 내려온 후 궁전 입구 쪽으로 가지 않고 숲 속으로 향했다.

이때 김정은은 다소 이상하게 생각했다. 쿠데타라면 입구에서 군인이 들이닥치고 지휘자들이 나타날 텐데 지금 이들의 행동을 보면 단순한 개인 범죄로 보였다. 그렇다면 다행한 일이기는 하지만 국가 최고지도자를 상대로 이런 일을 벌일 놈들이라면 위험하기 그지없는 놈들이다. 당장이라도 상황이 악화되면 김정은을 죽일 수도 있는 것이었다.

후회…! 김정은은 자신의 경솔함을 후회하고 있었다. 원래 지도자는 잠시도 경계심을 늦추지 말아야 하거늘, 오늘은 마음이 너무 들떠 있던 것이다. 백두산의 위엄으로 남한을 기죽게 만드는 것이 너무 기분이 좋았기 때문이었다. 그러나 이제는 자신의 목숨이 운명에 달렸다.

김정은은 다른 경호원이 나타나기를 기다리고 있었으나 이것도 사태를 해결하는 길은 아니었다. 이들 역적 놈들이 총을 들이대고 있지 않은가! 주변에 우군이 구름처럼 나타난다 해도 권총은 언제든지 발사될 수 있다.

일행은 숲으로 들어섰다. 궁전 둘레에 벽은 아직 만들어져 있지 않았기 때문에 이들은 어디든지 갈 수 있었다. 이제 궁전 지역을 떠나게 되는 것일까! 김정은은 이런 생각을 하고 있었는데, 앞쪽에 장애가 생겨 잠시 멈추어졌다. 누군가 나타난 것이다.

병력이 아니라 단 한 명! 노인이었다. 경호원들이 보기에는 이곳 마을 주민으로 보였다. 그러나 김정은에게는 너무나 익숙한 얼굴, 바로 대선생이었다. 김정은은 대선생을 소리쳐 부르지 않았다. 아는 척하는 것이

상황에 도움이 될 것 같지 않아서였다. 대선생이 나타났다면 무엇인가 계책이 있으리라! 김정은은 속으로 생각했다. 문제는 등 뒤에서 머리에 겨누고 있는 권총이었다.

대선생이 말했다.

"정지! 너희들 사람을 납치해서 어디로 가는 거냐? 당장 풀어주지 못할까!"

경호원들은 웃었다. 시골 노인네가 동네 어린애들을 꾸짖는 모습! 경호원들은 슬쩍 다가왔다. 일격에 노인네를 쓰러뜨리고 아무 일 없었던 듯 갈 길을 가려고 하는 것이다.

그러나 노인의 행동이 더 빨랐다. 대선생은 어느 새인가 앞에 서 있는 경호원을 낚아채고 뒤로 힘껏 잡아당겼다. 이로써 경호원은 10여 m나 날아가 땅에 패대기쳐졌다. 그러나 대선생은 이를 뒤돌아보지 않고 성큼 앞으로 나서 경호원들 속으로 뛰어들었다.

이어서 경호원 한 명의 따귀를 후려갈기고 한 명은 수도로 옆구리를 비껴쳤다. 이빨이 우두둑 나가고 갈비뼈가 부러졌다. 너무 순식간에 일어난 일이어서 다른 경호원들은 무슨 일이 벌어졌는지 파악조차 하지 못했다. 하지만 상황은 자신들에게 급박하게 닥쳐왔다. 대선생은 먼저 앞에 서 있는 한 명의 가랑이를 걷어찼다.

"퍽!" 소리와 함께 음낭이 터졌다. 즉사했거나 그렇지 않더라도 앞으로 그 짓(?)은 영원히 못할 터였다. 사타구니를 채인 경호원은 움켜쥘 새도 없이 맥없이 고꾸라졌다. 이 순간 대선생은 하늘로 뛰어 올랐다. 그러고는 공중에서 발길을 질러 두 명의 머리를 박살냈다. 이어 땅에 내려선 순간 대선생의 주먹이 한 명의 얼굴을 강타했고, 또 한 명은 수도로 목을 강타당했다.

이로써 경호원 8명은 죽거나 기절했다. 너무나 순식간에 벌어진 일이었다. 목수는 이제야 상황을 파악하고 대선생을 향해 총을 겨누었다. 그 동안은 경호원들이 노인네를 제압하려니 생각했고 또한 노인네의 동작이 재미있어서 바라보고 있었던 것이다. 물론 몇 초 만의 일이어서 마음 상태가 정확한 것은 아니었다. 하지만 지금은 확실히 위기를 느끼고 공포심과 함께 최대한의 경계심을 유지했다.

목수는 노인네를 총으로 쏴죽일 생각을 하고 거리를 가늠했다. 일단은 위협을 가해 노인네의 행동을 멈춰야 했다.

"꼼짝 마! 권총이 안 보여? 움직이면 당장 쏴 죽일 거야…."

"…."

대선생은 멈추어 섰고 얼굴이 창백해졌다. 그리고 눈을 감았다. 체념하고 있는 것일까? 그렇지 않았다. 대선생은 속으로 신비한 기운을 발산하고 있는 것이었다. 목수는 정신 속에서 날카로운 소리를 들었다. 너무나 듣기 싫고 잠시도 견딜 수 없는 소리. 그뿐이 아니었다. 몸의 기운은 다 어디로 날아갔나? 목수는 권총을 떨어뜨리고 풀썩 주저앉았다.

옆에 있던 소목수들이 영문을 몰라 하고 있었는데 대선생이 하늘로 날아올랐다. 이어지는 일격, 두 명은 머리통이 박살나고 그 자리에 고꾸라졌다. 이로써 상황은 종료.

"…."

김정은은 꿈꾸는 듯 상황을 어렴풋이 느끼고 있었다. 대선생의 말소리가 들려왔다.

"지도자 동지, 빨리 이곳을 피해야 합니다. 상황을 아직 모르니 안전지대까지 제가 모시겠습니다. 걸을 수 있겠습니까?"

김정은은 고개를 끄덕였으나 기운이 하나도 없었다. 그러나 쓰러지지는 않았다. 어느새 대선생의 등에 업혀 있었던 것이다. 두 사람은 사라졌다.

비상대기령

북한 국가 특수보안국 사령관 강주혁 대장은 대선생이 백두산에 도착한 지 얼마 안 된 시점에 뒤이어 도착했다. 강주혁 대장을 맞이한 사람은 경호총국장.

"안녕하시오. 보안국 사령관께서 여긴 웬일이지요?"

경호총국장의 말에는 약간 비아냥거리는 투가 섞여 있었다. 그러나 강주혁 대장은 이를 개의치 않고 사무적으로 말했다.

"총국장 동지, 내가 못 올 데라도 왔습니까? 국방위원장께서는 현재 어디 계신지요?"

"네? 아, 국방위원장께서는 신성한 곳을 시찰하고 계십니다. 방해하지 말라고 하셨습니다."

"…."

경호총국장은 어떻게 해서든지 강주혁 대장을 배제하고 싶은 것이었다. 강대장은 잠시 생각을 하고 있었는데 전화벨이 울렸다. 대선생이었다.

"…."

강주혁 대장은 총국장을 피해 한쪽으로 물러가서 전화를 받았다. 대선생의 근엄한 목소리가 들려왔다.

"강대장, 어디 계시오?"

"네, 저는 궁전 가까이에 있습니다만…."

"잘됐군요. 부하들도 함께 있나요?"

"아닙니다. 하지만 곧 도착할 겁니다. 아, 도착했다는 신호가 왔군요."

"강대장, 잘 들으시오. 최고지도자 동지의 신변에 상황이 발생했습니다. 경호총국을 지금 당장 제압하시오. 가능합니까?"

"네, 가능은 합니다만…. 지도자 동지께서는 어디 계신데요?"

강주혁 대장은 김정은 최고지도자의 안위가 걱정되는지 있는 장소를 급히 알고자 했다. 그러나 대선생은 이를 외면하면서 답했다.

"지도자 동지께서는 나와 함께 있으니 염려 마시오. 그리고 궁전 서쪽 숲 입구에 널브러져 있는 경호원들이 있으니 그들이 깨어나기 전에 체포하시오. 그들은 목수 3명과 경호원 8명인데, 지도자 동지를 위해危害한 범인들이요. 어서 실행하시오!"

"…."

전화는 끊겼다. 강주혁 대장은 문 밖으로 나와 특수보안국 요원을 몰래 불러 긴급지시를 내렸다.

"경호총국장을 비롯해 모든 경호원을 체포하게."

"네? 알겠습니다."

보안국 요원들은 크게 놀랐으나 즉시 권총을 빼어들고 경호총국장과 경호원들이 쉬고 있는 사무실을 급습했다.

"꼼짝 마시오! 김정은 국방위원장의 이름으로 당신들 모두를 체포하겠습니다. 반항하면 이는 국방위원장에 대한 항명이 됩니다."

"뭐야, 너희들은…?"

총국장은 큰 소리를 쳤지만 권총을 먼저 빼든 보안국 요원들을 당할 수는 없었다. 경호총국 요원들은 차례로 수갑이 채워졌다. 이때 강주혁 대장이 들어왔다. 총국장은 강대장에게 항의했다.

"이 무슨 짓이요? 우리가 누군지 알고 이런 짓을 하는 것이요?"

강대장은 태연히 대답했다.

"총국장, 지금 위원장 동지께 변고가 생겼습니다. 경호총국 요원이 저지른 것이기 때문에 잠시 조사를 하려는 것이니 협조해주시오."

"…."

경호총국장은 얼굴이 일그러졌다. 상상도 할 수 없는 일이 발생한 것이었다. 잠시 후 특수보안국 병력이 속속 도착하고 백두궁전 일대는 특수보안국이 완전히 점령했다.

이럴 즈음 대선생은 숲 밖으로 나왔다. 가까이에는 어디서 날아온 것인지 헬리콥터 한 대가 엔진을 가동한 채 대기하고 있었다. 이는 대선생이 사전에 배려한 것이었다. 김정은과 대선생은 즉시 헬리콥터에 올랐다. 헬리콥터는 떠올랐고, 김정은은 기력을 회복했다.

"대선생, 어찌된 일이요? 지금 가는 곳은 어디고?"

김정은은 다소 안정된 목소리로 물었다. 대선생은 든든한 표정을 지어보이며 정중히 대답했다.

"최고지도자 동지, 일단 위험은 피한 것 같습니다. 현재 21지구로 가고 있으니 그곳에 도착해서 사태를 점검하시지요."

"…."

김정은은 고개를 끄덕였다. 대선생의 용의주도한 계획이 있을 테니 적이 안심이 되는 것이었다. 헬리콥터는 전속력으로 날아가 2시간쯤 지나자 제21지구에 도착했다. 그곳에는 제21지구 경비사령관 최준원 소장이 마중했고 주변에는 제21지구대 병력이 포진하고 있었다.

최소장은 김정은을 제21지구 철문으로 즉시 안내하고 잠시 기다렸다. 그러자 철문이 열리고 새로운 병력이 물밀 듯 쏟아져 나왔다. 이들은 김정은 측근 경호병력으로, 이들을 보자 김정은은 마침내 안전지역에 도달한 것을 느꼈다.

이제부터는 김정은이 직접 지휘할 터였다. 김정은은 대선생으로부터 상황을 대강 브리핑 받고 전화로 특수보안국 사령관을 연결했다. 강주혁 대장은 기립자세로 정중히 전화를 받았다.

"넷, 특수보안국 강주혁 대장입니다. 국방위원장께서는 무사하신지요?"

"음, 나는 무사하오. 수사를 진행하고 있소?"

"물론입니다. 우선 경호총국을 수사하면서 전군의 움직임을 주시하고 있습니다. 현재 수상한 움직임은 포착되고 있지 않습니다.'

"알겠소."

김정은은 전화를 끊고 국가안전보위국을 연결했다.

"네, 국가안전보위국장입니다. 위원장 동지께서는 안전하십니까?"

"조치를 취하고 있소?"

김정은은 무덤덤하게 질문했다. 오늘 일어난 상황은 누가 적인지 모르는 상황으로서, 김정은으로서는 모든 기관이 의심스러웠던 것이다. 국가안전보위보위국장은 이미 1시간 전에 국가특수안보국으로부터 연락을 받고 활동을 전개하는 중이었다. 김정은은 국가안전보위국장의 목소리를 듣는 정도로 끝내고 전화를 끊었다. 다시 전화가 연결된 곳은 인민무력부 부장실.

"위원장 동지! 인민무력부 부장입니다."

부장은 당황하면서 전화를 받았다. 아직 상황을 모르는 듯 보였다. 김정은은 날카로운 음성으로 지시했다.

"부장 동지, 전군에 비상대기령을 내리고 모든 부대를 철저히 장악하시오."

"네, 지시대로 하겠습니다."

김정은이 다시 말했다.

"남조선 군의 동태를 파악하고 전방에 병력을 보충하시오."

"네, 명령을 즉시 실행하겠습니다. 그런데 위원장 동지, 무슨 일이라도 발생한 것입니까?"

"아니오. 예비조치일 뿐이지만 만반의 준비를 하시오. 혹시 남조선 놈들의 책동이 있을지 모르니⋯."

"네, 알겠습니다!"

김정은은 전화를 끊고 잠시 눈을 감았다. 생각건대 큰 일이 발생한 것 같지는 않았다. 안도감과 함께 잠이 몰려왔다. 의자에 기댄 채 김정은은 잠깐 잠에 떨어진 듯 보였다. 대선생은 이를 바라보며 옆을 지키고 있었다.

국경의 긴장사태

대한민국 청와대, 안보수석은 자신의 집무실에서 비상연락 신호를 수신했다. 발신자 표시등은 국가정보원 공식 부서를 가리키고 있었다. 드물지 않게 오는 신호로서 안보수석은 평온한 음성으로 전화를 받았다.

"안보수석입니다…."

"네, 저는 국정원 안보담당 제2연락관입니다. 방금 북한 관련 정보가 입수되었습니다."

"그래요? 무엇인데요?"

안보수석은 대수롭지 않다는 듯이 한가하게 반문했다. 그러자 국정원 연락관은 심각한 음성으로 천천히 힘주어 말했다.

"북한군의 특이 동향이 포착되었습니다. 전군에 비상대기령이 내려졌고, 당과 군의 최고지휘관들이 평양으로 소집되고 있는 중입니다."

"네? 그런가요? 알겠습니다. 추가 정보가 있으면 바로 알려주십시오…."

전화는 이렇게 끊기고 안보수석은 잠시 생각한 후 대통령 비서실장을 연결했다.

"안보수석입니다. 바쁘신가요?"

"아니요. 무슨 일이신지?"

"네, 북한 내부에 심각한 일이 발생한 모양입니다. 전군에 비상대기령이 내려지고 전국적으로 고위급 간부들이 평양에 소집되고 있는 중이랍니다. 대통령께 보고해야 할까요?"

"아, 네. 좀 더 지켜보시지요. 대통령께서는 출타 중입니다만, 보고를 공식적으로 접수해놓겠습니다. 잠시 추이를 살펴보시지요."

"네, 그렇게 하겠습니다."

전화를 끊고 안보수석은 속으로 생각했다.

'저놈들이 늘상 하는 짓거리지. 별것은 아니겠군….'

안보수석은 형식적으로나마 규정대로 대통령께 보고했으니 할 일은 다 한 셈이다. 안보수석은 평상 업무로 돌아왔다. 그러나 1시간쯤 지나자 관련 보고가 들어왔다. 이번에는 국방부였다.

"안보수석입니다."

"네, 저는 국방부 정보담당 제1차관보입니다."

"무슨 일로?"

안보수석은 이번에도 한가한 마음으로 전화를 받고 있었다. 그러나 국방부의 연락내용은 다소 심각했다.

"38선 일대에 병력이 증강되고 있습니다. 훈련일지도 모릅니다만…."

"알겠소! 계속 경계하시오."

안보수석은 전화를 끊고 대통령 비서실장에게 다시 전화를 연결했다.

"실장님, 문제가 다소 심각한 듯합니다. 북한군이 38선 일대에 병력을 증강시키고 있습니다. 방금 들어온 국방부 보고인데, 대통령께 보고를 바로 올려야 할 것 같습니다. 데프콘3을 발령해야 할지 알았으면 좋겠습니다."

"아, 네. 대통령께 보고 드리고 다시 연락을 주겠습니다."

이 내용은 대통령에게 즉각 보고되었고, 잠시 후 대한민국 육해공 3군에 데프콘3이 발령되었다. 데프콘3은 경계 수준이지만 전군은 비상대기 상태에서 지휘관은 부대를 떠날 수 없게 조치되고 대한민국 정부와 국군은 상황을 예의주시하고 있었다.

잠시 후, 조선인민민주주의공화국 인민무력부 상황실. 상황실장은 휘하 담당 부서로부터 보고를 받았다.

"실장님, 남조선 군부에 데프콘3이 발령되었습니다. 상부의 우려대로 상황이 진행되는 것 같습니다."

"그런가? 현재 진행되는 상황은?"

"남조선 전군에 비상대기령이 발령되었습니다만, 전방부대는 38선 일대에 수색을 확대하고 있는 듯합니다."

"음, 알겠네. 그놈들 무슨 꿍꿍이가 있군. 계속 주시하게."

"네!"

상황실장은 인민무력부 사령부를 전화로 연결했다. 전화는 부사령관이 받았다.

"상황실장입니다. 전방에서 보고가 올라왔습니다."

"무엇인가?"

"네, 38선 일대에 대대적인 수색이 시작되고 있습니다. 무언가 수상해 보입니다."

"알았네…."

전화를 끊고 부사령관은 사령관을 무선으로 연결했다. 인민무력부 사령관은 평양으로 향하던 중 연락을 받았다.

"음, 무슨 일인가?"

"네, 상황실로부터의 보고인데, 전방이 수상합니다. 정찰을 확대해야겠습니다."

"알았네. 귀관은 공군에 연락해서 38선 일대의 정찰을 시작하도록 하고, 전방 모든 부대의 출동태세를 점검하도록!"

"네, 알겠습니다!"

전화를 끊고 잠깐 생각한 인민무력부 사령관은 평양의 국방 제1위원장 집무실을 연결했다. 자신이 지금 그곳으로 향하고는 있지만, 사태가 긴박해지자 미리 보고를 하려는 것이다. 전화는 몇 사람을 경유한 후 김정은 위원장에게 연결되었다. 김정은은 보고를 받고 즉시 명령을 하달했다.

"후방부대는 전방부대를 즉각 지원할 수 있도록 출동 대기상태를 유지하시오. 그리고… 전방의 사정포 부대에는 포탄을 배급하고 대기시키시오. 저놈들이 조금이라도 수상쩍은 행동을 하면 서울부터 불바다를 만들어야겠소. 만반의 준비를 하시오."

"네, 위원장 동지. 철저히 명령을 시행하겠습니다. 저는 조금 있으면 직접 뵈옵게 됩니다만…."

"알겠소…."

김정은은 인민무력부 사령관의 충성심을 느끼면서 전화를 끊었다. 이로부터 1시간 남짓 후 대한민국 청와대 안보수석은 국정원 연락관으로부터 긴급연락을 받았다. 안보수석은 이번에는 심각한 자세로 전화를 받았다.

"무슨 일이요?"

안보수석은 다급하게 물었는데, 상황은 예상대로 심각하게 전개되는 것 같았다.

"38선 일대에 북한군 공군의 정찰이 확대되고 있습니다. 후방 지원부대는 점호가 실시되고 있습니다. 전군 지휘관들은 속속 평양에 도착하는 중입니다."

"아, 문제가 커지고 있군요. 알겠소."

안보수석은 대통령 비서실장을 연결했고, 비서실장은 마침 청와대로 들어와 있는 대통령을 직접 연결시켜주었다. 대통령은 북한군의 1차 동향에 대해 보고받은 상태여서 근심 어린 목소리로 전화를 받았다.

"전화를 바꾸었습니다, 말씀하세요."

"네, 대통령님. 저들이 행동의 단계를 높이고 있는 것 같습니다. 데프콘2를 발령하는 게 좋을 듯합니다."

"아, 그런가요? 알아서 조치하시고 지금 즉시 국가안전보장회의를 소집해주세요."

잠시 후 대한민국 전군은 데프콘2를 발령받고 정부는 국가안전보장회의를 소집했다. 사태는 점점 위험한 상황으로 전개되고 있었다. 북한의 김정은 국방위원장은 당, 군, 정 확대회의를 연기하고 전군 지휘관들을 먼저 만났다. 이 자리에서 인민무력부 사령관은 방금 접수한 정보를 보고했다.

"남조선 도당들이 책동을 할 것 같습니다. 데프콘2를 발령했고, 청와대에서는 국가안전보장회의를 열고 있습니다. 38선 일부 부대에서는 움직임이 예사롭지 않습니다. 인근 탱크부대에서는 이동이 시작되었습니다. 전방을 향하고 있는 것이지요. 공군도 출동하여 초계비행을 하고 있습니다. 남한의 각 부대에는 통신량이 증가하고 있는 중입니다."

"음, 알겠소. 이놈들…."

김정은은 입을 꼭 다물고 무서운 표정으로 주변을 한번 둘러보고 인민무력부 사령관을 향해 물었다.

"지금 당장 지휘관들은 부대로 복귀해야 하는 것 아니요?"

"네, 그렇습니다. 이곳에서 지휘할 수도 있지만 상황이 심각하므로 현장에서 대비를 하는 것이 더욱 좋습니다."

인민무력부 사령관은 이렇게 말해놓고 조심스럽게 김정은의 얼굴을 바라보고 있었다. 김정은이 말했다.

"귀관들은 즉시 부대로 돌아가 전쟁 준비태세를 갖추시오!"

군인들은 일제히 경례를 하고 회의장을 빠져나가기 시작했다. 김정은이 다시 말했다.

"인민무력부장 동지, 전쟁이 발발하는 것이요?"

"아, 아직은 잘 모르겠습니다. 태세를 갖추어두는 것은 좋습니다."

"음, 알겠소. 동지는 본부로 복귀하시오. 철저히 태세를 갖추도록…."

"네! 명령대로 시행하겠습니다."

김정은은 속으로 근심을 하면서 한동안 생각을 하다가 어딘가로 향했다. 얼마 후 도달한 곳은 평양 시내에 있는 비밀 벙커. 이곳은 전쟁 등 비상사태가 발생했을 경우 북한 전역의 군대와 당, 정부 모든 기관을 지휘할 수 있는 곳이었다. 김정은이 집무실에 도착하자 그곳에는 대선생이 대기하고 있었다.

김정은은 오늘 제21지구에서 대선생을 만났지만 또다시 만난 것이다. 상황은 몹시 다급하게 전개되고 있는 중이었다. 납치사건도 아직 수사 중이고 백두산 지역에서 대선생이 자신을 구해준 답례 치사도 못한 상태에서 다시 전쟁의 조짐이 발생하고 있는 것이다. 이럴 때 김정은은 그 누구보다도 대선생을 찾는 것이 급선무였다.

대선생이 먼저 말했다.

"지도자 동지, 몸은 편안하십니까? 지난 하루 온종일 쉬시지도 못했는데…."

김정은은 약간 미소를 지으며 손으로 괜찮다는 신호를 했다. 그리고 이어 인사를 건넸다.

"대선생, 백두산에서의 일은 참으로 고맙소. 그런데 지금은 다른 사태가 발생했으니 그것부터 의논해야겠습니다."

"아, 네. 아래쪽 일입니까?"

대선생인 말한 아래쪽 일이란 남한을 지칭한 것이다. 김정은은 고개를 끄덕이고 두 사람은 마주 보고 앉았다. 잠시 후 찻잔이 날라져 오고 문은 다시 닫혔다. 항상 같은 정경이었다. 김정은이 말했다.

"대선생, 저들이 책동을 준비하는 것 같소. 우리의 대비태세를 일러주시오."

"네, 지도자 동지. 일이 그렇게 되었습니까? 저는 아직 영문을 모르겠으나 저들이 책동한다면 우리도 행동해야지요. 염려는 마시고 제 생각을 먼저 들어보십시오."

"물론…, 말해보시오."

김정은은 마음이 편안했다. 언제나 대선생과 마주 앉으면 마음이 평온해졌다.

'천재 대선생! 대선생은 저놈들의 책동을 물리칠 방안이 있겠지….'

김정은이 이렇게 생각하는 동안 대선생의 말소리는 들려오고 있었다.

"지도자 동지, 한반도에 전쟁은 반드시 일어납니다. 언제가 될지는 모르겠으나 전쟁은 우리 민족의 운명입니다. 지금부터 남조선 섬멸작전을 얘기하겠습니다."

"…."

김정은은 흥미를 가지고 귀를 기울이고 있었다.

'대선생의 작전이라면 우리가 반드시 승리할 것이다. 현재 전쟁은 발생하고 있지 않은가!'

대선생이 이어갔다.

"전쟁이 일어나면 제일 먼저 진행시킬 절대 작전이 하나 있습니다. 이 것을 성공시키면 전쟁은 쉽게 이깁니다."

"…."

"전쟁이 시작되면 특별히 선전포고는 필요 없고 신속히 작전을 전개시킵니다. 그것은…, 바로 부산 지역에 우리 군을 상륙시키는 것입니다."

"네? 부산이라고 했습니까?"

김정은은 깜짝 놀라면서 반문했다. 부산이라면 남조선의 후방 중의 후방으로 최남단 아닌가! 김정은이 흥분하는 가운데 대선생은 대답했다.

"그렇습니다, 부산입니다. 그곳을 장악하면 우리가 승리합니다."

"아, 부산…. 뜻밖의 작전이군요. 어떤 방법으로 그곳을 탈취할 수 있겠습니까?"

김정은은 미소를 지으면서 구체적인 방안을 물었다.

"위대하신 지도자 동지…."

대선생은 김정은을 바라보며 근엄하게 설명을 시작했다.

"먼저 우리의 잠수함이 남해로 잠입하여 특수부대 요원을 침투시킵니다. 적은 인원이지만 이들은 요로要路에 잠복합니다. 이어 공수부대가 출동하여 부산 시내로 낙하합니다. 부산에 공수부대가 착지하면 바로 시내에서 게릴라전을 시작합니다. 부산 시내라면 적의 화력이 투입되기 어렵습니다. 부산 시민과 건물이 섞여 있어 우리 군은 종횡무진할 수 있는 것입니다. 식량은 부산 시내에 무수히 많은 편의점과 식료품 가게에서 현지 조달합니다.

그리고 이어 해안으로 우리의 정규군이 상륙합니다. 그동안 공수부대는 부산 시내를 모두 장악하고 해안의 우리 부대가 상륙할 수 있도록 적의 해안부대를 후면에서 공격하게 됩니다. 이로써 상륙작전은 수월하게 진행될 것입니다. 우리의 상륙부대와 공수부대는 부산 일대에 비행장을 신속히 확보하고 군수송기로 우리의 자랑인 특수8군단을 공수합니다. 이것이 작전의 핵심입니다.

우리 군은 전쟁 첫날 이 작전을 성공시키고 낙동강 남쪽에 진지를 구축합니다. 그곳이 견고하다는 것은 6·25 때 이미 남조선군과 미군이 증명해주었습니다. 우리는 그 당시 낙동강을 돌파하지 못해 석패惜敗를 했던 것입니다. 이제 그들에게 철저히 복수를 하며 전쟁의 기선을 잡을 수 있습니다. 부산항을 우리가 점령하면 남조선을 돕는 외국 군대는 마땅히 한반도로 진입할 항로를 찾기가 힘듭니다. 그동안 우리는 시간을 벌고 동해안 일대를 장악합니다.

우리는 이어 제2의 작전을 개시합니다. 인천에 핵폭탄을 투하하는 것입니다. 핵폭탄 투하작전은 따로 상세히 설명해드리겠으나 지금 당장은 부산 상륙작전을 입안하고 신속하게 준비해야 할 것입니다."

"호오, 대단한 작전이군요. 그렇다면 미군과 남조선 괴뢰들은 어떤 작전으로 나올까요?"

김정은은 신명이 난 듯 흥분하면서 남조선의 대응태세를 물었다. 대선생은 조용히 말했다.

"남조선은 당초 전쟁이 나면 우리의 서쪽을 먼저 공격하려고 마음먹고 있습니다. 우리는 서쪽을 지키기만 하면 됩니다. 그들은 서남쪽에서 진군하려 하겠지만 우리는 서쪽을 굳건히 지키면서 인천에 핵폭탄을 떨어뜨립니다. 인천은 6·25 때 우리 군에게 패배를 안겨준 원한의 땅입니다. 인천 일대는 전쟁이 나면 병력이 급속히 증강될 것입니다. 이곳에 핵무기를 사용하여 그들의 의지를 말살시키면 전쟁은 끝납니다. 게다가 남쪽에는 우리를 돕는 절대 세력이 있습니다. 그들은 아주 큰 힘을 발휘하여 우리를 도울 것입니다."

"작전의 개요는 잘 알겠습니다. 그런데 남조선에서 우리를 돕는 절대 세력이 있다니요?"

"네, 지도자 동지…. 그런 세력이 있습니다. 그들은 현재 국회와 언론계, 학계, 노동계, 종교계, 시민단체 등에 잠입하여 오래 전부터 남조선을 내부로부터 좀먹어가고 있습니다. 그들을 활용하면 이는 우리의 군단 병력의 힘을 능가할 것입니다."

"좋군요! 우리의 승리가 보이는 듯합니다. 그런데 미국은 가만히 있을까요?"

"허, 지도자 동지···. 그들의 행동을 정지시킬 방안이 있습니다. 그 문제는 차후에 설명해드리겠습니다. 현재 남북이 긴장상태로 돌입하고 있는 것 같은데, 그것부터 살펴보셔야 합니다. 그리고 제1작전(부산 상륙작전)은 당장 준비를 시작해야겠습니다."

"···."

김정은은 말없이 고개를 끄덕였다. 치밀한 대선생은 모든 것을 준비하고 있는 것이다. 남북은 현재 전쟁으로 가는 길목에 들어서고 있었다. 과연 전쟁은 발발할 것인가? 한반도에 밤이 찾아오자 양측의 군대는 긴장을 점점 더 높이며 은밀한 행동을 계속하고 있었다.

민족의 장래

일휴선생은 명상에 잠긴 지 정확히 100일 만에 저절로 깨어났다. 그동안은 깊은 고요 속에서 나도 없고, 너도 없고, 그도 없이 천지와 더불어 하나가 되어 우주의 심연에 그윽이 머물렀다. 이는 어린아이가 어머니의 자궁 속에서 천진하게 머물고 있는 것과 비교될 수 있었다. 이때는 영혼이 뇌에 오르지 않고 단전 내면의 황정黃庭에 잠겨 있을 뿐이었다.

일휴선생의 영혼은 방금 자신의 황정을 빠져나와 뇌 속에 서서히 자리잡기 시작했다. 물론 아직도 영혼의 뿌리는 우주의 심연과 함께 있건만 영혼의 가지는 뇌 속의 모든 영역으로 확산되어 갔다. 마침내 일휴는 일휴가 되었다. 아니, 천지대자연이 일휴가 된 것이었다.

일휴선생이 눈을 뜨자 주변에 세상이 나타났다. 치악산 정상, 멀리서 봄이 찾아오고 있었지만 아직은 겨울의 차갑고 매서운 바람이 여전했다. 일휴선생은 이때 하나의 의문이 떠오르고 있었다.

'우리나라의 장래는 어떻게 되는가?'

시간은 일휴선생이 무엇을 생각하든 저 스스로 흐를 터였다. 하지만 일휴선생은 시간의 흐름 속에서 한반도의 역사를 미리 알고 싶었던 것이다. 지난 100일 동안 겨울바람 속에 자신의 몸을 노출시키고 영혼을 천지에 합일시켰던 것도 바로 이런 이유에서였다.

이제 점을 칠 때가 된 것이다. 일휴선생의 마음은 언제나 영아嬰兒처럼 천진하고 아무런 잡념도 없었지만 거대한 의문, 즉 한반도의 장래를 확실하게 알기 위해서 몸과 영혼을 좀 더 정갈하게 하고 싶었던 것이다. 물론 일휴 선생의 마음은 언제나 깨끗하여 더 할 나위가 없었다. 다만 천지 신명에게 예禮를 표하면서 풍욕風浴을 실행했던 것이다.

일휴선생은 옆에 놔두었던 산목算木을 손에 쥐었다. 점을 치려는 것이다. 일휴선생은 다시 눈을 감고 자신의 의문과 영혼, 그리고 천지를 하나로 합쳐 그것을 손으로 표현하고자 했다.

점을 치는 절차는 계속되고 있었다. 산목 50개 중 하나를 앞에 빼어 내려놓고 49개의 산목을 양손으로 갈라 쥐었다. 이 순간 한반도의 장래를 나타내는 괘상은 산목에 깃들었다. 이제 남은 것은 이를 계산하는 문제 뿐이다. 일휴선생은 산목 1개를 왼손가락에 끼고 나머지를 세기 시작했다. 이윽고 원괘原卦가 나타나고 변효變爻를 대입시키자 지괘之卦도 나타났다. 신령한 점은 이로써 완성된 것이다.

괘상은 천화동인天火同人과 산풍고山風蠱였다. 이 괘상이 바로 한반도의 장래인 것이다. 천지의 시간은 한반도의 장래를 일휴선생에게 점지해주고 스스로는 영원을 향해 쉬지 않고 흘러갔다.

천화동인   산풍고

일휴는 원괘인 천화동인을 보고 잠시 미소를 지었지만 지괘가 산풍고를 나타내자 얼굴이 어두워졌다. 한반도에 전쟁이 발생하는 것이다. 아, 이를 어쩌면 좋으랴! 일휴선생은 탄식이 절로 나오고 잠시 망연한 상태에 있다가 자리에서 일어나 산 정상 개울가를 찾아 걸어갔다.

바위 근처에는 아직 얼음이 녹지 않았으나 안으로는 물이 흐르고 한쪽에는 물이 고여 있었다. 일휴선생이 물의 깊은 쪽을 손바닥으로 툭 치자 얼음은 갈라졌고, 그 안으로 시원한 물이 드러났다. 목욕을 할 수 있는 정도다. 일휴 선생은 물속에 몸을 담그고 그동안 바람에 얼었던 몸을 녹이고 먼지를 씻어냈다. 바람은 계속 불어와 전신을 흔들었다.

일휴선생은 잠시 후 물에서 나와 준비해두었던 옷을 입었다. 이제 하늘로부터 받은 몸의 겉에 인간의 옷을 덮어씌운 것이다. 이로써 일휴선생은 평범한 인간의 모습으로 돌아왔다. 밝은 햇살은 일휴선생의 흰 도포를 더욱 밝게 해주었고 바람은 옷 속으로 스며들었다.

이때 일휴선생은 눈을 잠깐 감았다 뜨고 품 안에서 서찰을 꺼냈다. 이 서찰은 도반인 고곡선생이 그의 제자 인허를 통해 전달한 것인데, 아직 읽지 않았던 것이다. 일휴선생은 거대한 점을 치고자 했기 때문에 편지를 먼저 읽지 않았다. 무심히 점을 치는 데 있어 미리 어떤 예상을 하면 점괘가 흔들릴 수도 있는 법이다.

고곡 도반의 글은 필경 우리나라의 장래를 내보인 것일 것이다. 일휴선생은 스스로도 미래에 대한 확고한 생각을 가지고 있었다. 다만 이에 대해 점을 침으로써 더욱 큰 확신을 얻고자 했던 것이다. 물론 일휴선생은 자신의 신념이 점을 오염시키지 않도록 무념무상無念無想을 유지했고, 그에 풍욕까지 더해 생각을 완전히 지웠기 때문에 점괘는 순수했다.

점괘를 받은 이상 지금은 도반인 고곡의 생각을 알고 싶을 뿐이다. 일휴는 서찰을 펼쳤다. 글씨는 고곡의 서체가 분명했다. 평소의 방식대로 인사는 생략하고 있었다.

일휴 보게나. 우리 민족은 머지않아 미증유未曾有의 난亂을 겪게 될 것이네. 자네도 이미 보고 있겠지만 이러한 국란은 한반도 전역에 걸쳐 일어날 것이고, 우리 단군민족 1만 년의 역사에 유례가 없던 가장 큰 불행이 닥칠 것이야.

나는 이미 70년 전부터 이것을 감지하고 있었으나 더욱 분명히 밝히고자 깊은 멸진정滅盡定에 들었었네. 이는 시간을 초월하여 미래를 멀리 보고자 함일세. 이러한 행위는 신중히 이루어져야겠지만 나도 단군민족의 한 사람으로서 나라와 민족이 걱정되었기 때문에 어쩔 수 없었네. 나는 혼신의 힘을 다하여 우주의 심연에 파고들어 미래를 훔쳐보게 되었네.

그 과정에서 자네에게도 밝혀야 할 사정이 생겨 이 글을 쓰게 되었다네. 나는 열흘 정도 멸진정에 들었었는데, 황송하게도 태상노군太上老君의 동자님께서 나타나셨네. 나는 명상 중이었지만 몸을 일으켜 예를 표하고자 했는데, 동자께서는 나를 제지하고 손을 들어 어느 한곳을 가리켜주셨네. 나는 손가락을 놓치지 않으려고 애쓰면서 먼 곳을 바라보았다네. 그곳은 우리 한반도 어딘가였지. 검은 연기가 버섯처럼 피어오르고 있었다네. 검은 구름은 지옥의 암운暗雲처럼 보기가 끔찍했는데, 그 속에 시뻘건 화염 기둥이 치솟고 있었지. 바로 핵폭탄이 터진 광경이었네. 우리 땅에 핵폭탄이 떨어진 것이야. 그 아래 땅에는 사람은 물론 수많은 짐승과 벌레가 다 녹아 없어졌고, 도시는 일순간에 파괴되고 핵폭발의 파편들은 악마처럼 우리 땅을 휘젓고 돌아다녔네. 이로써 그 땅은 멸망했고, 생명의 흔적도 없어졌다네.

그런데 더욱 끔찍한 것은 그러한 핵폭발이 한 번이 아니었고, 장소가 바뀌면서 더 큰 위력의 핵폭발이 하늘과 땅을 찢어버리고 녹여버렸네. 수많은 백성은 영문도 모른 채 그 몸이 녹아 허공에 뿌려졌다네. 통탄할 일이야. 나는 명상 중에도 울부짖었는데, 그 때문에 동자님이 사라지는데 인사도 못 올렸다네. 이 같은 불경不敬이 어디에 또 있을까!

나는 그 후 몇 차례 멸진정에 들어 핵폭발이 여러 곳에 일어난 것을 확인했다네. 이때는 태상노군의 동자는 출현하지 않았지만, 나는 천지신명의 뜻을 알았다네. 황공하게도 태상노군의 동자가 몸소 출현했던 것은 내게 민족의 장래를 구원하라는 뜻이 아니겠는가! 나는 이 문제를 자네와 유중과 함께 의논하고자 한다네.

우리의 덕이 아직 미미하여 태상노군의 동자께서 미래를 보여주신 뜻은 감당하기 어렵지만, 어찌하겠나. 나와 자네, 그리고 유중도 단군의 자손이 아닌가! 천명이 그 끔찍한 일을 보고만 있으라고 해도 나는 기필코 나서겠네. 자네의 뜻도 나와 같으리라 믿지만, 조바심에서 이 글을 보내는 바이니 준비해두었던 우리의 비밀장소로 급히 와주게. 나는 먼저 가서 주변을 살피고 있겠네.

그리고 나는 한 가지 우려가 있다네. 나의 마음, 우리의 마음을 방해하는 무리가 나를 감시하는 것을 느끼고 있다네. 만약 그들에 의해 내가 멸망한다면 남아 있는 자네와 유중에게 우리 민족의 장래를 부탁하겠네. 다행히 내가 그들(필경 항천 또는 그의 추종자일 것이라고 보네만)을 물리쳐 용케 살아남는다면 함께 큰일을 의논하세나. 자네도 몸을 보중保重하고 무사히 그곳에 도달하도록 천지신명께 빌겠네….

글은 이렇게 끝나고 끝에는 고곡선생의 서명이 있었다. 일휴선생은 글을 다 읽고 망연히 하늘을 바라보았고, 어느새 뺨에는 눈물이 흘러내리고 있었다.

'참담한 우리 민족의 장래…! 우리의 힘으로 그것을 막을 수 있을까?'

일휴선생은 슬픔 속에 한 가닥 희망을 찾으려 애쓰고 있었다. 이윽고 태양이 더 높게 떠오르자 일휴선생은 무거운 발길을 돌려 산 아래로 향했다. 일휴선생이 100일간 머물렀던 치악산의 정상에는 바람이 계속 지나가고 있었다.

국가비상회의

남과 북은 현재 극도의 긴장을 이어가고 있는 중이었다. 최초의 발단은 김정은의 의심에서 비롯되었지만, 지금은 그것을 논할 단계가 아니다. 전쟁이란 으레 의심 때문에 일어나는 경우가 허다한 법이다.

일찍이 미국과 소련은 의심 때문에 일어나는 전쟁을 방지하기 위해 핫라인hotline을 비롯해 많은 제어장치를 마련했었다. 그래서 공연한 전쟁을 방지할 수 있었던 것이다. 그러나 당금의 남북의 현실은 그렇지 않았다. 남과 북은 서로를 심하게 불신하고 있어 오해로 인한 전쟁이 발발할수가 있는 것이다. 현재가 바로 그런 상황이었다.

북한 인민무력부 상황실은 예하 부대에서 올라오는 보고를 종합한 결과 남한이 전쟁을 시작하려 하는 것으로 결론을 내렸다. 남한군의 이동은 모든 지역에서 신속하게 이루어지고 있는 중이다. 이에 대해 북한 국방위 제1위원장인 김정은은 모든 군부대에 작전목표를 점검하라는 명령을 하달했다.

이것은 전쟁이 발발했을 때 각 부대가 실행할 구체적인 행동을 규정한 것으로, 어떤 부대들은 적극적인 공격을 시도하는 것으로 되어 있었다. 이러한 부대는 병법의 용어로 선봉부대라고 하는바, 인민무력부 전쟁사령부는 수많은 선봉부대에게 돌격선으로 이동할 것을 명령했다. 이 부대들은 육군을 필두로 해서 공군과 해군도 함께 편성되어 있는 것이다. 이 중에서도 최선봉에 설 특수부대는 전방으로 돌진을 개시했다. 이들은 38선이 바로 맞닿은 지점으로 이동할 터였다.

이로부터 머지않은 시각에 미국의 군사위성과 남한의 군사정보 당국은 모든 움직임을 파악했다. 북한이 전쟁을 시작하려는구나! 이것이 남한 당국의 결론이었다. 이로써 남한의 모든 부대에는 데프콘1이 발령되고 정부는 미국의 개입을 주문했다.

미국은 동맹국답게 즉각 반응했다. 제1조치는 태평양에 주둔 중인 항공모함 전단이 한반도를 향해 이동하는 것이었다. 제2조치는 일본에 주둔하고 있는 공군부대가 바다를 건너오는 것이고, 제3조치는 한반도에 주둔하고 있는 미군 전 부대에 전투태세를 명령하고 휴가 중인 병사에게는 원대 복귀를 명령했다.

한국의 청와대에는 군 최고 지휘관이 속속 도착하는 한편, 전쟁 시 작전이 어떻게 이루어지는지 대통령에게 브리핑하기 시작했다.

"전쟁이 시작될 경우 우리 군은 개전 첫날 북한 전역에 퍼져 있는 1,300개에 달하는 군사목표 지점을 초토화시킬 것입니다. 이로써 북한의 전력은 50%가 궤멸할 것입니다. 그들은 잠깐 38선을 넘어오겠지만 하루를 견디지 못하고 후퇴하거나 붕괴될 것으로 봅니다. 이는 미국 공군과 대한민국 공군, 그리고 미사일 부대의 종합작전입니다.

이어 우리 군은 38선을 돌파하고 북한의 진남포鎭南浦 일대에 상륙부대를 파견하게 됩니다. 평양에 우리의 부대가 진입하는 것은 개전 후 3일경이 될 것으로 보고 있습니다. 우리의 판단은 전쟁은 열흘 이내에 끝날 것으로 봅니다만, 북한의 반격에 따라 약간의 변수는 있을 것입니다."

"...."

브리핑을 하고 있는 사람은 육군 준장으로서, 패기 넘치게 설명하고 있었다. 전쟁은 열흘 이내에 끝나고 적은 패망한다는 것이다. 그러나 대통령은 이를 전적으로 받아들이지는 않고 속으로 깊은 우려를 하고 있었다. 브리핑은 한동안 계속되었으나 대통령의 마음은 너무 어두워서 작전개요를 다 이해할 수는 없었다.

이윽고 개전 초기의 작전에 대한 브리핑을 받은 대통령은 자리를 옮겨 국가안전보장회의를 주재했다. 여기서도 우리 군은 쉽게 이길 테니 큰 걱정은 하지 않아도 된다는 결론이 나오는 중이었다. 대통령이 이를 제지했다. 날카로운 목소리였다.

"잠깐, 우리가 이긴다는 얘기는 실컷 듣고 왔어요."

"…."

대화가 중지되고 대통령의 음성이 이어졌다.

"국방장관님…."

대통령은 국방장관을 향해 질문을 시작했다.

"상황은 잘 알겠습니다. 한 가지 궁금한 것이 있어서 묻겠습니다."

"…."

"적이 말입니다…. 핵무기를 사용할 경우 어떻게 되는 것입니까?"

대통령의 말은 좌중에 찬물을 끼얹는 효과를 발휘했다. 대통령의 날카로운 질문에 국방장관은 잠깐 생각하는 듯하더니 당당하게 답변했다.

"우리에게는 킬체인kill chain과 한국형미사일방어체계KAMD가 있습니다. 이 체계는 북한에서 핵미사일을 발사하기 전에 우리 군이 이를 먼저 탐지해 선제타격하고, 선제타격이 실패할 경우 이를 요격하게 되어 있습니다. 북한의 핵공격은 이로써 차단할 수 있을 것입니다. 게다가 북한은 아직 핵무기를 미사일에 장착하지 못한 것으로 보입니다."

"그런가요…?"

대통령은 국방장관의 말을 끊었다.

"그 모든 것이 추정치 아닙니까? 적이 핵무기를 미사일에 운반할 수 없다는 것은 주장일 뿐이지 그것을 실증할 수는 없습니다. 그리고 날아오는 미사일을 하늘에서 맞추어 떨어뜨린다는 것이 성공률 100%는 아닙

니다. 만약 10개의 핵무기를 막아냈다 하더라도 1개를 놓치면 우리에게
는 치명적입니다.

　매사를 너무 낙관적으로만 보지 마세요. 전쟁이란 반드시 예외적 사건
이 있게 마련이지요. 저들의 육군이 일시에 남하하여 남한 전역에 퍼진
다면 그것은 비행기나 미사일로 막을 수 없습니다. 게다가 저들은 병력
이 우리 군의 5배 이상이고, 훈련도 더 잘 받은 군대입니다. 어디 그뿐입
니까? 저들은 죽음을 두려워하지 않는 맹렬한 군대입니다. 충성심은 세
계 제일이구요. 우리 군도 그렇습니까?"

　"네, 그것은….."

　국방장관이 말하려 하자 대통령은 이를 막고 다시 말했다.

　"이보세요, 경적필패輕敵必敗라는 말도 있습니다. 적을 무조건 얕보지
말고 실행 가능한 계획을 수립해야 할 것입니다. 그러니 좀 더 경각심을
갖고 현실감각을 유지하면서 회의를 진행하기 바랍니다. 스포츠 경기도
아닌데 기세만 드높인다고 이길 수는 없습니다. 우리 국민에 대한 보호
대책도 점검해야 할 것입니다. 좀 더 조심성을 가지고 발언해주세요."

　"…."

　대통령은 전쟁 문제를 다루는 국가안보회의가 공리공담空理空談으로 흐
르는 것을 강하게 질타한 것이었다.

　이런 와중에 광화문사거리에서는 전쟁 반대를 외치는 군중 데모가 열
리고 있었다. 이들은 전쟁반대, 무장해제, 미군철수를 주장하고 6·25를
북침이라고 주장하면서 작금의 사태는 그것의 재판再版이라고 떠들어대고
있는 것이다. 현재 우리 국민은 정부와 하나의 마음을 공유하고 있는 것
은 아니었다. 데모 대원들은 국가가 혼란한 틈을 타 그들의 헛된 주장을
마구 퍼뜨리는 중이다. 당장 북한군의 침략을 막아내는 데도 힘이 버거

운데 그들은 대한민국 정부가 무너지는 것에 대해서는 안중에도 없었다.

이 시각 미국 백악관 상황실. 미국 대통령은 상황보고를 받고 있는 중이었다.

"대통령 각하, 한반도에 전운戰雲이 감돌고 있습니다. 당장 특별조치가 필요합니다."

미군 합동참모본부장이 이렇게 보고하자 대통령은 고개를 끄덕이고 좌중을 향해 말했다.

"여러분의 생각은 어떻습니까? 한반도에 전쟁이 일어나는 것입니까?"

이 말에 국가안보수석보좌관이 대답했다.

"대통령 각하, 우리는 전쟁의 가능성을 염두에 둬야 할 것입니다. 그간의 상황은 현재 예의주시 중에 있으나 만약의 사태를 배제할 수 없습니다. 초기의 대응이 중요한 만큼 즉각적인 군사태세를 갖추어야 할 것 같습니다."

"좋습니다…."

대통령이 말을 이었다.

"합참의장에게 묻겠습니다. 우리의 신속 배치군은 준비되어 있습니까?"

"네, 각하. 신속 배치군은 한반도를 향해 출동할 준비가 되어 있습니다. 명령만 내려주시면 10분 안에 발진하게 됩니다. 그 외에 우리의 전략폭격기는 오키나와에 주둔하고 있는데, 한반도 상공에서 작전을 수행하기로 한다면 몇 시간 안에 북한 일대를 초토화할 수 있습니다."

"아, 알겠소. 해군의 상황은 어떻습니까?"

대통령은 해군총사령관을 향해 질문했다.

"네, 각하…."

해군 사령관은 자리에서 일어나 대답했다.

"현재 제7함대는 한반도를 향해 항진 중에 있습니다. 잠수함 부대는 이미 근해에 접근하고 있습니다. 추가적인 함대 파견은 각하의 명령을 기다리고 있습니다.

"좋소…."

대통령은 해군 총사령관을 부드럽게 제지하고 국무장관을 향해 물었다.

"국무장관, 중국과 러시아의 반응은 어떠한지요?"

국무장관이 대답했다.

"현재 다각도로 알아보고 있는 중입니다. 조금 있으면 그들의 태도를 알 수 있을 것입니다. 현재까지 알려진 바에 의하면 북한 자체의 긴장 수위가 문제인 것 같습니다. 그 진위도 곧 드러날 것입니다."

"알겠소. 미국의 안보는 이상이 없겠소?"

이에 대해 국방장관이 나섰다.

"각하, 우리의 안보태세는 추호도 빈 틈이 없습니다. 전 세계의 동향을 실시간으로 탐지하는 중입니다. 우선은 핵전쟁을 막는 것이 급선무일 것입니다. 그 점에 대해서는 현재 충분히 대책을 세우고 있습니다. 러시아나 중국과도 이미 협의 채널을 가동하고 있습니다."

"아, 그렇습니까…. 여러분들은 이 자리에서 중요 현안을 좀 더 협의해 주시오. 나는 지금 국회에 나가봐야 할 것 같습니다. 실례하겠습니다."

대통령은 급히 자리를 떴고, 회의는 계속 이어지고 있었다.

유중선생

고곡선생의 도반인 유중선생은 지리산 영역을 황급히 떠나고 있었다. 그동안은 인허를 보호감시하느라 심기가 불편했는데 지금은 홀가분해졌다. 다만 유중선생을 노리던 자가 다시 올 것을 우려해 떠나는 속도를 빨리 할 뿐이다.

유중선생을 노리던 자는 필경 항천을 따르는 무리일 것이라고 짐작되는바, 그들이 지리산까지 찾아온 이유는 유중선생도 잘 알고 있었다. 그들은 목하 일어나고 있는 한반도의 위기에 대해 도인들이 관여하는 것을 극구 반대하고 있는 것이다. 그들은 단군민족이 하늘로부터 받아야 할 벌을 받는 것이니 그를 방해하는 것은 천명을 거스르는 일이라고 보고 있었다.

틀린 생각은 아니다. 하지만 고곡선생과 그의 도반들은 단군의 자손으로서 민족의 불행을 가만히 지켜보고만 있을 수는 없었다. 이는 신선의 경지에 오른 도인이라고 할지라도 민족의 정을 끊을 수는 없다는 자연스러운 논리다. 물론 항천은 이런 사사로운 감정을 싫어했다. 단군민족은 오랜 세월 동안 하극상下剋上의 죄를 지었으므로 한 번쯤은 하늘의 벌을 받아야 한다는 것이 항천의 생각이었다.

말하자면, 항천은 하늘의 정의를 논하는 것이고, 고곡은 민족의 정情을 논하는 것이다. 또한 고곡은 우리 민족이 윗사람을 부정하는 깊은 속성을 가지고 있지만 오랜 세월 교육이나 수련을 통하면 개선될 수 있다고 보는 것이다. 반면 항천은 하극상의 속성은 영원하여 장차 세계인을 해쳐 결국 인류의 앞날도 망칠 수 있으므로 멸종에 준하는 벌을 받아야 한다는 것이다.

당금 하늘은 그 방향으로 가고 있는바, 이는 천지신명의 섭리이므로 일 개 도인이 나서서 방해하는 것은 있을 수 없다는 것이 항천의 강력한 철학이었다. 항천은 민족이 잘되기를 바라는 만큼 민족의 단점을 싫어했다.

위의 것上을 무조건 부정하는 존재는 세상에 있어서는 안 될 일이다. 인류는 단결해야 하지 않겠는가! 그러기 위해서는 위의 것을 무조건 파괴해서는 안 될 것이리라! 단군민족은 참으로 많은 위대한 속성을 가졌다. 하지만 한 가지 치명적인 단점을 가지고 있었다. 이는 너무 사악한 단점이어서 하늘이 이를 멸망시킬 것이라고 항천은 믿었다.

단군민족의 역사는 1만 년 동안 후퇴의 역사였다. 물론 그 원인은 하극상이었다. 단군민족은 윗사람의 생각은 무조건 파괴하려 들었다. 그 때문에 단군민족의 역사는 밖에서 계속 패하고 안에서는 계속 반역이 일어나고 있다. 하늘은 이를 벌주기 위해 민족끼리의 대결을 통해 멸망을 유도하고 있는 것이리라.

그런데도 단군민족은 아직 반성을 못하고 있다. 하늘은 이를 징벌할 것인가? 아니면 민족 스스로에게 미래를 맡길 것인가? 그것은 아무도 모른다. 하지만 결과는 어느 쪽이든 멸망으로 가는 것이 분명해 보인다.

유중선생은 지리산을 떠나면서 항천의 무리들이 뒤따르는지를 감지하면서 속도를 더욱 높였다. 그들이 설마 인허를 해치지는 않겠지…! 유중선생이 이런 생각을 잠깐 떠올렸지만 당치 않은 일이었다. 신선의 경지에 오른 도인이 힘 약한 어린 도인을 해칠 리는 만무했다. 실제로 그들은 지난 두 달 동안 인허를 감시만 하고 있었다.

그런데 여기서 한 가지 분명한 사실이 있었다. 그들의 능력은 유중선생의 능력을 넘어설 수 없다는 것이었다. 왜냐하면 유중선생은 그들이

와 있다는 것을 감지했으나 그들은 유중선생이 숨어서 인허를 보살피고 있는 것을 감지하지 못했기 때문이다. 유중선생이 만약 그들과 마주쳤다면 그들은 크게 다치거나 죽었을 수도 있었다. 하지만 유중선생은 그들을 해치고 싶지 않아서 숨어 있었던 것이고, 지금도 같은 심정으로 급히 도망가고 있는 것이다.

그리고 사실 유중선생은 지리산을 벌써 떠날 수도 있었다. 염원하던 문제를 마침내 풀었기 때문이었다. 남대문의 화재! 이것은 하나의 뚜렷한 징조로서 남쪽으로부터 화마火魔가 올라오는 것이며, 구체적으로 말하자면 부산 상륙작전을 의미하고, 그것이 성공한다는 뜻이다.

유중선생은 일찍부터 한반도에 거대한 전쟁이 날 것을 예측하고 있었다. 하지만 그것은 북으로부터의 남침이었기 때문에 남쪽으로부터의 침범은 미처 생각하지 못했다. 생각해보면 우스운 일이었다. 이토록 단순한 것을 놓쳐 버리다니! 북쪽만 바라보다 남쪽을 잠시 잊었던 것이다. 전쟁은 38선으로부터의 남침과 부산 상륙작전이 동시에 이루어질 터였다. 이제 모든 것이 확연해졌다.

미래를 아는 방법은 세 가지가 있다. 첫째는 천안天眼을 통해 미래를 직접 보는 방법이다. 이것은 간편한 방법이지만 천명을 엿본다는 뜻도 있어서 남용할 수는 없는 것이다. 물론 천안을 갖춘다는 것은 여간 어려운 일이 아니다.

미래를 보는 두 번째 방법은 점을 치는 것으로서, 가장 간편하다. 단지 옳은 점괘를 받고 그것을 해석하는 일은 높은 경지에 이르러야 가능하다.

세 번째 방법은 징조를 살피는 일로서 자연히 미래를 알게 되는 방식이다. 이 방법은 유중선생이 가장 좋아하는 방법인데, 이는 항상 미래를 접하고 산다는 깊은 뜻이 있다. 물론 유중선생은 점을 치고 해석하는 도력道力을 갖추었고 또한 천안도 갖추었지만 유중선생의 성격상 징조를 해석하는 방법을 선호하는 것이다.

이제 한반도에 파멸적 재앙, 즉 핵전쟁이 도래한다는 것은 세 사람의 도인에 의해 확연히 드러나 있는 것이다. 다만 이들은 민족을 사랑하는 까닭에 그것을 방지하기를 원한다. 과연 거대한 역사의 흐름, 하늘이 결정한 운명을 세 사람의 힘으로 막을 수 있을 것인가! 유중선생은 단군민족이 1만 년의 재앙을 맞이한다는 슬픔을 간직한 채 그곳, 예정된 장소를 향해 이동을 계속했다.

전쟁은 일어날 것인가?

남한 전역에는 국민들의 동요가 시작되고 있었다. 매시간 발표되는 국가상황은 전쟁으로 가는 것이 분명해 보였기 때문이다. 거리에는 당금의 사태가 대한민국 정부의 음모에 의해 발생했다고 주장하는 데모대가 들끓었다. 즉각 전쟁 행위를 중단하고 책임자를 처단하라는 것…. 항상 하던 방법 그대로였다.

이들에게 논리란 있을 수 없다. 그저 나라 안에 나쁜 일이 발생하면 신나서 정부를 몰아붙인다. 여기에 미국도 곁들인다. 미국이 한국을 통해 전쟁을 일으켜 무기를 팔아먹으려 한다는 것이다. 신무기를 시험하기 위해서라는 주장도 한몫한다.

일부 국민들은 남쪽을 향해 피난을 시작했다는 보도도 있었다. 극도로 혼란스러운 상황. 이런 분위기에서 중앙물산 박회장은 야원선생을 찾아갔다. 무엇인가 희망의 단서를 얻기 위함이었다. 또한 전쟁이 발발하면 어떤 태도를 취해야 하는지도 알고 싶었다.

"안녕하십니까…?"

야원선생은 문 앞에서 박회장을 맞이했다.

"선생님, 별고 없으십니까? 세상이 어수선해서 급히 찾아뵙게 된 것입니다."

"아, 어서 들어오십시오. 저도 마침 찾아뵈려고 했는데 이곳으로 오신다고 해서 기다리고 있었습니다."

야원선생은 밝은 음성으로 박회장을 서재로 안내했다. 현재 야원선생이 기거하는 곳은 새로 이사 온 곳으로, 널찍해서 강의를 하거나 수련생들을 지도할 수 있는 장소였다. 이것은 야원선생의 사회활동의 폭을 넓히기 위해 박회장이 마련해준 것이었다. 큰 호의를 야원선생은 마다하지 않았던 것이다. 고곡선생의 가르침을 받들기 위해서는 무엇인가 적극적인 일을 해야 한다는 생각에서였다.

박회장이 서재에 들어가 편안히 앉자 이곳에서 수련 중인 젊은 청년이 찻잔을 날라왔다. 야원선생은 뜻한 바 있어 이곳에 '인격수련원'이라는 도장을 설립하고 학생들을 기르고 있었다. 나라가 혼란에 빠져들고 있는 이때에 인재를 길러 조금이나마 도움이 되고자 함이었다.

야원선생은 오늘 목소리도 밝았지만 표정도 밝은 상태였다.

'오늘날 국가상황이 몹시 혼란스러운데 야원선생은 평안하구나….'

박회장은 속으로 이런 생각을 하면서 차를 마셨는데, 야원선생이 먼저 말을 꺼냈다.

"회장님, 당장 나라 일이 걱정돼서 오셨지요?"

"네? 아, 네…. 나라의 일이 심히 걱정입니다. 정말 전쟁이 나는 것입니까?"

박회장은 이렇게 물어놓고 답은 뻔할 것이라 생각하고 있었다. 그런데 야원선생의 태도는 전혀 근심이 없어 보였고, 고개를 천천히 가로젓고 있지 않은가! 야원선생은 이어 말했다.

"회장님, 전쟁은 나지 않습니다. 아직 때가 아니지요!"

"네…?"

박회장은 반갑기도 하고 놀랍기도 해서 다시 반문했다.

"그럼 지금 사태는 진정된다는 뜻입니까?"

"그렇습니다. 금년에는 전쟁이 나지 않아요…."

야원선생은 미소를 짓고 있었다. 그러나 박회장은 못 미덥다는 듯이 재차 물었다.

"선생님, 지금 세상이 온통 난리 아닙니까! 국가에서도 데프콘1을 발령하고 있는데 정말 괜찮다는 것인가요? 전쟁이 일어나지 않나요?"

"하하…."

야원선생은 웃음을 터뜨렸다. 그리고 부드럽게 말을 이었다.

"회장님, 지금은 전쟁이 안 일어납니다. 좀 더 미래라면 모를까…. 그리고 고곡스승님께서도 금년에 전쟁이 일어난다고 말씀하신 적이 없어요. 그러니 안심해도 좋습니다."

"그렇군요!"

박회장은 이제야 고곡스승을 생각했다.

'만약 금년에 전쟁이 난다면 신통한 스승님이 먼저 일러주셨을 거야…. 전쟁은 안 나는구먼….'

박회장의 표정은 일순 밝아졌다. 이모저모로 볼 때 안심해도 좋은 것이다.

'그리고 야원선생님도 도력이 깊은 사람으로서 당장의 사태는 판단하실 수 있을 거야…. 도사들은 아마, 전쟁이 일어나는 시기를 미리 아는 방법도 있겠지….'

박회장은 모든 우려를 일소했다. 그리고 나자 마침 생각나는 것이 있었다. 아들의 일이었다. 오늘은 전쟁이 걱정되어서 야원선생을 찾아왔지만 그 문제가 해결되니 아들 문제가 떠올랐던 것이다. 아들은 어떤 사람일까? 고곡스승께서는 큰 인물이 될 것이라고 하셨는데, 어떤 큰 인물?

"야원선생님…!"

박회장은 속으로 문제를 정리하면서 일단 분위기를 조성했다. 아들에 대해서 아주 자세히 물을 생각이었던 것이다.

"제 아들 말인데요…. 그 아이는 어떤 운명을 가지고 태어났나요…?"

"…."

야원선생은 박회장의 질문에 속으로 깊게 생각을 하는 듯 보였다. 그러고 나서 이윽고 말했다.

"회장님, 아드님은 장차 우리나라의 대통령이 될 것으로 보입니다. 어쩌면 그 이상일지도 모르지요…."

"네…?"

박회장은 깜짝 놀랐다. 아들이 대통령이 된다니! 박회장은 놀랍고 또한 기쁜 심정이 되어 재차 물었다.

"우리 아들이 대통령이 된다니요! 그게 언제인가요?"

야원선생은 심각한 표정으로 대답했다.

"회장님, 저는 아직 미숙합니다. 지금 말씀드리는 것은 제가 살펴본 관상에 의한 소견일 뿐입니다. 저는 일찍이 스승님으로부터 관상법을 배운 바 있는데, 아드님을 보자마자 그런 생각이 들었습니다."

"아, 그렇습니까? 제 아들이 대통령이 된다면 오죽이나 기쁜 일이겠습니까! 그런데 그 시기는 언제쯤일 것 같습니까? 또한 대통령 이상일 수도 있다 하신 것 같은데, 그 뜻이 무엇입니까?"

"회장님, 저는 아드님이 대통령이 되는 시기를 잘 모릅니다. 실은 대통령이 된다는 것도 저의 짧은 소견이기 때문에 모든 것이 확실하지 않습니다. 죄송합니다."

야원선생은 이렇게 말하면서 고개를 숙여 보였다. 박회장이 이를 제지했다.

"선생님, 죄송할 게 뭐 있겠습니까! 저는 선생님을 믿습니다. 그런데 사실 제가 물어보고 싶은 것이 따로 있었습니다. 그것을 물으려 했던 것인데 아들의 장래 얘기로 흐른 것입니다. 다른 일로 긴히 물어볼 것이 있습니다."

"아, 그런가요? 무엇을 묻고자 하십니까?"

"네, 선생님. 지난번 제가 스승님을 뵈올 때 스승님은 저의 아들을 보고 크게 될 아이라고 하셨고, 또한 65년 전 저에게 찾아오라고 하셨는데, 저는 스승님의 분부가 제 아들과 관련 있다고 생각했습니다. 제 생각이 맞습니까?"

박회장은 질문을 마치고 야원선생을 빤히 바라봤다. 야원선생은 심각히 고개를 끄덕이고 말을 꺼냈다.

"회장님, 저도 그렇게 추리하고 있습니다. 스승님께서는 민족의 장래와 관련지어 아드님이 큰 역할을 하리라고 내다보고 계신 것 같습니다."

"호오, 그렇군요!"

박회장은 상기된 얼굴로 고개를 끄덕이고는 또 다시 물었다.

"선생님, 저의 아들이 무슨 일을 하게 될까요?"

야원선생이 대답했다.

"저의 짧은 소견입니다만…, 아드님은 장차 대통령이 되거나 또는 그이상이 되어 국가와 민족을 구할 것 같습니다. 필경 남북 간의 전쟁을 막고 민족을 통일로 이끌어갈 것이라고 봅니다. 이는 단군민족 대역사의 한 조각입니다. 지금 우리 민족은 위기에 처해 있습니다. 저는 우리 민족이 멸망할까 봐 두렵습니다. 필경 스승님은 민족의 미래를 다 알고 있을 것입니다. 그런데 스승님이 심히 우려하시는 것을 볼 때 현재 우리 민족은 멸망으로 가고 있는 것이 분명해 보입니다. 그렇지 않다면 스승님이 왜 그토록 노심초사하시겠습니까!"

"…"

야원선생은 말하는 도중 눈물을 보이는 듯했다. 박회장이 이를 달래듯 조용한 목소리로 물었다.

"선생님, 그렇다면 우리가 할 일이 무엇일까요? 스승님의 근심에 도움이 되어야 하지 않겠습니까…!"

"네, 그렇습니다. 다만 우리의 힘이 너무 미약한 것이 한恨이지요. 현재로서는 스승님의 구체적인 지시를 기다려야 할 것입니다. 그리고 아드님이 상황을 이끌어가기를 바랄 뿐입니다."

박회장은 고개를 끄덕일 뿐 더 이상 할 말을 잊었다. 두 사람의 대화는 이렇게 끝났다. 박회장의 마음속에 묘한 흥분이 솟구치고 있었다. 아들이 대통령이 된다니…!

한반도의 주인

중국 최고지도부도 한반도 사태를 예의주시하고 있었다. 한반도 사태가 전쟁으로 치닫는 양상을 보이자 중국 국가주석 시진핑은 국가비상회의를 소집했다. 시진핑은 세계 최고의 전략가 중 한 사람으로서 개인적으로 한반도 사태를 가늠할 충분한 통찰력이 있었지만 중의衆意를 모으기 위해 회의를 소집한 것이다. 시진핑 주석은 지극히 평온한 자세를 보이며 좌중을 향해 말했다.

"현재 남북한은 도대체 어찌하겠다는 건지 모르겠습니다. 전쟁을 통해 상대방을 궤멸시켜 통일을 이룩하겠다는 건지…. 여러분의 의견을 듣고 싶습니다…."

"주석 동지…."

먼저 나선 사람은 MSS 부장이었다.

"우리가 파악한 바로는, 저들이 앞뒤 안 가리고 힘을 과시하고 있는 듯합니다. 특히 남한은 북한의 사소한 군사 움직임에 과잉반응을 보이고 있습니다. 필경 북한이 무서워서 경기驚氣를 일으키는 것이겠지요. 하지만 전쟁 가능성이 있기 때문에 우리도 사전에 대비책을 강구해두어야 할 것입니다."

이에 대해 시진핑 주석이 다시 말했다. 시진핑은 어떠한 경우라도 깊은 평정을 유지하는 사람으로 정평이 나 있는바, 목소리는 여전히 평온했다.

"음, 잘 알겠소. 차분히 생각해봅시다. 먼저 한반도에서 전쟁이 날 경우 전개될 수 있는 상황을 간추려봅시다. 누가 말하겠소?"

"네, 주석 동지. 제가 말씀드리겠습니다."

나선 사람은 중국 국가전략연구소 소장이었다.

"한반도에 전쟁이 날 경우, 미국이 분명 즉각 개입할 것입니다. 그로 인해 전쟁은 속전 양상을 띨 것으로 보입니다. 미국과 한국은 전쟁초기에 대량공격으로 나설 것입니다. 그렇게 되면 북한 전역이 초토화되겠지요. 원래 미국은 한반도 전쟁 발발 시 초단기 내에 전쟁을 끝내려는 전략을 짜두고 있습니다. 현재 미국은 한반도에 공군과 해군 전력을 급격히 증강시키는 중입니다…."

여기까지 얘기한 국가전략연구소장은 시진핑 주석을 바라봤다. 시진핑은 고개를 끄덕여 계속할 것을 주문했다.

"전쟁의 2단계를 말씀드리겠습니다. 저희 연구소가 오래 전부터 생각해둔 것입니다만, 북한은 초기에는 미국과 한국의 대량공격을 감당할 수 없을 것입니다. 그래서 그들은 비상한 작전을 구사할 것으로 봅니다. 그 중에서 핵무기 사용이 최우선적이겠지요.

북한은 남한의 요충지에 적어도 두 발 이상의 핵무기를 사용할 것으로 생각됩니다. 이렇게 되면 미국은 핵반격의 명분을 얻게 되고, 군사적으로 부득이하게 핵무기를 사용할 수밖에 없겠지요. 미국은 북한 전역에 다량의 핵무기를 사용할 것입니다. 저희 연구소에서는 미국이 평양을 비롯하여 북한의 북쪽 지역에 핵무기를 투하할 것으로 봅니다…."

"어째서 그렇소?"

시진핑 국가주석은 속으로 깊게 생각하면서도 겉으로는 태연했다. 국가전략연구소장은 말을 이었다.

"미국이 핵무기 사용의 명분을 얻은 이상 그들은 핵무기를 전략 목적으로 멀리 보고 사용할 것입니다. 그래서 그들은 북한과 우리 중국의 국경 근방에 핵무기를 투하하여 중국을 협박하는 한편 북한을 앞뒤에서 압박하여 불안을 가중시킬 것입니다.

그러나 북한은 굴복하지 않고 남한 전역에 지상 부대를 확산시키고 핵무기를 계속 사용할 것입니다. 한반도는 이로써 멸망할 것입니다. 승자도, 패자도 없습니다. 하지만 지상전에서 우위를 차지한 북한군을 몰아내기 위해 미국은 대규모 지상군을 파견할 것이고 전쟁은 장기화될 것입니다. 이때 문제는 미국이 한반도에서 판을 치고 돌아다닌다는 것입니다. 이는 중국에 이익이 되지 않습니다."

국가전략연구소장은 얘기를 다 마친 듯 시진핑 주석을 바라봤다. 시진핑은 고개를 끄덕이고는 아무렇지도 않다는 듯이 태평하게 말했다.

"한반도의 전쟁은 중국의 이익에 부합되지 않는 것 같소. 전쟁을 막을 방법은 없겠소?"

시진핑의 질문에 군인이 나섰다. 중국 합동참모본부장이었다.

"주석 동지, 저는 정치는 잘 모릅니다. 다만 북한의 입장을 잘 알고 있습니다. 그들은 현재 떨고 있습니다. 군 정보당국이 파악한 상황으로 볼 때, 북한은 상당히 수동적으로 대처하는 중입니다. 벌써 일으켰어야 할 군사작전도 보류 중인 것 같습니다. 남한의 조치를 지켜보고 있습니다. 이때 주석 동지께서 김정은 국방위원장에게 전화라도 한 통 해주시면 지금 상황은 풀릴 것이라 봅니다. 주석 동지께서 번거로우시다면 저희 군부에서 전화를 해도 무방합니다…."

합동참모본부장은 시진핑 주석을 바라봤다. 시진핑은 고개를 끄덕이고는 외교부장을 향해 말했다.

"북한에 전화를 하는 것은 당신이 맡으시오. 나는 한국 청와대에 전화를 걸겠소. 한반도의 긴장을 빨리 해결합시다."

중국의 개입으로 남북 간의 긴장사태는 급격히 종식되었다. 한반도의 주인은 남북한이 아니라 중국이었던 것이다. 때문에 중국은 한반도 통일에 절대적인 장애물이 아닐 수 없다. 이는 화산족과 단군족 간에 수천 년간 이어져온 역사의 귀결이었다. 만약 화산족, 즉 중국이 한반도를 집어삼킬 야욕이 없었다면 애당초 한반도의 상황은 크게 달라져 있었을 것이다.

지금에 이르러서도 중국이 한반도의 자주통일을 원한다면 방법은 충분히 찾을 수 있다. 하지만 그들은 북한을 방패로 해서 미국을 견제하고 있는 중이다. 물론 미국이 없다면 중국은 남한까지도 손아귀에 쥘 것이 틀림없다. 화산족과 단군족의 대결은 언제 어떻게 끝날 것인가?

중요단서

이세나는 외출 직전에 전화를 받았다. 이모의 친구였는데, 이로써 목적지가 바뀌었다. 그러나 기분이 언짢은 것은 아니고, 오히려 반가운 전화였다. 전화의 용건은 이세나의 그림이 팔렸다는 것이다. 이세나는 수묵화를 잘 그리는데, 화가라고 일컬어지지는 않지만 주변 사람들로부터 많은 칭찬을 받아오긴 했다.

그림의 수준은 국선에 입선 또는 가작을 받을 정도. 이 정도면 남에게 보여줄 만한 그림이다. 하지만 이세나는 자신의 그림이 아주 초보 수준이라 생각했기 때문에 내놓기를 몹시 부끄러워했다. 이번에 팔렸다는 그림도 이모의 친구가 달라고 해서 준 것인데 그것을 억지로 표구를 해서 인사동 화방에 걸어놓았던 것이다.

이모의 친구, 즉 화방 주인은 이 그림을 제법 비싸게 팔았고, 더 큰 그림을 그려 달라는 주문도 받아놓았다고 한다. 이세나는 한참 부끄러워했지만 이모의 친구가 극구 권하는 바람에 인사동 화방으로 나가보기는 하겠다고 약속을 하게 되었다.

원래 이세나는 오늘 미아리 화재 현장 부근을 탐색해보려고 했다. 요즘 들어 그녀는 미아리 화재 현장에 1주일에 두 번 정도 찾아갔다. 막연히 근방을 헤매다 보면 자신의 생명을 구해준 은인을 찾을 수 있지 않을까 하는 기대 때문이다.

'내일 가봐도 되겠지…!'

이세나는 이렇게 생각하며 인사동 쪽으로 출행했다.

얼마 후 화방에 도착하자 이모의 친구는 몹시 반가워하며 두 손을 꼭 잡아주었다. 화방 주인은 이모와 친한 친구이고, 어려서부터 이세나를 오랜 세월 봐왔기 때문에 허물없는 사이였다. 이세나는 일찍 부모를 여의고 할머니 손에 자랐는데, 할머니마저 세상을 떠나자 이모에게로 옮겨 살게 된 것이다. 얼마 전에는 화재 현장에서 죽을 뻔했던 일도 그렇고, 이세나의 운명은 몹시도 기구했다. 그러나 우울증 같은 것도 없었고, 평정을 유지하며 꿋꿋이 살아가고 있었다. 이모의 친구는 찻잔을 내오고 나서 미소를 머금고 얘기했다.

"세나야, 그림을 사가신 분은 그림을 잘 아는 분 같더라. 그림을 사가지고 가서 몇 시간 후에 다시 전화가 왔는데, 너무 좋아하면서 큰 그림을 그려달라고 했어. 가격은 얼마가 되어도 좋다고…."

"…."

이세나는 부끄럽고 조심스러울 뿐이었다. '그림을 잘 모르는 사람이 그저 취향이 맞아서 좋아하는 것이겠지….' 이세나는 이렇게 생각하고 있을 뿐이었다. 하지만 화방 주인은 그림의 진가를 잘 알고 있었다. 이세나는 할머니에게서 수묵화를 배웠는데 10살 무렵 할머니는 이렇게 말했다고 한다.

"세나는 벌써 나를 능가하고 있어…. 단지 돈이 없어서 더 큰 선생님에게 공부시키지 못하는 게 한이야…."

화방 주인은 이세나의 이모에게서 이 얘기를 들은 바 있었다. 할머니는 몇 년 더 이세나를 가르쳤지만 곧 세상을 떠나셨고, 그 후 이세나는 홀로 그림을 그리며 지냈다. 전문 화가를 한 번도 찾아다녀본 적이 없는 세나는 자신의 그림을 대수롭지 않게 여겼다.

그러던 중 이모의 친구는 인사동에 화방을 차리는 인연을 맞았고, 이세나의 그림도 그제야 관심을 받게 되었다. 화방 주인은 이세나의 이모

집에 자주 놀러 왔었는데, 그때 이세나에게서 그림을 얻어두었던 것이다. 그런데 이 그림이 비싸게 팔리고 다시 주문을 받았다. 화방 주인은 흥분해서 말하고 있었지만, 이세나는 자신이 그림을 그렸다는 것이 이제야 생각난 듯했다. 그리고 겨우 대답했다.

"그려는 볼게요. 기대는 하지 마시고, 그분이 좋다고 하면 이모가 알아서 팔아 보세요."

이세나는 잠시 후 화방을 나왔다. 그 순간 이세나의 마음속에는 기발한 생각이 떠올랐다. 화재의 순간…! 세나는 깊은 생각을 진행시키고 있었다.

'그 아저씨, 오빠…. 그분은 나를 내려놓고 위기를 맞이했었지. 불에 타 죽거나 떨어져 죽는 끔찍한 상황, 그분은 뛰어내렸어…. 그런데 그때 천사가 나타났지. 신문에는 그렇게 표현되어 있어. 목격자도 그렇게 말했지… 그러나 천사라는 것은 좀 이상해! 천사는 종교에서나 있지 현실에 나타날까? 날개 달린 천사…. 이상해. 이는 목격자의 신앙심 때문에 그렇게 생각된 것뿐이야. 좀 더 현실적인 해석은 없을까? 이를테면…, 도사…?'

여기까지 생각한 이세나는 혼자 고개를 끄덕였다. 이세나는 화방을 나오면서 신선의 그림을 봤기 때문에 이런 생각이 갑자기 떠올랐던 것이다. 현실에 나타난다면 천사보다는 도사가 훨씬 가능성이 큰 게 아닌가! 이세나는 생각을 더 진행시켰다.

'그래, 도사가 나타났다고 치자! 왜? 그분, 오빠의 스승이었을 거야. 그러니까 구하러 온 것이지. 신선이나 천사들은 남의 일에 쉽게 관여하지 않아. 게다가 천사는 현실적인 존재도 아니고…. 필경 도사가 나타났을 거야. 제자를 구하기 위해서…! 그럴듯한 얘기야…. 그렇다면 도사는 어디에 있다가 나타났을까? 분명 그 동네 어딘가에 있었겠지! 어디? 그 동네에 점집거리가 있었지. 나는 무서워서 안 가본 곳이지만….'

이세나의 얼굴은 밝아졌다. 자신의 추리가 현실성이 있었기 때문이었다. 이세나는 점집거리는 일부러 피했었다. 그녀에게는 운명이란 단어 자체가 무서웠기 때문에 그곳을 피했던 것이다. 하지만 운명을 무서워할 게 뭐람. 어차피 운명대로 될 것이라면…. 이세나는 또다시 추리를 계속했다.

'도사들은 흔히 점을 치잖아! 아주 신통한 점을…. 만약, 그 동네에 신통한 도사가 있다면? 그리고 오빠가 도사의 제자라면…. 오빠는 도사의 집에서 공부를 하면서 지냈을 거야. 세상과 단절하면서…. 그럴 것 같아. 그곳에는 나를 구해준 오빠가 있고, 또한 오빠를 구해준 도사가 있어…. 그리고 그토록 신통한 도사가 있다면 어느 정도 알려져 있지 않을까? 또한 오빠는 잘 생긴 분이니까 누군가가 기억하고 있을 거야. 맞아! 틀림없어…. 점집을 다 뒤져 봐야지! 수백 개가 있다 해도 며칠이나 걸리겠어…? 아니, 그보다는 그 동네 사람에게 물어보면 되겠지. 신통한 도사와 청년이 함께 있는 곳을…'

이세나는 결론을 내렸다. 이와 함께 그분을 찾을 수 있다고 확신했다.

'급할 것은 없어…. 내일부터 찾아 봐야지…. 오늘은 집에 들어가 그림이나 생각해볼까…?'

이세나는 가벼운 발걸음으로 인사동을 빠져 나왔다. 하늘에는 구름 속에 갇혔던 태양이 갑자기 나타나 거리를 환하게 밝혀주고 있었다.

사랑의 상처

　미아리 대가접집은 고곡선생이 떠난 상태로 김준철이 관리하고 있었다. 준철은 고곡스승이 떠난 일에 대해서 무한한 슬픔을 느꼈지만, 그래도 평정을 유지한 채 하루하루를 보내고 있었다. 하루 일과는 경전을 읽고 무술 동작을 익히는 것, 그리고 명상수련을 하는 것이었다.

　겉에서 보기에 대가접집은 평상시와 다름이 없었다. 그러나 육감이 깊은 어떤 사람에게는 대가접집이 기력을 상실한 듯한 느낌을 가질 수도 있었다. 게다가 젊은 미남 청년 김준철의 모습도 전과는 다른 기색이 보일 수도 있는 것이다.

　세월은 흘러가고 있었다. 준철은 고곡스승이 지시해준 대로 있는 힘을 다해 수행에 매달리고 있건만 자신의 번뇌를 다스리는 데 애를 먹고 있었다. 특히 잠시도 쉬지 않고 마음속에서 일어나는 이세나에 대한 그리움은 점점 깊어가고 가슴은 불타 들어가고 있는 중이다.

　그렇다면 준철은 어째서 이세나를 찾아 나서지 않는 것일까? 여기에는 사연이 있었다. 실은 준철은 화재 이후 신문에서 보도되고 있는 자신의 행적을 소상히 알고 있었다. 이세나의 집 주소도 잘 알려진 상태였다. 하지만 준철은 그곳에 찾아갈 수 없었다.

　첫째는 그런 행위로 인해 고곡스승님이 세상에 완전히 모습을 드러내게 될 수도 있기 때문이다. 이것은 상상도 할 수 없는 끔찍한 일! 고곡스승이 신문에 보도되고 많은 사람이 찾아온다면 고곡스승님은 먼 곳으로 완전히 떠날 것이다. 그러면 준철은 영원히 고곡스승을 만날 수가 없다.

이것은 준철에게는 인생의 파탄이 아닐 수 없었다. 스승님을 보호하는 것, 이는 아무리 철이 없는 준철이라도 훤히 아는 일! 준철은 그동안 자신의 행적이 세상에 드러나지 않도록 조심하면서 지냈다.

그러나 지금 고곡스승님이 어디론가 떠나간 상태에서는 세나를 만나도 무방한 것이 아닐까! 하지만 준철에게는 또 하나의 사연이 있었다. 자신이 세나를 구해준 일은 보람 있고 자랑스러운 일이 분명하다. 그러나 세나를 불쑥 찾아가 '내가 당신을 구한 사람이오.' 하고 말할 수는 없다. 그래서 어쨌단 말인가! 당신을 구해준 나를 알아달라고 말할 것인가! 준철은 고개를 저었다. 차마 세나를 찾아갈 수는 없는 일이다. 다만 세나가 자신을 찾아오기만을 기대할 뿐이다.

준철에게는 세나의 모습이 날이 갈수록 선명해졌다. 위기의 순간 가련했던 모습, 지금도 달려가서 보호해주고 싶은 심정이었다. 그리고 그 아름답고 애틋한 세나를 안아보고 싶은 것이다.

'지금쯤 세나는 어떻게 지내고 있을까? 혹시 나를 생각하고 그리워하지는 않을까…? 잘 지내고 있겠지! 그리고 언젠가는 나를 생각해내고 찾아올 수도 있겠지.'

준철은 지금이라도 누군가 대문을 두드리는 사람이 있었으면 하고 눈을 감아 본다. 세나가 나를 찾지 못해 애쓰지는 않을까? 이런 생각이 나면 준철은 쓴웃음을 짓고 고개를 가로젓는다. 그토록 아름다운 세나가 나 같은 사람을 사랑할 리는 없겠지. 그러나 준철은 이세나를 사랑하는 자신의 마음을 멈출 수는 없었다. 바람을 쏘이면 쓰라린 가슴이 조금이나마 진정되지 않을까? 준철은 무작정 집을 나섰다. 미아리 점집 골목은 오늘따라 상당히 평온했다.

육체의 향연

일지매는 오늘 아주 중요한 날이었다. 그렇다고 일지매에게 무슨 커다란 사업이 성사되는 것은 아니고, 그저 본인이 가장 집중할 일감이 생긴 것이다. 일지매에게 일감이란 대개 누구를 공격하고 거기서 보람을 느끼는 것인데, 오늘 하고자 하는 일은 보람이 아니라 행복이었다.

일생 처음으로 여자를 만나는 것, 상당히 흥분되고 짜릿한 일이었다. 그동안 일지매가 나름대로 추리해본 결과에 의하면 이한영이라는 여자는 자신을 좋아하는 것으로 생각될 수 있었다.

'1,000만 원을 준 것은 무서워서라고 할 수도 있겠지만, 명함을 준 것은 만나고 싶다는 뜻이 아니겠는가! 게다가 그놈, 제비하고는 헤어졌다는 것이다. 왜일까? 그것은 내가 좋아져서일 것이다. 일격에 매 맞고 떨어지는 남자가 무슨 매력이 있겠는가! 남녀가 만나서 사랑하는 데 있어서도 힘(?)이 필요할 때가 있다. 힘으로 따지면 나만한 사람은 없지….'

일지매가 이렇게 생각하자 자기도 모르게 몸의 어느 부분에 힘이 들어가고 흥분이 용솟음치는 것을 느꼈다. 여인의 몸!

'이한영 그 여자는 특히 몸매가 좋았어! 그 여자를 실컷 끌어안을 수만 있다면…. 그리고 그 제비 놈이 하던 짓을 내가 한다면 얼마나 좋을까?'

여자의 맛(?)을 전혀 모르는 일지매로서는 모든 것이 흥분되고 신비했다.

'그런데…, 그런데 말이야. 그 여자가 나를 싫다고 한다면 어쩌지? 힘으로 때려눕힐 수도 없고…, 잘 보여야 할 텐데…!'

일지매는 최근 새로 구입한 양복을 거울에 비춰보고 용기를 일으켰다.

'이한영을 만나면 무슨 말부터 해야 할까…?'

일지매는 이런 생각을 하면서 집 밖으로 나섰다. 거리에 나오자 마침 택시가 나타나 그것을 잡아탔다. 평소 같으면 지하철을 타거나 걸어갔을 것이다. 그러나 마음이 급한 일지매는 택시를 탄 것이다. 택시 안에서는 눈을 감았다. 설레는 마음을 진정시키기 위해서였다. 도로의 교통사정은 좋았으나 일지매는 택시가 다소 늦게 간다고 생각하고 있었다.

얼마 후 택시는 인사동 입구에 정차하고, 일지매는 내렸다. 오늘 찾아가기로 한 곳은 인사동 종로 쪽 입구 좌측에 있는 30층짜리 빌딩이었다. 여기에 이한영의 사무실 겸 거처가 있는 듯했다. 이곳 빌딩은 평수가 넓은 오피스텔로 주위가 아주 조용했다. 일지매는 건물 안으로 성큼 들어서고 즉시 엘리베이터를 탔다.

'이한영의 오피스텔은 22층, 넓은 사무실에는 다른 직원도 있겠지…. 이한영이 나를 어떻게 맞이해줄까?'

일지매는 생각과 설렘으로 어지러움조차 느끼는 듯 했다. 이윽고 목표 지점에 도달, 일지매는 잠깐 숨을 고르고 옷매무새를 점검한 후 초인종을 눌렀다. 문은 바로 열렸다. 눈에 보인 사람은 화사한 여인, 바로 이한영이었다.

일지매는 깜짝 놀랐다. 동해안 콘도에서 봤을 때보다 한참 젊어 보였기 때문이었다. 화장과 옷 때문일까? 실제로 젊어지기라도 한 것일까! 이한영은 미소를 지으며 일지매의 두 손을 잡아 주었다. 순간 일지매는 이한영의 주변에 아무도 없다는 것을 파악했다. 이로써 마음은 심하게 두근거리고 있는 중이다. 이한영의 말소리가 아름답게 들려왔다.

"여기 나 혼자 있어요…!"

혼자? 이런 일이…! 두 사람은 아직 손을 잡고 있는 상태였다. 누가 먼저랄 것도 없이 손을 놓지 않고 있는 것이다. 이 순간 일지매는 자기도 모르게 이한영의 팔을 앞으로 당겼다. 그러자 이한영의 몸은 아주 가볍게 딸려왔다. 일지매는 조금 더 힘을 주어 끌어당겼다. 두 사람은 급격히 가까워지고 있었다.

일지매는 당기고 이한영은 걸어온 것이다. 두 사람은 갑자기 포옹 상태가 되었다. 이한영은 조금도 저항이 없었다. 오히려 가볍게 다가와 안기는 것이 아닌가! 일지매는 잠시 꿈을 꾸는 것 같은 느낌으로 이한영의 몸을 끌어안았다.

일지매는 더욱 세게 이한영의 몸을 끌어당겼다. 한없이 부드럽고 따뜻한 느낌, 향수가 코를 상쾌하게 자극했다. 이 순간 이한영은 고개를 들어 일지매의 얼굴을 똑바로 바라봤다. 이한영의 눈은 요염했고 또한 순수해 보였다. 그 얼굴은 무엇인가 바라는 모습, 일지매는 얼굴을 끌어당겨 깊게 키스했다.

난생 처음 해보는 키스, 이토록 달콤하고 부드러웠던가! 일지매는 눈을 감은 상태에서 어디론가 끌려가는 듯했다. 꿈처럼…! 몇 발자국 움직였던가! 이한영 뒤쪽으로 문이 열리고 두 사람은 빨려 들어가듯 그 방으로 들어섰다. 일지매는 이한영을 잡아당겨 키스를 한 번 더 하고 눈을 떴다.

들어선 방에는 침대가 있었다. 이곳은 이한영이 기거하는 침실인 것이다. 남녀가 만나자마자 침실에 도달했으니 무슨 일이 일어나겠는가! 일지매는 이한영을 가볍게 밀어 침대에 눕혔다. 이제는 여인을 완전히 확보한 상태에서 일지매는 이한영의 몸을 더듬었다. 어디부터 만져야 하는가? 일지매는 혼자 있었을 때 오랫동안 상상했던 수순에 따라 몸을 더듬기 시작했다. 그러자 이한영은 작은 목소리로 제지했다.

"일지매 씨, 양복이 구겨지잖아요. 신발도 벗고….'

이한영은 이렇게 말하면서 일지매의 양복을 벗겨주고 신발도 벗겨 한쪽에 정돈해 두었다. 그 시간이 일지매에게는 아주 길게 느껴졌다. 꿈에서 깨고, 이한영이 사라져 있는 것은 아닐까! 일지매는 이런 생각을 하며 이한영을 바라봤는데, 이한영은 겉옷을 순식간에 벗고 있었다.

부드럽게 드러난 여자의 속옷, 일지매는 떨리는 손으로 온몸을 마구 만졌다. 이어 브래지어가 풀어지고 일지매의 손은 여자의 등을 쓰다듬으면서 아래로 이동했다. 이윽고 도달한 곳은 여자의 몸에서 가장 신비한 지역의 뒤쪽이었다.

누가 말했던가! 여자의 엉덩이가 세상에서 가장 아름답다고…. 하지만 일지매는 지금 그것을 보지는 못하고 만지고 있을 뿐이었다. 감촉은 부드럽고 충만했고, 미끈한 느낌이었다. 여자는 가볍게 신음했다.

일지매는 자신의 바지를 흘려 내렸다. 그리고 그 안에 있는 속옷도…. 일지매는 자기도 모르게 능숙한 행동을 하고 있었다. 이는 여러 날 밤을 혼자 상상했던 것과 일치했다. 여자의 몸은 이렇게 만지는 것이구나…. 일지매는 생각하면서 여자의 알몸에 붙어 있는 모든 장애를 제거했다. 그 와중에 한편으로는 자신의 몸도 그렇게 만들었다. 지체된 순간은 없었고, 모든 절차가 신속하고 부드럽게 진행되었다. 이한영은 몸을 내맡기는 한편 일지매가 옷을 내리는 것을 도와주었다.

두 사람은 이제 알몸이 되었고 하나로 밀착되었다. 이제 시작해도 되는 것인가? 일지매는 평생 한 번도 이와 같은 순간이 없었기 때문에 다소 당혹감이 있었지만 본능은 배우지 않은 것도 행할 수 있도록 이끌어주었다. 마침내 두 사람은 결합을 이룩했다. 일지매는 이 순간 기절할 것 같은 쾌감에 몸을 비틀었다. 마음 한편에는 이런 생각이 떠올랐다.

'이것이 여자의 몸인가! 이토록 좋고 행복하다니…. 영원히 이 상태로

있었으면….'

일지매는 몸을 비틀고 들썩 거리면서 한없는 쾌감으로 빠져들고 있었다. 이한영은 능숙한 자세로 일지매의 움직임에 최고의 효율로 움직였다. 그럴 때마다 일지매는 비명을 질렀고, 여기에 이한영의 비명도 하나로 조화되고 있었다.

두 사람의 신음은 흥분을 더욱 고조시키는 음악처럼 온 우주를 감싸는 듯했다. 더할 수 없는 행복! 이것은 두 사람 모두의 느낌이었다. 두 사람의 행위는 쉴 사이 없이 계속되었다.

여기서 이한영은 온 세상에서 가장 강하고 섹시한 남자가 일지매라고 생각했고, 일지매는 그런 것을 생각할 겨를도 없이 꿈처럼 달콤한 쾌감에 흠뻑 젖어가고 있었다. 다만 이 쾌감이 오래오래 가기만 빌 뿐이었다. 두 사람의 동작은 오랜 시간 동안 변함이 없었고, 하나의 완벽한 리듬 속에 몸과 혼이 하나가 되었다. 영원하기를….

그러나 인체는 한계가 있었다. 일지매가 먼저 극한에 도달하고 이한영은 아쉬움을 가진 채 향연은 끝났다. 그래도 두 사람은 한동안 끌어안고 말없이 있었다.

이윽고 이한영이 먼저 일어나 몸을 수습했고, 일지매는 잠에 빠져 들었다. 태어난 이래 가장 편안한 잠이었다. 시간이 얼마나 흘렀을까…. 이한영이 깨웠다. 일지매는 순간적으로 눈을 뜨고 몸을 일으켰다.

"내가 잠들었었네. 얼마나 잤어요?"

"2시간!"

이한영이 미소를 지으며 대답해주었다. 꿈같았던 시간을 지내고 2시간의 휴식을 취한 일지매는 모든 몸 상태가 회복되었다. 일지매가 바로 앞에 있는 이한영을 또 다시 끌어당기려 하자, 이한영이 미소를 지으며 가볍게 밀어냈다.

"우리 일어나서 얘기해요"

"…."

두 사람의 첫 만남은 이렇게 치루어졌다. 잠시 후 두 사람은 거리를 산책하기 위해 건물을 나섰다. 거리에는 조용히 어둠이 찾아오고 있었다.

도인들의 하산

도인 인허는 지리산을 내려와 곧장 치악산으로 향했다. 유중스승께서 일휴스승을 만나 가르침을 받으라고 지시했기 때문이었다. 인허에게는 더할 수 없는 기쁨이 아닐 수 없었다. 고곡스승이 부촉한 임무를 마치고 이제는 일휴스승께 가르침을 받는 일만 남았던 것이다.

'지금쯤 일휴스승은 100일간의 풍욕을 마치고 하산했을까? 도제들은 여전히 잘 있겠지…!'

인허는 이런 생각을 하며 산을 오르고 있었는데, 겨울의 기운은 거의 다 사라지고 봄을 완연히 느낄 수 있었다. 산에서의 계절은 어느 때든 좋았다. 산길은 여전히 적막한 상태….

'지난번에 왔을 때는 멧돼지가 마중을 해주었지….'

인허는 불과 3개월 전의 추억을 떠올리며 스스로 미소를 지었다. 그런데 이 순간 인기척이 느껴졌다. 범인의 감각으로는 느낄 수 없는 거리였지만 고도의 수련을 겪은 인허는 수km의 변화까지도 탐지할 수 있었다. 왁자지껄한 소리, 여러 명이었고 상대방도 인허가 올라오는 것을 파악했던 것이다. 내려오는 무리들은 일휴스승의 제자로서 3명인데, 모두 인허의 도제 뻘이었다. 인허는 발걸음을 빨리 해서 머지않아 이들과 조우했다.

"도형!"

도제 한 사람이 반가워하며 먼저 뛰어 내려왔다.

"오, 자네들이었구먼. 어디 가는 중인가?"

인허는 그들의 행장을 살피며 물었다. 그들은 먼 곳에 출행하려는 듯 도포를 다 갖추어 입었다. 도제 한 사람이 대답했다.

"도형! 우리는 산을 떠나는 중입니다. 일휴스승께서는 지금 내려가면 도형을 곧바로 만날 수 있다고 하셨습니다."

"그런가? 자네들은 어디로 가는데?"

"네, 우리는 일휴스승님의 지시에 따라 마니산으로 가는 중입니다."

마니산은 강화도에 있는 성스러운 산으로서, 근방에 일휴스승의 속가 도량이 있는 곳이다. 일휴스승은 가끔씩 이곳을 찾아 속인들을 접견하곤 했다. 그런데 무슨 일로 제자들을 모두 그곳으로 보내는 것일까? 도제 한 명이 인허의 생각을 읽고 대답했다.

"도형, 스승님의 말씀에 의하면 국란의 징후가 시작되고 있다고 합니다. 우리에게는 민족을 구하라는 사명이 주어졌습니다. 그래서 마니산으로 가는 중인데, 스승님께서는 도형에게도 지시를 내리셨습니다."

"음? 무슨 말씀을 하셨나?"

"네, 도형에게 몇 가지 일을 당부하셨습니다. 고곡스승님의 모든 제자들은 한곳에 모이라는 것이지요. 서울 미아리의 큰집이라고 하면 안다고 하셨습니다."

"큰집? 아, 점집 말이군. 그 외에 또 어떤 분부가 계셨나?"

"네, 서울에 야원 큰 도형께서 계시다는 얘기를 들었습니다. 야원 도형을 마니산으로 소환하셨습니다. 도형께서 직접 전하시고 도형은 큰집에 대기하라는 것입니다."

"호, 그런가? 일휴스승님께서는 어떻게 하신다던가?"

"스승님은 마니산에 가서 야원 도형을 면담하고 모든 사항을 밝혀주시겠다고 하셨습니다. 우리는 그곳에 동참하고 나서 새로운 지시를 받을 것입니다. 모든 사항은 야원 도형께서 지휘한다고 하시니 도형께서도 추후에 야원 도형을 만나면 상세한 것을 알게 되겠지요. 일단 우리와 함께 내려가시지요!"

"음, 알겠네. 스승님은 위에 계신가? 금방 올라가서 인사드리고 내려오겠네."

인허는 산 위를 바라보며 얘기했다. 그러자 도제가 손을 저으며 막아섰다.

"도형, 산 위는 위험하답니다. 우리 모두에게 접근을 허용하지 않으셨습니다. 도형께서는 그냥 하산하셔야겠습니다."

인허는 고개를 끄덕이고는 도제들과 함께 산 아래로 발길을 돌릴 수밖에 없었다.

'나랏일이 이토록 위태롭다는 말인가!'

인허의 얼굴은 어두워져 있었다. 몇 달 전 서울의 거리에서 장애인 아이가 물었던 내용도 떠올랐다.

'우리나라가 어떻게 되겠어요?'

인허는 그날 이후 종종 생각해봤지만 아무것도 알 수 없었다. 그런데 오늘날 스승님들은 우리나라에 위기가 닥친다고 말씀하시고 있다.

'아, 그렇다면 우리 모두 나서 환란을 막는 데 일조해야 하는 것 아닌가! 하지만 아무것도 모르고 있었던 우리가 무엇을 할 수 있으랴? 과연 우리처럼 미약한 사람이 국가의 거대한 운명을 막아설 수 있단 말인가!'

인허는 근심이 가득 차 있었다. 하지만 옆에서 함께 내려가고 있는 도제들은 인허를 다시 만난 그 자체만 기뻐하고 있는 듯 보였다. 산을 다 내려오자 인허는 쓸쓸히 말했다.

"여기서 헤어져야겠군. 나는 서울에 먼저 들러 야원 도형을 뵈어야겠네. 그리고 산중 도량으로 가서 나의 도제들을 불러와야겠지. 자네들은 마니산으로 잘 가게…. 그럼, 나중에 또 보세."

인허는 급히 방향을 돌려 사라졌다.

위대한 대결

인허가 치악산 지역을 완전히 떠날 무렵 산 위의 도량에서는 일휴선생이 명상에서 막 깨어났다. 그리고는 하얀 도포를 입는 등 행장을 갖추었다. 먼 곳으로 떠날 요량인가 보다. 문 밖에는 시원한 바람이 불고 있었다. 그러나 이를 방해하는 또 하나의 자연현상이 일어났다. 이는 천풍구天風姤라는 괘상으로서 불길한 징조였다.

천풍구

일휴선생은 허공을 잠깐 응시하고는 문을 열어 재꼈다. 이어 신발을 단단히 신고 밖으로 나섰다. 그러자 산 같은 물체가 막아서 있었다. 사람이었다. 키가 건장하고 얼굴은 검은 수염으로 잔뜩 가려져 있는 모습…. 섬찟한 느낌이 들었다. 이 물체를 보고 일휴선생이 먼저 말을 걸었다.

"적파寂波, 자네가 왔군! 조금 늦은 것 같은데…."

"음, 자네가 없는 것 같아서 실은 다른 곳에서 기다렸다네. 산 위에서의 일은 다 마쳤나?"

적파라고 불리는 도인은 일휴가 산에 올라가 점을 친 행위를 말하고 있는 것이었다. 일휴가 대답했다.

"점을 치고 있었지. 기다려주어서 고맙네. 찾아온 용건은 뭔가?"

이렇게 말하는 일휴의 음성에는 강한 기운이 서려 있었다. 실로 바위도 깨어버릴 내공, 하지만 적파는 태연히 대응했다.

"내가 먼저 묻겠네. 자네는 우리나라의 운명이 어떻다고 보는가?"

일휴가 대답했다.

"뻔한 것을 묻는군. 자네가 왜 그런 일에 관심을 갖는가? 용건이 별로 없는 것 같은데 길을 좀 비켜주겠나?"

일휴는 이렇게 말하고 한발 움직이려 했다. 그러자 적파의 살기등등한 음성이 발출되었다.

"꼼짝 말게. 나는 자네를 응징하러 왔다네. 내가 알기로는 자네가 천명을 방해하는 무리와 어울린다는 얘기를 들었지. 공연히 엄한 일에 참견하지 말고 자신이나 돌보는 것이 어떤가?"

이 말을 들은 일휴는 싸늘한 미소를 지었다. 그리고 한발을 성큼 나섰다. 그러자 적파는 두 손을 뻗어내어 한 가닥 기운을 내뿜었다. 이 기운은 공기를 압축하고 그 압축된 공기는 일휴의 가슴을 향해 찔러 들어왔다. 이것은 비록 압축된 바람이었지만 창칼을 능가하는 힘을 갖추고 있었다. 일휴는 이를 피했고 그 기운은 일휴의 뒤쪽에 있는 집의 문을 박살 내었다. 적파의 말소리가 다시 들려왔다.

"일휴, 나는 곱게 말하려고 이곳에 왔네. 자네가 천명을 방해하는 이유가 뭔가? 대답을 해주게나."

"음⋯."

일휴는 적파를 잠깐 쏘아보고는 천천히 말했다.

"이보게 적파, 나는 단군의 자손일세. 자네도 그렇지 않나! 나는 민족이 멸망하는 것을 원치 않을 뿐이야. 자네야말로 어째서 민족의 불행을 방치하려는가?"

적파가 대답했다.

"일휴 자네에게 간곡히 말하겠네. 우리 민족은 1만 년 동안 자신들끼리 서로 해치며 살아왔네. 또한 언제나 그 누구의 지휘나 통솔을 거부하며 반역만 일삼았네. 충성심이라곤 찾아볼 수 없고, 위쪽만 파괴하려고 하고 있지…. 이것이 자네는 괜찮다고 보는가?"

"…."

일휴는 속으로 생각하는 중이었다. 적파가 다시 말을 이었다.

"우리 민족 1만 년의 역사는 후퇴의 역사였어! 자업자득이지. 어째서 밖으로는 약해지면서 안에 있는 자기편만 해치려고 하는지…. 이는 마땅히 제거되어야 하는 파멸의 속성이야. 이것이 인류를 오염시켜 세상을 망하게 할 것이야. 하늘은 이를 응징하여 세상을 구하는 한편 민족에게 반성의 기회를 주려는 것이지. 자네도 알고 있지 않나! 머지않아 닥칠 재앙은 하늘의 뜻인바, 우리 도인들이 관여할 바가 아닐세. 자네는 우리들보다 뛰어난 식견을 가진 것으로 나는 믿고 있었다네. 그런데 어째서 쉬운 이치를 모르고 하늘의 뜻에 거스르는가?"

"멈추게…!"

일휴가 막아섰다. 일휴는 잠시 한숨을 쉬는 듯하더니 말을 꺼냈다.

"한 번만 더 말하겠네. 우리 민족이 벌 받을 만하다는 것은 나도 알고 있다네. 하지만 천벌이 너무 가혹해. 우리 강토가 전부 불타버리고 억조창생의 피를 증발시키겠지. 한반도는 오랜 세월 동안 생명체가 존재할 수 없게 된다네. 우리 민족은 이후 정부를 구성할 수도 없고, 자발적인 운명 개척의 기회도 사라질 것이야. 멸망이지, 멸망이야. 적파, 자네도 민족을 구원하는 일에 나서면 안 되겠나? 제발, 부탁하네…."

"그만!"

이번에는 적파가 막아섰다.

"자네의 고집은 알겠네. 더 이상 말이 필요 없겠어. 나는 천명을 거스르는 자를 처단하러 이곳에 왔다네. 나를 원망 말게. 준비됐나?"

적파는 왼쪽 발을 반걸음 내밀며 자세를 취했다. 이제 서로 뜻이 다른 절정의 고수가 결투를 시작하려는 것이다. 일휴가 물었다.

"자네 어쩔 셈인가?"

적파가 싸늘하게 노려보며 대답했다.

"나는 자네를 죽일 것이야. 하늘의 뜻이니 나를 원망 말게…."

일휴는 고개를 끄덕이고 체념한 듯 말했다.

"나도 자네를 힘으로 제압할 수밖에 없다네. 누가 죽든 그것은 또한 하늘의 뜻이 아니겠는가! 내투內鬪를 하겠나?"

"내투…?"

적파는 잠깐 생각하고는 손을 들어 말했다.

"나는 몸으로 싸우겠네. 이곳은 산속이니 누가 다칠 일도 없고…. 또한 이참에 아예 자네의 생명을 끊어내어 천명이 흐르도록 할 생각이네. 자네도 나에게 인정을 베풀지 말고 최선을 다하게나. 말이 너무 길어졌구면…. 허허…."

이렇게 말하면서 적파는 등 뒤에서 하나의 물건을 꺼냈다. 검이었다. 칼은 길고 검게 보였다. 처음부터 준비하고 나타난 것이다. 일휴는 눈을 잠깐 감았다 뜨고는 천천히 고개를 끄덕였다. 이어 등 뒤에서 장검을 뽑아냈다. 일휴도 미리 준비를 해두었던 것이고, 결투는 이미 시작되었다.

먼저 적파가 칼을 횡으로 그어댔다.

"횡!"

칼바람이 일휴의 몸을 파고들었으나 일휴는 피했다. 바람 그 자체는 칼과 똑같은 힘을 발휘했다. 이들에게 칼의 길이는 상대에게 상처를 입히는 데는 크게 상관없었다. 적파는 칼바람을 내어 공격한 직후 서서히 허공으로 몸을 띄웠다. 그러고는 허공을 날아왔다. 아니, 성큼성큼 걸어오고 있는 것이다. 그러나 속도는 빨랐다.

먼 곳에 있던 적파의 몸은 순식간에 일휴에게 다가와서 칼을 아래로 내리그었다. 이때 적파의 칼은 정확히 일휴의 머리를 겨냥했고 자세는 갑자기 낮아졌다. 이는 일휴의 머리를 수직으로 두 동강 내려는 잔인한 일격이었다. 그러나 적파의 일격은 머리를 찍어 누르는 자세가 아니라 머리를 그어 당기는 것이었다. 잡아채듯 말이다. 일휴는 뒤로 물러나서 피할 수도 있으나 애써 칼로 막았다. 수평으로 막은 것이다.

만약 이때 일휴가 막지 않고 피했다면 그어댄 칼이 다시 앞으로 찌르기에 편한 자세가 된다. 그리고 찌르는 것마저 피했을 때 적파는 앞으로 날아가는 도중 자신의 왼쪽 겨드랑이 쪽으로 칼을 되찌르면서 필살기를 펼칠 요량이었다. 이는 극한의 기술로서, 날아가는 도중 갑자기 뒤로 회전하면서 멈추어야 하는 것이다. 물론 적파는 충분히 이런 역량을 갖추고 있었다. 멀리서 허공을 날아 번개같이 걸어오는 도중 구상해둔 작전이었다. 하지만 일휴가 피하지 않고 어렵게 막아냄으로써 1차 작전은 무산되었다.

그러나 적파는 그보다 더한 작전을 마련해두었던 것이다. 이번에는 그 자리에서 날아가던 힘을 빼고 완전히 멈추어서 재빨리 찌르는 것이다. 이것은 일휴가 칼을 수평으로 막는 순간 뒤에 이어진 동작으로서, 막는 순간의 안도감을 역으로 이용하는 방식이다. 일휴는 수평으로 칼을 막으며 우측으로 피했다. 이로써 적파는 그어댄 칼이 더 빠르게 풀릴 수가 있어서 그 자리에서 곧바로 찌를 수가 있는 자세가 되었다. 적파는 멀리 날아오르는 순간 이것마저 계획했었다.

그리고 계획은 적중했다. 갑자기 일휴의 동작이 둔해지면서 적파의 칼에 찔리게 된 것이다. 적파의 칼이 일휴의 왼쪽 가슴살을 밀어 베자 쓰린 감각과 함께 피가 공기 중으로 분출했다. 그러나 이와 동시에 적파의 왼쪽 가슴에 뜨끔한 감각이 전해왔다. 일휴는 적파의 칼을 피하지 않고 몸으로 맞으며 자신도 찌른 것이다.

'동귀어진同歸於盡인가…?'

순간 적파는 생각했다. 동귀어진은 자신의 목숨을 바쳐 상대방도 함께 죽음으로 데려가겠다는 비장한 수법인 것이다. 원래는 피했어야 맞다. 그로써 피하는 도중 칼에 맞는 것이다. 그러나 일휴는 피하지 않고 그 시간을 아껴 역습을 택한 것이다. 물론 이렇게 되면 둘 다 칼에 찔리게 된다. 이런 방식은 칼에 처음 찔리는 사람이 먼저 피하기 때문에 좀처럼 일어날 수 없는 사건이다.

'어리석은 짓…. 기어이 나와 함께 죽겠다는 것인가! 그토록 나를 죽일 필요가 있단 말인가! 자신마저 죽으면서….'

적파는 쓴웃음이 나왔지만 표정은 일그러졌다. 갈비뼈에 통증이 심하게 일어났기 때문이었다.

'우리는 둘 다 죽는 것일까?'

적파는 이런 생각을 하고 있었다. 그러자 일휴의 음성이 들려왔다.

"적파, 자네가 졌네. 나는 자네의 칼에 살이 베어졌어. 하지만 나의 칼은 자네의 갈비뼈에 박혔다네."

"…."

그렇게 된 것이었다. 이는 우연이 아니었다. 일휴는 처음부터 작정해 두었던 것이다. 실은 며칠 전부터 구상해두었다. 이른바 살을 주고 뼈를 뺏는다肉斬骨斷! 이는 초고수들의 결투에서 종종 취할 수 있는 전략이다. 일휴는 적파의 검술실력을 잘 알고 있어서 좀처럼 승부가 나지 않을 것으로 판단하고 비장한 전략을 구상해두었던 것이다.

일휴의 작전은 아주 위험한 작전이었다. 초고수나 가능한 일이거니와 적이 칼을 찔러올 때 다 피하지 않고 정밀하게 살을 베일 만큼만 피한다는 것인데, 참으로 무모하기 짝이 없다. 성공 확률이 극히 적은 위험한 전략! 그러나 일휴는 이것을 과감히 실행했다. 지금 이 순간 적파는 갈비뼈가 찔리고 일휴 자신은 피부가 그어진 상태였다. 일휴가 다시 말했다.

"적파, 어서 일어나 치료하게. 나는 이만 떠나갈 것이야. 자네는 내가 점을 칠 수 있도록 기다려주었지. 지금 자네를 죽이지 않는 것은 그 은혜를 갚은 것으로 생각하게나. 우리가 다시 만나게 되면 그때는 정말 승부를 내세…. 어서 일어나게…!"

일휴는 현장을 떠났다. 적파는 자신이 일휴의 지략과 용기, 그리고 정교한 몸놀림에 패했다는 것을 인정했다. 허탈한 순간이었다. 하지만 인생을 이렇게 끝낼 수는 없었다.

'치료를 해야겠지…!'

적파는 이런 생각을 하면서 산 위로 사라졌다. 처절한 결투의 흔적은 불어오는 바람에 서서히 사라지고 있었다.

피닉스, 태동하다

미국 버지니아 주 랭글리 CIA 본부. CIA국장 잭슨은 일상적인 회의를 주재하는 도중 긴급전화를 받았다. 걸려온 곳은 본부 내의 특별부서로 서, 위성 첩보망을 관리하는 부서였다. 잭슨은 배석자에게 양해를 구하 고 전화를 받았다. 상대방이 회의 중인 것을 알고 전화한 것으로 봐서 아 주 중요하고 급한 내용으로 판단했던 것이다.

잭슨은 회의실 옆에 붙어 있는 밀실에서 수화기를 들었다. 상대방이 조용히 말했다.

"국장님, 급히 전화 드려야 할 것 같아서…."

"무슨 일인가?"

잭슨 국장은 기대를 나타내며 반문했다.

"국장님, 방금 피닉스로부터 통신문이 접수되었습니다. 상당히 많은 분량입니다…."

"알겠네. 금방 회의를 끝내고 그곳으로 가겠네…."

잭슨은 피닉스에 대해 지대한 관심을 갖고 있던 차에 연락이 왔기 때 문에 회의를 끝내고 위성첩보 제1과로 급히 이동했다.

잭슨 국장이 자리에 앉자 과장은 즉시 보고를 시작했다.

"국장님, 피닉스의 통신문은 백과사전 한 권 분량입니다. 똑같은 내용 을 두 번 전송했는데, 신중을 기하기 위해서이겠지요. 우리는 모든 것을 정확히 수신했다고 알렸고, 피닉스도 알겠다고 대답했습니다. 북한에서 대량 정보가 들어온 것입니다."

과장은 약간 흥분한 듯 보였다. 잭슨도 큰 것이 걸렸구나 하는 생각을 하면서 속으로 기쁨을 감추며 말했다.

"비상 분석관들을 긴급히 소집해야겠군. 필요하면 증원을 요청하게."

"네, 국장님. 바로 소집하겠습니다. 윤곽이 드러나면 연락드리겠습니다. 본부에 계시겠습니까?"

"음, 잠시 쉬고 있을 테니 중요한 내용부터 재빨리 파악하게…."

잭슨 국장은 위성첩보실을 나왔고, 과장은 즉시 비상분석관 회의를 소집했다. 비상분석관은 24시간 대기조로서, 긴급한 정보라고 생각되는 사항에 대해 우선 점검하는 요원들이다. 이들은 정보 내용을 깊게 파악하지는 않고 종류를 분석하는 일을 하고 있다. 이들이 정보의 내용을 대충 간추려내면 해당 전문가들이 투입되고, 여기서 다시 정보가 더 세밀하게 분류된다.

정보가 피닉스로부터 왔다는 그 자체만으로도 비상분석관들은 대단히 관심을 가지고 업무에 임하고 있었다. 피닉스로부터 연락을 수신했다는 것은 중국 선양 영사관의 존 글랜에게도 긴급하게 연락되었고, 존 글랜은 이 사실을 김지현에게 알려주었다. 김지현은 자신이 실행한 위험한 작전이 성과를 거두는 것에 자부심을 느꼈지만 애인 강민형의 안부 때문에 눈물을 흘렸다. 저 멀리 북한 땅에서는 피닉스가 태동하고 있었다.

엇갈리는 운명

이세나는 지난 며칠 동안 그림을 구상하느라 애썼지만 마땅히 떠오르는 것이 없었다. 마음속에 번민이 많아 집중할 수 없었던 것이다. 오늘은 미아리 점집을 뒤져볼까 하고 집을 나섰다. 이세나는 자신의 추리를 확신했기 때문에 이미 준철을 찾은 것이나 진배없다고 생각하고 있었다. 하지만 한 가지 걱정이 떠올랐다. 그분, 오빠가 자신을 싫어하지 않을까 하는 것이었다.

'그분을 불 속에 뛰어들게 했는데 또다시 내가 나타난다면 놀라지나 않을까! 부담을 갖지는 않을까! 나를 싫어하면 어쩌지…?'

세나는 이런저런 생각으로 어지러움을 느꼈다. 하지만 자신이 그분을 기필코 만나야 한다는 것, 아니 만나고 싶다는 것은 어쩔 수 없다. 버스는 미아리 화재현장 부근에 도착했다. 자주 다녀서 익숙한 곳이었다. 세나는 버스에서 내리자마자 곧장 점집 골목으로 향했다. 다른 곳들은 이미 여러 차례 가본 곳으로, 이제 남은 한 곳 점집 동네를 찾은 것이다.

생각보다는 무섭지 않았다.

'운명이란 것이 있으면 그런대로 살아가지 뭐….'

이세나는 이렇게 마음먹었다. 그러고 보니 점집들이 신기해 보였다.

'저 많은 점집들이 사람의 운명을 맞춘단 말이지…. 내 운명은 어떻게 되지…?'

세나는 미소까지 지으며 편안히 생각하고 있었다.

이제 동네 사람에게 가장 용한 점쟁이가 누구냐고 물어볼 생각이었다.

하지만 점쟁이에게 물어보면 자신이 가장 훌륭한 점쟁이라고 할 테니 평범한 사람에게 물어봐야 한다. 저쪽에 사람이 보인다. 남자들도 있고 여자들도 있는데…. 여자들에게 묻는 게 낫겠지…! 마침 한 여자가 다가오고 있어서 세나는 그 여자에게 물었다.

"아주머니…, 저… 이 동네에서 가장 용한 점집이 어디예요?"

아주머니는 쉽게 대답해 주었다.

"이 위로 곧장 올라가봐. 제일 큰집인데, 거기에 신선 같은 분이 있어. 그런데 점은 안 치는 것 같던데…."

"괜찮아요. 저는 그 집을 그냥 찾아가려는 것뿐이에요."

"그러니? 그럼, 쭉 올라가봐."

아주머니는 이렇게 대답해주고 자기 가던 길을 가려고 했다. 세나가 또 물었다.

"아주머니, 저… 그곳에 젊은 청년도 있나요?"

세나는 이렇게 물어놓고 마음을 졸였다. 아니라고 하면 다른 곳을 찾아야 하기 때문이었다. 그러자 아주머니는 미소를 지으며 친절히 대답해 주었다.

"청년? 응, 거기 잘난 청년이 있지. 아는 사이야?"

아주머니는 크게 관심을 갖고 물었다. 다른 사람이라도 그랬을 것이다. 준철은 이 동네에서 아주 잘 알려진 인물이 아닌가. 세나는 아는 사이냐고 물은 것에 대해 부끄러움을 느끼면서 적당히 둘러댔다.

"네, 저희 오빠예요."

"뭐, 오빠? 그럼, 빨리 가봐."

아주머니는 공연히 기뻐하면서 친절을 베풀었다. 세나는 고맙다는 인사를 하고 급히 언덕 위를 올라갔다. 그러자 얼마 안 가 큰집이 나타났다. 대문이 굳게 닫혀 있었는데, 세나는 이 집이 틀림없다고 생각했다.

'그분, 오빠는 분명 이곳에 살고 있어…!'

세나는 기쁜 마음에 문을 두드리려고 했으나 순간 멈칫거렸다. 왠지 걱정이 떠올랐던 것이다.

'오빠가 나를 반가워하지 않으면 어떻게 하지…?'

이런 생각 외에 또 하나의 생각도 떠올랐다.

'왜 오빠는 나를 찾지 않았을까? 나를 싫어하는 것은 아닌지…!'

세나는 슬픈 감정인지 미운 감정인지 잘 모를 생각에 빠져 들었다. 그리고 종래 문을 두드리지 못했다.

'오빠가 나를 찾을 때까지 기다리는 것이 옳을 거야! 내가 불쑥 찾아왔다고 부담을 느낄 수도 있겠지. 또한 오빠의 스승인 도사님이 야단을 할 수도 있어…! 도사님들은 여자를 싫어한다잖아…! 안 되겠어. 오늘은 그냥 돌아가는 게 나을 것 같아. 집을 알아 놓았으니 언제라도 다시 찾아오면 되겠지…. 아이, 오빠가 나를 찾아오면 좋을 텐데…!'

세나는 발길을 돌렸다. 서로 마음속에서 그리워하는 두 남녀는 이렇게 운명이 엇갈리는 중이었다. 세나는 급히 내려와 버스를 탔다. 떠오르는 마음을 지우려고 애쓰고 있었다.

도인의 방문

지난 며칠간 계속 비가 왔다. 준철은 외출하지 않고 큰집에 머물렀다. 비는 이제 준철에게 특별한 의미가 없었다. 다만 비가 오면 단절을 느낄 뿐…. 오늘도 그리움과 외로움으로 마음이 아팠다. 세나도 이 비를 보고 있을까? 준철은 허탈한 생각을 하고 있었다.

그러던 중 무슨 소리가 들렸다. 대문을 두드리는 소리! 준철은 요즘에 와서 누가 대문을 두드리면 무조건 반가웠다. 세나가 온 것이 아닐까? 준철은 비를 그대로 맞으면서 대문으로 달려갔다. 누군가가 대문을 한 번만 두드리고 밖에서 기다리는 중이었다. 두근거리는 마음으로 대문을 열었다. 하지만 세나는 아니었다.

잠시 실망한 준철은 이내 정신을 수습하고 현실로 돌아왔다. 앞에 서 있는 사람은 뜻밖에도 두 사람이었다. 인허와 야원선생. 인허는 몇 개월 전에 다녀갔고, 야원선생은 몇 년 전에 한 번 다녀간 바 있다. 준철은 몹시 반가워하며 급히 예의를 갖추었다.

"야원선생님과 인허선생님 아니십니까! 어서 안으로 들어오시지요."

"음, 자네는 잘 있었나? 스승님은 안 계시지?"

야원선생은 고곡스승이 큰집을 떠난 것을 이미 알고 있었다. 준철은 야원과 인허선생을 방으로 모시고 따뜻한 차를 준비했다. 두 도인은 방 문을 열어놓고 내리는 비를 바라보며 잠시 기다리고 있었다. 그동안 준철은 자기 방으로 가서 무언가를 가지고 나왔다.

"선생님, 이것은 스승님께서 남겨놓으신 서찰입니다. 저는 기다리고 있었습니다."

"음, 스승님께서 내게 서찰을 남겨놓으셨단 말이지!"

야원은 잠시 하늘을 바라보고는 무릎을 꿇었다. 그리고는 경건한 자세로 서찰을 개봉했다. 인허는 옆에서 차를 한 모금 마시며 기다렸다. 고곡스승의 글은 다음과 같이 시작되고 있었다.

야원, 보게나. 당금 천하는 몹시 어지러워 편안히 자리를 지킬 수가 없게 되었다네. 자네도 나라를 구하는 일에 나서야겠지. 자세한 것은 일휴스승의 가르침을 받도록 하게. 큰집에서 긴히 당부할 일은 인허가 맡으면 될 것이야. 준철은 유중선생에 의해 오래전에 이미 생사현관이 반쯤 열려져 있다네. 따라서 그 힘이 미약할 것이고, 보강이 필요할 것이야. 인허가 무술을 지도하면서 힘을 쌓도록 해주게. 이외에 준철은 주역과 병법을 공부해야 하는바, 이 또한 자네들의 가르침이 필요할 것이야. 특히 준철은 병법에 상당한 식견이 있으니 자네들은 그의 완성을 돕게. 이는 유중스승이 부족한 바 있으니 각별히 유의하게. 그럼, 혼란한 와중에 다시 만날 날을 기대해보세.

글은 이렇게 끝나고 고곡스승의 서명이 있었다. 야원은 글을 다 읽고 인허에게 넘겨주었다. 인허는 급히 무릎을 꿇고 서찰을 읽었다. 잠시 후 야원은 자리에서 일어났다.

"인허, 나는 지금 곧장 마니산으로 가겠네. 자네는 여기서 하루쯤 묵고 나서 산중 도량으로 가보게."

야원선생은 인허에게 당부하고는 준철의 어깨를 두드려주고 큰집을 나섰다. 인허와 준철은 문까지 배웅하고는 다시 방으로 왔다. 그러자 인허의 가르침이 곧바로 시작되었다.

"준철, 마당에 내려가서 자네가 공부한 무술동작을 펼쳐보게!"

마당에는 빗방울이 떨어지고 있었으나 인허는 그것에 전혀 관심을 두지 않았다. 준철도 비를 맞으며 무술동작을 펼치기 시작했다.

마녀의 음모

일지매는 이한영을 만나자마자 그 육체를 취한 것을 한없이 기뻐했다. 세상에 이토록 즐거운 일이 있다니…! 여인의 몸을 더듬고 그 깊은 곳을 파고들어 가는 것은 사람을 때려눕히는 것보다 훨씬 좋았다. 이로써 일지매는 인생의 보람을 하나 더 추가했다. 매일매일 할 수만 있다면…. 이 것이 일지매의 바램이었는데, 그것은 아주 쉽게 이루어졌다.

일지매를 한 번 만난 이한영은 평생 그 같은 남자를 경험해보지 못했다는 것을 몸으로 알았다. 한없이 강한 육체, 그리고 자기 몸을 더할 수 없이 즐겁게 해주는 그것(?)의 능력! 이한영은 행복했다. 몇 개월 전 바닷가 콘도에 출현했던 일지매! 이는 하늘이 내려준 선물이자 축복이었다. 영원히 소유하며 행복을 누리리라!

이한영은 일지매를 자주 불렀고 일지매는 부르면 언제든 달려왔다. 오늘은 일지매가 5번째 오는 날이었다. 이한영은 일지매가 좋아하는 스타일로 몸을 치장하고 기다렸다. 일지매는 여자가 진하게 화장하는 것을 좋아했고, 옷은 반드시 치마를 원했다. 그리고 자극적인 색깔을….

이한영은 몸 치장의 명수였고, 옷을 벗고 그 짓을 하게 되면 남자의 혼을 완전히 뺏는 기술이 있었다. 환상적인 몸놀림으로 일지매를 쾌락의 늪에 빠뜨려 꼼짝달싹할 수 없게 만드는 것이다. 일지매는 그 쾌감에 목숨을 바쳐도 좋다고 생각했고, 평생 이한영의 노예가 될 것을 다짐했다.

일지매는 정시에 문을 두드렸다. 이어 이한영이 나타나고 두 사람은 순식간에 몽롱한 상태가 되어 침실로 곧장 빨려 들어갔다. 이어지는 쾌락의 향연, 두 사람은 한동안 꿈에 빠져 있다가 겨우 탈출(?)했다. 두 사람 모두 끝없이 그 짓을 하고 싶지만 이한영은 자제를 할 수 있었다. 만약 일지매가 하자는 대로 계속한다면 두 사람 모두 사망에 이를 수도 있는 것이다. 하지만 이한영은 자신의 목숨을 위해 자제하고 또한 일지매를 애타게 하기 위해 자제한다.

오늘도 힘겹게 일지매를 밀쳐내고 침실 밖으로 나와 앉았다. 탁자에는 고급 양주가 안주와 함께 준비되어 있었다. 일지매는 술을 좋아했고 주량은 한이 없었다. 이한영 역시 술이라면 누구에게도 지지 않았다. 두 사람은 서로 사랑스럽게 바라보며 술잔을 몇 번 기울였다.

그러고는 대화를 시작했다. 두 사람 간의 대화는 언제나 이한영이 이끌었고, 세상 물정에 어두운 일지매는 그 모든 것에 순응했다. 그런데 오늘 이한영은 색다른 주제를 들고 나왔다. 이것은 이한영이 계획했던 일, 몇 달 전 콘도에서 이미 생각해둔 것이었다.

"일매!"

이한영은 일지매를 이렇게 불렀다. 간단하고 애교 있어 보여서다. 일지매는 어느새 이한영을 누나라고 부르고 있었다. 이 또한 이한영이 만들어놓은 수순이었다. 둘 다 좋아했다. 이제 두 사람은 세상에서 가장 가까운 사이가 되었고, 이한영은 이것을 이용할 준비가 되어 있었다.

이한영은 처음부터 일지매를 쾌락의 늪에 빠뜨릴 자신이 있었고, 또한 일지매를 자신의 뜻대로 조종할 자신이 있었던 것이다. 물론 일지매의 몸을 항상 사용(?)할 수 있다는 것이 가장 중요하지만, 그 못지않게 일지매를 다른 목적으로 이용할 음흉한 야망도 있었다.

"일매! 오늘은 할 말이 있어…."

"…."

일지매는 듣고만 있었다. 감히 다른 생각을 할 겨를이 없었다. 이한영은 쾌락의 여신이었고, 일지매에게는 이를 저항할 힘이 없었다. 그토록 강한 일지매가…. 이한영의 말이 들려왔다.

"일매는 부자를 싫어하지?"

"음, 누나. 그놈들은 다 죽어야 돼."

일지매는 순식간에 분노를 표출했는데, 이한영은 애교 있게 제지했다.

"잠깐만, 일매. 나도 부자들이 싫어. 그런데 일매가 하는 일은 너무 시시해…."

"뭐? 누나, 그게 무슨 말이야?"

일지매는 자존심이 상한 듯 다급해졌다. 이한영의 말이 이어졌다.

"쩨쩨하단 말이야. 주먹 몇 대 휘두른다고 세상이 바뀌겠어?"

세상을 바꾼다! 이 말에 일지매는 눈이 번쩍 뜨였다. 이것은 일지매가 항상 꿈꾸던 일이 아니던가! 일지매는 세상에 있는 모든 부자들을 벌주고 가난한 사람도 활개 칠 수 있는 그날이 오기를 기대했던 것이다. 그런데 이한영이 오늘 그 일을 얘기한다. 일지매는 최대한의 관심을 갖고 질문했다.

"누나, 그럼 어떻게 해야 되는데?"

이한영이 슬픈 표정을 지으며 대답했다.

"일매, 그들은 아주 나쁜 놈들이야. 부자들 때문에 가난한 사람은 괴롭힘을 당하지…. 그들은 죽어야 돼…!"

죽어야 한다는 것! 이것이 이한영이 말하고자 하는 핵심사항이었다. 이한영은 자신의 마음을 밝혀 놓고 일지매의 반응을 살폈다. 일지매는 크게 찬동하는 자세를 취했다.

"맞아. 그들은 죽어야 돼. 나는 그동안 뭐했지…? 나 참…."

"일매, 침착하게 들어. 세상에 죽일 놈은 많아. 하지만 신중해야 돼. 함부로 사람을 죽일 수는 없잖아! 조심해야 되는 거야. 내 말 알겠니?"

"응, 누나. 나는 그저 누나가 시키는 대로 하면 되잖아! 그렇지?"

"그래, 그래…. 일매, 고마워…."

이한영은 감동의 눈물을 흘렸다. 아니, 계획된 눈물이었다. 일지매는 자리에서 일어나 이한영의 곁으로 와서 조용히 끌어안았다. 여인의 가련한 모습은 남자에게 마약(?)이 아닌가! 이한영은 자신을 감싸고 있는 일지매의 손을 잡고 말했다.

"일매, 세상에 죽일 사람은 내가 잘 알아. 그들은 쉽게 나타나지 않아. 그들은 숨어 산단 말이야."

"음? 숨어 산다고?"

"그래, 그동안 일매가 만난 사람들은 조무래기야. 진짜 나쁜 놈들은 따로 있다고…!"

"…."

일지매는 혼자 고개를 끄덕이면서 깊게 생각하고 있었다. 이한영은 몸을 슬쩍 빼내며 말했다.

"일매, 저쪽에 가서 앉아. 할 얘기가 더 있어…."

"…."

일지매는 건너편으로 와서 의자에 앉았다. 이한영이 말했다.

"일매! 그리고 말이야…. 세상 어딘가에는 평등한 나라가 있어. 그런 곳에서 살고 싶지 않니?"

"누나, 내 소원이 그거야. 부자들이 다 죽고 평등한 세상! 그것은 우리 어머니도 꿈꾸던 거지. 누나도 그래?"

이한영은 고개를 끄덕이고는 말을 이었다.

"일매, 그 얘기는 나중에 하자. 우리 놀러 나갈까? 누나가 좋은 데 데려갈게."

얼마 후 두 사람은 팔짱을 끼고 오피스텔을 나왔다.

256

준철의 공부

인허는 준철의 무술을 살펴본 후 평을 해주었다.

"애야, 연습이 많이 부족하구나. 동작의 뜻을 음미해야 하고, 수련 중에는 잡념이 없어야 해. 몸은 여기 있는데 마음은 어디 가 있는 게야?"

인허의 자상한 가르침에 준철은 각오를 더 다졌다. 인허가 말했다.

"무술은 하루도 쉬지 않고 계속 이어가야만 터득되는 것이야. 오늘은 그만 됐으니 올라오너라."

준철은 마루에 올라왔다. 옷은 비에 젖어 흥건하지만 인허는 유의하지 않고 그냥 앉으라고 하고 다른 공부를 시작했다.

"《손자병법》을 읽었나?"

"네."

"《오자병법》을 읽었나?"

"네."

"《육도삼략》을 읽었나?"

"네."

"《황제소서》는 읽었나?"

"네."

"《삼국지》를 읽었나?"

"네."

"《초한지》를 읽었나?"

"네."

준철은 그동안 제법 책을 읽은 것 같았다. 인허는 만족을 표시하고 다시 말했다.

"애야, 오늘날 책은 아주 많고 구해보기도 쉬워. 도서관에 가면 책은 얼마든지 있을 터…. 수많은 동서고금의 군사작전을 모두 통달해야 해. 나는 병법을 조금 공부했으나 너에게 가르칠 게 별로 없구나…!"

"네? 선생님, 무슨 말씀이신지요?"

"음, 병법은 책만 읽어서 되는 게 아니지. 많은 연구가 필요하단다. 유중스승님께서는 네가 특별히 병법을 공부해야 한다고 당부하셨다. 신명을 다해야 할 것이야."

"네, 선생님. 뼈에 새기고 불철주야 죽을힘을 다해 공부에 매달리겠습니다. 항상 가르침을 주십시오!"

준철은 이를 악물고 예의를 갖추어 말했다. 인허는 속으로 생각했다.

'이 아이는 벌써 도인의 면모를 갖추어 가는구나! 필경 스승께서는 준철의 인간됨을 파악하셨을 테지…. 그런데 내가 과연 이 아이를 가르칠 자격이 있을까…!'

인허는 고개를 가로젓고는 다시 말했다.

"애야, 주역은 어떻게 공부하고 있니?"

"네, 생활 속에서 항상 괘상의 뜻을 음미하고 있습니다. 원전은 다 읽었으나 아직 그 뜻에 접근하지 못하고 있습니다."

"허, 그런가? 주역은 원래 그래. 성인聖人의 학문이니 역량을 다해 연구해보게. 나도 30년 이상 주역을 공부했는데, 아는지 모르는지 모르겠구나. 허허…."

"…."

준철은 인허의 겸손에 대해 몸 둘 바를 몰랐다. 인허가 다시 말했다.

"애야, 나는 틈나는 대로 너에게 무술을 가르쳐주마. 그리고 명상의 기법도 전수해주겠다. 하지만 병법과 주역은 스스로 터득해야 해…."

준철은 영문을 몰라 그저 고개를 숙일 뿐이었다. 인허의 말이 이어졌다.

"애야, 나는 산중 도량에 다녀올 텐데, 앞으로 이곳은 몇 사람의 도인들이 머물게 될 것이야. 함께 공부하면 좋겠지…. 그리고 이 집은 상당히 넓은데, 필경 고곡스승님이 오늘날 일을 미리 준비해두신 것 같구나. 너의 생각은 어떠하니?"

"네? 선생님, 어찌 저의 생각을 물으십니까! 저는 아무것도 모릅니다. 하지만 집이 크기 때문에 언젠가 사람들이 많이 올 것이라는 생각은 해봤습니다."

"음, 아무튼 좋네. 나는 내일 새벽에 떠날 것인즉, 떠나는 것은 보지 않아도 되네."

"…."

준철은 고개를 천천히 끄덕이고는 조용히 물었다.

"선생님, 오늘은 이곳에 머무실 텐데 지금 식사를 준비해 올릴까요?"

"음? 식사는 필요 없네. 며칠 전에 한 번 먹어두었으니…. 그럼 너는 네 방으로 가서 쉬도록 해라."

준철은 물러 나왔다. 인허는 즉시 방문을 닫고 벽을 향해 정좌했다. 명상에 들어선 것이었다. 이 순간 인허의 마음은 깊게 가라앉고 황정에 머물렀다. 시간은 바깥세계에서만 흐르고 있을 뿐이었다.

통일은 언제 오는가?

조선민주주의인민공화국 특수보안국 강민형 대위는 인근 도시에 있는 자신의 친할아버지를 찾았다. 강민형의 할아버지는 현재 암호명 피닉스로 활동하고 있는 살아 있는 전설이었다. 강민형은 어려서부터 할아버지를 좋아했고, 그에 의해 피닉스 단원이 되었던 것이다. 강민형이 피닉스를 찾은 것은 지난번 미국으로부터 온 비밀장비를 나른 후 그동안의 경과를 알기 위해서였다.

"할아버지!"

"민형아."

두 사람은 힘껏 끌어안았다. 그런데 강민형은 할아버지가 그동안 많이 쇠약해졌다는 것을 느꼈다. 남북 대결이 시작된 이래 최고의 영웅인 피닉스도 세월은 어쩔 수 없었던 것이다. 머지않아 90세가 될 노인! 강민형은 내심 서글픔을 느꼈으나 겉으로는 씩씩한 모습을 보여줬다.

"할아버지, 저 휴가 받았어요. 며칠 놀다가 가도 되죠?"

피닉스는 고개를 끄덕이고는 손자의 대견한 모습을 찬찬히 살펴보았다. 그리고 이어지는 사랑스런 한마디.

"민형아, 별일은 없지?"

이 말은 강민형이 재미있게 잘 지내느냐를 묻는 한편 피닉스 관련 문제가 발생하지 않았으냐는 질문인 것이다. 강민형은 말없이 엄지손가락을 보여줬다. 그리고 주변을 슬쩍 살피며 말했다.

"할아버지, 우리 저쪽으로 산책해요."

두 사람은 집에서 조금 떨어진 곳으로 왔다. 그러자 강민형이 목소리를 낮춰 말했다.

"할아버지, 이곳에 도청장치 같은 것은 설치되어 있지 않아요?"

"허허, 녀석. 이 할아버지는 그 분야의 전문가란다. 거의 매일 철저히 점검하고 있어. 게다가 나는 국가의 큰 유공자인데 누가 나를 감시하겠니? 나에게 그런 짓을 하려면 김정은 위원장의 허가가 있어야겠지…. 또한 그런 일이 있었다면 너희 아버지가 벌써 알아차렸을 거야. 안심해라."

"네, 할아버지. 저는 습관이 되어서 그래요. 물어볼 말이 많아서 일부러 휴가를 냈어요."

"그래? 무엇이 알고 싶은데?"

"할아버지, 물건은 필요한 곳으로 배달되었나요?"

"음, 현재 이상 없이 배달되고 있단다. 그리고…."

"…."

"나의 큰 임무도 이미 마친 상태야. 나는 평생 모아둔 정보를 CIA에 전송했어. 그것은 남북 대결에 크나큰 기여를 할 것이라 나는 생각해. 미국 측이 그 정보를 적절히 활용하겠지."

"네, 할아버지. 아주 큰일을 하셨네요. 앞으로 할 일은 뭐예요?"

"음, 나는 할 일을 다 했어. 이제 증거를 지우고 죽을 준비나 해야겠지…."

"네? 할아버지, 안 돼요…! 오래오래 사셔야죠. 남북이 통일될 날까지 말이에요."

"녀석, 내 나이 이제 90세가 가까워. 몸에 병도 있고…. 내 시대는 끝났어. 너의 세대가 행복을 누리는 것이 나의 소원이란다…."

"할아버지, 알았어요. 어쨌건 죽는다는 말은 하지 마세요."

강민형은 이 말을 하면서 할아버지의 손을 꼭 잡아주었다. 피닉스는 먼 하늘을 보고 있었다. 죽을 날을 감지하고 있는 것일까! 두 사람은 물가가 보이는 곳까지 걸어갔다. 주변에 보이는 사람은 없었다. 이곳은 아주 한적한 마을로 경치가 좋고, 피닉스가 젊어서부터 좋아하던 곳이다. 두 사람은 한동안 말없이 흘러가는 냇물을 바라보다가 돌연 강민형이 침묵을 깼다.

"할아버지, 통일은 언제 이루어질까요…?"
이것은 강민형이 오래 전부터 품어온 의문이었다. 또한 피닉스도 이 일을 위해 평생을 바치지 않았던가! 통일! 이는 우리 민족 모두의 염원이었다. 손자의 질문에 피닉스는 손자를 빤히 쳐다보며 되물었다.
"통일이라고 했니? 그래, 그것이 가장 중요한 문제지. 내가 대답해주마. 그 전에 너에게 몇 가지 묻겠다. 잘 생각해보고 대답해라. 민형아, 통일이 이루어진다고 가정해보자. 그렇다면 어떤 식으로 이루어질 것 같으니? 통일의 시나리오 말이다. 네 생각부터 들어보자꾸나…."
"…."
강민형은 잠시 머뭇거리고 있었다. 그러자 피닉스가 다시 말했다.
"쉽게 얘기해보자. 민형아, 네 생각에는 김정은이 '난 은퇴할 테니 당신들이 알아서 통일을 하든지 말든지 하시오.'라고 할 것 같으니?"
"네? 할아버지, 그럴 리가 있어요? 농담하지 마세요, 하하."
"그래, 좋다. 너의 생각을 물어본 것뿐이야."
피닉스는 심각하게 말을 이었다.
"얘야, 너는 남한이 북한을 침공해서 전쟁을 승리로 이끌면서 통일을 이룩할 수 있을 것이라고 보니?"
"아니요, 할아버지."

"그럼 북한이 남한을 공격해서 통일을 이룩할 것 같으니?"

"절대 그렇게는 되지 않겠지요. 남한은 미국이 있고 국제사회가 돕고 있어서 절대로 지지는 않을 거예요."

"그래, 좋아. 전쟁으로는 통일이 안 될 것 같다는 거지?"

"네!"

강민형의 얼굴에는 웃음기가 사라지고 있었다. 그동안 통일을 쉽게 생각하고 있었던 것인데, 막상 통일의 시나리오를 생각해보니 마땅히 떠오르는 모양이 없었다. 피닉스가 다시 말했다.

"민형아, 너의 생각에는 북한이 굶어죽을 거라고 보니?"

"아니요, 할아버지. 북한 경제는 점점 좋아지고 있는 중이에요!"

"그 말이 맞아. 그럼 김정은이 병으로 곧 죽을 것 같니?"

"아니요!"

"그럼 북한에서 민중봉기가 일어나 체제가 무너질 것이라고 보니?"

"그럴 일은 절대 없어요. 현재 체제는 점점 강해지고 있어요. 진심으로 김정은을 따르는 무리도 많아지고 있고요…."

"음, 다시 묻겠다. 러시아나 중국이 군대를 보내 남한을 없애버릴 것 같으냐?"

"하하, 아니요. 그들은 오히려 남한과 더 가까워지고 있는 중입니다."

"좋아, 그렇다면 UN이 강제로 통일시켜줄 것 같으니?"

"아니요. UN이 그럴 능력이 있겠어요?"

"그럼 남한이 돈을 많이 주면 북한이 남한 뜻대로 통일시켜줄 것 같으니?"

"아니요. 돈을 준다고 북한이 항복하지는 않아요!"

"그렇지. 다른 시나리오를 생각해보자. 민간교류가 확대된다고 해보자. 그러면 자연스럽게 북한이 통일하자고 할 것 같으니? 그리고 김정은은 곱게 물러날까?"

"아니요. 김정은은 죽으면 죽었지 절대 물러나지 않아요."

강민형의 얼굴이 점점 어두워지는 가운데 피닉스가 이어갔다.

"남북한이 통일문제를 선거로 해결할 것 같으니?"

"아니요, 지금 상태에서 선거로 통일하자는 얘기는 우스운 얘기예요. 남북한 모두 반대하겠지요. 물론 북한은 절대 반대일 것이고요."

"좋아. 그럼 네가 생각해본 통일 시나리오를 얘기해보거라. 할아버지는 듣고만 있을게."

"…."

강민형은 아무 말도 못하고 있었다. 피닉스가 다시 말했다.

"생각이 안 떠오르는 모양이구나. 그럼 다른 얘기를 해보자. 만일 말이다. 남한이 북한에 대량 원조를 하고 민간교류도 확대되고 북한경제도 충분히 좋아진다면 저절로 통일이 될 것 같으니? 김정은은 어디로 가고?"

"하하, 할아버지. 통일은 쉬운 문제가 아니군요. 저는 통 모르겠어요. 할아버지는 좋은 생각이 있으세요?"

강민형은 이렇게 말하고 피닉스를 빤히 쳐다봤다. 피닉스는 우울한 음성으로 대답했다.

"나야 좋은 생각이 있지. 하지만 남북한 모두 그것을 깨닫지 못하고 있어."

"뭔데요?"

"얘야, 남북한이 서로 대화를 한다고 하자. 이때 남한이 북한한테 말고 김정은에게 줄 수 있는 것이 무엇이니?"

"네? 할아버지, 그건… 북한이 남한에 의해 부자가 되면 김정은이 부자가 되는 것이지 않나요?"

"그렇지. 그렇다면 김정은이 남한에 주는 것이 무엇일 것 같으니?"

"평화요!"

"그럴 테지. 남북대화는 평화를 이끌어내겠지. 하지만 그것은 일시적일 뿐이야. 통일하고는 관계가 없어. 실컷 배부른 김정은은 그 힘을 가지고 더 강해질 뿐이야. 통일은 더욱 멀어지고…. 알겠니?"

피닉스가 돌연한 질문을 하자 강민형은 머뭇거렸지만 고개를 끄덕이며 찬동을 표시했다. 남북대화는 평화를 이룩할 수는 있어도 통일을 이끌어내지는 못한다는 것! 결국 더 강한 북한이 되어 남한은 속수무책이될 것이다. 김정은은 남한에 의해 북한이 부자가 되면 그것이 고맙다고 해서 자신은 물러나고 순순히 통일을 찬동하지는 않을 것이다. 피닉스가 말했다.

"남한은 지금 통일을 위한 접근방법을 모르고 있어. 당장의 평화는 절대 지속되지 않아. 북한에게 조공을 바치는 형식으로 평화공세를 이어가봤자 적을 강하게 만들어주는 것뿐이야. 통일은 별개 문제이지!"

"네, 할아버지, 알겠어요. 통일은 쉬운 문제가 아니군요. 할아버지가제게 얘기해주지 않으니까 저는 모르겠어요. 좀 더 연구해볼 문제인 것같아요. 우리 집으로 돌아가요. 제가 맛있는 음식 해드릴게요!"

두 사람은 서로 바라보고 미소를 짓고는 집을 향해 걸어갔다. 통일은언제 어떻게 이루어질 것인가?

거리의 독립군

도인 인허는 다음 날 미아리 큰집을 나와 광화문으로 향했다. 서점에 들러 구할 책이 있는가를 찾아보기 위해서였다. 그런데 인허는 이곳에서 이상한 광경을 보았다. 아주 많은 사람이 모여 무엇인가 열심히 외쳐대고 있는 것이었다.

인허는 신기하게 생각하고 좀 더 가까이 다가가서 내용을 살펴보니 그들은 대한민국 정부를 심하게 질타하고 있는 중이었다. 대통령에게도 욕설을 해대고 있었다. 인허는 너무 놀란 채 현장을 빠져나왔다.

'저렇게 많은 사람이 대한민국을 공격하고 있구나!'

인허는 심하게 불길함을 느꼈다. 당금 우리나라는 위기를 향해 질주하고 있는데 저들이 그것을 앞당기고 있는 것처럼 느껴진 것이다. 아니, 저들의 행동이 바로 우리나라를 전쟁으로 몰고 가는 원인이 아닌지…!

인허는 몰랐던 것이지만 저들은 거리의 독립군이라고 불려진다. 거리의 독립군은 대한민국으로부터 독립하려고 애쓰는 무리를 일컫는데, 예전의 독립군하고는 양상이 크게 다르다. 예전의 독립군은 일본을 몰아내려고 애썼다. 하지만 지금의 독립군은 대한민국을 몰아내려고 애쓰는 것이다.

옛날에는 독립군이 되면 몹시 위험했다. 일본은 총칼로 무자비하게 독립군을 몰아내었기 때문이다. 그들은 목숨을 바쳐 우리 대한민국을 되찾기 위해 노력했었다. 지금의 독립군은 어떤가? 이들은 총칼 앞에 나서는 것도 아니다. 아무런 위험도 없고 독립자금(?)은 무한히 많다.

그런데 이들은 아무런 명분도 없이 싸우고 있는 것이다. 그들은 도대체 누구 편인가? 대한민국이 망하면 그들은 무슨 이익을 얻는단 말인가! 우리 모두는 일제 강점기를 거쳐 겨우 되찾은 조국에서 살고 있다. 아주 잘 살고 있는 것이다. 순식간에 일구어낸 국민의 저력! 우리나라의 발전은 세계가 부러워하는 중이다. 그러나 거리의 독립군은 이를 예전의 그 참담했던 세월로 되돌리려고 하고 있다.

일본은 아직도 우리를 넘보고 있다. 가까이 북쪽에서는 핵무기까지 준비해놓고 대한민국을 말살시키려 하는 중이다. 어디 그뿐이랴? 화산족의 거대한 중국은 우리 단군민족을 통째로 집어삼킬 궁리를 하고 있다. 그러나 우리의 적은 그나마 조금 멀리 있다. 하지만 거리의 독립군은 코앞에서 대한민국을 무너뜨리고 있는 중이 아닌가!

그들은 얼마나 잘났을까? 어째서 평온한 대한민국을 거부하는가! 평화를 못 견디는 거리의 독립군은 자신들은 착하고 대한민국은 몹쓸 존재라고 보고 있는 것이다. 과연 그럴까! 예전의 독립군이 그립다. 그들은 대한민국을 다시 세우려고 얼마나 고생했던가! 지금의 독립군은 예전의 독립군의 자손이 아니던가!

하기야 위쪽을 무조건 공격하는 민족의 습성은 고치기 어려울 것이다. 거리의 독립군은 자기편을 공격하는 자가면역질환에 걸려 있다. 누가 대한민국을 사랑하고 민족을 지켜낼 것인가? 제발 거리의 독립군은 그들의 힘을 진정한 우리의 적을 향해 발휘하기를….

천지신명이시여, 우리 대한민국을 보존해 주시옵소서! 대한민국은 단군족의 대표기관이 아닙니까!

김정은의 다짐

북한 최고지도자 김정은은 남북 긴장상황이 해소되자 크게 안도하고 백두산 납치사건의 마무리에 집중했다. 그렇다고 특별히 할 일이 있는 것은 아니었다. 사건의 성격상 크게 떠들어댈 일이 아니었기 때문이었다. 상대방이 누구였든 간에 감히 김정은을 납치하려 했다는 것은 그 자체로 위신이 손상되는 일이었다.

마침 사건은 별것 아니었다. 평양 근방의 하급 보안부대의 대령 한 명이 독단적으로 저지른, 거의 정신이상 수준의 책동이었던 것이다. 그 대령은 오랜 세월 업무경험에서 한 가지 사실을 감지했다. 그것은 북조선 사회가 너무나 비밀에 싸여 있어서 이웃에서 일어나는 일조차 감지하기 어렵다는 점이었다.

누가 만일 김정은을 납치하고 그를 협박해서 당군 고위지도자 몇 명을 비밀리에 소환하고 그 자리에서 혁명을 일으켜도 어려운 일은 없는 것이다. 현재 북한 지도부는 누가 어떤 마음을 품고 있는지 알 길이 없고 밀실에서 새로운 상황이 발생하면 그에 추종할 수밖에 없다. 특히 김정은을 구금하고 있다고 현장에서 발표하면 뒤 배경이 무서워서 따르게 되어 있는 것이다. 지나친 폐쇄주의는 이러한 폐단이 있는 것이다. 남한에서라면 대통령 한 사람을 납치했다고 해서 쉽사리 혁명이 성사되지는 않을 것이다.

아무튼 납치시도 사건은 조용히 마무리되고 있는 중이었다. 사건현장의 경호원들은 벼락출세를 꿈꾸는 망상을 가진 자들로서, 얼떨결에 끌어들였던 것이다. 목수 두 명이 원흉이었다. 이들은 가족들이 북한 당국에 의해 처형되었는데, 그에 대한 원한을 품고 있던 중 군 보안대 대령을 조우하게 된 것이다. 대령은 이들을 이용하기로 마음먹고 그들의 출신 성분을 가려주고 힘을 합쳤다. 하지만 이제는 모든 것이 수포로 돌아가고 후회만 남게 되었다. 세상사는 원래 이런 일이 빈번한 법이다.

크지만 작아져야 하는 이 사건은 조용히 막을 내렸다. 모든 것은 철저히 비밀에 부쳐졌다. 그것이 김정은에게 유리하기 때문이었다. 경호총국장도 제자리를 지킬 수 있었고, 특수보안국 사령관 강주혁 대장은 위상이 높아졌다. 그는 대선생의 육감 덕분에 상황을 신속히 대처하여 큰 공을 세운 것이다. 이에 대해 최고지도자 김정은은 속으로 크게 만족하고 있었다.

그러나 김정은이 이 사건에서 얻은 가장 큰 소득은 대선생이다. 그는 누구도 따를 수 없는 충성심을 가졌거니와 그 신통력은 또 무엇이란 말인가! 이는 핵무기보다 더 무서운 힘이었다. 김정은은 며칠 사이에 자신의 왕국이 더 강해졌다는 것을 느꼈다. 대선생만 있으면 미국이든 중국이든 남한이든 무서울 것이 없다.

김정은은 늦게나마 대선생을 크게 치하하고 포상했다. 하지만 대선생은 물욕도 없었고 권력욕이나 명예욕도 없었다. 오로지 김정은에게 충성하는 존재일 뿐이다. 김정은은 대선생의 은혜를 잊지 않겠다고 속으로 굳게 다짐하고 있었다.

극비여행

한반도의 시간이 흐르고 있었다. 이 시간은 이 세상 모든 곳에 흐르고 있는 것이다. 오늘의 시간은 겉으로 보기에는 평온했다. 하지만 특정한 곳으로 흘러가는 한반도의 시간은 파멸을 담고 있었다. 그날이 언제인지는 아무도 모른다.

사람은 각자의 미래를 위해 그저 열심히 살아갈 뿐이다. 시간은 미리 알 수 없는 사건을 싣고 와서 세상에 계속 쏟아붓는다. 그리고 출현한 사건은 파장을 일으켜 넓은 곳으로 퍼져가고, 이 파장은 역사를 만들어간다. 오늘은 한반도에 어떠한 역사가 있을 것인가?

대한민국의 최고 기밀을 다루는 국가정보원 원장은 은밀한 전화를 받았다. 이는 부관을 통하지 않고 직접 받을 수 있는 개인 극비전화였다. 전화가 온 곳은 미국 CIA. 잭슨 국장이 직접 걸어왔다.

"안녕하시오….".

잭슨 국장의 목소리에는 친절이 담겨 있지만 내면에 긴장이 흐르고 있었다. 대한민국 국정원장이 받고 있는 이 전화회선은 으레 긴장이 담겨 있게 마련이었다. 두 사람 사이에 가벼운 인사가 오가고 잭슨 국장은 용건을 말했다.

"원장님, 미국을 한번 방문하시지 않겠습니까?"

방문? 국정원장은 이 단어를 듣자 심각한 상황이 발생했거나 아주 중요한 정보가 있을 것이라고 직감했다. CIA국장이 이렇게 직접 전화하는 일은 좀처럼 없었다. 아무도 알아서는 안 되는 극비정보가 있는 것이 분명해 보였다. 국정원장은 명쾌히 대답했다.

"가야 할 일이 있으면 가야겠지요. 급한 일인가요?"

"아니, 뭐…. 급하다기보다는 기밀을 요하는 일이기 때문입니다. 원장님을 제외하고 그 누구도 믿어서는 안 되는 일이라서…."

"알겠습니다. 오늘 밤에 떠나는 비행기 편을 알아보겠습니다. 그쪽에서 마중을 나올 건가요?"

"물론입니다. 미국에 오는 것을 가급적 최소한의 인원만 알았으면 합니다."

전화는 이렇게 끝났다. 직접 방문! 이는 상당히 심각한 문제일 때만 이루어지는 것이다. 대부분의 업무는 통신을 하거나 요원의 파견으로 이루어진다. 또는 미국대사관의 담당자가 나서는 경우도 있다. 하지만 국가정보원장이 직접 CIA 본부를 방문해야 한다면 이는 그 누구도 믿을 수 없다는 뜻이고, 또한 국정원 내에 배신자가 있다는 뜻이기도 하다. 일반적인 정보 경로는 그 누군가에게 노출될 수 있으므로 신중을 기하는 것이다. 얼마 후 대한민국 국정원장은 조용히 사무실을 빠져나와 어딘가로 사라졌다.

작지만 큰 사건

며칠 전 마포에 있는 한 고등학교에서 자그마한 사건이 있었다. 국어 시간이었는데 이 학교에서 30년이나 근무한 선생님이 수업을 하고 있었다. 그런데 교실 뒤쪽에서 코고는 소리가 들려왔다. 한 아이가 자면서 낸 소리이다.

애들이 수업시간에 자는 것은 흔한 일이지만 코 고는 소리까지 크게 내는 것은 좀 이상했다. 물론 자고 있는 아이가 일부러 내는 소리는 아니다. 그저 편안히 자는 중에 낸 소리일 뿐이다. 그 옆의 아이는 그림을 열심히 그리고 있었는데 자는 애를 깨울 생각은 하지 않았다. 선생님은 이런 광경은 매일 봐왔던 터라 처음엔 그냥 내버려두려 했었다.

오늘날 학교교육은 이미 교사들이 참견할 일이 아닌 것이 되어버렸다. 아이들은 참교육인지 교육혁신인지 때문에 완전히 자유로운 상태다. 수업시간에 잠을 자든, 그림을 그리든, 카톡을 하든 이것을 건드리면 민주주의 원칙에 위반된다는 것이다.

지금 이 교실에서 수업을 주관하는 선생님도 이것을 잘 알고 있었다. 학생을 건드리면 큰일 난다. 멀리서는 학부형이 난리 치고, 당장 교실에서는 학생이 대든다. 오늘 수업을 담당하고 있는 국어선생님은 학교생활을 오래했기 때문에 모를 리 없었다. 학생은 손님이고 교사는 이들을 맞이해 시간만 때우면 그만인 것이다.

하지만 오늘 잠자는 아이는 코를 너무 심하게 골았다. 그뿐 아니라 잠꼬대까지 하는 것이었다. 선생님은 참으려고 했지만 공부를 제대로 하는 다른 아이들을 위해 한마디 하지 않을 수 없었다. 좀 조용히 자라고….

그런데 아이는 잠결에 선생님이 자기에게 조용하라고 야단치는 소리를 들었다. 감히 교사가 학생에게 야단을 치다니! 학생은 잠을 깨면서 소리를 질렀다.

"아, 씨발…. 네가 뭔데 참견해!"

선생님은 할 말을 잃었다. 오늘날 모든 학교에서 학생들은 제멋대로지만 이를 말려서는 안 되는 줄을 깜빡 잊고 있었던 것이다. 잠자던 학생은 다시 잠들었지만 선생님은 어처구니가 없어 수업을 더 이상 진행할 수가 없었다. 그래서 수업을 일찍 끝냈는데 이것이 또 문제가 되었다. 이번에는 교장선생이 한마디 하는 것이었다.

"선생님, 학생을 상대로 너무 심하게 하지 마세요. 아시겠어요?"

"네, 네…. 다음부터 조심하겠습니다."

사건은 이 정도로 끝났다. 하지만 이것은 작은 일이 아니었다. 이는 우리 민족이 지금 파멸로 가는 분명한 징조였다. 학교에서 창궐하는 파멸의 징조는 이뿐 아니다. 교과서는 더 큰 문제였다. 대부분의 교과서는 김일성의 주체사상을 담고 있어서 아이들은 북한의 이념을 따르고 있는 것이다. 이 아이들은 좀 더 크면 거리의 독립군이 된다. 물론 이런 아이들이 집안 어른에게 효도할 리 만무하고 또한 국가에 충성할 리도 없다.

더 큰 문제는 많은 국민이 이들을 옹호하고 그 세력을 더 키워나가는 중이라는 것이다. 대한민국 정부도 이들의 난동을 막지 못하고 있다. 뼛속까지 물들어 있는 이들의 사상을 감당할 수가 없는 것이다. 이래저래 단군민족은 안으로 썩어가고 있는 중이다.

이를 바라보고 있는 북한 당국은 좋아하며 성원을 보내고 있다. 북한은 남한이 자멸하기를 기다리는 한편 남한의 분열이 극대화되면 군대를 보낼 준비를 해놓았다. 단군민족은 이렇게 멸망해가야 하는가!

위험한 정보

미국 버지니아 주 랭글리 CIA 본부. CIA국장 잭슨은 태평양을 건너온 귀빈을 만나고 있었다. 국장실 문 앞에는 보안등이 켜져 있는데, 이는 아주 중요한 극비회합이 진행 중이라는 뜻으로, 방해하지 말라는 신호다. 물론 CIA국장이 집무하고 있는 곳인 이 지역은 전부가 이미 특별보안지역이어서 몇 단계 비밀문을 통과해야 들어설 수가 있다.

귀빈은 방금 도착한 듯 서로 악수를 나누고 간단한 안부를 묻고 있다. 두 사람 외에 배석자는 없었다. 찻잔도 CIA국장이 직접 건네었고, 두 사람은 널찍한 테이블 앞에 앉았다. 귀빈은 동양인으로 한국의 국정원장 최우섭이었다. CIA국장이 먼저 말을 건넸다.

"먼 길을 오시느라 수고 많았소. 여행 중 불편은 없었는지요?"

인사치레일 뿐 별 뜻 없는 말이다. 표정도 무덤덤하다. 국정원장은 궁금한 마음을 억제하며 CIA국장이 본론을 꺼내기를 기다렸다. 머나먼 미국까지 부른 것을 보면 아주 중요한 정보가 분명했다. 잭슨 국장은 자신의 앞에 있는 서류를 뒤적이는 듯하더니 갑작스럽게 서두를 꺼냈다.

"원장님, 당신을 믿을 수 있습니까?"

국정원장은 놀랐다. 그리고 도무지 무슨 뜻인지 알 수가 없었다. '믿을 수 있느냐?' 이는 예의에도 어긋나고 내용도 불분명한 질문이었다. 하지만 원장은 애써 미소를 지으며 대답했다.

"나에 대한 우리 정부의 신임을 묻는 것이라면 나는 그렇다고 대답할 수 있습니다. 국장님, 좀 더 구체적으로 얘기해주실 수는 없는지요?"

이 말에 잭슨 국장은 약간 미소를 지으며 대답했다.

"미안합니다. 내가 말한 뜻은 우리가 제공할 정보가 한국 신문에 실리지 않겠느냐고 물은 것입니다. 우리는 솔직히 국정원을 신뢰할 수 없습니다. 걸핏하면 정보가 새어 나가기 때문입니다. 아시겠습니까?"

국정원장이 생각하기에는 CIA국장이 단단히 벼르고 얘기하는 것 같았다. 하기야 대한민국 국정원의 1급 정보는 정치인들에 의해 새어나가기 일쑤였다. 또한 누군지는 모르지만 국정원 직원이 기자들에게 정보를 흘리는 일도 적지 않았다. CIA국장은 이것을 말하고 있는지…? 국정원장은 잭슨 국장의 비위를 건드리지 않으려고 사뭇 조심했다. 지금의 말투를 봐서 정보를 알려줄까 말까를 생각 중인 것 같아 보였기 때문이다.

잭슨 국장이 더욱 험한 말을 내뱉었다. 잭슨은 최근에 CIA국장이 된 사람으로, 아주 정치적인 인사였다. 게다가 대한민국을 그리 탐탁지 않게 생각하는 사람이었다. 국정원장은 이 모든 것을 감안하여 더욱 조심하고 있는 중이다. 잭슨 국장은 어린아이를 질타하듯 말하고 있었다.

"원장님, 우리는 대한민국의 국정원을 비밀기관으로 보지 않습니다. 너무나 허술합니다. 그래서 우리가 입수한 비밀정보를 나누어주기가 꺼려집니다. 우리의 고충을 알겠습니까?"

"네, 일리가 있는 고충이라고 봅니다."

국정원장이 이렇게 말하자 잭슨 국장은 다소 누그러진 듯 한숨을 내뱉고 말을 이었다.

"우리는 최근 대한민국의 근간을 흔들고 있는 아주 위험한 무리들을 발견했습니다. 이들은 현재 대한민국 국회를 비롯해 사회 전반에 자리 잡고 있습니다. 만약 이들이 조기에 색출되지 않으면 대한민국은 아주 위험할 것이라 우리는 생각하고 있습니다. 현재 대한민국은 위험수위를 넘어섰습니다. 짐작하고 있습니까?"

국정원장은 고개를 끄덕여 수긍을 표시했다. CIA국장이 말하는 내용을 어느 정도 이해했기 때문이었다. 필경 CIA는 대한민국 내에서 활동하는 북한에 소속된 위험한 인물 또는 집단을 포착했으리라…. CIA국장은 국정원장을 가련하다는 표정으로 바라보고는 핵심을 얘기하기 시작했다.

"원장님, 현재 남한에는 북한에 동조하는 강한 집단들이 있습니다. 협조자, 친북, 종북 단체들입니다. 그들은 현재 맹렬히 활동하고 있다는 것이 우리 기관에 포착되었습니다. 원장님께서는 이들을 소탕할 의지가 있습니까?"

"물론입니다. 나는 대한민국을 사랑하는 사람입니다. 중요 정보가 있으면 나눠주십시오. 부탁합니다."

국정원장은 고개를 숙였고 잭슨 국장은 다소 위로하는 듯 말했다.

"원장님, 우리의 정보는 궁극적으로는 국정원에 다 넘겨야 하겠지요. 대한민국 내부의 일이니까요. 하지만 너무나 위험하고 방대한 정보라서 원장님 재직 기간 동안 이를 모두 처리할 수가 없습니다. 적들이 너무 많기 때문입니다. 그리고 머지않아 정부가 바뀌면 이 정보는 남한을 무너뜨리려는 집단이 독점할 것입니다. 국정원은 너무 약합니다. 정부도 마찬가지이지만, 북한이 남한을 위험에 빠뜨리고 있다는 정보가 있는데도 남한 내에서 이를 다룰 힘이 없는 것입니다. 이 점 어떻게 생각하십니까?"

잭슨의 질문은 국정원장을 동정하고 있는 것이었다. 위험한 북한 정보는 남한의 정치인, 기자, 민간단체 등에 의해 공격받을 것이 뻔했다. 현재 남한사회는 북한을 대놓고 공격할 수 있는 상황이 아니었다. 간첩이든 파괴분자든 남한사회는 그들을 오히려 두둔하고 있다. 정치인은 국회에서, 기자는 신문에서, 시민단체는 거리에서 그들을 보호하고 대한민국 정부를 공격하고 있는 것이다. 국정원장은 힘없이 대답했다.

"국장님 말씀에 찬동합니다. 그러나 나는 목숨을 걸고 대한민국을 지킬 것이고, 귀중한 정보가 북한 동조자의 손에 들어가지 않도록 죽을힘을 다해 지킬 것입니다. 친북 정부가 들어서도 나는 이 정보를 지키고 기필코 애국자들에게 이어질 수 있도록 맹세하겠습니다. 정보를 주십시오!"

"…."

잭슨은 고개를 끄덕였다.

"서류를 드리겠습니다. 여기에는 간첩, 북한 동조자, 협조자, 종북 등 많은 사람이 들어 있습니다. 이 서류가 있다는 자체도 비밀을 유지해야 합니다. 대통령도 어쩔 수 없을 테니 처리 가능한 정보를 간추려 정부에 보고하시기 바랍니다. 남한을 파괴하고 북한을 돕는 무리가 너무 많습니다. 대한민국을 위해, 세계의 자유민주주의를 위해 이 정보를 활용해주십시오."

이렇게 되어 피닉스가 평생 수집한 정보 중 간첩, 친북, 종북자 명단의 일부는 국정원장의 수중에 넘겨진 것이다. 물론 잭슨 국장은 피닉스의 존재는 거론도 하지 않았다. 만일 피닉스에 의해 정보가 수집되어 CIA 본부에 전달되었다는 것을 국정원이 알게 되면 이틀쯤 후에 북한에서는 대대적인 피닉스 색출 작업이 시작될 것이다. 잭슨 국장은 이렇게 판단하고 있는 중이다.

부담스러운 정보! 이를 어떻게 활용하여 대한민국을 구할 것인가! 이제 칼자루는 대한민국으로 넘겨졌다. 내부에서 창궐하는 북한의 비밀집단을 한국 정부가 과연 제압할 수가 있을까! 국정원장은 CIA 본부를 빠져나와 비행장으로 향했다. CIA요원은 국정원장을 대한민국까지 밀착 경호할 것이었다.

산중 도량의 변고

도인 인허는 스승을 뵙기 위해 서울을 방문한 지 수개월 만에 자신의 도량으로 되돌아가고 있는 중이었다. 그동안 많은 사연이 있었던바, 희비가 교차했다. 스승님 세 분을 만나 가르침을 받은 것은 더 말할 나위 없는 기쁨이었다. 그러나 스승님으로부터 알게 된 나라의 미래는 괴롭고 슬펐다.

인허는 지금에 와서 생각난 것이지만 서울에 도착하자마자 징후가 좋지 않았다. 거리에서 만난 장애인 아이가 나라의 장래를 물었던 것은 분명 무엇인가 예고하는 것이었다. 천진한 어린아이조차 무엇인가 느낌이 있어 나라의 장래를 걱정한 것이 아닌가!

"우리나라가 어떻게 되겠어요?"

이는 평소 어린아이의 질문일 수는 없었다. 왠지 나라가 걱정되어서 그런 의문이 들었을 것이다. 나에게는 어째서 이런 생각이 한 번도 떠오르지 않았을까! 세 분 스승님은 이미 수십 년 전 내가 태어나기도 전부터 이런 걱정을 하고 있었던 것이다.

'나는 도인의 자격도 없어! 너무 태평하고 게을렀던 것이야…'

인허는 이런 생각을 하며 쓸쓸히 눈을 감았다. 이때 광화문 거리의 광경이 떠올랐다. 많은 사람이 모여 큰일이나 하고 있다는 듯이 대한민국을 공격하는 모습을…. 그들은 나라가 침몰해가는 것을 정녕 모른단 말인가! 북한이 호시탐탐 대한민국을 붕괴시키려 하는 것을 모른단 말인가! 아니, 그들은 적을 돕는 세력 그 자체다. 세상은 이토록 사악하구나!

인허는 소름이 돋는 것을 느꼈다. 하지만 지금 한탄만을 하고 지낼 수는 없는 일이다. 스승님이 부촉한 대로 국난을 막고 단군민족의 앞날을 대비해야 할 때인 것이다.

　인허는 산을 급히 오르고 있었다. 지금 산중에서 수련하고 있는 도제들도 오늘날의 국가상황을 알게 될 것이다. 그들은 얼마나 낙심할까! 이제 우리들의 공부는 어떻게 될까? 공부는 나중 문제이겠지! 세상이 멸망하고 있는데 한가히 자신의 공부에만 매달리는 것은 국가와 민족을 배신하는 일이 아닐 수 없다.

　도인 인허는 애써 마음을 수습하고 산중 도량으로 들어섰다. 최소한 도제들을 만나는 순간만큼은 밝은 모습을 유지해야 할 것이다. 아니, 도인 인허는 몇 개월 만에 도제들을 만나는 그 자체가 즐거워 저절로 밝은 모습이 되었다.

　그런데 산중 도량은 왠지 조용한 느낌이 들었다. 물론 청정한 산중 도량은 언제나 고요한 것은 당연했다. 하지만 몇 개월 만에 돌아오고 있는 인허를 도제들은 마중조차 나오고 있지 않은 것이다.

　'정상적이라면 이들은 내가 산중에 들어서는 순간 감지했을 것이다. 그리고 모두 기뻐하며 마중을 나왔겠지…'

　그런데 지금은 너무 고요하고 쓸쓸한 느낌이다. 도제들은 명상에 잠겨 있는 것일까? 그래도 그렇지, 내가 돌아오고 있으면 누군가 알 수 있었을 텐데…. 인허는 왠지 불길함을 느끼며 마침내 산중 도량에 들어섰다. 아무런 기척이 없었다. 인허는 다급한 마음이 들었다.

　'웬일이야? 무슨 일이 있는 것인가…?'

　인허는 방문을 열어 젖혔다. 아무도 없었다. 방에는 어지럽게 물품들이 널려 있었다. 인허는 마당을 살펴보았다. 그런데 이게 웬일인가? 항아리가 마당에 뒹굴고 있는 것이 아닌가! 여기저기 온통 어지러운 상태였다. 혼란이 휩쓸고 간 자리처럼….

인허는 사방을 둘러보고 인적을 찾아봤다. 그러나 아무런 흔적도 없었다. 인허는 급히 산 위로 올라갔다. 그곳에 도제들이 가끔 올라가 밤을 세던 한적한 장소가 몇 곳 있었던 것이다. 그러나 그곳에도 아무도 없었다.

'사건이 생겼구나!'

인허는 이렇게 결론을 내렸다. 도제들은 위험에 빠졌을 것이다. 아니, 어쩌면 죽었을 수도 있다. 도량 전체에 혼란스러운 흔적들! 인허는 얼굴을 찡그리며 생각에 잠겼다. 무슨 일이 발생했는지를 추리하는 것이다. 몇 번인가 고개를 갸우뚱하고 얼굴을 찡그렸다.

이윽고 인허는 생각을 정리하고 행동에 나섰다. 지금 상황에서 할 수 있는 일은 산중 도량 주변을 샅샅이 탐색해보는 것이 급선무일 것이다. 그런데도 아무런 단서도 찾을 수 없다면 이는 아주 큰 사고가 발생한 것이다. 상상도 하기 싫은 참혹한 사건! 인허는 산 위로 오르기 시작했다. 마음속에는 불안한 파도가 쉬지 않고 출렁였다.

꿈속의 행복

서울 미아리 큰집을 지키고 있는 준철은 지난밤에 이상한 꿈을 꾸었다. 태어난 이래 한 번도 경험해보지 못한 유형의 꿈이었다. 불길하거나 괴로운 꿈은 아니었는데, 아주 이상했다.

'세상에 별 꿈도 다 있구나….'

이런 생각을 하며 지난밤의 꿈을 다시 떠올리고 있었다.

준철은 비를 맞고 있는 중이다. 산중이었는데 이리저리 헤매다가 어느 집을 찾아들었다. 옷은 비에 흠뻑 젖은 상태였다. 문을 열어준 사람은 중년 여인이었는데, 얼굴은 잘 보이지 않았고 친절히 방으로 안내했다. 이어 젖은 옷을 갈아입으라고 새 옷을 내왔다. 준철은 몹시 미안하게 생각했지만 너무 추워서 얼떨결에 옷을 받아서 갈아입었다.

이상한 일은 그 후에 생겼다. 준철은 비오는 산중에서 피신할 집을 만나 다행이라고 생각하고 있었는데 중년 여인이 다짜고짜 방으로 들어왔다…. 그러고는 준철에게 아주 다정히 다가섰다. 준철은 부끄러움을 타면서 몸을 비꼈는데 그 여인은 어느새 준철을 끌어안고 있었다. 그리고 허리 아래쪽을 더듬는 중이었다.

묘한 쾌감이 몰려왔지만 준철은 애써 피했다. 그러나 여인은 능숙하게 준철의 바지를 벗기고 남성의 그것(?)을 자극하고 있는 것이 아닌가! 쾌감과 부끄러움이 교차했다. 준철은 피하려고 애썼지만 한편으로는 여인의 손길을 따라가고 있었다. 그러다가 다시 피하고…. 몇 번인가 반복했다.

마침내 결판이 났다. 준철은 부끄러움을 피하기보다는 쾌감 쪽으로 점점 빠져들었다. 비록 꿈이었지만 여인과 완전한 결합이 이루어졌다. 생시와 비슷했다. 아니, 준철은 여인의 몸을 접한 적이 없었기 때문에 그렇다고 추측했을 뿐이다. 그러나 선명한 성교, 그리고 몰려오는 극한의 쾌감⋯. 부끄러움은 자취를 감췄다. 준철은 오랫동안 즐기다가 절정의 쾌감을 맛보았다.

그리고 놀라서 잠에서 깨어났다. 이것을 두고 몽정이라고 하던가! 어디선가 책에서 읽은 것 같다. 그러나 그 쾌감은 너무나 생생했다. 실제 성교는 준철로서는 상상이 잘 안 되지만 꿈에서 이루어진 그것은 실제 이상일 것 같았다. 준철은 부끄러움과 죄의식을 느꼈다. 그러나 꿈속의 그 쾌감을 잊을 수가 없었다. 세상에! 이토록 행복한 꿈을 매일 밤 꿀 수만 있다면⋯. 준철은 설레는 마음으로 하루를 시작했다.

대선생의 의심

북한 최고의 책사 대선생은 깊은 상념에 잠겨 있었다. 그는 최근 일어난 김정은 납치사건에 대해 생각하는 중이다. 이 사건은 이미 마무리되었고 배후자를 색출해 처단했다. 하지만 대선생으로서는 무엇인가 미진한 것 같다는 생각을 지울 수가 없었다. 특히 목수 등 역적 도당들이 어떻게 보안검열을 통과할 수 있었느냐가 이상했다.

국가안전보위부의 지휘를 받는 군보안대의 경우 지역사령관인 대령에 의해 교묘히 피할 수 있었다고 치더라도 여전히 납득할 수 없는 일이 있었다. 국가 전체의 보안을 담당하는 특수보안국이 이를 놓쳤다는 것이 문제인 것이다. 그리고 대선생 자신의 육감으로부터 비롯한 김정은 납치사건 대응 과정에서 국가 특수보안국 강주혁 대장의 행동은 다소 과장되어 보였던 것이다.

그가 어째서 대선생에 대해 그토록 열성일까? 대선생은 길고 긴 지난 날을 모두 더듬어봤다. 그러나 강주혁 대장이 대선생에 대해 과잉 존경을 보일 만한 사건은 별로 없었다. 대선생이 존재하고 또한 그가 국가 최고지도자에게 신임을 받는다고 해도 특수보안국 사령관이 그 정도로 신속하고 과감하게 협조할 수 있었을까? 대선생은 이 점을 이해할 수 없었던 것이다.

특수보안국은 수사와 감찰 업무도 담당하고 있는바, 김정은 주변의 일은 국가안전보위국을 통과한 사안이라도 다시 한 번 점검하게 되어 있다. 목수 등 반역 도당들이 어떻게 특수보안국의 검열까지 통과할 수 있었을까?

대선생이 일부러 이런 생각을 한 것이 아니다. 저절로 떠올랐을 뿐이다. 대선생은 지극히 치밀한 사람이어서 어딘가 미진한 일이 존재한다면 그것을 무의식적으로 감지하는 능력이 있었다. 대선생은 스스로의 마음이 지난 여러 날 동안 편치 않다는 것을 느꼈다. 영혼이 부지불식간에 모순을 발견했기 때문일 것이다. 이제야 대선생은 그것이 무엇인지 깨달았다.

'나의 기분이 왠지 편치 않았던 것은 모순이 있기 때문이다!'

이것이 대선생의 결론이었다. 그리고 그 내용을 마음속으로 탐색하던 중 강주혁 대장이 떠올랐던 것이다. 그런데 강주혁의 행동을 이해할 수 없었다. 그가 왜 그런 행동을 했을까? 그에게는 그만한 동기가 없었다. 그렇다면 어째서? 대선생은 깊이 생각했다. 그리고 마침내 결론을 얻었다.

강주혁 대장이 그렇게 신속하게 행동할 수 있었던 것은 그의 평소 마음가짐 때문이었다. 어떻게 그런 마음을 가질 수 있었을까? 길고 긴 과거를 생각해볼 때 강주혁 대장이 대선생을 특별히 알아볼 계기가 없었던 것이다. 그렇다면? 이는 분명히 누군가가 교육시킨 것이다. 대체 누구? 누구일까?

대선생의 마음에 갑자기 떠오르는 한 인물이 있었다. 바로 강주혁의 아버지! 이 자는 국가에 큰 공을 세운 인물로서, 자식의 출세를 기획했을 것이다. 그리고 교육을 시켰다. '대선생은 아주 신통한 사람이니 조심해라. 그리고 그에게 잘 보여야 한다.'고…. 왜일까? 과잉경계! 이는 속으로 제 발 저린 일이 있기 때문일 것이다.

무엇일까? 아직은 알 수 없다. 하지만 강주혁의 아버지는 왠지 수상하다. 그가 총명한 사람이라는 것은 널리 알려져 있다. 그는 대선생을 위험인물로 보고 있는 것이다. 이 점이 문제다. 그가 조선민주주의인민공화국 지도자인 김정은 위원장에게 충성을 다한다면 대선생을 경계할 이유가 없을 것이다.

대선생은 생각을 더 진행시켰다. 그러자 과거의 순간들이 마음속에 그림처럼 펼쳐졌다. 강주혁의 아버지는 재직 시절 대선생을 항상 무서워했다. 왜냐? 그는 수상한 인물이기 때문이었을 것이다.

'음, 그를 조사해봐야 할 것이야….'

대선생은 이렇게 생각하고 있었다. 그러나 마땅한 명분이 없었다. 국가 유공자를 임의로 조사할 수는 없는 일이다. 게다가 그는 아무런 증거도 남기지 않았을 것이다.

'그렇다면 한 가지 방법밖에 없다. 내가 그를 직접 방문하여 그 마음을 살펴보는 것이다.'

대선생은 사람 앞에 서면 그가 어떤 마음을 품고 있는지 파악하는 신통력이 있었다. 이른바 독심술이다. 대선생은 결심을 굳혔다.

'이른 시기에 그를 방문한다! 무슨 명목으로…? 과거의 추억을 새기는 외교적 방문이면 된다!'

대선생은 단호한 표정을 짓고 있었다.

살인의 첫날

　일지매는 지난밤 너무나 행복해서 이제 죽어도 좋다고 생각할 지경이었다. 그는 큰 부자 한 명을 벌주었던 것이다. 남들은 다 가난하게 사는데 이자는 별로 하는 일 없이 편하게 살고 있었다. 일이라고 해봐야 부모로부터 물려받은 재산을 관리하는 정도인데, 이까짓 것은 일도 아니다.

　노동자들을 보라! 이들은 죽도록 피땀 흘려 일해도 부자들의 100분의 1, 아니 1,000분의 1도 가질 수가 없다. 반대로 부자의 자녀들은 한 달 용돈이 무려 1,000만 원을 넘는다 하니 이것이 죄가 아니고 무엇이더냐! 일지매는 자신의 어머니를 생각하며 더욱 분노했다.

　그리고 그자를 죽여버렸다. 지난날처럼 두들겨 패서 기절시킨 정도가 아니라 아예 명줄을 끊어놓은 것이다. 살인! 이것은 일지매에게 또 하나의 행복이었다. 부자 하나 없애서 좋고, 살인해서 좋고…. 일지매에게는 환상적인 자극이었다. 살아서 숨 쉬던 생물체를 죽이는 순간 그는 온몸에 전율과 쾌감을 느꼈다.

　그리고 또 이날 밤, 구체적인 쾌감이 기다리고 있었다. 이한영은 일지매를 크게 칭찬하고는 침실에서 행복한 보상을 해주었다. 이 여자의 마법과도 같은 육체적 기술 때문에 일지매는 너무 좋아 정말 죽을 뻔했다. 그 신비한 몸놀림, 모든 것을 사용한 애무와 자극, 이는 세상 그 무엇과도 비교할 수 없는 쾌감이었다.

　이한영은 자신도 쾌감의 늪에 깊게 빠져들면서 밤새 일지매의 육체를 부추겼다. 성교 그 자체는 4차례나 이루어졌고, 두 사람은 꿈속을 헤매면서 완전히 하나가 되었다. 일지매는 이를 하늘이 준 상이라고 생각했다. 부자를 죽여 없앤 훌륭한 일을 했으니까…!

이한영은 일지매를 너무나 예뻐했고, 그것을 몸으로 표현해주었다. 일지매에게 더 이상의 행복은 이 세상에 없었다. 앞으로 남은 일은 계속 부자를 없애버리면 되는 것이다. 살인의 쾌감, 그리고 여인으로부터 얻은 육체의 극한적 쾌감….

일지매는 이한영의 침대에서 반나절 이상 잠에 떨어져 있었다. 그리고 깨어났을 때는 그 강력한 몸을 원래대로 회복했다. 아침 신문에는 살인 사건이 크게 보도되고 있었다. 그러나 사회적 동정은 없었다. 오히려 돈 많은 사람이 방탕하게 놀아난 결과 원한 서린 살인으로 이어졌다는 추측을 내놓았다. 일지매는 이를 보고 또 하나의 사실을 알았다. 세상 사람들은 부자를 미워한다는 것을….

사건 수사는 폭넓게 이루어지고 있었다. 그러나 일지매는 신출귀몰한 행동으로 단서를 전혀 남기지 않았다. 여기에는 이한영의 용의주도한 살인계획도 큰 힘을 발휘했다. 일지매는 이한영이 시키는 대로 일부러 칼을 사용하여 남자의 국부를 찌르고 팬티를 벗겨 놓았다. 이는 누가 봐도 치정에 얽힌 원한 살인으로 보기에 충분했다. 게다가 범인은 피해자가 소지하고 있던 많은 돈은 건드리지도 않은 것이다. 경찰은 피해자의 여성 편력을 집중조사하고 다닐 뿐이다.

은밀한 전략

북한 김정은 국방위원장은 전화로 대선생을 찾았다. 대선생은 요즘 국방위원장 관사 내에 머물고 있는데, 이는 최근에 불거졌던 남북 긴장 사건의 여파 때문이었다. 현재 남북 긴장 사태는 종식된 상태다. 하지만 김정은은 왠지 마음이 개운치 않았다.

'실제로 전쟁이 났다면 어떻게 되었을까? 필경 승부는 나지 않고 전쟁은 오래 지속되었을 것이다. 남북 간에 어느 쪽도 쉽사리 패하지 않을 것이기 때문이다. 아니, 남한은 미국과 UN이 뒤에 있기 때문에 절대로 멸망할 수 없다. 핵무기를 쓰든 중국이 도와주든 간에….

그렇다면 전쟁은 한없이 길어져 결국 저력이 있는 쪽이 이길 것이다. 우리 북조선은 견딜 만큼 견디겠지만, 전쟁으로 인해 경제가 바닥나면 중국도 도와줄 리 만무하다. 결국 북한은 패하게 된다. 그리고 나의 운명도 끝장이 날 수 있다. 문제는 경제다. 이를 어쩔 것인가?'

김정은은 이런 생각으로 어지러웠다.

'경제문제는 평화로울 때도 줄곧 문제가 아니었던가! 이 문제를 어떻게 해결하지? 미국이 방해하고 중국도 돕지를 않는데….'

김정은은 근심이 깊어갔다. 이때 경호실로부터 연락이 왔다. 대선생이 문 앞에 와 있다고…. 김정은은 일순 얼굴이 밝아지면서 직접 문을 열어주었다. 그러자 대선생의 모습이 바로 눈앞에 보였다. 근엄하고 신비스러운 인물! 나이는 100세를 훌쩍 뛰어넘었다고 하는데, 기력은 젊은 사람을 능가하고 남았다.

"대선생, 들어오시오…."

대선생은 고개를 숙여 예를 표하고 안으로 들어섰다. 이어 찻잔이 날라져 오고 문은 굳게 닫혔다. 대선생이 먼저 말했다.

"지도자 동지, 마음이 편치 않으신 모양이군요!"

김정은이 고개를 천천히 끄덕이며 긍정을 표시하자 대선생이 다시 물었다.

"위대하신 지도자 동지, 무엇이 불안하십니까?"

대선생은 약간의 미소를 머금고 있었다. 이는 김정은을 편안하게 해주려는 배려인 것이다. 김정은이 대답했다.

"대선생, 우리 북조선의 경제가 위태롭소. 이를 어찌하면 좋겠습니까? 대선생께서 일전에 방안이 있다고 했는데, 그것을 들려주시오."

"네, 지도자 동지. 경제문제 말이군요…. 방법을 일러드리겠습니다…."

김정은은 침묵했고 대선생이 말을 이어갔다.

"지도자 동지, 우리에게는 남한에 팔 수 있는 좋은 물건이 있습니다. 남한은 그것을 반드시 사게 될 것입니다. 무엇인지 아시겠습니까?"

이 질문에 김정은은 관심을 크게 나타내면서 반문했다.

"물건이요? 남한에 팔 물건이라고요…. 그런 게 있을까요?"

"네, 있습니다. 우리에게는 남한에 팔 수 있는 물건이 무수히 많습니다. 그것이면 우리 경제를 일으킬 수 있지요. 그 물건은… '평화'라는 이름입니다."

"네? 평화라고요? 무슨 뜻인지 자세히 설명해주세요."

김정은이 의아해하며 반문했다. 대선생이 이어갔다.

"남한은 현재 평화에 미쳐 있습니다. 우리가 평화를 주면 그들은 돈을 줍니다. 금강산도 좋고, 묘향산이나 백두산 관광도 가능합니다. 개성공단 같은 것을 10개, 100개 만들 수도 있습니다. 남한의 기업은 현재 노동

문제 때문에 심한 갈등을 겪고 있습니다. 임금이 턱없이 비싼 데다 노조라는 것이 있어서 기업주를 지배하고 있습니다. 그래서 남한 기업들은 개성공단 같은 곳에 투자하고 싶어 합니다. 우리가 만약 평화를 보장해준다고 하면 남한 정부든 기업이든, 국민이든 미친 듯이 달려들 것입니다.

그리고 남한 사람들은 모두 배불리 먹고 살고 있기 때문에 전쟁을 아주 무서워합니다. 그래서 우리가 평화를 주면 돈을 갖다 바치면서 아첨할 것입니다. 우리 조선민주주의인민공화국에는 노동력이 있습니다. 그것을 활용하면 저들의 돈은 얼마든지 빼앗아 올 수 있습니다. 관광사업을 확대하고 저들이 투자하도록 유도하면 됩니다.

남한은 노동력이 너무 비싸서 저들은 외국에 나가 수백만 명을 고용하고 있는 실정입니다. 우리의 노동력은 외국보다 훨씬 싸기 때문에 남한 기업들이 눈독을 들이고 있지요. 저들에게 평화라는 달콤한 마약을 주입하면 저들은 쉽게 중독됩니다. 효과를 높이기 위해 가끔씩 협박을 할 필요는 있겠지만요! 저들이 우리 조선 땅에 많은 투자를 하게 하고 우리의 값싼 노동력을 제공하면 저들에게도 이익이 됩니다. 그래서 더더욱 달려들겠지요.

평화라는 미명 아래 저들을 끌어들일 방법은 무수히 많습니다. 남한은 현재 세계적으로 부자입니다. 그 돈을 우리 쪽으로 들어오게 하는 것은 어렵지 않습니다. 우리에게는 평화라는 절대 상품이 있어서 그것으로 유인하면 우리는 남한 경제마저 장악할 수 있는 것입니다. 지금이라도 평화를 내세워 남북 경제교역을 크게 늘려 나가는 것은 손바닥 뒤집듯 쉽습니다. 그런데 평화공세는 우리가 돈을 끌어모으는 일뿐 아니라 다른 것에도 도움이 됩니다….”

여기까지 얘기한 대선생은 김정은을 바라봤다. 김정은이 질문했다.

“돈 외에 무엇이 더 있습니까?”

"네, 지도자 동지. 현재 남한에는 우리 조선을 지지하는 세력이 아주 많습니다. 그들은 우리가 평화를 주면 우리를 더욱더 지지하고, 남한 정부를 무너뜨리려고 할 것입니다. 남한 사회는 우리의 전진기지라고 할 수 있습니다. 그곳에는 국회, 기업, 대학, 신문사, 방송국, 종교계 등 대부분 우리의 지지자들로 가득 차 있고 현재 확산 일로에 있습니다.

이런 상황에서 우리가 평화를 준다고 하면 저들은 열광할 것이며, 자신들의 정부를 더욱 흔들어낼 것입니다. 우리는 계속해서 평화를 외치면서 저들의 기업을 우리 측에 끌어와서 의존하게 만들면 남한 정부는 결국 무너질 것입니다.

우리의 경제문제는 걱정거리가 아닙니다. 남쪽에 우리 쪽으로 흘러들어올 많은 재산이 대기하고 있기 때문입니다. 그리고 우리가 남한과의 평화를 증대시키면서 경제교류를 확산하면 미국이 이를 방해하지 못합니다. 남한 국민이 우리를 옹호하기 때문입니다. 게다가 우리가 평화를 제공하면 저들은 당장 원조를 시작할 것입니다. 이래저래 우리는 부강해집니다. 어떻습니까? 지도자 동지!"

대선생은 김정은이 이해를 하고 있는지를 알기 위해 잠시 쉬면서 기색을 살펴봤다. 김정은은 고개를 끄덕였다. 안색은 이미 밝아지고 있었다.

"그런데 말입니다, 대선생…."

김정은은 새로운 의심거리를 꺼내고 있었다.

"평화라는 상품에 대한 것은 잘 알겠소. 다만 우리 측에 문제가 좀 있습니다. 남북교류가 확대되면 저들의 해이한 사상이 우리 조선에 밀려들어오지 않을까요?"

"허허, 지도자 동지…. 그렇게 되지 않을 것입니다. 방법이 있지요. 그것은 조선 인민들과 지도자 동지께서 직접 교류하면 됩니다. 현재는 오로지 관리들을 통해서만 인민들과 간접적으로 교류하는데 그렇게 하지 않고 인민들에게 직접 많은 것을 베풀어 지지를 강화해야 합니다. 반면 관리들에게 더욱 엄격하게 하면 기강이 무너질 리 없습니다.

현재 지도자 동지가 인민으로부터 받는 존경과 지지는 남한 국민들이 그들의 대통령에게 하는 것보다 훨씬 큽니다. 만약 인민들에게 경제혜택을 조금이나마 나누어주면 충성심이 더욱 고취될 것이고, 이를 보면서 남한의 동조자들이 그들의 정부를 붕괴시킬 것입니다.

그러면 우리는 애써 전쟁을 하지 않고도 저들의 정부를 무너뜨릴 수 있습니다. 남한 사회에는 현재 우리 북조선 지지자들이 아주 많기 때문에 우리가 약간의 빌미만 제공하면 저들의 정부는 유지하지 못합니다.

남한에는 우리에게 동조하는 좌익 동지들이 수백만 명이 넘습니다. 예를 들어 불교나 천주교, 기독교 등 종교계 일부는 이미 공산주의 이념을 따르고 있고 국회에서도 우리 북조선 사상을 확산시키는 추세입니다. 신문사의 경우는 아예 남한 정부를 무너뜨리기 위해서만 존재하는 곳도 많습니다. 법조계는 변호사, 판사 등이 우리 쪽에 많이 기울어져 있습니다. 평화 공세 한 방에 저들은 미친 듯이 자청해서 우리를 도울 것입니다. 이런 상황이라면 미국이 할 수 있는 일이 무엇이 있겠습니까!"

김정은은 고개를 끄덕이고 완전히 수긍했다. 그리고 하나 남은 질문을 꺼냈다.

"대선생, 남한은 우리에게 과거의 어떤 행위에 대해 사과를 요구합니다. 그래야 경제적 도움을 줄 수 있다고 합니다. 하지만 우리 군부는 사과를 못하게 합니다. 이는 어떻게 되겠소?"

"지도자 동지, 군부가 그렇게 하는 것이 아닙니다. 군부의 몇몇 지휘관들이 자신들의 세력을 내세워 반대하는 것뿐이지요. 우리가 진정성 없는 사과를 하고 나면 무한대로 얻을 수 있는데 그까짓 것 못할 게 뭐 있습니까? 군부의 몇몇 지휘관들은 충분히 설득할 수 있습니다. 작전상 사과일 뿐이라고…. 또한 남한이 억지를 부리니 애매하게 사과 형식을 취하고 남한 돈을 끌어들인 다음에 다시 보복할 수 있다고 설득하면 됩니다.

그리고 그 누구든 지도자 동지의 견해에 반대하면 이는 불충이고 반동입니다. 그들을 완전히 길들이고 장악해야 합니다. 북조선은 오로지 지도자 동지를 위해서 존재하는 것이라고….”

“알겠소, 대선생.”

김정은은 여전히 약간의 거리낌은 있는지 다소 어두운 안색으로 대선생의 말을 막았다. 하지만 김정은이 속으로 대선생의 전략을 거의 다 수용하고 있다는 것을 대선생은 간파했다. 경제전략이 이 정도로 마무리되자 대선생이 다시 말했다.

“지도자 동지, 급히 하문할 일이 없으시면 다음 달쯤 저에게 며칠 휴가를 주십시오. 처리할 일이 있습니다.”

“그래요? 무슨 일인데요?”

“지도자 동지, 별일은 아닙니다. 병문안을 가려고 합니다.”

“병문안? 누군데요?”

김정은은 관심을 나타냈다. 대선생은 별일 아니라고 미소를 지으며 대답했다.

“지도자 동지, 국가특수보안국 강주혁 대장의 아버지를 만나볼까 합니다. 그는 현재 병들어 있는데, 위태롭다고 합니다.”

“그런가요? 그런 일이라면 대선생이 알아서 다녀오세요. 다만 너무 오래 지체되어서는 안 됩니다.”

김정은은 최근 강주혁 대장의 공을 생각하며 밝은 표정을 지어 보였다.

“네, 지도자 동지.”

대선생은 자리에서 일어나 정중히 인사하고 국방위원장 집무실을 떠났다.

대선생의 꿈

이씨 조선의 말기, 우리 사회는 어수선했고 멸망의 조짐은 완연했다. 일본제국은 이미 조선 땅에 들어와 멀리 중국 대륙을 넘보고 있었다. 그들은 임진왜란 때 한차례 조선 땅을 점령했었지만 중국 명나라의 힘에 밀려 대륙 진출의 꿈이 좌절된 바 있었다. 그러나 그들은 그 꿈을 포기하지 않고 수백 년 만에 다시 동해를 건너왔다. 어려움은 전혀 없었다. 그저 바다를 건너 그들 마음대로 조선 땅에 앉아 있었던 것이다. 조선은 그들을 쫓아낼 힘이 없었다.

단군족은 한때 멀리 중원과 시베리아 일대를 지배했었지만 오랜 세월이 흐르자 그 힘은 사라졌고 급기야는 민족 자체의 존립마저 위태로운 지경에 이르렀다. 누구를 탓할 수는 없었다. 인간은 힘이 있으면 밖으로 팽창하여 주변을 장악해가는 존재가 아니던가! 단군족은 약했다. 아니, 실제로는 강했지만 이들은 그 강한 힘을 서로를 잡아먹는 데 사용했기 때문에 밖으로는 힘을 발휘하지 못했다. 먼 과거나 현재, 그리고 미래에도 안으로 싸우는 민족성은 없어질 기미가 보이지 않는다. 그리하여 민족은 결국 멸망에 이를 것인가?

구한말 시대를 살았고, 지금 남북이 갈라진 상황을 지켜보고 있는 도인 소천小川은 일찍부터 민족의 결말을 알고 있었다. 영구한 세월 동안 스스로를 파괴하며 지냈던 민족에게 다른 무엇을 기대할 수 있겠는가! 단군족은 예나 지금이나 또한 미래에도 자기 파괴를 계속할 것이며, 그리하여 언젠가는 스스로를 파괴할 힘조차 남지 않을 것이다. 실은 먼 미래가 아니다. 이제 1만 년 역사를 자랑했던 단군족은 임진란 때보다 더한 멸망의 징조가 보이기 시작했다.

소천선생은 이를 보고 있었다. 그러나 단군족의 한 사람으로서 이를 보고만 있을 수는 없었다. 무엇을 할 수 있을까? 길은 두 가지밖에 없었다. 계속해서 자기를 파괴하는 남한을 도울 것인가! 아니면 억지로나마 단결을 유지하고 있는 북한 편을 들 것인가.

소천선생은 아주 먼 미래를 바라보고 있었다. 우리 민족은 왕이든 대통령이든 또는 어떠한 지도자일지라도 받들지 않는다. 계속해서 부당한 권리만을 키워나가려 한다. 이런 속성을 가진 민족은 장래가 없다. 소천선생은 여기에 유의했다. 단군족은 지난 수천 년 동안 하늘로부터 많은 경고를 받아왔건만 반성하지 않았다. 그렇다면 한 가지 길밖에 없는 것이다. 더 큰 재앙, 더욱 무서운 벌을 받아야만 정신을 차릴 가능성이 있다. 우리 민족은 한 번은 멸망해야 한다. 그것으로 제발 반성을 할 수 있으면 좋으련만!

소천선생은 목하 진행되고 있는 천명의 발현을 보고 이것을 돕기로 작정했다. 어차피 망할 민족이라면 더욱 처참하고 빠르게 멸망하는 게 낫다! 그리하여 소천선생은 북한을 편들기로 작정했다. 북한이 정의로운 것은 분명 아니다. 하지만 남한은 끊임없이 분열하고 자기 파괴를 일삼고 위쪽을 무조건 부정하는 민족성이 창궐하고 있으므로 이를 응징할 수밖에 없다.

차라리 악이 지배하고 극한적 독재가 그들을 영혼까지 짓누르는 한이 있어도 나쁜 민족성을 고쳐야 하는 것이다. 소천선생은 이렇게 정하고 자기 운명을 만들기 시작했다. 그리하여 마침내 북한 최고위층의 주변에 정착할 수 있었다. 이제는 북한 당국을 도와 배부른데도 반성하지 않는 남한을 멸망시키는 일에 있는 힘을 다해야 하는 것이다.

소천선생에게는 인간을 초월한 막강한 힘이 있었다. 그는 능히 풍운조화를 일으키고 미래를 내다보는 신통력자였다. 그를 당할 자 하늘 아래 누가 있을까! 소천선생은 일찍이 북한의 묘향산에 기거하며 수도생활을 이어가고 있었다. 이곳에서 또 다른 특별한 도인들도 조우할 수 있었는데, 그들 중에는 유중이라는 뛰어난 도인도 있었다.

유중선생은 후에 남한으로 내려갔지만 그들은 서로 존경하며 둘 다 최고의 경지에 올랐다. 유중선생은 지금 어디 있을까? 소천은 80년이 지난 유중선생과의 추억을 잊지 못했다. 남한의 어떤 산에서 그 뛰어난 수행력을 발휘하겠지! 하지만 지금 남북이 갈라진 상황에 그를 만날 길은 요원할 뿐이다.

소천선생은 북한 당국으로부터 대선생이라는 칭호를 받고 있는 지체 높은 신분이어서 자유로운 생활을 하지 못하는 상태다. 아니, 북한에 봉사하기로 한 것은 소천선생의 선택이었고, 또한 그가 만들어낸 운명이었다. 그는 운명마저도 아우르는 힘이 있었던 것이다.

소천선생은 가끔 생각해본다. 자신과 쌍벽을 이루는 도인 유중이 남한 정부에 소속되어 있다면 어떻게 될까? 신출귀몰한 두 도인은 필경 대결할 수밖에 없을 것이다. 하지만 소천선생은 이런 상황은 피하고 싶었다. 그 무시무시한 대결이 겁났던 것은 아니다. 단지 최고의 경지에 오른 수행 도인들끼리 대결해야 하는 운명이 너무 참담하기 때문이었다. 승패는 알 길이 없다. 하지만….

소천선생은 생각했다. 남한 정부는 그런 인재를 등용할 능력이 없다. 그리고 설사 유중이 높은 곳에서 지휘할 수 있게 된다 하더라도 남한 국민은 그를 필사적으로 끌어내릴 것이다. 옳은 것을 파괴하고 위대한 것을 부정하는 그들이기 때문에…. 그래서 우리는 반드시 이길 수밖에 없다. 남한은 전쟁까지 가보지도 못하고 자멸할 수도 있다. 오늘날 그들의 행태가 그렇지 않은가!

소천선생의 염원은 단순했다. 남북이 대결하면 자신의 능력을 최대한 발휘하여 남한을 일거에 궤멸시킨다! 그리고 그들이 길고 긴 끔찍한 독재의 맛을 보게 되면 조금은 반성하지 않을까! 이제 도인 소천은 없고 지휘자 대선생만 존재한다. 대선생은 빨리 남북통일을 이룩한 다음 자신은 다시 청정한 도량, 묘향산으로 돌아갈 날을 기대하고 있다.

소천선생, 아니 대선생은 오늘도 만반의 준비를 하고 있다. 그리고 누구든 북한의 최고지도자 김정은을 배신하는 자는 기어이 찾아내어 박멸시킬 것을 다짐하고 있는 것이다.

대선생을 추적하라

미국 버지니아 주 랭글리 CIA 본부. 잭슨 국장은 정보분석팀에서 올라온 피닉스 파일을 읽고 있었다. 분석팀에서 보내온 정보는 북한 내 고위층 인물에 관한 내용인데, 피닉스가 남긴 각별한 설명이 첨부되어 있어 이를 긴급 보고한 것이다. 피닉스는 북한의 고위 정보관리직에 오래 머물고 있는 동안 많은 중요 인물에 관한 정보를 수집하여 이를 다른 정보와 함께 송신했다.

그런데 그중 어떤 특정 인물에 관한 평가를 애써 만들어보낸 것이다. 피닉스가 CIA 당국에 보낸 인물 정보는 거의 모두 중요 인물에 관한 유용한 정보였지만, 한 인물에 대해서만큼은 중요성을 강조하고 또 강조했다. 이를 흥미롭게 생각한 정보분석팀은 CIA국장에게 자체 의견 없이 피닉스의 글을 전해왔다. 내용은 대선생의 존재에 관한 것인데, 피닉스는 다음과 같이 평을 달아 놓았다.

이자는 전 세계에서 가장 위험하고 총명한 사람입니다. 온 세상에 그를 당할 자는 아무도 없을 것입니다. 지난 65년 동안 북한이 체제를 유지한 것을 보십시오. 미국과 서방이 아무리 흔들어대도 북한은 건재해왔습니다. 남한의 대북전략은 웃음거리밖에 안 되었고, 북한은 핵무기까지 갖추면서 세계에 대항하고 있습니다. 미국이 모든 힘을 동원한다 하더라도 북한에 대선생이 있는 한 오히려 미국이 질 것입니다. 오늘날 소련을 비롯하여 동독, 이라크, 쿠바, 리비아 등 독재국가는 다 무너졌습니다. 하지만 북한은 끄떡없습니다. 앞으로도 북한은 영원히 살아남아 남한뿐 아니라 인류의 적이 될 것입니다. 남한 정도는 대선생의 지략에 의해 쉽게 무너집니다.

미국이나 남한이 북한을 이기고자 한다면 그 무엇보다도 대선생을 먼저 제거해야 할 것입니다. 다시 한 번 간곡히 말하건대, 대선생을 제거하지 않는 한 장차 미국도 남한도 멸망할 것입니다. 북한의 실제 위협은 핵무기가 아니라 오로지 대선생일 뿐입니다.

북한은 무려 65년 동안 세계를 상대로 버텨왔습니다. 이 놀랍고도 이상한 일은 대선생의 힘입니다. 그를 죽여야 합니다. 대선생이 살아 있는 한 북한에 대한 모든 전략은 어린애 장난에 불과합니다.

대선생에 관한 정보는 거의 없습니다. 저는 그를 몇 번 만나본 적은 있지만 대개는 간접적으로 그의 행동을 오랫동안 봐왔을 뿐입니다. 대선생에 관해 제가 아는 정보를 첨부해 보냅니다.

피닉스의 전언은 이렇게 끝났다. 대선생에 관한 정보는 별게 없었다. 사진 몇 장, 본명, 그리고 정확하지 않은 나이, 현재 거주하는 곳, 취미, 생활 반경 등이었다. 그리고 김정은 주변에 항상 머물고 있다는 것….

CIA국장 잭슨은 미소를 지었다. 피닉스의 강조가 재미있어서였다. 그러나 피닉스가 그토록 염려한 자라면 필경 무엇인가 내용이 있을 것이다. 피닉스는 북한에서 최고위 정보관리로 재직하고 있지 않았던가…! 잭슨은 잠시 생각을 정리하고 나서 부관을 전화로 연결했다.

"음, 나요. 지금 당장 중국 측에 연락해서 대선생이란 인물에 대한 정보를 부탁해보시오. 아, 그리고 피닉스가 보내온 북한 미사일에 관한 정보는 중국에 보내주었습니까?"

"네, 어제 보냈습니다. 아직 고맙다는 인사는 받지 못했습니다만…."

"알겠소. 피닉스 작전은 중국과 일부 공유해야 하는 것이니 줄 만한 정보를 주고, 대선생에 관한 신상 정보를 급히 요구해보세요….."

CIA의 관심은 대선생에게로 향하기 시작했다.

시간의 비밀

도인 야원은 마니산에 도착한 다음 날부터 일휴스승으로부터 한반도의 미래에 관한 예언을 수학하고 있었다. 이는 천기에 해당하는 것이었지만 민족을 구하기 위한 일념으로 일휴스승에 의해 제자들에게 밝혀지는 중이다. 일휴는 선언하듯 말했다.

"머지않은 장래에 우리 단군족은 최대의 위기를 맞이하는바, 그것은 핵폭발의 형태로 나타날 것이야…. 이로써 단군족은 멸망의 길을 걸어가니 장구한 세월 동안 민족은 재기할 수 없게 될 것이다."

이렇게 말한 일휴는 잠시 눈을 감았다 떴다. 그러자 야원이 질문했다.

"스승님, 한반도의 그러한 장래는 무엇 때문에 생기는 것입니까?"

일휴스승은 야원을 애처롭게 바라보며 답했다.

"애야, 역사의 발생은 그 전에 반드시 원인이 있어서 나타나는 것이다. 우리 단군족은 그러한 재앙을 받도록 1만 년 동안 죄를 쌓아왔던 것이야. 그것이 결국 이제야 실현되는 것이지…."

"그러한 재앙을 피해갈 수는 없는 것입니까?"

야원이 다시 물었다.

"피해가는 방법은 얼마든지 있을 것이야. 다만 그것을 실행하는 것이 어렵지. 미래의 운명이란, 사람이 그것을 찾아갈 뿐이지 운명이 사람을 이끌어 당기는 것은 아니라네…."

일휴스승의 말은 기묘한 내용을 담고 있었다. '사람이 운명을 향해 걸어간다.'는 것, 그곳을 향해 걸어가지 않는다면 운명은 없다는 것이 아닌가! 이 말은 단순하다면 단순한 것이었다. 멀리 있던 집이 내 앞에 나타난 것은 내가 그곳을 향해 걸어갔기 때문이 아닌가! 야원은 속으로 무엇인가 짚이는 것이 있었지만 확실한 것은 아니었다. 일휴스승의 말이 들려왔다.

"역사의 전개는 힘차게 굴러가는 바윗덩이 같은 것이지. 그것이 저절로 멈춰지는 법은 없다네. 가던 힘이 그대로 계속되기 때문이지. 물론 누군가가 강력한 힘으로 막을 수만 있다면 돌이 도달하는 곳은 달라질 수 있겠지. 우리 한반도의 경우는 수천만 명의 민중이 오랫동안 노력해야만 역사가 달라질 수 있어. 하지만 현재 우리 민족은 앞날을 전혀 모르고 있지. 설사 그러한 앞날을 안다고 해도 누가 그것을 고칠 수 있을까! 참담할 뿐이라네…."

"스승님, 그렇다면…. 속수무책입니까?"

야원이 물었다.

"그렇다고 할 수 있겠지."

일휴스승의 대답은 절망적이었다. 하지만 야원은 포기할 수 없었다.

"스승님이 나선다 해도 방법이 없는 것입니까?"

"그렇다네. 하지만 우리는 장차 나타날 재앙을 막기 위해 무엇인가를 해야겠지. 하는 데까지 해봐야 하는 것이야. 그래서 자네들을 불렀네."

일휴스승은 이 말을 하고 좌중을 둘러봤다. 현재 이곳에는 야원 외에도 일휴스승의 친제자 3명이 더 와 있었다. 그들 중 수제자가 나섰다.

"스승님, 저희들에게 가르침을 주십시오. 가만히 앉아서 민족의 멸망을 지켜볼 수는 없지 않겠습니까! 저희들이 무엇을 해야 되겠습니까…?"

"그래, 얘들아. 나는 앞으로 너희들이 행동할 지침을 마련해두었어…."

이렇게 말하면서 일휴스승은 서류 뭉치를 꺼내 들었다.

"이것은 야원에게 맡기겠네. 모두 읽어보고 철저히 실행하게나. 여기서는 시간의 흐름을 조금 더 설명해주겠네. 필기를 해도 좋아. 좀 어려운 얘기이지만…."

일휴스승은 계속했다.

"미래는 단 한 가지만 있는 것이 아니야. 무수한 많은 미래가 있지. 그 것들은 각각 미래의 그곳에서 더 먼 미래를 향해 흘러가고 있는 것이야. 현재는 그들 중 하나로 찾아가는 것뿐이지. 우리가 만약 어느 미래에 도 착하면 당연히 그 흐름을 따라가는 것이야. 우리의 현재도 우리가 과거에 선택해서 이곳으로 왔고, 이 현재는 여러 방향으로 갈라져서 가고 있지. 그런데 우리 민족은 그중의 하나인 최악의 길로 들어섰어…. 이미 너무 깊게 들어섰기 때문에 미래는 이제 확정적이라고 볼 수밖에 없다네…."

여기서 일휴스승은 좌중을 살펴봤다. 제대로 이해하고 있는지를 알아 보기 위해서였다. 야원이 나섰다.

"스승님, 제가 이해하기로는 미래가 여럿이 있다는 뜻으로 들립니다. 제 생각이 맞습니까?"

"그렇다네!"

야원은 일휴스승의 대답을 음미하면서 다시 물었다.

"그렇다면 모든 미래의 방향이 평등합니까?"

일휴는 야원의 질문을 대견하게 생각하면서 대답해주었다.

"허허…. 미래가 평등하게 전개되는 것은 아니야. 시간이란 어디론가 쏠리는 현상이 있다네. 방향이 있다는 뜻이지…."

"스승님, 그 말씀은 미래가 정해져 있다는 뜻과 무엇이 다릅니까?"

야원은 시간의 흐름을 이해하기 위해 필사적이었다. 일휴스승이 대답 했다.

"이보게, 야원…. 현재가 미래의 한 방향으로 가고 있다고 하지만 아직 그곳에 도착한 것은 아니지 않는가! 그러니 그 미래에 도착하기 전에 다른 곳으로 발길을 돌리면 그만이지 않나! 다만 힘차게 한곳으로 향하던 발길을 다른 곳으로 돌리기가 쉽지 않지! 게다가 누가 그것을 알아서 방향을 돌리겠나! 또한 인간은 미래의 방향을 바꾸는 방법을 모르고 있지. 그러니 이래저래 미래가 정해진 셈이지…."

"스승님, 미래로 가고 있는 것을 누군가가 알고 있다면 그것을 바꿀 수 있을까요?"

"그렇다네!"

"스승님은 현재 우리 민족이 가고 있는 방향을 알고 있지 않습니까!"

"그렇지. 하지만 안다고 다 되는 것은 아니야. 나 혼자의 힘으로 방향을 바꿀 수는 없다네."

일휴스승은 쓸쓸한 미소를 지으며 고개를 가로저었다. 야원이 물었다.

"만일 말입니다. 스승님과 스승님의 도반이 함께 나선다면 어떻게 되겠습니까?"

"허허, 녀석…. 나와 도반들이 다 나선다 해도 별 수 없는 것이야. 현재 수천만의 민중들이 힘차게 나쁜 미래로 가고 있어. 그것을 정지시켜 다른 방향으로 유도하기에는 역부족이지!"

"아, 그렇습니까? 그렇다면 스승님, 완전히 절망입니까?"

"완전히 절망이란 것은 없다네. 미래는 여럿이 있다고 말하지 않았나! 갈 곳은 많아. 단지 우리 민족이 다른 곳으로 가지 않을 뿐이지. 그래도 우리는 모두 나서서 최후의 순간까지 미래를 돌리려고 있는 힘을 다해야 할 것이야. 나는 나의 도반과 함께 하늘의 도움을 요청하려 하네. 그리고 우리는 또한 특별한 방법을 동원하여 민족의 재앙을 막아볼 것이네. 자네들도 지침에 따라 최선을 다해 보게…."

야원이 다시 말했다.

"스승님, 저희는 당연히 신명을 다해 가르침을 받들 것입니다. 하지만 이 자리에서는 시간의 현상을 더 알고 싶습니다. 애당초 미래는 왜 만들어졌고, 왜 거기에 있는 것입니까?"

"음, 좋은 질문이야. 미래는 과거가 만든 것이야. 많은 과거가 모여 많은 미래를 만들어내는 것이지. 하나의 원인은 한 가지 결과만 낳는 것이 아니라네. 또한 하나의 결과는 많은 원인이 모여서 만들어지지. 미래의 역사는 우리의 수많은 과거의 행동들에 의해 만들어진 후 여러 갈래로 나누어지네.

비유하자면 이렇다네. 우리가 여러 개의 공을 여러 방향으로 던져놓고 그중 하나를 찾아가는 식이지. 우리 민족은 과거 1만 년 동안 수많은 미래를 만들어 내었어. 그리고 현재 그중 하나로 가고 있어. 다시 말하지만 미래는 한 갈래 길이 아니야. 우리 민족은 번영의 미래도 만들어 놓았어. 좋은 일도 많이 했으니까! 하지만 현재는 가장 나쁜 길을 선택해서 가고 있다네."

일휴스승은 시간의 현상을 분명히 밝혀주기 위해 최선을 다해서 설명했다. 야원이 다시 물었다.

"스승님, 미래는 어디에 있습니까?"

"미래에 있지!"

"그것은 살아 있습니까?"

"그렇다네. 미래는 미래로 흘러가고 있어!"

"모든 시간이 그런 것입니까?"

"그렇다네."

"스승님, 그렇다면 과거도 살아 있습니까?"

"과거는 현재에 도달해서 미래로 함께 가고 있다네. 그것은 쏠림 현상으로 내재되어 있는 것이지. 과거는 현재에 와 있지만 미래에도 가 있다네. 이해가 되는가?"

"아, 네. 스승님, 조금 전에 말씀하셨듯이 하나의 사건은 여러 개로 나뉘어 미래로 뿌려진다는 것이 아니겠습니까! 그중 하나가 현재에 깃들어 있다는 뜻인가요?"

"음, 제대로 이해하고 있군. 다만 어떤 사건이 어느 곳으로 발산하는지 단순히 정해진 것은 아닐세. 자연의 깊은 섭리는 인간이 다 파악할 수가 없어."

야원이 물었다.

"스승님, 머지않아 우리 민족이 파국적 재앙에 직면한다는 것을 말씀하셨습니다. 그 시기를 알려주실 수는 없는지요?"

이 말에 일휴스승은 고개를 저으며 대답했다.

"아직은 밝힐 수 없다네. 말 못할 사정이 있어서야. 하지만 머지않았다고만 말하겠네."

"네, 스승님. 잘 알겠습니다…. 앞으로 저희가 다시 스승님을 뵐 수 있겠습니까?"

"음, 물론이지. 너희들이 할 일을 다 하고 있으면 더 빨리 볼 수 있겠지. 민족이 망하는 날, 그날이 오기 전에 우리 모두는 추호도 방심해서는 안 된다네…. 질문할 것이 없으면 오늘은 그만 쉬겠네. 내일 이 시간에 다시 이곳으로 모이게…."

일휴스승은 제자를 내보내고 깊은 명상에 잠겼다. 야원은 도제들을 데리고 별도의 장소로 이동해 오늘 공부한 내용에 대해 토론하기 시작했다. 민족의 재앙에 대응하는 이들의 노력은 필사적이었다. 현재의 시간은 미래를 향해 계속 흘러가고 있었다. 민족이 멸망하는 그날, 미래의 그날은 그곳에서 우리 민족이 찾아오기를 기다리는 중이다.

도량의 정취

도인 인허는 자신이 수십 년간 수련했던 청정 도량의 근방에 있는 모든 산을 샅샅이 뒤졌다. 그러나 도제들의 행방은 묘연했다. 그들에게 도대체 무슨 일이 있었을까? 생각할 수 있는 길은 두 가지였다. 하나는 도제들이 산을 떠나 어디론가 여행을 떠난 경우이고, 또 하나는 변고를 당한 것이다. 만일 여행을 떠났다면 기다리면 언제고 나타날 터이니 걱정할 필요가 없다. 하지만 그들에게 변고가 있었다면 이는 너무 끔찍한 일이다.

도량이 어지럽혀진 것을 보면 변고가 있었던 것 같다. 누군가가 나타나 공격한 것이다. 짐승 따위는 이들을 해치지 못한다. 호랑이나 곰이 나타난다 하더라도 도제들은 그놈들을 쉽게 물리쳤을 것이다. 그러니 무언가 강적이 나타났다고 봐야 한다. 지리산에 나타났던 위험한 인물! 인허는 문득 이런 생각이 떠올랐다.

'유중스승님은 이곳이 위험하니 나에게 빨리 떠나라고 하지 않았던가! 그들은 유중스승님을 해치려 했다. 그런데 유중스승께서는 피해버렸지. 그래서 그 인물이 홧김에 이곳에 온 것 아닐까!'

인허는 불길한 결론을 내렸다.

'그렇다면 이 일을 스승님께 급히 보고해야 한다. 아니, 며칠은 기다려봐야 하겠지!'

인허는 일단 산중 도량에서 며칠 동안 기다려보리라고 생각했다. 그리고 만약 끔찍한 변고가 일어났다면 스승님께서 육감으로도 그것을 알 수 있었을 것이다. 스승님은 당신과 관련된 모든 일을 파악하고 계신 분이 니까! 스승님이 오고 계실지도 모른다! 인허는 결론을 내렸다.

'기다려야 한다! 며칠? 9일 동안 기다리자!'

3일이면 충분하겠지만 너무 큰일이므로 3배를 기다리는 것이다. 이렇게 생각한 인허는 심히 우울한 심정으로 산을 내려오기 시작했다. 저 아래 도량이 보인다.

'분명 저곳에서 사고를 당한 것이야. 납치되었을까? 그렇다면 그나마 다행인데…. 강적에게 끌려갔다면 스승님이 나타나 해결해주겠지! 살해 당하지는 않았을 것이다. 그렇다면 시체라도 있을 것이 아닌가!'

여기까지 생각한 인허는 약간 안심이 되는 듯했다. 도량 안으로 들어섰다. 그런데 약간 느낌이 달랐다. 며칠 전에는 인적이 없고 버려진 느낌이 있었는데 지금은 생기가 느껴지고 있었다.

'무슨 일일까? 도제들이 돌아온 것 아닐까! 아니면 스승님이 당도했나?'

인허는 더욱 희망이 생겨 급히 도량 안을 살펴봤다. 첫눈에 들어온 것은 마당의 정경! 어지러웠던 흔적은 사라지고 말끔히 정돈되어 있었다. 분명 사람이 나타난 것이다. 누굴까? 인허는 급히 방문 하나를 열어봤다. 그런데 이게 웬일인가? 도제 한 명이 면벽을 하고 있는 것이 아닌가! 그는 명상에서 막 깨어났다.

"도형! 언제 오셨어요? 저는 깊게 명상에 잠겨 있어서 오신 것도 몰랐어요!"

도제는 함빡 반가운 미소를 짓고 있었다. 순간 인허의 가슴에는 행복감이 몰려왔다. 별일 없구나! 인허는 거의 눈물을 흘릴 것 같았다.

"애야, 다른 애들은 다 어디 있니?"

"네? 그들은 자기 방에 있겠지요."

"뭐?"

도제의 대답은 태평했다. 인허는 일단 크게 안심하고 도제들을 불러 모으라고 지시했다. 잠시 후 도제 3명이 모두 나타났다. 인허는 그들을 일일이 감싸주고는 의아스러운 음성으로 물었다.

"얘들아, 어찌된 일이야? 너희들 어디 갔었어?"

"네? 도형, 무슨 말씀이세요? 어디를 다녀온 것은 도형 아니십니까! 저희는 줄곧 이곳에 있었는데요⋯."

"뭐라고? 엊그제 보니 너희들도 없고 이곳이 엉망이던데⋯."

도제 셋은 모두 고개를 갸우뚱하며 난색을 표했다.

"도형, 무슨 말씀이신지 도통 모르겠어요. 우리는 여기서 열심히 공부 하며 지냈는데 왜 그러세요? 도형께서 서울엘 다녀오시더니 이상해진 것 아니에요?"

"뭐? 그게⋯."

인허는 당황했다. 그러나 그 직후 사건의 전모를 깨달았다. 도제들은 인허를 놀라게 하려고 사건을 연출했던 것이다.

"이놈들, 나를 가지고 장난을 해! 허허허⋯!"

인허는 웃고 또 웃었다. 그러자 도제 한 명이 심각하게 말했다.

"도형, 다음부터는 일찍일찍 다니세요! 안 그러면 우리는 아주 없어질 지도 몰라요."

"음? 그래, 그래⋯. 내가 잘못했다."

인허는 서울에 나간 지 한 계절이나 지났다는 것을 이제야 실감했다. 이토록 사랑스러운 도제들을 버려두고⋯. 산중의 청정한 도량은 다시 생 기가 차오르고 있었다.

일휴, 떠나가다

마니산의 공부는 다음 날에도 계속 이어졌다. 일휴스승은 미구未久에 닥칠 국란을 제자들에게 이해시키기 위해 시간의 섭리를 강의하는 중이다. 청중은 4명, 하지만 도인들의 강의는 흔히 한 사람에게 집중하고 다른 사람들은 참관하는 형식을 취한다. 현재의 강의는 야원을 위해 마련한 것이고, 다른 도제 3명은 이를 지켜보고 있었다. 야원이 나서서 질문했다.

"스승님, 우리가 미래를 알기 위해 점을 쳤을 때 나타나는 현상은 무엇인지요? 미래가 여럿 있다면 점괘는 어떻게 나타납니까?"

일휴스승이 답했다.

"미래는 무수히 많지만 그중에서 실현 가능성이 가장 높은 것이 우선 점괘로 나타나는 것이지. 이는 우주의 근원이 우리에게 보여주는 것뿐이지 미래가 오로지 하나라는 것은 아닐세. 우주는 사람이 물은 것을 포괄적으로 점지하는바, 그것은 주역의 괘상으로 나타나는 것이 정도일세."

"네, 잘 알겠습니다. 그러면 미래를 알고 난 다음 그것을 고칠 수 있습니까?"

"물론이지! 다만 너무 강한 미래는 고치지 못하는 경우도 있네."

"그렇다면 스승님, 미래를 고치고 나면 당초 점괘로 보여줬던 미래는 없는 것인데 어째서 점괘로 나타나는지요?"

야원의 질문은 심오한 영역에 이르는 중이었다. 일휴가 답했다.

"얘야, 그것은 이미 말하지 않았니. 미래는 여러 개가 있다고. 우리가 점을 쳐서 미래를 알고 그 미래를 바꾸었다면 그것은 다른 미래로 접속했다는 뜻이지. 처음에 점에 나타난 미래가 없어지는 것이 아니라네."

"스승님, 잘 알겠습니다. 그러면 우리에게 닥칠 운명도 그런 식으로 바꿀 수 있는 것 아닙니까?"

"원리는 그렇지만 우주의 역사는 힘에 의해 만들어지는 것이야. 운명을 알아도 힘이 없으면 못 고치는 것 아니겠나! 우리 민족이 앞으로 겪을 운명은 오랜 세월 동안 그쪽으로 강하게 질주해왔어. 그것을 무슨 힘으로 정지시키겠나?"

일휴는 난감한 표정을 지었다. 야원은 또다시 매달렸다.

"스승님, 스승님과 도반께서는 무한한 힘이 있을 것입니다. 그 힘으로도 안 되는 것입니까?"

"허허, 녀석…. 나와 나의 도반은 미래를 바꿀 생각을 하고 있다네. 그것은 우리가 알아서 할 일이야. 자네들은 세상에 나가 우리 민족이 나쁜 운명으로 가지 않도록 노력해야겠지. 그러니까 요점은 이렇다네. 미래의 운명을 바꾸는 방법은 두 가지가 있지. 첫째는 그 미래를 없애버리는 것이야. 그 미래가 없어진다면 그런 운명도 없어지는 것이겠지. 둘째는 그런 미래가 있어도 그곳으로 가지 않는다면 그런 운명은 없는 것이지.

우리 모두는 두 가지 방법을 다 사용해야 할 것이야. 나와 도반들은 오래전부터 생각해왔다네. 이제 때가 이르렀으니 우리는 미래를 없애는 작업을 시작할 것일세. 자네들은 바깥에 나가 사람들을 모으고 우리 민족이 나쁜 쪽으로 흘러가는 것을 막아야 할 것이야…. 원리는 간단해. 실행이 어려울 뿐이지. 더 이상 질문이 없다면 마니산 공부는 이만 끝내겠네. 각자 갈 길을 가야겠지!"

그러자 야원이 다급히 나섰다.

"스승님은 어디로 가서 무슨 일을 하시려 합니까? 저희가 알면 안 되겠습니까?"

일휴는 고개를 젓고 애틋하게 설명해주었다.

"그것은 천기라네. 지금은 밝힐 수 없지만 때가 되면 우리는 다시 너희를 만나게 될 것이야. 그때 모든 것을 알려주겠네. 자, 그럼….”

일휴가 자리에서 일어나자 제자들은 그 자리에서 무릎을 꿇었다.

"스승님, 존체를 강건히 보존하시옵소서. 저희들은 목숨을 바쳐 할 일을 다 하겠습니다."

제자들은 눈물을 흘리고 있었다. 일휴스승도 가슴이 아픈 나머지 이를 똑바로 보지 못하고 고개를 돌렸다. 일휴스승은 이렇게 떠나갔다. 우리 민족의 시간은 나쁜 미래와 접속하기 위해 계속 질주하고 있었다.

다중우주

오늘 아침 신문에는 과학기사가 크게 실렸다. 미국의 유명한 과학자가 한국의 대학에 와서 강연을 했는데, 내용은 시간에 관한 것이었다. 끈이론 전문가인 타운스 교수는 한국 학생들이 시간에 관해 질문한 것에 대해 끈이론을 사용해 상세히 설명했다.

질문 중 하나는 평행우주에 관한 것으로, 이는 우주가 하나가 아니라 시간의 전개에 따라 여러 갈래로 나뉘어져 나란히 존재한다는 것이었다. 이른바 평행 우주론인데, 미국에서는 이 이론을 신봉하는 사람이 90%를 넘는다고 한다.

결국 시간 전개라는 것은 외길을 가는 기차 레일이 아니라 무수히 갈래 쳐서 나중에 무한대에 이를 수 있는 다중시간 현상인 것이다. 이 이론이 발표된 지는 불과 수십 년밖에 안 되었지만 당위성은 점점 밝혀지고 있다. 시간은 다중 그림처럼 전개되고 현재는 그들 중 하나로 귀속된다는 것이다.

현재가 미래를 만들어내는 것과는 양상이 크게 다르다. 미래는 원인과 결과가 엄격히 이루어지는 것이 아니라 무작위로 일어나는 듯 보인다. 물론 무작위처럼 보이지만 실은 가능성의 망라일 뿐이다. 시간 전개는 100년 전쯤 만들어진 양자역학 이론에서 이미 다중화, 즉 평행우주가 암시되어 있었다.

시간은 하나의 길을 선택하는 것이 아니고 중첩되고 계속 파생되어 나아간다. 대자연의 현상을 표현하는 파동방정식은 모든 가능성을 열어놓고 있다. 그리고 그 가능성이란 선택의 문제가 아니라 실제로 모든 세계가 각각 존재한다는 것이다.

타운스 교수는 학생들로부터 또 다른 질문도 받았다. '시간여행이 가능한가?'였다. 우리는 으레 미래로 향해 가고 있지만, 남보다 빠르게 미래로 간 다음 과거로 다시 돌아올 수 있느냐를 물은 것이다. 반대로 과거에 갔다가 다시 현재로 돌아올 수 있느냐의 문제도 있다.

이 문제는 오랜 세월 동안 과학계에서 연구와 논의가 있었다. 그중 하나를 보면, 어떤 사람이 과거에 가서 자신의 부모를 죽인다면 그 사람은 존재하느냐 하는 문제가 있다. 부모가 없으니 자식도 없을 것이다. 처음엔 이렇게 결론이 났다. 하지만 여기에 더 복잡한 문제가 개입된다. 없는 자식이 어떻게 과거로 가서 부모를 죽일 수 있느냐다. 이런저런 이유에서 시간여행은 할 수 없는 것으로 알려져 있었다.

그러나 다중우주에서는 이 문제가 말끔히 해결된다. 부모가 죽은 우주가 있는가 하면 부모가 살아 있는 우주도 함께 존재한다는 식이다. 시간여행을 한 자식과 그렇지 않은 자식이 존재하기도 한다. 세계는 무한히 많아서 가정할 수 있는 모든 세계가 실제로 존재하고 있다. 타운스 교수는 분명히 말했다. 시간여행은 머지않아 가능하다고…. 그리고 오늘날 UFO라는 것은 미래에서 현재로 시간여행을 하고 있는 존재라고….

타운스 교수의 설명은 여기까지였지만 많은 사람들은 시간현상에 대해 폭넓게 생각하는 계기가 되었다. 자연의 섭리는 참으로 기묘하고 심오하다. 모든 것은 문명이 발달함에 따라 차차 밝혀지겠지만 지금은 확연히 결론을 내릴 수는 없다.

다만 물질이 아닌 정신, 예컨대 영혼이 시간여행을 할 수 있느냐는 문제에 대해서는 대답이 좀 더 쉬워진다. 영혼이란 물질 이전의 존재이므로 시공간에 구애를 받지 않고 좀 더 자유롭게 시간여행을 할 수 있다고 보는 것이 많은 사람의 생각이다. 실제 그런 능력이 있는 사람은 드물지 않게 보고되고 있다.

　우리나라의 경우 신통한 무당들은 과거에 감춰진 비밀을 밝혀내기도 하고, 미래 일을 미리 예언하는 경우도 있다. 보통 사람의 경우에도 육감이란 것으로 시간을 꿰뚫고 있는 것처럼 보인다. 과거의 성현들이나 도인들은 오랜 미래를 예언하기도 하고 그것이 현실로 드러난 경우는 아주 많았다. 그야말로 미래를 보는 것이다. 이는 시간여행보다는 훨씬 현실적인 셈이다.

　다만 영혼이 시간여행을 할 수 있다면 그 영혼이란 도대체 무엇이란 말인가! 그리고 다른 문제도 있다. 영혼이 시간여행을 하면서 실세계에 대해 영향을 미칠 수 있느냐다. 종교에서는 인간의 염원이 미래를 바꿀 수 있다고 말한다. 그렇다면 과거도 바꿀 수 있는 것이 아닌가! 이럴 때 또다시 등장하는 것이 다중우주론이다. 어쨌거나 우리는 현재 우리의 우주에서 우리의 시간을 맞이하고 있는 중이다. 우리는 어디로 흘러가고 있을까?

쾌감과 양심

미아리 큰집의 준철은 지난밤 다시 한 번 기묘한 꿈을 꾸었다. 이제는 기묘한 꿈이라고 하기보다는 즐거운 꿈이었다고 말하는 게 옳을지 모른다. 준철은 지난번 꿈과 마찬가지로 이번에도 극한의 성적 쾌감을 맛보았다.

지난밤 나타난 여인은 전에 보았던 그 여인이었지만 좀 더 선명했다. 물론 얼굴이 확연히 드러난 것은 아니었다. 보일 듯 말 듯한 상태였는데, 준철은 상상으로 그 여인을 마음속에 그려 넣었을 뿐이다. 여인은 아름답지만 사악하다고 준철은 생각했다.

하지만 그 여인이 싫은 것은 아니었다. 너무나 고맙고 좋기만 했다. 그 여인은 순식간에 준철의 아랫도리에 깊게 접촉하고 한없는 쾌감을 일으켜 세워준다. 이는 부끄럽고 왠지 죄가 되는 것 같았지만 준철은 도무지 이에 저항할 수가 없었다. 그 여인은 순식간에 자신의 그 신비한 곳을 준철의 남성에 접촉시킨다. 막을 새가 없는 것이다.

그러나 한편으로는 준철이 그 여인을 암암리에 끌어들이는 것이었다. 그 과정은 준철이 일부러 모르게 하는 것이 분명했다. 부끄러움을 피하고 재빨리 쾌감을 얻기 위해서였다. 어느덧 준철은 그 여인과 동업자(?) 관계가 형성된 것 같았다. 자신의 아래쪽의 쾌감을 위해서…. 그러나 자신의 위쪽, 즉 이성과 양심은 그 여인을 거부했다. 하지만 감성은 그 여인을 힘껏 끌어들이고 있는 것이다.

그런데 준철은 자신의 꿈을 이해할 수가 없었다. 꿈이라면 보통은 희미하고 주관이 없는데 이 꿈은 선명하고 쾌감도 강렬했다. 준철은 여인의 몸을 모른다. 하지만 성적 쾌감은 보통 남자처럼 잘 알고 있었다. 다만 꿈은 어째서 실제처럼 그토록 알맞게 자극을 해주느냐가 이상했다. 준철은 이것이 흔히 말하는 몽정이 아니라는 것은 이미 감지하고 있었다. 그렇다면 이 꿈은 무엇이란 말인가!

실은 꿈이 아닐 것이고, 실제 정신의 어떤 현상일 것이다. 준철은 여기까지 생각해보았다. 혹시 어떤 귀신 같은 존재가 찾아오는 것은 아닐까? 귀신이 나타나 남성의 몸을 자극한다! 이는 충분히 가능한 일이다. 그 여인도 어떤 쾌감을 느끼고 있을까? 그것은 알 수 없다. 귀신은 몸이 없으니 산 사람처럼 느끼지는 못하겠지! 귀신이 성적 쾌감을 느낀다 해도 몸 있는 인간처럼 그토록 강력하지는 않을 거야.

준철은 별의 별 생각을 다 하고 있었다. 미소도 지었다. 그러나 그 순간 스스로 깜짝 놀랐다. 옳지 않은 성적 쾌감, 이는 배척해야 마땅하다. 좋아해서는 안 될 것이다. 준철은 자신이 방금 지은 미소를 후회했다. 꿈 속의 마녀를 그리워하는 것은 죄악이기 때문이다. 그러나 그 좋았던 순간을 지울 수가 없었다. 만약 누군가 이렇게 묻는다면 준철은 무엇이라 대답했을까?

'너는 그 여인이 다시는 안 찾아오길 바라는가?'

아마도 준철은 대답을 망설였을 것이다. 준철은 이것을 스스로 간파했다. 때문에 정신이 몹시 혼란스러웠다. 도대체 그 여인은 무엇이란 말인가! 준철은 또한 무섭기도 했다. 귀신이라서가 아니라 그 여인이 다시는 찾아오지 않을까 봐. 만약 그 여자가 매일 밤 찾아온다면 이는 더할 수 없는 행복일 것이다. 그런데 그대로 괜찮은 것일까? 그래서 안 된다고 하면 나는 그것을 마다할 수 있을까?

준철은 머리를 쥐어짜고는 컴퓨터를 두드렸다. 무엇인가 정보를 얻기 위해서였다. 나 말고도 이런 경험을 가진 사람이 있을까? 그는 꿈에, 아니 비몽사몽간에 그 짓을 계속하고 있을까? 그리고 그 여인은 도대체 무엇이며, 왜 나타날까? 준철이 컴퓨터로 검색을 하는 중에도 두려움 하나는 분명했다. 그 행복하고 짜릿한 경험이 두 번만으로 끝난다면 얼마나 괴로울까? 준철은 인생에서 새로운 위기를 맞이하는 중이었다.

서명운동

중앙물산 박진곤 회장이 만든 단체인 시장경제자유민주주의 대한민국 수호국민연합은 창설된 지 수개월 만에 자그마한 사업을 시작했다. 그것은 서명운동이었는데, 현 대한민국의 이념을 지지하느냐를 묻는 형식으로 진행되었다. 국민연합은 내용을 분명히 하기 위해 공산주의를 반대하고 또한 조선민주주의인민공화국의 이념에 반대하는 사람이 서명하는 것이라고 친절한 설명을 붙여놓았다.

오늘날에 와서는 북한의 이념, 즉 공산주의도 민주주의라고 부르기 때문에 혼돈을 피하기 위해 부득이한 조치를 취한 것이다. 북한을 지지하는 운동을 민주화 운동이라고 불러서는 안 될 것이다. 그들은 어째서 솔직히 공산주의라고 말하지 않고 민주주의라고 주장하는가!

국민연합은 현재 남한에 거주하는 대한민국 국민이 북한 편을 드는 것을 색출하고자 했다. 흔히 말하는 좌익이니 우익이니 하는 단어 대신 이념을 분명히 하자는 것이다. 좌익도 좋고 우익도 좋으니 북한의 이념이 아닌 남한의 이념을 지지하는 사람은 서명으로 이를 선언해달라는 것이었다. 국민연합은 북한은 적이라고 선언하고 적이 아닌 우리 편을 확인하고자 했다.

이러한 서명운동에 광화문 거리의 독립군은 크게 반발하고 나섰다. 북한 편이냐 남한 편이냐를 묻는 것은 국민을 둘로 분열시킨다는 이유에서였다. 그들은 또 말한다. 우익의 이념은 친일 이념이고 좌익의 이념은 반일 이념이라고….

319

국민연합 측은 발표문을 만들어서 반일이기만 하면 공산주의도 용납해야 하는 것인가를 묻고 있었다. 그러나 그들은 이것은 절대 대답하지 않는다. 그래서 국민연합은 서명운동을 하게 되었다고 밝히면서 친일이든 반일이든 상관없이 친공이냐 반공이냐를 밝혀달라고 호소하고 있는 것이다.

광화문이나 시청 근방에서는 서명운동을 할 수 없었다. 거리의 독립군이 이미 점령하여 자신들의 영토처럼 사용하고 있었기 때문이었다. 그렇지만 변두리 쪽이나 온라인상의 서명은 그들이 막지 못했다. 국민연합 측은 케이블방송에 광고까지 내면서 대대적인 서명운동을 강행했다. 간절한 호소를 덧붙이면서….

그러나 이는 대한민국을 지지해달라는 호소는 아니었다. 그저 북한이 아닌 대한민국을 지지하는 사람은 서명해달라는 것뿐이었다. 국민연합 측은 서명운동을 영구적으로 전개하기로 작정했다. 북한이 핵무기까지 준비해놓고 호시탐탐 남한을 침공하려는 상황에서 적군과 아군을 분명히 해놓자는 뜻이었다.

이 운동에 얼마나 많은 사람이 서명할지는 알 수 없었다. 하지만 누가 누구 편인지를 밝히는 것만으로도 뜻 있는 일이라고 국민연합 측은 말하고 있다. 이로 인해 시장경제자유민주주의 대한민국수호국민연합의 존재는 만천하에 드러나고 있었다.

미래가 시작되다

머지않은 미래의 어느 날, 시간현상이 점화되고 역사가 진행되고 있었다. 이로 인해 과거의 한 역사도 따라오기 시작했다. 이는 한 역사 다음에 올 역사가 미리 정해지고 있다는 뜻이다. 뒤에 따라오는 역사는 앞의 역사에 접속하기 위해 방향을 조준하면서 질주하기 시작했다. 앞의 역사는 뒤따라오는 역사를 잡아당기고 있다. 두 역사는 이제 서로 하나의 짝으로 자리매김하고 있는 것이다. 두 역사를 잇는 운명의 끈은 점점 강해지고 있었다.

단군족의 남쪽 지역은 현재 행복하건만 그 장래는 참담했다. 같은 민족인 두 집단은 1만 년의 역사상 가장 큰 대결을 앞두고 있는 것이다. 이는 남쪽 집단에 의해 이끌어지고 있었다. 그들은 행복한 오늘을 마다하고 내부 싸움에 혈안이 되어 있기 때문에 북쪽 집단도 이를 이용하고 있는 것이었다. 당초 남한 내부가 철저히 단결하고 있었다면 북한은 전쟁을 선택하지 않고 협상을 시작했을 것이다. 그러나 남한 내부에 균열이 생기자 북한은 이를 놓칠 수 없었다. 저절로 무너지고 있는 집단과 누구인들 협상을 하겠는가! 놔두면 스스로 멸망할 것을….

남한 사회는 어째서 국가를 마비시키고 배신을 일삼는 무리들을 응징하지 않는 것일까? 남한의 단군족들은 북한에 종속되기를 원하고 자신의 정부를 무너뜨리기 위해 오늘도 거리로 나서고 있다. 밀실에서는 나라가 망하도록 운명을 진행시키고 있는 중이다. 이로써 참담한 미래는 점점 가까워지고 있었다.

흑상어

북한 해군 동해사령부 제47부대는 최고사령부로부터 직접 전문을 받았다. 제47부대는 비밀업무를 수행하는 곳으로, 여기서 행하는 모든 작전은 최고사령부 명령에 의해 이루어지고, 작전이 개시되면 동해사령부는 모든 업무에 앞서 이들의 작전을 최우선적으로 도와야 하는 의무를 지게 된다. 제47부대장은 부하가 가지고 온 전문을 읽으며 결연한 의지를 다지고 있었다.

'거북작전을 개시할 것.'

작전명령서는 단순한 지시문이었지만, 부대장은 오래 전부터 준비해온 극비작전의 막이 오르는 것에 대해 흥분과 희열을 느끼고 있었다. 암호명 거북작전은 인민공화국 득의의 작전으로 이번 작전이 성공하면 남한은 치명적 타격을 받게 되며, 남북전쟁이 조기에 판가름 날 수 있는 위력을 발휘하게 될 것이었다.

제47부대장은 작전에 투입될 잠수함에 오르기 전 부대원에게 엄숙한 결의를 담은 훈시를 하달하고 있었다.

"제군들, 이번 작전은 북남전쟁을 승리로 이끌 최대의 작전이오. 목숨을 바쳐 임무를 완수하도록 하시오…. 우리의 행동을 조국이 바라보고 있는 중이오…."

제47부대장은 얼마 후 부하들과 함께 잠수함에 올랐다. 북한은 전쟁을 시작하고 있는 것이었다. 남한은 이를 아는지 모르는지….

흑상어로 명명된 잠수함은 동해안 비밀기지로부터 서서히 빠져나와 동쪽으로 향하기 시작했다. 흑상어의 제1차 목표지역은 동쪽 공해상, 여기서부터 제2차 목표지역인 남해로 향할 예정이었다. 칠흑같이 어두운 바다를 잠수한 상태로 흑상어는 순탄하게 항해하고 있었다.

흑상어가 해저로 항해를 하는 것은 미국의 군사위성에 포착되는 것을 방비하기 위함으로, 기지를 출발한 때로부터 수면 위로 모습을 나타내지 않았다. 이로 인해 잠수함의 항해 속도가 느려지고, 따라서 목표지점에 도달하기에는 상당한 시간이 소요될 터였다. 하지만 작전의 특성상 최상의 기밀을 유지해야 하기 때문에 감수해야 하는 조건이었다.

잠수함의 항로는 내장된 컴퓨터 시스템에 의해 자동으로 설정되어 있었고, 승무원들은 오랜 항해에 대비하여 철저한 훈련을 받아왔다. 물론 승무원들은 자기들이 어디로 가서 무슨 일을 해야 하는지는 알 길이 없었다. 작전본부는 단지 오랜 항해가 될 것이라고 알려주었을 뿐이다.

흑상어에 탑승한 모든 장병들 중에서 최종 임무를 알고 있는 자는 오로지 제47부대장 한 사람 뿐, 하지만 부대장조차도 작전의 마지막 부분은 모르는 상태였다. 작전은 길게 길게 이어져서 어디론가 향할 것이었다. 그러나 현재는 작전의 초기상태로, 다소 한가하게 진행 중이다. 위험스러운 순간들은 작전의 막바지에 나타날 것이다. 시간은 저 혼자 흐르고 있었다. 흑상어 승무원들에게는 당분간 휴식이 주어졌다.

흑상어가 기지에서 발진한 지 몇 시간 후 제1목표에 도달했다. 여기서부터는 우회전하여 남쪽으로 향하기 시작했다. 흑상어는 현재 공해상을 운항하기 때문에 노출이 되어도 문제될 것은 없었다. 하지만 부대장은 최고사령부로부터 절대적으로 노출을 피해야 한다는 명령을 받은바 있다. 본부와의 통신도 현지에 도착할 때까지는 두절되어 있는 것이다.

흑상어의 현재 함장인 제47부대장은 점호를 실시했다. 잠수함의 상태를 점검하고 장병들의 태세를 점검하기 위한 것이었다. 모든 것은 순탄했다. 동해의 드넓은 바다에서는 때마침 태양이 떠오르고 있었다.

대선생, 도마에 오르다

미국 버지니아 주 랭글리 CIA 본부 내 북한 담당 부서에서는 오랜 시간 동안 회의가 열리고 있었다. 회의의 주제는 피닉스 파일에 첨부되어 있는 대선생에 관한 것으로, 피닉스가 대선생을 제거해야 한다고 강하게 주문했던 일에 대해 당위성을 점검하는 중이었다. 마침 중국 MSS로부터 해당 정보도 도착했기 때문에 이를 신속하게 진행했다.

MSS는 CIA의 요청에 적극적으로 협조하고 있었다. 물론 CIA에서는 그 협조에 대해 충분히 보상해준 상태였다. 피닉스 파일에 의하면 북한은 중국을 적으로 여기고 있으며 유사시 북한은 중국에 대해 군사행동으로 맞설 준비가 철저히 되어 있었다. 여기에는 핵무기 사용은 물론 독가스나 생화학 무기 등 북한이 동원할 수 있는 모든 무기를 총망라하여 필사적으로 대응하겠다는 전략이 수립되어 있는 것이다.

중국은 북한의 이러한 태도에 대해 이미 오래 전부터 짐작은 하고 있었으나 구체적인 전략이나 무기, 병력 등에 관한 것은 피닉스의 정보를 통해 확실하게 입수했다. 북한은 남한에 대해서는 물론이고 중국에 대해서도 철저히 전쟁준비를 하는 중이다. 북한의 전략 중에 두드러진 것은 지하철도를 이용해 병력을 운반하고, 특히 미사일 발사 시스템까지 운반할 수 있게 한 것이다. 현재 북한은 38선에 신속하게 도달하기 위해 지하철을 폭넓게 완성했지만, 중국에 대해서도 만반의 준비를 하고 있었다.

북한은 남한이든, 중국이든, 일본이든 그 어떤 세력에 대해서도 핵무기를 조기에 사용한다는 전략을 세워두었다. 북한의 미사일 등 전략무기의 이동이나 병력 이동은 미국의 군사위성에는 포착되지 않도록 되어 있었다.

CIA는 중국에 대한 북한의 대응전략과 실제로 실행될 수 있는 군사작전을 MSS 측에 낱낱이 보고해주었다. 이는 미국의 국익에도 도움이 되기 때문이었다. 미국으로서는 중국과 북한의 대립이 심화될수록 북한을 다루기 용이하다. 게다가 피닉스 작전은 CIA와 MSS의 공동작전이어서 미국 측은 피닉스 파일을 선택적으로나마 중국 측에 공개해야 했다.

MSS는 현재 만족한 상태였다. 공동작전 이후 얻은 정보가 너무 많기 때문이었다. 그런 이유도 있고 해서 CIA가 요구한 대선생 관련 정보를 MSS 측으로서는 아주 신속하게, 그리고 성의 있게 수집하여 보내주었다. 마침 MSS 내에는 대선생에 관한 정보가 쌓여 있었다.

내용을 대충 간추려보면 다음과 같았다. 대선생은 일찍이 김일성 시대에 등장했다. 당시에는 묘향산에 특별한 도인이 있다는 것을 알았고, 6·25 패전 이후에는 김일성이 자주 대선생을 찾았던 것이다. 처음에는 점을 친다거나 미국에 대한 전략에 관해 자문을 구했으나 나중에는 그것이 빈번해지고 북한 지도층 내에서 널리 알려진 인물이 되었다. 급기야 김정일 시대에는 아예 평양으로 옮겨 와서 국가 중요전략에 관여하게 된 것이다. 대선생은 중국에도 한 번 다녀간 바 있고, MSS의 북한 중요인사 명단에도 올랐다.

CIA 비밀 회의실에서는 대선생 문제가 집중 논의되고 있는 중이다. 전략분석가 한 사람이 말했다.

"지난 수십 년간 우리는 대북한 정책에서 한 번도 성공할 수 없었습니다. 이는 북한의 의중을 도무지 가늠할 수 없었기 때문입니다. 우리뿐 아니라 중국도 6·25전쟁 이후 북한에 대한 통제력을 점점 잃어 가다가 급기야 북한이 핵무기까지 만들게 되었습니다. 오늘날 중국이든 미국이든 북한을 상대로 한 전략은 100% 실패로 끝났습니다.

이것은 왜일까요? 북한에 누군가 아주 특별한 인물이 있는 것이 아닐까요? 현재 우리 미국이나 UN, 서방 국가는 물론 한중일 모두 북한에 끌려가고 있습니다. 그들을 도무지 당할 수가 없습니다. 북한에 대한 예측은 모든 것이 빗나가고 있습니다. 북한은 미국이나 중국에 대해 전혀 위축되고 있지 않습니다. 위축은커녕 요즘은 오히려 공격적으로 나오고 있습니다.

중국은 차츰 북한에 굴복하는 중입니다. 머지않아 중국은 자신들을 위해 북한을 동맹으로 받아들이지 않을 수 없게 되어 있습니다. 그동안 우리가 모든 수단을 동원했는데도 북한은 패한 적이 없습니다. 북한에 중국이나 우리 미국을 휘저을 수 있는 인물이 있다고 봐야 합니다.

현재 세계가 북한에 대해 쓸 수 있는 카드는 모두 사용했습니다. 하지만 효과는 없었습니다. 이유는 뻔합니다. 북한에 특별한 인물이 있어서 그가 모든 것을 지휘하고 있기 때문일 것입니다. 저는 피닉스의 지적이 옳다고 생각합니다. 대선생을 제거하는 것이 북한을 약하게 만들고 세계에 대한 북한의 위협을 잠재울 수 있다고 봅니다."

CIA국장 잭슨은 전략분석가의 주장에 동감하고 있었다. 또 한 사람의 전략분석가가 주장을 펼쳤지만 내용은 대체로 같은 것이었다. 북한에는 우리로서는 상대할 수 없는 신비의 인물이 있으며, 그를 제거하지 않는 한 북한은 점점 더 강해져 중국이나 러시아처럼 거대한 국가로 성장할 것이라는 것이다. 이는 점점 커가는 중국에 이어 또 하나의 위협이다. 잭슨 국장은 모든 사람의 의견을 종합한 후 자신의 생각을 발표했다.

"여러분, 충분히 알겠습니다. 이제 우리는 지난 수십 년 동안 북한에 끌려다닌 이유를 알게 된 것 같습니다. 아무래도 피닉스의 견해를 수용해야겠습니다. 그는 오랜 세월 동안 북한 수뇌부 일을 훤히 알고 있었습니다. 그런 사람이 그토록 청원하는 것이라면 대선생은 제거되어야 마땅할 것입니다. CIA는 결론을 내렸습니다. 대통령을 직접 찾아뵙고 상세히 보고하고 대선생 제거에 관한 재가를 받겠습니다. 그리고 이는 중국 측의 협조도 얻어야 하므로, 우리 측 대표단이 직접 MSS를 방문할 것입니다. 나는 지금 바로 대통령을 찾아뵙겠습니다. MSS에 파견할 대표단을 선정해주십시오."

CIA 회의는 이렇게 마무리 되었다. 대선생의 운명은 과연 어떻게 될 것인가! 북한은 현재 이 시간에도 핵무기 제조를 위해 우라늄 농축을 계속하는 중이다.

마녀의 원한

일지매는 방금 잠에서 깨어났다. 이한영의 침대, 한바탕 쾌락의 늪에 빠졌던 일지매는 잠깐의 수면을 통해 기력을 다 회복하고 이한영과 마주 앉았다. 일지매는 기운을 회복했으니 한차례 더 육체에 욕망의 불을 지피고자 했으나 이한영은 응하지 않았다. 몸이 더 이상 감당할 수 없었고, 또한 다른 이유가 있어 사양한 것이다.

일지매 역시 더 이상 조르지는 않았다. 내일 다시 와서 하면 될 일을 오늘 끝장을 낼 필요는 없는 것이다. 일지매로서는 이한영의 몸에 한계가 있다는 것이 몹시 아쉬웠다. 하지만 인간이 일지매처럼 강할 수는 없다.

"일매…!"

이한영은 다정하게 불렀다. 오늘은 무슨 얘기를 할까? 일지매는 누나가 얘기하는 것은 무엇이든 싫지 않았다. 누나로 인해 세상을 알아가고 자신이 점점 더 위력 있는 사람이 되어가는 것이 즐거웠다. 이한영이 말했다.

"일매! 누나가 부탁이 좀 있어. 들어줄 거지?"

일지매는 고개를 끄덕이고 반문했다.

"누나! 내가 언제 누나 말을 안 들은 적 있어? 오늘은 누구를 혼내주는 건데?"

일지매가 이한영의 부탁을 들어주는 것이라고 해봤자 사람을 혼내주거나 죽이는 것뿐이다. 그 외에는 남자의 그것(?)을 사용하여 여인을 행복하게 하는 것이었다. 이한영은 일지매를 빤히 바라보다가 가련한 자세로 말을 시작했다.

"일매, 심각한 얘기야. 잘 들어야 돼."

"…."

"나는 오래전 어떤 사람으로부터 심한 공격을 받아 완전히 망했었어. 그는 엄청난 부자야. 나는 그 사람 밑에서 일하면서 노동운동을 했었지. 일매는 노동운동이 뭔지 모르지?"

"응, 누나. 그게 뭐야?"

일지매는 고개를 갸우뚱하며 난감한 표정을 지었고, 이한영은 한숨을 쉬고 나서 말을 이어갔다.

"노동운동이란 것은 부자들의 착취에 대항하기 위해 가난한 사람들이 하는 단체행동이야. 나는 그 운동의 리더였는데, 부자의 음모에 의해 고발을 당했어. 그는 나에게 불법파업이라는 죄목을 씌워 고발했고 손해배상을 청구했지. 나는 재판에 져서 감옥에도 갔다 오고 조금 있던 재산도 다 날렸어. 나는 아무 죄도 없는데 말이야. 죄라고 해봐야 가난한 죄밖에 없지. 부자들은 돈이 많아서 재판을 하면 무조건 이긴다고…! 나는 파업을 했을 뿐인데, 그는 나를 횡령, 사기, 기물 파손 등 엉뚱한 죄목으로 몰아붙였지. 나는 그로 인해 건강도 상했고 살아갈 기반을 다 잃었어. 지금도 근근이 살아가고 있지만 너무 힘들어…. 우리 남편은 빚에 쫓겨 자살했고 우리 동지들은 회사에서 다 쫓겨났지. 나는 죽을힘을 다해 살아남았지만 내 동지들은 비참한 인생을 살아가고 있어…. 이 모든 것이 그 부자 놈 때문이야. 그놈만 없어진다면 나의 한이 풀릴 텐데…."

"누나, 그놈이 누군데?"

일지매가 끼어들었다. 얼굴이 상기된 것으로 보아 분노가 끓기 시작한 것이다. 이한영은 허탈한 웃음을 짓고 말을 이었다.

"일매, 오늘 나하고 가볼 데가 있어. 같이 나가자."

"…."

이한영은 일지매의 품에 잠시 안겨 있다가 팔짱을 끼고 오피스텔 문을 나섰다. 두 사람은 곧장 지하에 있는 주차장으로 가서 차에 올랐다. 차는 건물을 빠져나와 시내 외곽으로 향했다. 이때 일지매는 속으로 생각하고 있었다.

'세상엔 참으로 나쁜 놈이 많아. 누나를 괴롭힌 놈은 마땅히 혼내줘야겠지! 아니, 죽여버려야 해. 더군다나 부자라고 하니 죄가 많은 놈이잖아…!'

일지매는 살인의 방법을 생각하고 있었다. 그러면서 잠깐씩 이한영이 운전하는 모습을 쳐다봤다. 가련하고 섬세한, 그리고 아름다운 모습이었다. 차는 시내를 빠져나와 한적한 곳을 달리고 있었다. 날씨는 구름이 잔뜩 낀 상태. 하지만 비가 올 것 같지는 않았다. 일지매는 밖을 내다보다가 가끔씩 이한영이 운전하고 있는 모습을 바라봤다. 언제 봐도 늘씬한 다리…. 일지매가 특별한(?) 상황을 상상하는 동안 차는 험한 길로 들어섰다. 주변은 삭막한 느낌을 주고 있었다. 이윽고 목적지에 도착했다. 차는 주차장이 따로 없는 공터에 주차해놓았다.

"일매, 여기야. 이런 곳은 처음 와보지?"

이한영의 물음에 일지매는 딱히 대답할 말이 생각나지 않았다. 이런 곳이라니…? 잠시 후 두 사람은 언덕을 오르기 시작했다. 이곳은 노원구에 있는 빈민촌, 소위 달동네라고 하는 곳인데 사람은 거의 보이지 않았다. 건물은 다 쓰러져가고 있어서 폐허인지 사람 사는 동네인지 쉽게 판별할 수 없었다. 그러나 무너진 담, 기울어진 벽 안쪽에 인기척이 있었다. 대개는 노인이고 가끔 어린아이들도 보였다. 이들의 안색은 희망이 없어 보이고 몸은 기력이 없어 보였다. 이한영은 동네 곳곳을 말없이 돌아다니는 중이다.

이때 일지매는 오래된 과거를 생각했다. 이 동네보다 더욱 험난한 환경에 살았던 일지매는 엄마를 생각하는 중이다. 슬픔과 분노가 아지랑이처럼 피어올랐다. 처참했던 과거! 불쌍한 엄마. 일지매는 공무원들이 찾아와서 무허가라며 엄마와 둘이 살고 있던 집을 부숴버리는 장면도 떠올랐다. 공무원이 떠나가고 나면 엄마는 판자로 주섬주섬 빈 공간을 막았었다.

일지매는 이때부터 분노를 키워왔던 것이다. 지금 이한영과 함께 걷고 있는 이곳은 일지매의 과거를 회상하기에 충분했다. 일지매의 마음을 아는지 이한영은 일지매의 손을 꼭 잡아주었다…. 두 사람은 공감이라도 하듯이 한동안 손을 꼭 잡은 채로 달동네 곳곳을 돌아다녔다. 이윽고 이한영이 말했다.

"일매, 나도 어렸을 때는 이런 곳에서 살았어. 일매도 어렸을 때 몹시 가난하게 살았지?"

일지매는 이 순간 눈물을 글썽이며 대답했다.

"누나, 나도 이런 곳에서 살았어. 더 심했지. 이곳은 이웃이나 있잖아! 나는 산속 움막이었고, 공무원이 자주 나와 집을 부숴버렸어…."

이한영은 일지매의 어깨에 기대어 달동네를 내려왔다. 이한영은 이곳에 왜 일지매를 데려왔을까? 차에 타자 이한영이 바로 말했다.

"일매, 이 사람들은 부자들 때문에 이렇게 사는 거야. 그들은 가난한 사람을 실컷 부려먹고 이렇게 버려두는 거지!"

"…."

일지매는 말없이 고개를 끄덕여 공감을 표시했다. 이한영의 말이 이어졌다.

"일매, 아까 집에서 말했던 사람 말이야. 그는 나를 망친 사람이야. 복수하고 싶어! 일매, 나를 도와줄래?"

일지매는 이 말에 운전대 위에 손을 얹어 이한영의 손을 꼭 잡았다. 그리고 이어 말했다.

"누나! 그놈이 누구야? 내가 복수해줄게. 아니, 죽여버릴 거야. 누구야?"

이한영은 울고 있었다. 이한영은 아무 말 없이 차를 조용히 운전해서 사무실로 되돌아왔다. 두 사람은 사무실에 들어와서는 한동안 포옹을 하고는 마주 앉았다. 이한영은 자신의 사연을 털어놓기 시작했다.

살인목표

2001년 봄, 중앙물산은 2세 경영체제를 가동하고 있었다. 이는 박회장의 아들인 박영민이 중앙물산 계열의 어떤 회사에 대표이사로 부임하면서 본격화되기 시작했다. 박영민은 오랜 세월 외국에 나가 있었는데 돌연 귀국해 회사의 경영자로 나선 것이다. 이런 방식은 어느 재벌이나 흔히 있는 일인데, 박영민은 특이한 면이 있었다.

이 사람은 회사를 인수하자마자 상당히 강성으로 운영하는 것이었다. 근무규정을 엄격히 하고 노조에 빈번히 도전하고 있었던 것이다. 도전? 이는 노조가 사용하는 단어였다. 박영민은 규정에 따라 회사를 운영하는데 노조는 그것을 자기들에 대한 도전이라고 부르는 것이다. 노조에 함부로 도전하지 말라는 위협은 인쇄물로 전 직원에 배부되기도 했다. 대표이사는 묵묵히 자기 일을 할 뿐이었다.

그러던 중 노조는 파업을 일으켰다. 자신들의 회사 문제가 아니라 노조가 속해 있는 노총 산하의 다른 회사의 문제로 동맹파업을 시작한 것이다. 물론 노조는 파업의 명분으로 임금인상을 곁들였다. 이는 동맹파업하는 김에 임금 문제를 거론한 것이었다.

파업이 시작되자 박영민 대표는 법원에 소송을 제기하여 불법파업이라는 판결을 얻어냈다. 임금문제는 회사의 수익 대비 적정선이라는 것을 외부 회계법인으로부터 공식 제기하고 지난번 파업 때의 협의문건을 위반한 사실도 지적했다. 이외에 동맹파업이란 것의 부당성을 호소했는데 법원은 불법파업으로 결정을 내려주었다. 그러자 박영민은 직장을 폐쇄

하고 파업 데모대를 회사 밖으로 쫓아냈다. 이와 동시에 박영민은 당장 파업을 중단하라고 촉구하고 복귀하지 않는 자는 해고시키겠다고 선언했다.

노조는 반발했다. 이들은 회사 밖에서 무력시위를 하고 일부는 내부로 침입하여 회사의 생산설비를 파괴하는 등 강하게 맞섰다. 이에 박영민 대표는 복귀하지 않은 직원을 해고했고, 또한 그동안 노조가 저지른 비리를 파헤쳐 검찰에 고발했다. 회사는 한동안 시끄러웠다. 노조 측은 협상을 요구했지만 박대표는 이를 외면하고 법적 절차를 강행했다. 결국 많은 사람이 회사를 떠나게 되었고, 일부는 비리로 재판을 받아 감옥행이 결정되기도 했다.

이후 회사는 박대표의 요구대로 재편되고 축소되었다. 이때 박대표는 회사를 부서별로 쪼개 각 부서의 직원이 주주가 되는 식으로 해서 이들을 중앙그룹에 납품하는 형식으로 독립시켰다. 그 후 박대표는 중앙그룹 내의 다른 회사에도 관여하여 회사의 주력 사업장을 외국으로 옮기기 시작했다. 박영민은 노조가 이토록 강한 힘을 갖고 기업주를 지배하는 환경에서는 사업할 수 없다고 천명하고, 모든 회사를 점점 외국으로 옮겨가기 시작한 것이다.

이는 오늘날 우리나라 기업의 현실이기도 했다. 현재 우리나라 기업은 외국에 나가 수백만 명을 고용하고 있는데, 이는 노조의 횡포를 피하기 위한 것이다. 박영민은 아버지로부터 회사를 물려받은 후 15년 만에 거의 모든 계열사를 외국으로 이전했다. 물론 회사 직원도 외국인으로 교체한 것이다.

박영민의 판단에 의하면 현재 우리나라의 노조는 기업주 위에서 소위 '갑질'을 하고 있는바, 자신은 이를 당하고만 있지 않겠다는 것이다. 박영민이 처음 부임한 회사에서 일어난 파업에 대해서도 이를 실제로 보여주었다. 그 당시 노조는 극한적으로 강한 조직이었기 때문에 박영민의 조치에 대해 비웃었다. 네가 감히 노조를 이기려고 해…! 노조는 물리적인 힘을 동원해서라도 박영민을 이기려 했다.

이때 노조를 이끄는 사람은 김건식과 그의 아내인 이한영이었는데, 이들 부부는 아주 지독했다. 그러나 박영민은 이들보다 훨씬 더 지독한 사람이었다. 박영민은 부당한 노조행동에 대해서는 절대 굴복할 수 없다고 선언했고, 타협이나 관용도 없었다. 박영민은 마치 노조를 파괴하려고 나타난 화신 같았다.

당시 이한영은 회사 돈을 횡령하던 중이었는데, 이를 방어하기 위해 파업을 일삼기도 했었다. 그러나 박영민에 의해 노조는 패했고, 이한영의 죄는 철저히 응징되었다. 박영민으로 인해 직장을 잃게 된 사람은 많았지만 박영민은 노조의 횡포를 막기 위해서는 그들의 희생이 당연하다고 여겼다.

박영민은 이렇게 말했다. "회사가 사업이 부진해서 망하는 것은 어쩔 수 없으나 노조 때문에 망하는 것은 두고 볼 수 없다." 박영민은 이런 사람이었다. 이한영은 이 사람을 죽여달라고 일지매에게 부탁했다.

"일매! 박영민이란 작자는 부자이고, 악인이야. 이런 자는 세상에 살아서는 안 돼! 벌을 줘야 돼…."

이한영은 눈물을 흘렸고 일지매는 분노로 이를 갈았다. 이로써 박영민은 일지매의 살인목표가 된 것이다.

피닉스의 위기

북한 특수보안국 국장 강주혁 대장은 휴대폰의 벨소리를 들었다. 강대장은 벨소리가 한 번이 다 울리기도 전에 전화기를 열고 상대방을 확인했다. 이는 강대장의 습관으로, 오랜 세월 동안 훈련받은 행동이었다. 순식간에 전화를 받고 상대방이 누구인지를 파악하는 것은 자신의 태도를 관리하는 데 큰 도움이 되기 때문이었다.

강대장은 언제나 갑작스런 전화를 좋아하지 않는다. 얼떨결에 전화를 받았다가는 자신의 모습이 들키기 쉽기 때문이다. 특별히 뭔가 숨기는 게 있어서 그렇다기보다는 모든 면에서 비밀주의를 택한 것뿐이다. 그래서 식사 중에 전화 받는 것을 싫어했다. 자신이 식사 중이라는 것을 들키기 때문이다. 잠자고 있을 때도 싫어했다. 하지만 깊게 잠들었을 때도 벨소리 한 번에 정신을 바짝 차리고 최상의 상태로 전화를 받았다.

오늘 전화가 온 곳은 대선생, 강대장은 0.1초 만에 많은 생각을 하기 시작했다.

'왜 전화를 했을까…?'

하지만 아무 생각도 해서는 안 된다. 생각은커녕 오히려 멍청해야 한다. 마음을 들키지 않기 위해서…. 강대장은 아버지로부터 대선생을 대할 때 어떤 태도를 가져야 하는지 오랜 세월 동안 배워왔다. 멍청하게 대할 것, 이는 도인들이 말하는 무심無心을 말하는 것이었지만 강대장은 이를 '멍하게'라고 번역해두었다.

전화벨 소리가 두 번 울리자 강대장은 멍한 상태에서 전화를 받았다.

그러나 목소리는 씩씩하고 맑았다.

"선생님, 저 강주혁입니다. 안녕하신지요?"

강대장은 반갑게 받았다. 이는 지난 수십 년 동안 습득한 말투였다. 대선생도 밝은 음성으로 서두를 꺼냈다.

"강대장, 바쁜 거 아니오? 내가 불쑥 전화해서…."

"아닙니다. 저는 언제나 선생님의 전화가 기쁘고 영광입니다. 오늘은 무슨 가르침이 있으신지요?"

"…."

대선생은 찰나 동안 침묵하고 말을 이었다.

"강대장, 아버님의 건강이 안 좋다고 들었는데, 지금은 어떠하신지요?"

"네? 아, 저희 아버님 말씀이시군요. 선생님께서 그런 일까지 신경 써주시다니요. 아버님은 연로해서 건강이 나쁩니다. 현재 거동이 좀 불편하십니다."

강대장은 이 말을 해놓고 찰나 동안 많은 생각을 진행시켰다.

'어째서 대선생은 아버지의 건강에 신경을 쓰는가? 이는 필경 좋은 일은 아닐 것이다. 조심해야 한다. 무엇을? 어떻게…?'

대선생의 음성이 이어졌다.

"강대장, 내가 아버님을 방문하려는데 괜찮겠소?"

"네? 무엇을 물으십니까! 선생님께서 저희 아버님을 방문하신다면 저희 가문의 영광입니다. 아버님께 바로 기별하겠습니다. 언제 방문하시겠습니까?"

"강대장, 아버님의 건강이나 일정을 고려해야 할 터이니 언제가 좋은지 물어봐주시오."

"네, 분부대로 하겠습니다. 잠시 후 바로 연락드리겠습니다."

전화를 끊자 강대장은 커다란 위기감을 느꼈다. 대선생이 아버지를 방문하면 긴 시간을 함께 보낼 터…. 그렇게 되면 아버지의 많은 것이 노출될 수도 있는 것이다. 대선생은 아버지의 무엇을 알고자 하는가? 혹시 피닉스 계획을 파고드는 것은 아닌지…! 강대장은 급히 아버지에게 전화를 걸었다. 강대장의 아버지 피닉스는 즉각 전화를 받았다.

"얘야, 무슨 일로 전화를 했니?"

피닉스의 목소리에는 피곤함이 서려 있었다. 병환 때문일까? 아니면, 어떤 불길한 육감을 느낀 것일까? 강대장은 아버지의 건강을 생각하면서 일부러 편안한 음성으로 대답했다.

"아버지, 건강은 어떠하신지요? 불편한 데는 없나요?"

"얘야, 나는 별일 없어. 몸이 조금 피곤하긴 하지만…."

피닉스의 건강은 확실히 안 좋은 상태였다. 강대장은 서글픈 감정을 감추고 최대한 편안히 말했다.

"아버지, 대선생이 병문안을 하고 싶어 하십니다. 어떻게 하면 좋을까요?"

"…."

피닉스는 짧지 않은 시간 동안 침묵했다. 사태를 파악하는 시간이었을 것이다. 피닉스의 무거운 음성이 들려왔다.

"대선생이 방문하시겠다고? 좋은 일은 아니구나. 하지만 우리가 무슨 힘이 있어 그를 막을 수 있겠니…. 이렇게 해라. 현재 집수리 공사를 계획해두었다고. 완성하려면 두 달은 걸리겠지. 그때 새 집에서 모신다고 하거라…. 그보다 일찍 오시겠다면…, 어쩔 수 없겠지…. 시간을 벌어야 할 텐데…. 얘야, 너는 아무 생각 말고 내 말만 전하면 된다. 알겠니?"

피닉스는 다짐을 구했다. 강대장은 그 뜻을 다 알고 있기 때문에 밝게 답하고 전화를 끊었다. 아버지는 최대한 방문 날짜를 연기시키라는 것이다. 이유는 알 필요 없다. 그야말로 멍청하게 전할 뿐이다.

다시 대선생에게 전화를 연결했다. 대선생은 조용히 전화를 받았다.

"강대장, 어떻게 되었소?"

"네, 선생님. 선생님의 뜻을 아버지께 전했습니다. 아버지의 건강은 견딜 만하답니다. 그런데 마침 아버님이 집수리를 계획하고 있었습니다. 두 달 가량이면 완성된다고 하시면서 새 집에서 선생님을 모시면 좋겠답니다. 언제로 하면 좋을까요?"

"그런가요? 새 집이라…. 새 집이 필요하기는 하겠군요…."

대선생이 이렇게 말하자 강대장은 갑자기 슬픔이 복받쳤다.

'아버지는 건강이 나빠져서 죽음을 예상하고 있는 것이야. 죽기 전에 새 집을 보고 싶은 것이겠지…. 아버지의 집은 현재 장례를 치르기도 힘든 협소한 집이니까. 그것을 미리 수리해 두어야 할지도 모르지. 대선생이 방금 한 말이 그런 뜻일까…?'

강대장은 감정이 노출되는 것을 최대한 막으면서 기다렸다. 전화에서 대선생의 말이 흘러나왔다.

"강대장, 새 집에서 만나는 것도 좋겠군요. 건강을 잘 챙기라고 하세요. 내가 방문할 날짜는 6월 26일이 되겠군요. 특별한 일이 없는 한 그날 방문하는 것으로 해둡시다."

"네, 선생님. 환영 준비를 해놓겠습니다. 그날 제가 수행을 할까요?"

"아니오. 번거롭게 할 것 없소. 사적인 여행이니 나 혼자 가겠다고 아버님께 얘기하시오. 다른 배석자는 일체 없게 하시오. 나는 당일 낮 12시에 가서 1박을 할 것이라고 전하고, 내가 먹을 음식은 일체 필요 없다고 하시오."

"네? 선생님, 무슨 말씀이신지요? 어째서 음식이 필요 없다고 하십니까?"

강대장이 이렇게 반문하자 대선생은 약간 당황한 듯 미안한 투로 대답했다.

"허, 내가 미처 생각을 못했소. 인간들은 음식을 먹어야 하겠지요. 나는 그저 단둘이 만나고 싶으니 잔치를 벌이지 말란 뜻이오."

"네, 선생님. 지시하신 대로 착오 없이 준비해놓겠습니다. 잔치는 필요 없고 단둘이 만나고 싶으시다고요. 차 한잔 정도는 준비해놔도 되겠는지요?"

"허허, 강대장. 마음대로 하시고…. 그럼 이만…."

대선생과의 전화는 이렇게 끝났다. 좋은 일일까, 나쁜 일일까? 대선생은 아버지의 수명이 다한 것을 알고 최후의 방문을 하려는 것일까? 강대장의 생각은 여기에 멈춰졌다. 그러나 피닉스는 특별한 생각을 진행시키고 있었다.

북한군의 제1작전

미래의 어떤 시점이 또다시 점화되고 있었다. 이로써 역사는 시작되고 있건만 이는 이미 그 자리에 있었던 것이다. 어느 과거가 이 자리에 도착할지는 그 누구도 모르는 것이다. 하지만 미래는 과거를 기다리지 않고 저 스스로 움직이고 있었다.

이러한 역사는 물론 여러 과거로부터 씨앗이 날아와 형성된 것이지만 그것은 순차적인 것은 아니다. 먼 과거가 가까운 과거를 초월해 미래에 먼저 도착하기도 하면서 필연성을 증가시켰다. 그러한 미래에 도착하고 나면 과거는 가지런히 줄 서 있는 모습을 보게 된다. 하지만 과거에서 미래는 보이지 않는다. 이것이 자연의 섭리인 것이다.

과거는 길 잃은 사람의 걸음걸이처럼 아무 곳으로나 향하다가 미래를 만나게 된다. 그러한 미래를 바라든 바라지 않든 간에…. 단군족의 참담한 앞날은 보이지 않는 가운데 암초처럼 기다리는 중이다. 어떤 암초, 즉 미래의 역사는 과거를 맞이하고 미래로 향한다.

그 어느 날, 조선민주주의인민공화국 함대는 동해상을 남하하는 중이다. 이보다 먼저 북한은 일본의 해군력 증강에 대해 오랜 세월 동안 비난해왔다. 일본은 한반도를 침략하려고 해군력을 계속 증강시키는 것이라고…. 북한의 비난이 사실이든 아니든 일본은 자기 갈 길을 가고 있었다. 북한은 이를 응징할 것이라고 대내외에 선언해왔다.

오늘은 무력시위를 하는 중이다. 북한의 동해 함대는 공해상으로 계속해서 남하했다. 이는 외부에서 보기에는 일본을 위협하는 무력시위로 보일 뿐이다. 하지만 그 속셈은 알 길이 없다. 따라서 일본은 동해 일원에 해상 경계령을 내리고 북한 함대의 행동을 주시하고 있었다.

남한 당국도 마찬가지였다. 비록 공해상이었지만 대규모 함대가 남쪽으로 내려온다는 것은 께름칙한 일이다. 남한 당국은 북한의 대규모 훈련에 대해 데프콘3을 발령하고 있었다. 연안 해군부대는 단계가 더 높은 경계태세가 발령 중이다.

북한 함대는 부산 앞 먼 바다를 항해 중이었다. 이 시점, 북한의 공군이 동해 쪽으로 발진을 개시했다. 이 항공기들은 이미 남하한 자국 함대의 뒤를 따라가고 있는 중이다. 공군과 해군의 합동훈련일까? 남한의 정보 당국은 긴장을 늦추지 않고 있었다.

이어 조선민주주의인민공화국 제1작전 선봉부대에 북한 최고사령부의 명령이 하달되었다.

'꽃밭작전 개시할 것.'

출동부대는 제83, 제87 공수부대였다. 작전 목표지점은 부산 시내. 이들은 오랜 세월 동안 훈련을 통해 부산 시내의 지리를 완전히 파악한 상태. 이들이 낙하할 지점은 적군이 집결해 있는 전선이 아니라 민간인들이 사는 후방지역이었다. 그래서 작전명도 '꽃밭'이라는 한가한 이름이 붙어 있는 것이다.

제83, 제87 공수부대 요원들은 낙하 즉시 부산 시내를 혼란에 빠뜨리고 그 지역을 사수하라는 명령을 받고 있었다. 이들에게 후퇴는 없었다. 전황이 여의치 않으면 그곳, 적의 후방지역에서 죽음을 맞이할 뿐이다. 대량의 공수부대원을 태운 비행기는 역시 공해상을 통해 남하를 시작했다. 이들은 남한 침공의 선봉부대였다.

하지만 이보다 먼저 소규모 병력을 태운 잠수함 흑상어는 남해의 어느 어촌에 비밀리에 접근했다. 해안에는 경계 초소가 일체 없었다. 이곳은 한적한 시골마을일 뿐이고, 지금은 컴컴한 새벽이었다. 흑상어는 잠망경을 통해 해안이 조용하다는 것을 간파했다. 이 지역에 가끔씩 해안 경찰이 나타날 수는 있으나 북한의 최정예부대원을 당할 수는 없는 일이다.

이들은 본국의 함대가 대규모로 남하하기 이틀 전에 이 지역에 도달해 있었다. 지금은 행동 개시의 시점. 이른바 '거북작전'은 은밀히 진행되고 있는 중이다. 이들의 병력은 100여 명으로, 부산 서쪽으로 침투하여 적을 유인하거나 파괴하는 임무를 갖고 있었다. 거북작전 부대는 급속도로 부산으로 진군하면서 공수부대의 낙하와 보조를 맞추게 된다.

이들 부대가 적의 방어선을 돌파할지, 또는 적의 부대를 서쪽으로 유인하게 될지는 현지 사정에 달려 있었다. 이들 부대는 이미 부산 도심을 향해 2시간가량 행군했다. 도중에 큰 장애는 없었다. 검문소가 하나 있었을 뿐이었는데, 그들을 기관총으로 난사하여 가볍게 처리했다. 이제 동쪽으로 계속 진군할 뿐이다. 부산 외곽의 건물이 나타나기 시작했다. 이들의 제1목표는 경찰서. 머지않은 곳에 목표지점이 있다는 것을 행군 관측병이 탐색해놓고 있었다.

이즈음, 부산 앞바다를 지나고 있는 함대에 돌연 명령이 하달되었다. 이번 작전은 오로지 함대 사령관 한 사람만 그 시점을 알고 있었는데, 이제 막 작전이 개시되었다. 함대는 부산의 민항으로 돌진을 개시했다. 이때 하늘에서는 공수부대원들의 낙하가 시작되었다.

남한 당국은 방금 전 이를 감지했다. 이와 동시에 부산 시내에 상황이 발생했다는 보고가 답지되고 있었다. 부산 사태는 부산 지역 방위사령부에 접수되고, 이 내용은 육군본부에 즉각 보고되는 중이었다. 국정원은 가장 신속하게 청와대에 모든 상황을 요약해 보고했다.

북한이 부산을 공격했다. 남한 군부는 긴급회의를 열고 정부는 데프콘2를 거치지 않고 데프콘1을 발령하고 속속 전시체제를 구성하고 있었다. 부산의 방위사령부는 예하 부대에 출동을 명령하고 상황을 완전히 장악했다. 현 상황은 북한의 남침으로서 공수부대의 부산 시내 낙하, 해군의 상륙, 게릴라 침투 등 신속하게 작전이 전개되는 중이다.

38선 지역에서는 곳곳에서 북한군의 특이동향이 포착되고 있었다. 이러한 모든 상황은 미국에도 보고되었고, 미국 정부는 미군에 즉각 개입할 것을 명령했다. 한미 합동사령부는 부산과 38선 일대의 대응작전을 수립하고 이를 실행시켰다. 한국군은 대규모 이동을 개시했다.

다만 지금 시점에서는 부산의 수비가 가장 시급한 현안이었다. 그러나 부산의 수비는 시기를 한참 놓치고 있었다. 북한군의 공수부대는 이미 착지했고, 부산항으로 쾌속정이 몰려오는 중이었다. 민항, 관광지, 수출입항 등 해안 일대에도 북한의 상륙부대가 이미 출현하기 시작했다.

한국군도 신속히 대응했지만 북한군의 움직임이 더욱 빨랐다. 낙하를 완료한 공수부대는 항구로 진격하고 일부는 부산 시내로 진입했다. 부산의 서쪽 지역에서는 최초의 교전이 시작되었다. 한국군은 잠수함으로 침투한 북한 게릴라부대와 지금 막 조우했다. 그러나 이미 잠복하고 있던 북한군의 공격을 받아 혼란에 빠졌다.

북한군의 규모를 모르는 상태에서 남한군의 부산 진입은 지체될 수밖에 없었다. 이러는 사이 북한 공수부대는 해안 곳곳에서 상륙부대를 마중하고 있다. 상황은 급속히 북한군 쪽으로 기울기 시작했다. 부산공항도 북한군의 수중에 떨어졌다.

이럴 즈음, 북한 최고사령부는 또 하나의 작전을 발령했다. 마침내 부산 침공작전이 마무리 되는 중이다. 북한의 수송기들은 동해의 공해선상을 따라 남하하여 이미 점령한 부산항구로 우회전했다. 수송기는 계속해서 날아와 부산공항에 속속 도착하여 탱크 등 중장비와 북한이 자랑하는 특수8군단 병력을 쏟아내고 있었다. 부산 해안에서는 상륙선들이 진입하고 모든 병력이 상륙을 완료했다. 부산은 시시각각 무너지는 중이다.

남한군 총 사령부는 사태를 잘 파악하고 있었지만 뚜렷한 대책이 없었다. 한국군의 주력부대는 모두 38선 지역에 포진해 있기 때문에 멀리 남쪽 후방인 부산으로 이동하는 데 시간이 너무 많이 걸렸다. 한국군은 부산방위사령부의 병력을 출동시키는 정도의 대응밖에 할 수 없었는데, 이는 북한군을 몰아내기에는 역부족이었다.

북한 특수8군단이 공수되면서 이제는 부산 지역은 끝난 것이다. 특수8군단 병력은 부산공항에 착륙하자마자 낙동강을 따라 급속히 확산하는 중이다. 공수부대와 상륙부대는 부산시 전역을 차례차례 접수하고 작전을 마무리하고 있었다.

한국군의 저항은 미미했고, 특수8군단 병력은 곧바로 부산방위사령부로 몰려들었다. 이로부터 3시간쯤 지나자 부산방위사령부는 퇴각을 시작했고, 부산 시내에는 태극기가 내려지고 인공기가 도처에 나부끼기 시작했다. 부산공항에서는 수송기가 계속 착륙하고 병력을 쏟아낸 수송기는 북한으로 돌아가고 있었다. 이들은 또 다른 병력과 장비를 수송해올 것이다.

부산항구에서는 거대 함선들이 편안히 접안하여 미사일 등 전투장비들을 하역하고 있었다. 북한군이 부산에 무혈입성한 것이다. 한국군의 병력은 멀리 북쪽에 진을 치고 있을 뿐이다. 그런데 난감한 것은 그 병력이 남으로 이동하면 38선 영역에 공백이 생겨 남한의 주요 방위망이 뚫리게 된다는 것이다.

부산의 북한군은 대구로 곧바로 진격했다. 대구에는 부산 지역보다 규모가 작은 방위군이 있었지만 북한의 특수8군단 병력을 대항하기에는 터무니없이 약했다. 결국 한국군은 대구에서 철수할 수밖에 없었다. 아니, 후퇴할 수밖에 없었던 것이다. 이로써 북한군은 부산과 대구를 완전히 장악하고 낙동강 전선에 방어망을 구축했다.

한국군으로서 그나마 다행인 것은 북한군이 더 북진하지 않는다는 것이다. 그들은 부산과 대구를 점령한 상태에서 전열을 가다듬고 병력을 더욱 증강시키는 중이다. 동해에는 북한의 항공기와 함선들이 줄을 잇고 있었다. 한국군의 병력은 서쪽에 몰려 있었기 때문에 동해 일원은 북한의 독무대가 된 것이다.

이제 북한의 다음 작전은 무엇일까? 한국군은 이미 기선을 잡혀 있어서 대응전략을 준비하는 데 시간이 걸리고 있다. 남쪽으로의 급습, 이는 한국군의 사기에 찬물을 끼얹은 셈이 되었다. 정부도 당황했다. 북한 최고사령부는 부산침공이 성공함에 따라 이 지역을 완전히 요새화하기 위해 추가병력을 계속 보내고 있었다.

낙동강 전선은 이미 철옹성이 되어 도저히 무너뜨릴 수 없는 상황이다. 6·25 동란 때 미군과 한국군이 구축했던 것처럼…. 아니, 북한은 그당시 한국군이나 미군보다는 훨씬 강한 군대였다. 이제 부산, 대구 일원은 북한의 영토가 된 셈이다. 그들은 이곳을 사수할 것이고 한국군은 이를 몰아낼 수가 없을 것이다. 한국군이 강한 것은 공군일 뿐인데, 공군은 어디를 공격해야 하는지도 정할 수가 없었다.

대한민국은 이렇게 되어 남북으로 포위되었다. 38선 영역의 한국군은 북한군의 동향만 살피고 있을 뿐이다. 이때 만약 한국군이 남쪽의 북한군을 물리치기 위해 병력을 남쪽으로 돌린다면 그 지역은 북한군이 곧바로 진격해올 것이다. 병력의 숫자가 부족한 남한군은 이렇게 발이 묶여 있었다. 이로써 대한민국은 멸망의 길로 들어선 것일까?

피닉스의 마지막 부탁

단군족이 멸망하기 전인 가까운 과거…. 현재라고 이름 붙여진 시각. 미국 버지니아 주 랭글리 CIA 본부 위성통신과에서는 북한으로부터 날아온 전문을 받았다. 이 전문을 보내온 곳은 피닉스로 긴급이라는 표시가 붙어 있었다. 이는 CIA국장 잭슨에게 즉각 보고되었다. 내용은 간단했다.

'존 글랜 씨와 즉시 통화하고 싶음. 긴급사항임.'

피닉스는 그동안 중요 정보를 CIA에 송신한 이래 존 글랜과 직접 대화를 한 적이 없었다. 그들은 60여 년 전에 만나 피닉스 작전을 가동시켰고, 막역한 친구 사이였다. 잭슨 국장은 통신문을 보고 이를 즉시 허가했다.

통화 방식은 존 글랜이 중국 선양시에서 미국 인공위성을 통해 피닉스와 연결하는 것이었다. 존 글랜과 피닉스의 통화는 진작 이루어졌어야 했을 텐데 피닉스는 이제껏 그것을 요청하지 않았었다. 피닉스로서는 정보를 전달하는 것이 먼저라고 생각했기 때문이다. CIA 측도 그것을 잘 알고 있었다. 피닉스가 보내온 내용은 아직도 분석 중이지만 거의 모두 신뢰할 수 있는 것이었고, 아주 중요한 고급정보였다.

중국 선양시에 있는 존 글랜은 CIA 측의 통보를 받고 즉시 통화를 개시했다.

"여보세요. 피닉스, 나는 존 글랜입니다…. 들립니까?"

"…."

잠시 후 한 노인의 목소리가 들려왔다. 이 노인은 60여 년 전 젊은 시절 대한민국을 위해 자청해서 북한으로 건너간 영웅이었다. 목소리는 침착했다.

"존 글랜 씨, 아직 살아 있구려. 만나봤다면 더욱 좋았을 텐데…."

존 글랜은 이 목소리를 듣자 저절로 눈물이 흘러내렸다. 피닉스도 그런 상태가 아닐까! 그러나 두 사람은 감정을 억누른 채 평온하게 대화를 이어갔다.

"존 글랜 씨, 시간이 없으니 용건만 말하겠소. 대선생에 관한 것은 아시겠지요? 그를 죽여야 합니다. 그는 6월 26일 정오에 내가 사는 집을 방문합니다. 그때 그를 죽여야 합니다. 그때가 아니면 영원히 기회가 없을 것입니다. 그리고 그가 죽지 않는다면 남한은 궤멸합니다. 미국도 패배할 것입니다. 아시겠지요?"

"알겠소, 피닉스. CIA 당국에 분명히 전할 테니 걱정 마시오. 다른 할 얘기는 없소…?"

두 사람의 통신은 CIA 본부에서 직접 듣고 녹음을 하는 중이었다. 피닉스의 목소리가 들려왔다.

"존 글랜 씨, 내가 살아서 당신을 만날 수는 없을 것 같소. 나의 수명은 얼마 남지 않았을 테니…. 부탁이 하나 있소. 나의 손자와 손자의 애인 말이요. 그들을 미국에서 살게 해주시오. 나에게는 아들도 있지만 그는 알아서 처신할 것이요. 철없는 내 손자를 부탁하오."

존 글랜은 또다시 눈물을 흘리고 있었다. 죽어가는 노인의 간절한 소망은 어려울 것도 없는 부탁이었다. 존 글랜은 애써 진정하며 말했다.

"피닉스, 허허…. 그게 무슨 어려운 일이겠소. 손자와 그 애인은 이미 미국과 한국에 큰 공을 세운 인물이오. 그의 신변은 미국 측에 의해 이미 확보되어 있으니 염려 마시오. 우리 얘기나 더 합시다."

피닉스가 대답했다.

"고맙소. 위험하니 이만 끊어야겠소. 대선생을 죽여야 합니다. 아시겠소? 그럼, 이만….."

위대한 영웅과의 전화는 이렇게 끝났다. 잭슨 국장은 이 전화를 끝까지 듣고 있었고 그 전에 이미 대선생을 제거해야겠다고 마음을 굳혀놓은 상태였다. 미국 정보당국은 저 멀리 있는 우방 대한민국을 위해 이토록 애쓰고 있었다.

그러나 정작 대한민국의 서울 거리에서는 오늘도 북한 편을 들고 있는 무리들이 투쟁을 계속하고 있다. 국가보안법 철폐, 국가정보원 해체, 자유(친북) 교과서 채택, 노동법 개혁 등 구호를 외치면서 대한민국 정부를 파괴하려 안간힘을 쓰고 있다. 이들은 단군족과 무슨 원한이 있단 말인가! 단군족이 멸망하면 그들도 멸망할 텐데…! 한반도의 참담한 미래는 머지않은 곳에서 과거가 찾아오길 기다리고 있었다.

도인들, 큰집에 모여들다

 계절은 봄을 벗어나 여름으로 들어서고 있었다. 이즈음 미아리 큰집 고곡 도량에 도인들이 대거 도착했다. 인허와 도제 3명, 이들은 고곡스승의 명을 받아 자신들의 수행을 정지한 채 속세로 내려온 것이다. 하지만 수도생활이란 굳이 깊은 산중일 필요는 없을 터, 마음이 옳은 곳에 머물면 그곳이 바로 청정한 도량이 아니던가. 옛 사람이 말했다.

 '마음이 진리를 추구하고 있다면 가는 곳마다 모두 낙원이다.'

念念菩提心 處處女樂國

 인허는 도제들에게 준철을 인사시키고 각각 머물 방을 배정해주었다. 큰집은 이름 그대로 참으로 컸다. 이는 분명 오래전부터 고곡스승께서 오늘날 일을 계획하면서 준비해둔 장소일 것이다. 인허는 집 안 곳곳을 살피며 이를 확인했다. 이곳 도량은 인허와 준철, 그리고 도제들이 각각 자기 방을 차지하고도 남은 방이 많았다.

 이는 앞으로 또 다른 사람이 나타날 수도 있다는 뜻일까? 그것은 아직 알 수 없다. 인허는 도량이 널찍하여 가벼운 수련 정도는 할 수 있는 곳이라 여겼다. 어려운 수련은 인근 산속에서 하면 될 것이다. 서울엔 산이 참 많다. 필요하면 버스로 또는 도보로 언제든지 찾아갈 수 있다.

 인허는 준철과 도제들을 모아놓고 먼저 고곡스승에 대한 예를 표하는 행사를 진행했다. 행사는 모두가 마당에 나와 각오를 다지며 대문을 향해 큰절을 올리는 것이었다. 스승이 떠난 곳을 알 수 없으니 그저 대문을 향해 예를 표하는 것뿐이다.

저 대문으로 지금이라도 스승님이 나타났으면 하는 것이 이들의 간절한 소망이었다. 하지만 스승님은 단군족을 구하기 위해 먼 곳으로 다니고 있을 것이다. 그곳이 하늘 위인지 땅 아래인지 알 길이 없고, 또한 바다인지 육지인지도 알 길이 없었다.

다만 이제는 제자들이 도심에 나와 스승의 뜻을 받들어야 한다. 이 모든 일은 야원 도형께서 지휘하게 되어 있었다. 나라가 망하고 민족이 멸망하고 있는데 이들이 할 일은 과연 무엇일까! 야원 도형은 아직 마니산에서 돌아오지 않았다.

인허는 도제들에게 외출을 허가했다. 이들은 모두 힘이 넘치는 도인들이어서 따로 여독을 푼다거나 휴식을 취할 필요가 없었다. 오랜 세월 인적 없는 산속에서 고된 수련을 계속했던 이들은 한시 바삐 서울을 돌아다녀보고 싶었다. 이들이 제일 먼저 가보고 싶은 곳은 백화점과 서점이었다. 이외에도 많은 곳이 보고 싶었지만 다른 곳들은 차차 가보면 될 것이다.

준철은 안내 역할을 자청하여 도제 3명과 대문을 나섰다. 물론 준철도 서울 지리를 썩 잘 아는 편은 아니었다. 하지만 백화점과 서점은 가봤기 때문에 가벼운 마음으로 버스정류장으로 향했다. 광화문에 있는 서점과 근처에 있는 명동에 가볼 요량이었다.

이들을 다 내보낸 후 인허는 큰집의 곳곳을 다시 한 번 살펴본 후 자기 방으로 들어가 버렸다. 큰집은 이제 다시 생기가 솟아나는 것처럼 느껴졌다. 큰집 바깥의 이웃들과 행인들은 어떤 느낌을 받을까! 큰집은 오늘따라 더욱 장엄한 모습이었다. 초여름의 햇살이 하늘에서 계속 내려오고 있었다.

유성작전

중국 최고지도부는 MSS에서 요청한 대선생 제거작전을 묵인하기로 하고 모든 사항을 MSS에 위임했다. 여기에는 그럴 만한 이유가 충분했다. 지난 40여 년의 세월을 회고해볼 때 북한은 종잡을 수 없는 상태였고, 언제나 중국을 앞서고 있었던 것이다. 중국 지도부는 이 문제를 두고 오랜 세월 골치를 썩여왔다. 북한은 도대체 어떤 존재이기에 항상 중국을 따돌리고 그들이 원하는 대로 아무 짓이나 할 수 있었을까? 핵무기 개발과 미사일 개발은 물론 북한의 모든 정책은 중국이 통제하는 대로 움직여주지 않았다.

어디 그뿐이랴! 북한에 대한 중국의 예측은 무엇 하나 맞아 떨어지지 않았다. 북한은 미국을 상대하면서도 어떠한 동요도 없이 자신들의 노선을 굳건히 지탱해왔다. 중국과 미국을 비롯해 서방의 모든 나라들도 북한에 관해서는 완전히 혀를 내두르는 실정이다. 북한은 몹시 강해서 어떠한 회유나 위협도 무용지물이었다.

어째서 이런 일이 가능할까? 중국 지도부는 '북한이 우연히 잘 넘어가고 있는 것이겠지.' 하고 생각해보기도 했지만 북한은 언제나 의외의 행동으로 위기를 물리쳐왔다. 원인이 무엇일까? 이제는 밝혀진 것이다. 북한에는 대선생이라는 절대적인 인물이 존재하고 있다. 미국 측 묘사에 의하면 대선생은 세계에서 가장 위험한 인물이고, 그로 인해 남한은 궤멸할 것이며, 미국이나 중국 등도 북한을 이길 수 없다는 것이다. 상당히 수긍이 가는 내용이 아닐 수 없었다.

MSS의 분석도 납득하기에 충분했다. MSS는 지난 세월 중국이 빈번히 끌려다녔던 북한의 행보를 조목조목 지적하고 그들이 불가사의하다는 점을 부각시켰다. 이는 분명 북한 내에 상상을 초월하는 엄청난 인물이 존재한다는 것을 시사하는 것이 아닌가! 그렇지 않고서는 지난 세월 그 많은 대결에서 북한이 완전히 승리할 수는 없었을 것이다. 북한은 중국이든 미국이든 또는 남한이든 대결국면이 되면 항상 적을 이겨왔다.

북한이 건재하는 동안 전 세계의 많은 독재국가가 지상에서 사라졌다. 하지만 북한은 날이 갈수록 강해졌다. 머지않아 핵탄두의 소형화도 성공할 것이 분명하니, 이는 장차 중국을 위협하는 무기가 될 것이 틀림없다. 중국은 처음엔 북한을 깔보며 그들의 행동을 방치했다. 자신들이 마음만 먹으면 북한을 통제하는 것은 문제도 아니라는 식이었다. 하지만 북한은 오히려 중국을 깔보며 공공연히 중국을 타도하자고 외치는 중이다.

북한은 무엇이 있기에 그토록 자신만만한가! 바로 대선생 같은 인물이 실제로 존재한다면 가능할 것이다. 그리고 이런 인물이라면 당장 제거해야 하는 것이 자명하다. 대선생 같은 인물이 계속 존재한다면 북한은 점점 더 강해져 중국의 안보가 위협받게 된다. 제거하는 것이 백번 지당하다.

미국도 사정은 마찬가지였다. 중국과 미국은 현재 적대국 관계에 있지만 북한의 힘이 점점 더 커나간다면 중국과 미국은 힘을 합칠 수밖에 없다. 그동안 두 나라는 북핵에 관한 한 공조를 해왔지만 이는 완전히 실패했다. 북한은 언제나 세계의 요구나 위협이 통하지 않았다. 경제제재도 해보았지만 북한은 오히려 점점 부유해지고 있었다.

중국 최고지도부가 대선생 제거작전을 묵인의 형태로 승인하자 MSS와 CIA는 구체적인 작전 수립에 돌입했다. 마침 피닉스 측으로부터 대선생이 6월 26일 시골 어느 마을을 방문할 것이라는 정보도 입수되어 작전은 더욱 구체적으로 수립되었다. MSS와 CIA는 대선생을 제거하는 날을 6월 26일로 잡고 작전명을 '유성流星'이라고 정하는 데 합의했다. 위대한 대선생은 하늘의 유성처럼 땅으로 떨어질 운명을 맞이할 것인가!

무용한 정보

　대한민국 국정원 원장은 미국 CIA로부터 제공받은 북한 관련 정보를 며칠 동안 검토해왔다. 이 자료에 의하면 북한과 직접 통신을 주고받는 주요 내통자는 34명인데, 이 중에서 2명은 국정원에서도 오래 전부터 파악하고 내사 중인 인물이었다. 그 외의 5명은 의심스러운 인물로 분류되어 동태를 파악하는 중이었다.

　나머지 27명은 뜻밖의 인물로서, 대부분 우리 사회에 널리 알려진 저명인사였다. 이 때문에 상당히 조심스러운 면이 있었다. 함부로 조사에 착수했다가는 역공을 받을 수 있다. 무고한 시민을 사찰한다고 난리 칠 것은 뻔한 일. 그리고 이들 인물 중에는 제도권 정치인도 있어서 여간 난감한 문제가 아니었다. 이런 이유로 인해 국정원장은 일단은 신중하기로 했다. 상황추이를 좀 더 지켜봐야 하는 것이다.

　하지만 이미 국정원 감시대상인 5명에 대해서는 조사를 실시하지 않을 수 없었다. 이들에 대해서 심증은 충분했다. 단지 물증이 없어서 애를 먹는 중이었다. 하지만 미국 측에서 이들에 대한 정보가 들어온 이상 마냥 조사를 미룰 수는 없는 일이다.

　조사는 처음부터 난관에 부딪쳤다. 이들에 대한 수색영장이나 통신정보를 입수할 수 없다는 것이었다. 법원은 압수수색 영장도 내주지 않았고 도청도 허락하지 않았다. 출국금지도 물론 허가하지 않았다. 이런 상황에서 할 수 있는 일은 무엇일까? 고작 뒤를 밟아 행적을 조사하는 것뿐인데, 이것으로 무엇을 알 수 있단 말인가! 자칫하면 국정원이 고발당하여 다른 업무에도 지장을 줄 수 있다.

오늘날 우리 사회는 간첩혐의자에 대해 자유롭게 조사할 수 없는 상황이다. 대다수 국민과 정치권 인사들이 북한 관련 수사 자체를 인권탄압이라고 주장하면서 국정원의 임무 전반에 대해 혐오감을 갖고 있기 때문이다. 이에 더해 정부도 북한 내통자에 대한 처벌 의지 자체가 없었다. 시민단체들은 1년 내내 국정원 해체와 보안법 폐지를 외치면서 거리를 활보하고 있다.

이런 환경에서 간첩이니 뭐니 하며 수사하겠다고 하면 비웃음을 받거나 심한 공격을 받았다. 현재 대한민국은 북한을 물리칠 힘도 의지도 없다. 종북세력에 의해 서서히 침몰하고 있을 뿐이다.

이를 잘 알고 있는 국정원장은 생각을 하고 또 했다. 결론은 하나밖에 없었다. 이제 우리 사회는 북한 편을 들고 있기 때문에 CIA로부터 제공받은 정보는 쓸모가 없다는 것! 이 정보는 비밀에 부쳐야 하는 것이다. 국정원 내에서든 밖에서든…. 국정원장은 자신이 할 수 있는 일이 아무것도 없다는 것을 확인했다.

그리하여 피닉스로부터 발출되고 CIA를 경유한 정보는 자취를 감추게 되었다. 국정원장은 언젠가 강력한 반공정부가 들어설 때까지 비밀정보를 혼자 간직하고 사수하기로 마음을 굳혔다. 대한민국의 붕괴는 이미 임계점을 넘어서고 있었다.

우연한 사망

오늘 서울에서는 사람 2명이 죽었다. 늘 있는 일이어서 특별한 것은 없었다. 이들은 각각 다른 장소에서 죽었는데, 한 사람은 도봉산을 등산하고 내려오는 도중에 산 아래로 떨어졌다. 즉사였다. 그런데 이 사람은 특별한 직업을 가진 사람이었다. 이름을 붙일 수 없는 직업, 하지만 하는 일은 확실했다. 이 사람은 62세로 일생 동안 한 일은 반정부 데모 주동, 그리고 북한의 주체사상 전파였다. 다른 일은 한 것이 없었다. 이 사람은 대한민국 정부를 부정하고 북한을 추종하면서 오로지 민중시위만 계획하고 실천했던 것이다. 사회를 충분히 혼란시키다 죽었으니 여한은 없을 것이다.

또 한 사람 역시 공교롭게도 앞 사람과 하는 일이 비슷했다. 이 사람은 기자였고, 그가 소속된 신문사는 대한민국 정부를 파괴하기 위해서만 존재하는 회사다. 그는 술을 많이 마시고 화장실에 갔다가 심장마비로 죽었다. 이 사람도 평생 대한민국을 부정하고 북한만 이롭게 하다가 죽었으니 여한이 없을 것이다.

이로써 오늘 종북인사 2명이 세상을 떠났다. 측근들은 아까운 인물이 죽었다며 크게 슬퍼했다. 이들이 죽어서 천국에 갔는지 지옥에 갔는지는 알 길 없다. 단지 대한민국으로서는 적대세력 2명이 사라졌기 때문에 그만큼 안전해지긴 했다. 그러나 무수히 많은 이적利敵 행위자 중에 2명이 사라졌다고 나라가 당장 밝아지는 것은 아니다. 이들이 하던 역할은 더 똑똑한(?) 사람이 조용히 인수했다. 나라의 장래는 그냥 그대로였다.

자초한 불행

미래의 어느 시점, 단군족이 멸망해가는 현장 부산. 북한의 특수8군단은 부산을 완전히 접수하고 영내의 치안상태를 공고히 했다. 시민들의 소요는 없었다. 그 대신 시민들은 거리를 행진하며 북한군을 환영하는 행사를 벌였다. 참가자는 부산 시내 거리를 완전히 메우고 조선민주주의 인민공화국 만세를 외치면서 곳곳에서 태극기를 태우고 인공기를 게양했다. 부산은 이제 북한 영토가 되어가는 것이다.

이와 때를 같이 하여 북한 최고사령부는 대내외에 포고문을 발표했다.

우리는 부산을 해방시켰다. 부산 인민들은 그동안 남조선 괴뢰도당들의 탄압을 받으며 우리에게 구원을 요청해왔다. 우리는 이들의 부름에 응하여 영광스러운 인민군대를 파견하여 부산을 해방시킨 것이다. 현재 부산 외의 지역에서도 인민들은 우리의 구원을 애타게 기다리고 있는바, 머지않아 우리 군은 출동할 것이다. 우리는 남조선 인민을 해치지 않을 것이고 괴뢰도당만을 섬멸할 것이다. 전국의 인민들은 궐기하여 괴뢰도당을 물리쳐라. 우리가 갈 것이다. 해방의 날은 머지않았다.

그리고 미국에 고한다. 우리는 인민들의 요청에 의해 부산을 해방시켰다. 나아가 전국을 해방시킬 것이다. 이는 우리 조선민족 내부의 일이므로 외세가 관여할 바가 못 된다. 미국이 무슨 권리로 조선민족끼리의 일에 간섭하는가! 만약 미국이 이를 방해한다면 남한 전역은 핵무기의 세례를 받을 것이다. 그 책임은 미국에 있다. 남한의 모든 인민들은 총궐기하여 미군을 몰아내야 한다. 핵무기의 재앙을 피해야 할 것이다.

포고문은 이렇게 끝났다. 이 포고문의 요점은 두 가지다. 북한군은 남한 국민의 요청에 의해 출동한 것이니 이를 간섭하지 말라는 것, 또한 미국이 개입하면 핵무기를 쓰겠다는 것이다.

이 포고문이 한반도 전역에 보도되자 남한 국민들은 곳곳에서 동요하기 시작했다. 서울의 거리는 전쟁반대, 미군철수를 외치는 데모대 때문에 마비상태에 이르렀다. 이들은 북한군이 부산을 점령하기 오래전부터 북한을 두둔했던 무리들이다. 이들은 기어이 북한을 끌어들여 자멸의 길을 선택한 것이다. 이들이 그토록 지지했던 북한은 과연 이들에게 자유와 행복을 줄 것인가! 그것은 이들이 직접 경험하게 될 것이다.

연합군의 작전

대한민국 정부는 진퇴양난에 빠졌다. 남한의 제2도시인 부산이 점령당한 데다 국민들의 소요가 진정되지 않기 때문이었다. 당장 부산의 북한군을 몰아내기도 버거운데 국민들까지 소란을 피우고 있으니 이를 어찌하면 좋으랴! 북한군의 남한 침공은 오랜 세월 동안 이어진 종북세력들의 염원을 이루어준 것이다. 목하 부산에서는 종북 무리들이 판을 치고 있고, 이들의 외침은 남한 전역으로 퍼지는 중이다. 그들은 때를 만난 것처럼 신명이 나 있었다.

일찍이 6·25 동란 때도 이렇게까지 종북세력이 난동을 부리지는 않았다. 당초 북한의 김일성은 인민군이 서울에 진입하면 전국의 종북세력이 궐기하여 대한민국 정부를 무너뜨릴 것으로 계산했다. 그래서 인민군은 서울을 점령한 후 더 이상 남하하지 않고 종북세력이 궐기하기를 기다렸다. 이는 김일성이 전쟁 전에 확신했던 내용이고 또한 이 때문에 자신만만하게 전쟁을 일으켰던 것이다. 북한을 도운 소련이나 중공도 이를 믿고 있었다.

그러나 북한이 서울을 점령한 후 이틀이 더 지나도 종북세력은 궐기하지 않았다. 김일성은 의아스럽게 생각하며 남하를 멈춘 것을 후회했다. 늦게야 다시 인민군을 남하시켰지만 그동안 우리 국군은 전열을 가다듬을 수 있었다. 만일 김일성이 종북세력의 봉기를 기다리지 않고 그대로 밀어붙였다면 대한민국군은 궤멸했을 것이다.

어쨌건 지금 상황은 어떠한가! 이번에는 서울이 아니라 부산이 점령당한 것이다. 이로써 현재 부산에서는 궐기가 시작되는 중이다. 이것이 북한군이 만들어낸 강제행사이든 아니든 말이다. 그러나 멀리 서울에서는 종북세력들이 자발적으로 난동을 부리는 중이다. '전쟁반대, 미군철수'라는 구호를 외치면서….

이 때문에 남한의 다른 도시도 술렁이고 있었다. 이들 종북세력이 전쟁반대를 외치는 것은 북한의 부산침공을 묵인하라는 뜻에 다름 아니다. 이는 또한 대한민국 정부가 손을 들고 모든 땅을 북한에 주라는 뜻이다. 미군철수를 주장하는 것은 이로써 남한의 재기를 막아 싹을 완전히 제거하자는 것이다.

대한민국 정부는 모든 것을 파악하고 있었다. 이제는 시급히 반격해야할 시점이다. 미군과 한국군의 사령부는 일단 부산은 방치하고 그 대신 평양을 점령하자는 계획을 입안했다. 이는 정부에 의해 즉시 추인되고 작전이 준비되고 있었다.

미군과 한국군의 연합사령부는 서쪽의 진남포를 급습하는 것으로 평양 점령의 길을 열고자 했다. 연합군은 인천에 집결하기 시작했고 서해 일원에 대규모 함정들이 속속 모여들고 있었다. 연합군의 작전은 단 한 번의 공격으로 전쟁을 끝낼 셈이었다. 현재 북한의 제2침공의 징후가 보이고 있고, 남한 국민들이 북한 편을 들어 봉기하려는 마당에 속전속결 밖에는 방법이 없는 것이다.

남한의 다른 전선은 굳게 지켜지고 있었다. 북한군의 남침이 없는 한 남한군도 전진하지 않기로 한 것이다. 현재 남한군의 병력은 넉넉한 형편이 아니었다. 당초 남한은 지상군 병력보다 공군과 해군력을 강화하는 데 역점을 두었다. 이것이 적절했는지는 이제 곧 판명 날 터였다.

연합군 병력은 아주 신속하게 서해에 집결했다. 대규모 공격으로 일거에 전쟁을 끝낸다! 이것이 목표인 만큼 연합군은 해군의 거의 모든 전력을 서해로 집결시키고 공군은 마침내 작전을 개시했다. 우선은 연합군이 상륙하기에 용이하도록 해안부대를 섬멸시키고자 하는 것이다.

북한군은 연합군의 엄청난 폭격에 꼼짝 못하는 중이다. 연합군의 공군에 대항하는 북한 공군의 출격도 없었다. 북한의 지상군은 지하 진지에 꼭꼭 숨어 있을 뿐이다. 연합군의 화력은 실로 엄청났다. 미국은 제7함대를 이미 서해에 진입시키고 있었다. 추가 함대도 파견했다. 이들 함대는 남해를 돌아 서해 쪽으로 진입하는 중이다.

미국은 인공위성을 통해 북한 전역의 미세한 움직임도 놓치지 않고 있었다. 북한군은 급격히 강화되고 있었지만 38선 일대에서는 남하의 징후가 보이지 않았다. 시시각각 연합군의 병력은 서해상에서 증강되어 바다는 온통 함정으로 가득 차 있다. 이들은 진남포 앞바다로 계속 진격하고 있었다.

이즈음 북한 최고지도자 김정은은 전쟁사령부 지하벙커에서 대선생과 마주했다. 김정은이 물었다.

"대선생, 우리 군은 부산을 점령하여 수비태세를 강화하는 중이오. 부산 일대는 이로써 안전한데, 저들은 서해로 들어오고 있소. 필경 평양을 겨누는 것 같은데 우리는 어떻게 대응해야 좋겠소?"

이렇게 묻고 있는 김정은의 모습은 40대의 늠름한 기상을 보여주고 있었다. 세월이 흘러 어느덧 김정은도 40대가 된 것이다. 대선생은 김정은의 모습을 대견한 듯 바라보고 서두를 꺼냈다.

"최고지도자 동지, 아무 염려 마십시오…."

대선생은 언제나 '아무 염려 마십시오.'로 대화를 시작한다. 이는 김정은을 재빠르게 안심시키기 위한 화법이다. 하지만 대선생은 실제로 그만한 능력이 있다. 대선생의 목소리가 이어졌다.

"지금 우리는 이 전쟁의 가장 중요한 시점에 이르렀습니다. 승리가 눈앞에 보입니다. 전에도 이미 말씀드렸지만 서쪽은 굳건히 지키고만 있으면 됩니다. 아직 조금 더 기다려야 할 것입니다. 저는 이곳에서 24시간 대기하면서 지도자 동지를 보필하고 있겠습니다. 적들의 공격은 별게 아닙니다. 반격작전을 이미 준비하는 중입니다. 저들의 패망이 멀지 않았습니다. 그동안 지도자 동지께서는 휴식이나 충분히 취해두십시오…."

김정은은 입을 굳게 다물고 고개를 끄덕였다. 대선생은 가까운 미래를 바라보고 있었다.

준철의 일상

　현재의 시점. 서울 시민의 일상은 평온하다. 하지만 그 수많은 사람들은 각자 우여곡절을 겪으면서 역사를 만들어가는 중이다. 오늘 마니산으로부터 야원선생의 일행이 도착하여 정릉의 인격도장에 조용히 자리 잡았다.

　이들은 서울에 거주하며 멸망해가는 단군족의 구원에 일조하게 될 것이다. 무슨 일을 해야 할지는 아직 구체적으로 밝혀진 것이 없었다. 야원은 자신의 거주지인 인격도장에 되돌아왔지만 이를 미아리 큰집에 알리지는 않았다. 하루 정도 휴식을 취하며 마음을 정돈하기 위해서였다.

　마아리 큰집에서는 준철이 하루 일과를 시작했다. 그런데 준철은 지난밤 매력적인 마녀로부터 또 한 번 강간(?)을 당했다. 이는 준철이 마다할 일은 아니었고 오히려 행복한 일이다. 단지 양심에 께름칙할 뿐이다. '아무렴 어떠랴!' 준철은 찰나 동안이나마 이런 생각을 했다. 준철의 마음은 어느덧 쾌락에 중독되어가고 있었다.

　물론 준철의 정신은 그것을 파악하고 있었다. 정신적 혼란과 양심의 대결은 언제나 마녀의 승리로 끝나고 있는 중이다. 그나마 다행인 것은 준철이 아직 마녀에게 완전히 굴복한 것은 아니라는 것이다. 단지 준철의 저항이 현저히 약해져 있었다.

　일찍이 고곡스승은 말했었다. 수난水難과 화난火難을 겪은 준철에게 또한 번의 위기가 있다고…. 준철은 위기 속에서 자신을 지키려고 애쓰는 중이다. 마녀의 출현, 강제된 쾌락, 이는 도대체 무슨 일을 의미하는 것일까? 준철은 도서관으로 향했다. 혼란의 와중이라도 공부를 철저히 해 두는 것이 그의 장점이었다.

박영민의 경호원

　박영민의 자택. 별채에 있는 보안실 직원이 모니터를 살피고 있었다. 모니터는 7대의 보안 카메라로부터 투영되는 영상을 선명하게 보여주고 있었는데 직원은 수상한 것을 포착했다. 영상에 나타난 한 인물, 이자가 나타난 것이 벌써 세 번째다.

　며칠 전에는 이 인물이 집 주변을 그냥 지나간 것이고, 어제는 머뭇거리는 정도로 지나갔는데, 오늘은 집의 정문을 빤히 바라보고 있었다. 보안직원은 이 인물이 세 번이나 건물 주변에 나타난 것을 용케 파악했다. 보안직원은 아주 유능해서 단순히 집 근처를 지나간 사람과 오늘 나타난 사람을 동일인물로 인식했다. 별일이 아닐 수도 있었다. 하지만 이 직원은 철저히 훈련받은 경호 전문가로서 집 주변의 미세한 움직임도 놓치는 법이 없었다.

　그런데 민간인인 박영민의 개인자택에 주변을 감시하는 보안실이 있다는 것은 특이했다. 재벌가라고 해서 모든 집이 그런 것은 아니었다. 단지 박영민의 특별한 취향 때문에 보안시스템을 유지, 운영하는 것이었다. 조금 있으면 박영민이 자택을 나와 회사로 출근하는 시간이다.

　보안직원은 이를 감안하여 예비 경계태세를 발령했다. 이 신호는 자택 주변에서 멀지 않은 회사 보안실에 연결되어 있고, 회사 내에 진을 치고 있는 보안실의 경호원들은 이를 확인하고 절차를 진행시켰다.

　박영민 자택 문 앞에 나타난 수상한 인물은 초인종을 눌렀다. 평범한 방문인 듯 보였다. 하지만 경호원들은 경계를 늦추지 않았다.

"누구십니까?"

대문 밖에 설치되어 있는 스피커에서 음성이 흘러 나왔다. 괴한은 태평하게 대답했다.

"네, 주민센터에서 나왔는데요….."

"주민센터요? 무슨 일이십니까?"

이에 괴한이 대답했다.

"이곳에 박영민이라는 분이 살고 있는가 해서요. 주민등록과 관련된 일입니다."

"주민등록이요? 무슨 일인지 구체적으로 말씀하세요."

"……"

괴한은 머뭇거렸다. 수상한 것이다. 이때 박영민은 방을 나와 대문을 향해 걸어 나갔다. 경호원은 급히 나와 이를 제지했다.

"대표님, 잠시 기다리시지요. 밖에 수상한 인물이 있습니다."

"……"

박영민은 잠시 멈추어 섰다. 그러자 순간 대문이 열렸다. 괴한이 열쇠를 풀었던 것이다. 경호원은 즉시 다른 경호원들에게 출동신호를 보내고 스스로 박영민의 앞을 막아섰다. 박영민은 즉시 집 안으로 들어가 현관문을 잠갔다.

괴한은 말없이 걸어왔다. 경호원은 정지를 명령했다.

"누구냐! 그 자리에 서!"

그러나 괴한은 성큼성큼 걸어오더니 경호원에게 주먹을 날렸다.

"획!"

경호원은 이를 피했다.

'피해…?'

괴한은 속으로 잠시 놀랐다. 괴한, 즉 일지매의 주먹을 피할 수 있는 존재가 세상에 있었던가! 일지매로서는 평생 처음 겪는 일이었다. 그러나 일지매는 평정을 유지하고 다음 주먹을 날렸다. 경호원이 이를 손으로 막아냈다. 일지매는 다시 놀랐다. 경호원은 무술의 고수였던 것이다. 피하고 막고!

너무나 놀라운 일이었지만 일지매의 주먹은 워낙 강했기 때문에 경호원은 팔을 다치고 주춤거렸다. 일지매의 세 번째 주먹이 날아들었다. 세 번의 주먹은 쉴 새 없이 날아들었기 때문에 1초도 안 걸렸다. 3번의 연타에 경호원의 갈비뼈는 박살이 났다.

경호원은 그 자리에 쓰러져 기절했다. 일지매는 이를 보지도 않고 자택 본관을 향해 질주했다. 그러나 문은 이미 안에서 잠긴 상태. 하지만 일지매는 강한 옆차기로 문을 박살냈다. 일지매가 문에 들어서려고 하자 그 순간 뒤에서 경호팀이 답지했다. 일지매는 순식간에 늘어난 경호원들을 먼저 처치해야겠다고 작정하고 돌아섰다. 그리고 공중으로 날아올랐다. 경호원들은 10여 명이었는데, 모두 무술의 고수였다. 하지만 이들 역시 일지매의 상대가 될 수 없었다.

일지매는 공중을 날아 이들 속으로 파고들어 그중 한 명을 낚아챘다. 경호원은 일지매의 손을 풀어내려고 손목을 쳐냈다. 힘이 들어 있는 동작이었지만 일지매에게는 별 감각이 없었다. 일지매의 팔에 다른 사람이 손이 닿았다는 정도…. 일지매는 여전히 잡고 있는 멱살을 뒤로 힘껏 끌어 던졌다. 경호원은 멀리 날아가 벽에 심하게 부딪쳐 기절했다.

일지매는 그동안 2명을 처치했다. 하지만 이들은 제법 잘 피하고 막았다. 물론 이것도 큰 도움이 되지는 않았다. 이어지는 일지매의 공격에 결국은 무너졌다. 경호원 7명이 그 자리에서 쓰러졌다. 그동안 일지매는 속으로 생각했다. 이들이 만만한 존재가 아니라는 것을….

경호원의 발길이 일지매를 향해 날아들고 그 옆에서 주먹이 날아들었다. 날카로운 공격이다. 일지매는 다음 순간 이들의 안면 뼈를 박살냈지만 그들의 발길질에 옆구리를 맞았다. 위력은 없었으나 일지매는 자존심이 상했다. 나의 몸에 적의 발길질이 와서 닿았다니!

일지매의 동작은 더욱 빨라졌고 살기등등했다. 이로써 3명이 더 쓰러지고 상황종료! 하지만 다른 경호원들이 이미 보충되고 있었다. 20여 명은 되는 것 같았다. 어디서 이토록 많은 인원이 순식간에 나타날 수 있는가! 깊게 생각할 겨를이 없었다. 일지매는 한발 앞으로 나서면서 적의 공격을 슬쩍 피하고 발길질을 날렸다.

"퍽!"

그는 내장이 파열되면서 주저앉았다. 일지매는 이어 공중으로 날았다가 내려오면서 한 명의 어깨를 박살내고 앞으로 뛰어 나가면서 주먹을 두 번 휘날렸다.

"우지끈! 뻑!"

이로써 3명이 제거되었다. 일지매는 조금도 지치지 않았지만 시간이 흘러가는 것이 신경 쓰였다. 정작 목표는 집 안으로 사라진 상태가 아니던가! 오늘은 이만 돌아가야겠다고 생각했다. 일지매는 현장에 출동했을 때 최대한 빨리 처리하자는 방침을 정해두었기 때문이다.

하지만 경호원들은 악착같이 달려들었다. 그렇다면 할 수 없는 일, 일지매는 주먹으로 달려드는 경호원의 안면을 강타하면서 공중으로 뛰어 올랐다. 그리고 내려오면서 2명의 안면을 강타, 땅에 내려서는 바로 앞에 있는 사람의 가슴을 손바닥으로 밀쳤다. 그 자리에서 4명이 나가 자빠졌다.

그러는 사이에 하나의 주먹이 일지매의 안면으로 날아들었다. 피했지만 그 옆에 또 주먹이 날아왔다. 이는 일지매의 안면을 스쳤다. 아프지는 않았지만 일지매는 얻어맞은 만큼 화가 뻗쳤다. 약이 올랐던 것이다. 일지매는 이제 이들을 모두 처치하기로 작정했다. 죽여도 좋으리라! 일지매의 주먹은 더욱 재빠르게 움직였고 머리로 받기도 했다.

순식간에 4명이 널브러졌고, 일지매는 또다시 공중으로 오르고 내리면서 3명을 처치했다. 이때 땅에 내려선 순간 경호원의 옆차기가 날아들었다. 일지매는 피하지 않고 그 자의 얼굴을 박살냈다. 이번의 발길질은 제법 힘이 있었다. 피하지 않고 그대로 맞았기 때문일 것이다. 하지만 그로써 타격을 입은 것은 아니었다. 일지매는 2명을 끌어당기며 앞사람을 머리로 박치며 공격했다. 또다시 3명이 제거되었다.

경호원들은 이제 몇 명 남지 않았다. 일지매는 앞으로 몇 초면 끝날 거라고 생각했다. 그러나 이 순간 대문 쪽에 또 다른 경호원 부대가 도착했다. 이들은 손에 장비를 쥐고 있었는데 일지매는 그것이 무엇인지 몰랐다.

"슉!" 하는 소리와 함께 가스총이 발사되었다. 일지매는 순간적으로 피했지만 냄새가 좋지 않았다.

그러자 이번에는 전기총이 발사되었다. 이것은 일지매의 몸에 붙었고 이어 강력한 전기충격이 발생했다. 일지매는 얼굴을 약간 찡그렸다. 보통 사람 같았으면 기절했을 것이다. 하지만 특별한 몸을 가진 일지매에게는 따끔했을 뿐이다. 일지매는 그들을 향해 돌진하면서 괴력을 발휘했다. 일지매는 뛰어오르면서 뒤쪽에 모여 있는 경호원들을 공격했다. 3명이 쓰러졌는데, 그중 한 명이 쓰러지면서 주먹을 휘둘렀고, 이것이 일지매의 안면을 스쳤다. 약간 충격이 왔다. 하지만 일지매는 공격을 멈추지 않았다.

그런데 이 순간 문 앞에 심상치 않은 인물 2명이 등장했다. 이들은 기다란 총을 가지고 있었다. 엽총이었다. 일지매는 이들이 가지고 있는 것이 총이라는 것을 알았다.

'저것이 어떤 위력을 가지고 있을까?'

일지매는 잠깐 생각하고 앞으로 나섰다. 그 순간 뒤에서 한 경호원이 땅으로 슬라이딩하면서 일지매의 다리를 잡았다. 일지매는 이를 빼내며 그대로 머리를 짓밟았다. 경호원은 머리가 박살나고 팔의 힘이 풀렸다. 하지만 이로써 일지매는 잠시 주춤했고, 총을 든 두 사람이 조준할 시간을 벌었다. 일지매는 그들이 겨누는 것을 보면서 그대로 앞으로 돌진했다.

"탕, 탕!" 소리와 함께 두 발의 총알이 공기를 갈랐다.

한발은 일지매의 가슴에 명중하고 한발은 빗나갔다. 일지매의 가슴을 향해 날아온 총알은 가슴을 뚫지 못하고 땅바닥에 떨어졌다. 그러나 이 것은 일지매에게 확실하게 충격을 주었다. 그렇다고 이 때문에 일지매가 쓰러진 것은 아니었다. 어느새 일지매는 이들 앞에 도착해 주먹을 연거푸 날렸다. 두 사람은 내장이 파열되고 갈비뼈가 우수수 부러졌다.

일지매는 문을 열고 밖으로 나섰다. 시간이 너무 지체되어 남은 무리들을 처리하는 것이 귀찮았기 때문이었다. 저 멀리 다른 경호원들이 몰려오고 있었다. 일지매는 그들을 잠깐 바라보다가 방향을 돌렸다. 그때 멀리서 총알 하나가 날아와서 일지매의 몸을 타격했다. 옆구리였는데, 이번에도 일지매의 몸을 뚫지는 못하고 총알이 땅에 떨어졌다. 일지매는 그것을 주웠다. 그러고는 길 건너편으로 급히 사라졌다.

공동작전

미국 CIA와 중국 MSS 당국은 피닉스 암살계획, 즉 유성작전을 구체화 시키기 시작했다. 처음에 제기되었던 것은 당일에 무인기를 띄워 고공에 서 미사일을 발사하는 방법, 대선생이 방문하는 지역에 폭약을 설치하는 방법, 음식에 독약을 넣는 방법 등이었으나 모두 확실성이 떨어지고 암 살 후에 북한 당국이 배후를 탐지하기 쉬워 부결되었다.

결국 채택된 것은 킬러를 직접 파견해 저격하는 방식이었다. 파견될 저격요원을 널리 탐문한 끝에 중국 MSS 자원인 조선인을 선발하고 작전 의 세밀한 부분을 면밀히 점검했다. 작전개요는 다음과 같았다.

우선 암살 실행자의 신변에 관계된 일로서, 저격요원의 암호명은 벼 락. 나이는 40대 중반으로 경험이 풍부한 인물이었다. 슬하에 딸이 하 나 있고 독신이다. 작전이 성공했을 때 주어지는 포상금은 미화 1,000만 불. 작전 중 현장에서 사망해도 300만 불을 지급하기로 하고 체포될 경 우 상금은 없다. 다만 체포될 우려가 있을 때 자살을 하게 되면 포상금은 500만 불을 지급한다. 체포되면 상금은 한 푼도 없고 미국과 중국은 작 전 자체를 모르는 것으로 한다.

암살자 벼락이 자살이나 사망 등으로 복귀하지 못할 때는 해당되는 상 금을 딸에게 지급한다. 암살자 벼락은 세상에 하나밖에 없는 딸을 몹시 사랑하기 때문에 그녀의 행복을 위해서는 기꺼이 죽을 준비가 되어 있었 다. 벼락은 이모저모를 볼 때 신뢰할 수 있는 인물이었다. 이에 대해서는 MSS 당국이 자신 있게 보증했다.

벼락이 현장에 투입되는 루트는 피닉스가 안내하기로 하고 대선생을 저격하는 데 있어 멀리서 하느냐, 피닉스의 자택에 숨어 있다가 하느냐는 벼락이 현장에 도착하여 판단하기로 한다. 벼락은 6월 24일 도착하여 48시간 대기하되, 대선생의 일정이 바뀌면 즉시 철수하고 다음 기회를 기다린다.

다만 이렇게 되면 포상금 100만 불을 지급한다. 그리고 철수 중이라도 체포의 위험에 처하면 자살한다. 이 경우 포상금은 200만 불이 지급되고, 살아서 체포되면 포상금은 자동으로 소멸되며, 작전을 성공시키고 무사히 귀환했을 경우 벼락이 원하면 딸과 함께 미국에서 시민권자로 살게 해준다.

유성작전은 이렇게 준비되었고 벼락은 MSS가 마련한 훈련에 1개월간 참가해야 한다. 현재 남은 시간은 55일 정도, 작전준비는 일사천리로 진행되고 있다. 피닉스는 대선생을 맞이할 집수리에 착수하고 있었다.

우연인가, 천벌인가?

대한민국 서울. 지난밤 사람이 많이 죽었다. 4명이나 되었는데 나름대로(?) 위대한 사람들이었다. 평생을 바쳐 북한을 추종한 좌익인사였는데 갑자기 변을 당한 것이다. 1명은 산행을 하다가 과로로 주저앉아 사망했다. 2명은 술집에서, 나머지 1명은 자신의 아파트 주차장에서 죽었다. 사망원인은 심장이 멎은 것, 의학적으로는 심장마비라고 부른다.

이들의 직업은 제각각이었는데, 한 사람은 판사였다. 이 사람은 종북세력에 대해서 무조건 무죄판결을 내리는 것으로 정평이 나 있었다. 간첩도 이 사람 앞에 가면 무죄다. 국회의사당을 폭파해도 마찬가지다. 이 사람은 일생 동안 수많은 종북인사들을 구한 위대한 인생을 살았다. 물론 대한민국을 사랑한 우파인사들에게 이 사람은 비열한 공산주의자일 뿐이다. 어쨌건 이제는 죽었으니 시비할 내용이 없다. 좌파니 우파니 하는 이념의 무대에서 영원히 사라져버린 것이다.

어제 사망자 중 또 한 명은 일류대학 교수였는데, 학식이 높은 사람이었다. 다만 북한을 추종하는 사상으로 대한민국의 국익을 해치는 사람이었다. 그런데 이런 사람이 돌연 사망하는 바람에 대한민국은 그만큼 이익을 본 셈이다.

사망자 중 또 한 사람은 유언비어 제조기라는 별명이 붙은 사람이었다. 이 사람은 있지도 않은 사실을 유포하여 수백만 명을 거리로 쏟아져 나오게 했다. 이 사람의 평생 목표는 미군철수였다. 그래야 북한이 편안히(?) 남한을 넘볼 수 있게 되니 말이다. 하지만 이 사람은 종래 미군철수를 보지 못하고 죽었다.

사망자 중 마지막 한 사람은 실직한 사람이었다. 전에는 고등학교 수학 교사였는데, 이 사람이 남긴 가장 큰 업적은 자라나는 새싹인 대한민국 고등학생에게 북한의 김일성을 존경하게 만들고 현 대한민국을 부정하는 사상을 주입시킨 것이었다. 이 사람은 전국적으로 교사들을 규합하여 단체를 만들고 끝까지 대한민국에 대항했다. 그러나 이제는 저승에 가서 그의 업적을 평가받게 된 것이다.

어제 4명의 종북인사가 사망했기 때문에 대한민국의 장래는 아주 밝아졌을까? 그렇지 않다. 그들을 이을 수백만 명의 종북세력이 줄서서 역할을 떠맡기 때문이다. 무수히 창궐하는 종북세력, 이들은 대한민국 정부가 궤멸하고 위쪽에서 인민군이 남하하기를 기다리는 중이다.

그런데 지난번에 종북세력 인물 2명이 죽은 데 이어 이번에는 4명이 죽게 되어 당국은 이상하게 생각하기 시작했다. 왜 하필 이들이 죽었을까? 종북단체들은 술렁이기 시작했다. 이들은 자신들의 동지가 죽은 것을 정부의 공작이라고 봤다. 하지만 살인의 증거는 없었다. 의학적으로 사망원인이 명확하게 심장마비였기 때문이다. 참으로 이상한 일이 아닐 수 없었다.

이들의 사망을 기쁘게 바라보는 사람도 적지 않았다. 우파세력들은 이런 일이 매일 계속되기를 희망했다. 그리하여 깨끗한 자유민주주의 대한민국이 되기를…. 또한 남한을 흡수통일하려는 북한 공산주의 세력들에게 경종이 울려지기를….

선인들의 회합

경기도 화악산 중턱. 경관이 그리 좋지 않은 이곳에 야생동물 무리들이 자기들의 삶을 누리고 있는 중이다. 달빛도 없고 컴컴한 숲 속, 그런데 이곳에 심상치 않은 움직임이 느껴졌다. 위쪽이었는데, 동물들은 부류가 다른 존재가 바람처럼 이동하는 것을 포착했다. 확실한 것은 아니지만 동물의 육감으로 무엇인가 지나갔다는 느낌이 와닿았던 것이다.

더 위쪽 정상 부근은 하늘이 열려 있어 약간 밝았다. 하지만 이곳에서 사람의 눈에 보이는 것은 음산한 숲뿐이다. 이곳에서 기척이 있었다. 그리고 방금 중턱을 통과한 존재는 기척이 있는 곳에 당도했다.

"지일至一, 자네가 왔는가!"

숲 속에서 들려온 목소리는 항천의 것이었다. 잠시 후 적파의 목소리도 들렸다.

"지일! 이쪽으로 와서 앉게나. 조금 늦었군!"

"…."

세 도인은 서로 둘러앉았다. 이들은 삼태성三台星이라고 불리는 선인급 존재, 사진四眞과 계제가 같은 지극히 높은 도인들이다. 사진은 고곡, 일휴, 유중, 그리고 소천인바, 이들 모두를 일컬어 동방칠선東方七仙이라고 부른다. 현재 사진 중 3인의 선인은 종적을 감춘 상태이고, 소천선은 멀리 북한 땅에 머물고 있다. 현재 이곳 화악산 정상에 둘러앉은 선인 3명은 오늘 중대한 안건을 회의하려고 모여 있다. 항천이 지일을 향해 물었다.

"다녀온 얘기나 하시게. 무엇인가 건진 것이 있는가?"

지일은 고개를 저으며 대답했다.

"삼진의 종적은 찾을 수 없었네. 고곡선의 제자들을 보고 왔는데 그들은 산중 도량에서 도제들끼리 술래잡기 놀이를 하고 있더구만…. 그들은 현재 서울 미아리로 이동해 있다네."

이 얘기를 들은 항천은 눈을 감고 잠깐 음미했다. 지난날 고곡과의 내투內鬪 대결을 떠올렸던 것이다. 지일이 다시 말했다.

"그런데 미아리 큰집에서 한 아이를 봤는데, 총명한 기상이 온 하늘을 덮는 듯하더군. 이름은 준철이라고 하는데, 필경 유중의 제자일 거야. 유중은 그 아이에게 무엇인가 일을 맡긴 것 같아…."

이때 적파의 말이 들려왔다.

"이보게 지일, 자네는 유중을 찾으러 갔지 유중의 제자를 보러 간 것이 아니잖은가! 우리 얘기나 하세…."

"그렇군, 그래야겠지. 그런데 자네들 몸과 마음은 다 회복되었나?"

적파가 대답했다.

"내 몸의 갈비뼈는 사흘 만에 완전히 회복했다네. 문제는 항천의 영혼이지!"

그러자 항천이 나섰다.

"이보게들, 내 걱정은 말게나. 나의 영혼은 평정을 되찾았어. 그리고 나는 며칠 전에 현허玄虛 상인上人을 만나 뵈었다네…."

"무엇이라고? 현허 상인을 만났다고 했나?"

지일과 적파는 깜짝 놀라며 반가워했다. 현허 상인은 이들 삼태성의 사숙師叔 뻘이었다. 항천의 말이 이어졌다.

"사숙께서 세상을 살피려고 잠시 인간 세상에 출현했던 것이야. 나는 운이 좋아서 잠깐 어른을 뵙게 된 것이지…."

"허, 그래 무슨 가르침이 계셨나?"

적파가 다급히 물었다. 항천은 미소를 짓고 나서 천천히 말을 이었다.

"내가 물었어. 싸움의 도리를…."

"그래? 대답해주시던가?"

이번에는 지일이 다급히 물었다. 항천은 고개를 천천히 끄덕이며 대답했다.

"싸움에는 적과 내가 있으면 안 된다고 하셨어. 그저 두 존재가 있을 뿐이고 그들은 함께 춤을 추듯 협소하는 것이라고 했지. 이른바 아름답게 싸우라는 것이지…. 승패는 하늘의 역사일 뿐이라고…. 결투에 참가하는 두 존재는 함께 역사의 작품을 만드는 데 협력할 뿐이라고…. 그 누구든 나라는 관념이 있으면 작품은 깨지고 그로 인해 패배자가 결정된다는 것이지…!"

여기까지 말한 항천은 고통을 느끼는 표정을 지었다. 그러자 적파가 나섰다.

"그렇지. 사숙님의 가르침은 천 번 만 번 지당하지. 나는 일휴와 싸울 때 나만 이기겠다는 생각이 너무 많았어. 그는 참 아름답게 싸웠는데…. 부끄럽구만…."

이 말에 항천이 대꾸했다.

"이보게, 나야말로 부끄러워. 고곡은 최선을 다하면서 때를 기다렸지. 나는 고곡을 이기려는 마음이 너무 앞섰어. 그래서 싸움의 흐름을 억지로 지어냈던 것이지."

적파와 항천은 회한의 표정을 지으며 잠시 침묵했다. 지일이 나섰다.

"이보게들, 반성을 했으면 다행이지 않나. 우리는 그만큼 강해진 것이야. 사숙님의 가르침대로 우리 모두 '나'라는 집착을 털어내야겠지…. 지금은 다른 얘기나 더 하세."

항천이 고개를 끄덕이고 나섰다.

"지일, 서울에 갔더니 어떻던가? 우리나라가 망할 징조가 보이던가?"

"음, 확실히 망할 것이야. 광화문을 들러서 왔는데 그곳의 백성들은 나라를 망치려고 혼이 다 빠져 있었어. 머지않아 전쟁이 도래할 거야…!"

"그렇겠군….."

적파가 나섰다.

"그런데 말이야, 문제는 고곡의 무리들이 숨어서 일을 꾸미고 있다는 거야. 그들은 하늘이 단군족에게 벌주는 것을 막아서고 있지…. 단군족은 위쪽을 무조건 부정하는 민족성 때문에 가르침이 통하지 않아. 한 번은 멸망을 해야겠지! 그래야 1만 년의 앞날을 내다볼 수가 있을 걸세….."

"이보게."

지일이 나섰다.

"그런 얘기만 하고 있으면 뭐하나? 단군족이 그런 존재이기 때문에 우리는 제자를 가르치지 않는 것 아닌가! 고곡 무리를 찾을 궁리나 하세….."

"그래야겠지."

항천이 말했다.

"우리 다음 달에 다시 만나세. 각자 공부를 더 하고…. 고곡을 찾을 방법은 내가 생각해둔 것이 있어. 머지않아 찾아낼 거야. 자네들 여기 계속 머물 건가?"

"아니! 각자 흩어져 공부도 더하고 천명을 어기는 무리도 찾아봐야겠지…."

삼태성의 대화는 이렇게 끝났다. 이들은 단군족이 멸망해야 한다고 굳게 믿고 있다. 목하 천명도 그 방향으로 계속 흘러가고 있었다.

단군족을 구원하라

야원선생은 서울로 귀환한 지 1주일 만에 미아리 큰집을 찾았다. 마침 인허 등 모든 도반들이 외출하지 않고 집 안에 있었다. 준철도 밖에 나가지 않은 상태여서 모두들 야원선생을 환영했다.

"도형! 이 방으로 올라오시지요…."

인허는 야원을 미아리 큰집에서 가장 큰 방으로 안내했다. 이곳은 비워둔 곳이다. 야원은 방에 들어서자 차를 마시지도 않고 모두를 불러 모았다.

"이보게들, 오늘날 상황은 잘 알고 있겠지. 나는 일휴스승님을 만나 뵙고 가르침을 받아왔다네. 스승님께서 내게 문서를 남겼지. 그 일부를 얘기하려 하네…."

야원은 이렇게 말해 놓고 애처로운 미소를 지으며 모두를 둘러봤다. 스승님의 문서는 필경 단군족의 멸망에 관한 것일 터…. 긴장의 순간이었다. 야원의 말이 조용히 이어졌다.

"스승님의 명령 중 첫 번째 것은 우리 남한에 있는 종북세력을 완전히 몰아내라는 것이었지. 남한에 있는 종북세력은 북한의 침입을 유도하고 단군족을 멸망으로 이끌어간다는 단서도 붙여 놓았네. 우리들이 앞으로 할 일이 이것이야. 방법은 특별히 알려주신 것이 없었어.

두 번째 가르침을 얘기하겠네. 종북세력은 내부의 적으로서 그들은 멀리서 핵무기를 겨누고 있는 북한 당국보다 더욱 사악한 존재라고 하셨네. 그들을 속히 물리치기 위해서는 대한민국 정부를 각성시키고 백성을 계몽해야 한다고…."

좌중은 고개를 끄덕이며 각오를 다지고 있는 가운데 야원의 말이 계속되었다.

"스승님의 세 번째 가르침은 박영민을 모든 적으로부터 보호하고 그가 대통령이 되도록 있는 힘을 다하는 것이었네. 이는 단군족을 구원하기 위해 70년 전부터 스승님들이 마련해둔 방안이라고 하셨어. 물론 어떻게 해야 박영민을 대통령으로 만들지는 밝히지 않으셨네. 내 생각이네만 박영민이 대통령이 된다면 단군족을 구원하는 데 큰 힘이 될 것으로 믿고 있다네…. 그리고 네 번째 가르침이 있어. 이것은…."

야원은 말을 잠시 멈추며 준철을 바라봤다. 준철은 더욱 경건한 자세를 지키고 있었다. 야원의 말이 들려왔다.

"스승님께서는 우리가 하는 모든 일에 준철의 의견을 적극 참고하라고 하셨네. 그는 당금 대한민국 최고의 전략가일 것이라고…."

야원이 이렇게 말하자 모두 준철을 바라봤다. 그토록 위대한 인물이 곁에 있다니! 모두들 이를 수긍하고 있었다. 스승님의 명령이라면 충분한 이유가 있으리라! 야원은 다섯 번째 가르침을 말하고 있었다.

"국민이 뽑은 대한민국의 대통령을 따르는 것은 인격이고 의무인바, 백성들은 자신들의 의견을 줄여 나가야 한다고 하셨네. 다만 대통령이 종북세력인 경우 이는 사악한 북한의 하수인일 뿐 대통령이 아니니 백성들은 기필코 그를 물리쳐야 한다고 하셨네.

여섯 번째 가르침은 국회와 법원도 종북세력 척결을 위해 노력해야 한다는 것이네. 그렇지 않을 경우 이는 종북세력에 다름 아니라고 하셨네.

일곱 번째는, 종교, 언론, 학술, 기타 민간단체 등도 종북세력에 동조해서는 안 되고, 그럴 경우 이들은 적으로 간주해야 한다고 하셨네.

여덟 번째는, 대한민국이 종북세력 없이 깨끗해진다면 북한과 적극적으로 협상을 시도해야 한다고 하셨어…."

야원은 여기까지 얘기하고 잠시 침묵했다. 스승님의 당부는 일단 여기까지였던 것이다. 야원은 덧붙였다.

"우리 민족은 하늘로부터 벌을 받고 있는 것이라고 스승님은 밝히셨다네. 이는 내가 직접 들은 것인데, 하늘이 단군족에게 멸망에 준하는 천명을 내리는 이유는 위를 따르지 않는 민족성 때문이라고 하셨어. 공산주의자든 종북좌파든 그들의 핵심은 위를 부정하고 질서를 거부하는 것이지. 우리 모두는 단군족의 멸망을 막을 의무가 있다네. 힘을 다하세…!"

야원의 발표는 여기까지였다. 그러자 모두는 밖으로 나와 대문을 향해 큰절을 하고 각오를 다졌다. 저기 대문 밖은 스승께서 나선 곳이고 또한 단군족이 살고 있는 세상이었다. 이제 도제들이 단군족을 위해 해야 할 일은 정해진 것이다.

스승님들은 지금 어디 계실까? 현재 하늘의 날씨는 화창하건만 왠지 세상은 어두운 느낌을 주고 있었다.

서해대전

머지않은 미래의 시점, 단군족이 멸망해가는 현장인 서북해. 미군이 파견한 제2항공모함이 서해에 진입하면서 한미연합군의 작전은 거대한 막이 오르기 시작했다. 육지의 북서 영역에서는 탱크와 보병부대가 밤새 행군하여 작전영역에 속속 도착하고 있었다.

이즈음 청와대 지하벙커에서는 대통령에게 작전개요를 설명하고 있는 중이었다. 브리핑에 나선 군인은 육군소장으로서 중년의 의젓한 모습과 군인의 당당한 기상을 느끼게 해주고 있었다. 청중은 대통령 이하 측근 보좌관과 국방장관, 정보관리 등이었다. 육군소장인 작전부장의 목소리가 근엄하게 울려 퍼졌다.

"대통령 각하, 우리 군은 이번의 작전으로 북한군의 전력을 대부분 궤멸시키고 곧바로 평양으로 진격할 것입니다. 미군도 최대한 지원하는 가운데 전쟁을 수일 이내에 끝내고자 합니다. 우리는 이번 작전에 10여 개 보병사단과 해병대 4개 여단, 탱크 500대, 공수특전단 6개 부대, 미군의 전함과 한국 군함 200여 척, 잠수함 10여 척이 출동하고, 한국군과 미군이 보유한 전투기들은 100대 이상 출격하며, 코브라 등 헬리콥터 부대가 총출동하고, 야포는 1,000문 이상이 지원합니다. 여기에 후속 육군부대가 대기하고 상륙부대는 진남포 일원에 상륙하면서 육지에서는 북진이 개시될 것입니다. 우리 군은 가능한 한 모든 작전을 실시간으로 중계하여 북한군이 궤멸하는 모습을 직접 보여드리려고 합니다.

우리 군은 이번 작전을 승리할 것이라고 확신하고 있습니다. 기대해도 좋을 것입니다. 아니, 승리는 정해져 있습니다. 과정은 반나절 만에 대부분 끝날 것입니다. 그다음부터는 소탕전에 불과하겠지요. 아, 지금 막 공습이 시작되고 있습니다."

"…."

이 시각 진남포 앞바다에는 해군 전 부대에 작전개시 명령이 하달되었다. 이에 따라 상륙군은 소함정에 올라타고 잠시 대기했다. 육지에서는 야포들이 적의 진지를 향해 포문을 열고 있었다. 탱크들은 전진 개시, 보병부대가 뒤를 잇고, 비무장지대의 철책선은 무너졌다. 하늘에는 속속 전투기들이 북상하고 있었다.

드디어 상륙부대의 전진 개시. 진남포 앞바다에는 10여 km에 걸쳐 군함들이 빽빽하게 진을 치고 있는 가운데 항공모함에서도 전투기가 떠오르기 시작했다. 북한 진영에서는 전투기도 떠오르지 않고 병력이동도 없었다. 마치 잠자고 있는 듯한 모습이었다. 이들은 기가 죽어 있는 것일까? 작전지휘관들은 함상에서 망원경을 꺼내들어 상륙부대가 진격하는 것을 보고자 했다.

그런데 그 순간 이상한 일이 일어났다. 몸에 갑자기 뜨거운 열기가 느껴졌다…! 그뿐이었다. 그 이후 누구도 세상이 어떻게 돌아가는지 몰랐다. 하늘은 안개에 덮이고 항공모함을 포함한 수백 척의 함선은 일시에 뒤집어졌다. 상륙정은 모두 하늘로 떠오르고 다시 처박혔으며, 탑승한 병사들은 뜨거운 감각을 느낄 새도 없이 전원 즉사했다.

항공모함에서 떠오르던 비행기는 다시 바다에 곤두박질치고 있었다. 바닷속에서 움직이던 물고기들은 수억 마리가 끓는 물에 익어버렸다. 하늘에서는 뜨거운 우박이 떨어지고 해상에서는 바다가 생긴 이래 가장 험한 태풍이 일순간 몰아쳤다. 하늘을 날던 물새들도 순식간에 녹아 없어지고 바다 한가운데 열기는 태양처럼 뜨거웠다.

　멀리서 이 지역을 바라보고 있던 병사의 눈에는 거대한 버섯구름이 보였다. 시뻘건 화염은 검은 구름 속에서 악마의 이빨처럼 모습을 드러냈다. 해상 20km 이내의 모든 것은 바다에 처박히고 모든 생명체는 사라졌다. 태풍은 연안으로 불어닥치고 부대 간의 통신은 두절되었다.

　한참 후 지상의 부대에는 작전정지 명령이 하달되었다. 해군은 궤멸. 진남포 영역의 북한군 야포가 일제히 포문을 열고 미사일이 하늘을 가득 메웠다. 진남포 영역의 북한군은 깊은 땅속 진지에서 기어 나와 남쪽을 향해 진격하기 시작했다.

　청와대에서는 원자폭탄의 버섯구름을 보고 있다가 대통령이 기절했다. 연합군의 해상 지휘부에는 그 누구 하나 남아 있지 않았다. 한국군과 미국의 잠수함들은 바닷속에 있다가 그 자리에서 찢어지고 뒤집어졌으며 탑승 병사들은 전원 즉사했다. 수만 명의 병사들이 즉사했으나 그들은 죽어가면서 그 원인을 몰랐다. 아니, 자신들이 죽는지도 몰랐던 것이다.

　이로써 한미연합군 해군 전력은 90% 가까이 궤멸하고 육지에서 북진 중이던 육군은 작전정지와 동시에 북한군의 기습을 받아 초토화되었다.

　이즈음 북한 최고사령부 지하벙커에서는 대선생과 김정은이 마주 앉아 있었다. 김정은이 물었다.

　"대선생, 계획했던 대로 적들은 완전히 궤멸되었소. 다음 작전은 무엇이오?"

　"네, 지도자 동지. 제2작전은 이미 진행 중에 있습니다. 지금쯤 남조선 인민들은 하늘에서 떨어지는 삐라를 읽고 있을 것입니다. 전쟁은 거의 끝나갑니다. 약간의 마무리만 남았지요."

　북한에서 내려 보낸 삐라는 인천 일대와 경기도, 서울까지 날아오고 있었다. 일부는 이미 땅에 떨어져 속속 읽혀지기 시작했다. 내용은 다음과 같았다.

친애하는 남조선 인민 여러분, 미군과 남한군은 서해 바다에서 전멸했습니다. 이제 곧 우리 위대한 조선민주주의인민공화국 군대는 남쪽으로 진군하여 남한 인민들을 해방시켜줄 것입니다. 남한의 모든 인민들은 총궐기하여 남조선 괴뢰도당들을 몰아내야 합니다. 우리는 남조선 정부를 몰아내기 위해 서울 등 모든 도시에 핵무기를 투하할 것입니다. 인천에 사는 모든 시민들은 지금 당장 피신해야 합니다. 그곳에 핵무기 투하가 임박했습니다.

그리고 남조선 당국에 고하는 바입니다. 48시간 이내에 항복하십시오. 협상의 문도 열려 있으니 24시간 이내에 통신문을 보내십시오. 미국에도 고합니다. 이제 더 이상 민족 내부 문제에 개입하지 마십시오. 미군은 한반도에서 물러나야 합니다. 그렇지 않을 경우 미국은 핵공격을 받을 것입니다. 그리고 우리는 이미 뉴욕과 워싱턴에 핵무기를 설치해 놓았다는 것을 밝혀두는 바입니다. 만약 미국이 더 이상 조선 민족의 일에 간섭한다면 핵무기가 터질 것입니다. 공연한 협박이 아닙니다. 분명히 경고해 두었으니 나중에 후회하지 마십시오.

　　　　　　　　　　　　　　　- 조선민주주의인민공화국 최고사령부

삐라의 내용은 매우 공포스러웠다. 서해에서는 이미 한미연합군이 멸망하지 않았던가! 이어 인천에 대한 핵공격을 밝히고 있는 것이다. 남한 정부의 항복을 촉구하는 것도 국민들에게는 공포가 아닐 수 없었다. 북한은 저토록 강한 것이다.

특히 인천 시민들이 크게 동요했다. 그리고 급기야는 거리로 몰려나왔다. 핵전쟁반대, 시민을 살려내라, 미군철수 등의 구호가 난무했다. 일부 시민들은 피난하기 시작했다. 그러나 어디로 가야 할 것인가?

한국 군부는 크게 당황하면서 대책 마련에 부심했다. 정부는 뚜렷한 대책을 내놓지 못했다. 국민과 국군의 사기는 바닥에 나뒹굴었고, 희망은 어느 방향에서도 보이지 않았다. 국민들은 미군이 어떻게든 나라를 구해주기를 희망했다. 그들은 결국 기댈 곳이 미국밖에 없었던 것이다. 그토록 '미군철수'를 주장하더니….

한편 온건한 좌파세력은 막상 북한군이 밀려온다고 생각하니 끔찍했다. 그들이 긴긴 세월 북한을 위해 남한 정부를 공격했는데 북한군이 와서 그 공을 알아주기나 할까? 그래도 종북세력들은 아직 기가 죽지 않았다. 그들은 해방의 날이 임박했다고 거리로 나와 환호하는 중이다. 정부는 미국에 대규모 지상군 파병을 요청했다. 일찍이 종북세력을 몰아내는데 방심했던 정부가 쓰라린 맛을 보고 있는 것이다.

대선생의 설명

북한 최고사령부 지하벙커에서는 대선생이 전쟁의 미래에 대해 설명하고 있었다.

"존경하는 지도자 동지, 우리는 이미 중요 작전을 모두 성공하여 전쟁의 기선을 잡았습니다. 앞으로의 상황 전개를 말씀드리겠습니다."

"…."

김정은은 긴장을 늦추지 않고 대선생의 말을 경청하고 있었다. 현재 상황은 순조롭다. 하지만 미국의 반격이 남아 있기 때문에 마음이 편안할 수만은 없다. 언제나 침착한 대선생의 말소리가 들려왔다.

"지도자 동지, 현재 부산, 대구 지역에서는 엄청난 전리품이 획득되고 있습니다. 석유와 식량, 달러 등입니다. 이것들은 우리 군의 물자조달에 큰 힘이 되고 있습니다. 특히 석유는 우리 군이 작전을 유지할 수 있는 1년 치의 분량입니다. 부산의 은행 등에 남아 있던 달러는 우리의 전쟁자금을 크게 보충해주고 있습니다. 처음에 기대했던 대로 부산은 전쟁의 요충지대였던 것이지요. 서해대전은 미군과 남한군의 전력을 크게 손상시켰고 사기를 완전히 떨어뜨렸습니다.

앞으로 저들의 반격에 대해 고찰해 보겠습니다. 미군의 지상병력이 한반도에 들어오는 것은 세월이 많이 걸립니다. 어쩌면 영원히 들어오지 않을 것입니다. 그것은 미국의 선택이기 때문에 확실히 단정할 수 없습니다. 하지만 시간이 오래 걸리는 것만은 분명합니다. 그리고 저들이 부산 탈환작전을 진행할 수는 없을 것입니다. 부산에는 현재 수백만 명의 인질이 있습니다. 게다가 저들은 부산으로 밀고 내려올 병력이 없습니다. 부산은 안정된 우리 영토입니다. 이제부터 본론을 말씀드리겠습니다."

김정은은 미동도 하지 않고 대선생의 말소리만 쫓아가고 있었다. 대선생의 말이 이어졌다.

"우리 전력의 장점은 육군에 있습니다. 현재 1,000만 병력이 있는데 이는 남한 병력의 10배도 넘습니다. 남한은 해군과 공군이 우세했는데 이번 서해대전으로 그들의 해군은 궤멸했습니다. 남은 것은 공군력뿐인데, 우리는 하늘에 올라가 그들과 싸울 필요가 없습니다. 우리에게는 미사일이 있습니다. 남한군이 가진 것보다 수십 배가 넘는 데다, 미사일은 거의 모두 지하에 있어서 공습에 의해 파괴되지 않습니다. 저들이 하늘로 날아오면 숨어 있다가 발사하기만 하면 됩니다. 우리의 육군은 저들이 움직일 때 빈틈으로 나아가면 곧바로 승리할 수 있습니다. 미국의 지상병력이 와도 우리의 1,000만 대군을 당할 수는 없을 것입니다. 앞으로 24시간 후 우리는 제4, 제5의 작전을 전개하여 저들의 혼쭐을 뽑아낼 것입니다.

앞으로 우리는 남한 인민들을 선동하여 그들의 정부를 무너뜨려야 할 것인바, 이는 이미 조짐이 보이고 있습니다. 우리는 성공합니다. 남한 인민들은 처음부터 우리 편이었습니다. 지금은 더욱 우리 편이 되어 있겠지만 말입니다. 우리는 조만간 남북통일을 선언하게 될 것입니다. 남한에는 정부가 없어지는 것이지요. 남한에 정부도 없고 인민들이 모두 우리를 지지한다면 미국도 전쟁을 계속할 명분이 없어집니다. 게다가 기가 죽어 싸울 기분도 나지 않을 것입니다. 남한 인민이 우리 편이고 정부도 없어진 마당에 미국이 어째서 피를 흘리겠습니까! 미국 국민도 한국 사람이라면 지겨울 것입니다. 그들은 오랫동안 미국을 싫어했고 북조선을 선망해왔습니다.

머지않아 중국은 휴전을 종용할 것입니다. 그들은 미국의 대규모 지상 병력이 한반도에 상륙하는 것을 원치 않기 때문입니다. 우리가 핵무기로 계속 위협하면 남한군과 정부, 그리고 국민들은 공포에 떨어 항복하게 됩니다. 지도자 동지께서는 건강에 유의하면서 상황을 바라보는 것 말고는 걱정하실 일이 없습니다."

대선생은 말을 그치고 김정은이 말했다.

"대선생, 수고가 많소. 계속 애써주시오."

"물론입니다, 지도자 동지….."

대선생은 김정은의 집무실을 떠났다. 근방에 대기하고 있을 터였다. 단군족의 멸망은 훨씬 더 가까워지고 있었다.

두 마리의 개들

국민연합의 반공서명은 제대로 되지 않고 있었다. 거리에는 많은 사람이 지나가고 있었지만 대개는 나이 많은 사람이 관심을 가지고 서명을 했고, 젊은 사람들은 대부분 그냥 지나쳤다. 어떤 젊은 사람은 반공이 뭐냐고 묻기까지 했는데, 설명을 듣고 고개를 갸우뚱했다. 다소 험악하게 생긴 한 젊은이는 붉은 복장을 하고 나타나서 서명 명부를 찢기도 했다. 이런 말까지 덧붙이면서….

"나 종북인데, 어쩔래? 이 부자 앞잡이 새끼야!"

전국의 상황이 대체로 이런 식이었다. 물론 어떤 사람은 서명운동 담당자를 위로하며 파이팅을 외치기도 했다. 그러나 국민의 대부분은 자신이 반공이라는 것을 밝히기를 꺼려했다. 아니, 정확히 말하면 부끄러워하는 것이었다. 오늘날 우익 성향의 사람은 종북세력의 눈치를 보는 상황에 이르렀다.

박영민은 이를 개탄하면서 민족의 장래를 걱정했다. 장차 이 나라는 북한 공산정권에 흡수되고 말 것이다…! 박영민은 대한민국 정부조차 종북세력이 아닌지 의심이 들었다. 그렇지 않다면 그들의 난동을 어째서 방치하고 있는 것인지…! 이 모든 것은 분명한 징조였다. 현재 우리 사회는 행복하지만, 그것을 지킬 생각은 안 하고 정부만 끌어내려 붕괴시키려 한다.

단군족은 정부를 싫어한다. 그들은 정부를 유지할 수 없는 민족이다. 그들은 좋은 정부가 들어서길 바란다고 하지만 또 다른 정부가 들어서도 마찬가지다. 그들은 오로지 세상에 정부가 없어지기를 바란다. 모든 것을 자기들 뜻대로 하기 위하여…. 그리고 그 과정에서 공산정부가 이겨야 한다고 믿는 것이다.

박영민은 이런 사실을 20년 이상 마음속에 새겨왔고, 오랜 세월 대책 마련에 부심하고 있었다. 근년에 와서는 스승님의 교시에 따라 더욱 마음을 모질게 다듬는 중이었다. 박영민은 스스로 생각했다.

'내 생각이 옳았다. 현재 우리나라 정부와 국민은 종북세력과 이들을 은근히 동조하고 있는 거리의 독립군들, 그리고 학교에서 어린아이들을 공산주의 사상에 물들게 하는 가장 사악한 집단들을 물리칠 의지도 용기도 지혜도 없다. 앞으로도 없을 것이다…. 그래서 나는 나의 길을 갈 수밖에 없다….'

박영민이 구상하고 있는 것은 무엇일까? 그리고 오랜 세월 동안 추구해왔던 일은 무엇일까? 박영민은 스승의 가르침에 따라 단군족을 위해, 대한민국 정부를 위해 기꺼이 목숨을 바칠 것을 백번 천 번 다짐했다. 오늘도 거리는 시끄러웠다. 거리에 나선 그들은, 자신들은 옳고 정부는 나쁘다고 말한다.

박영민은 생각했다. 옛말에 똥 묻은 개가 겨 묻은 개를 나무란다고 하지 않았던가! 오늘날 거리의 독립군이나 정부는 둘 다 개처럼 제정신을 차리지 못하고 있다. 다만 겨 묻은 개는 쉽게 털어버릴 수 있으나 똥 묻은 개인 거리의 독립군들을 어찌할 것인가!

박영민은 스스로에게 답했다. 저들이 대한민국 땅에서 사라질 때까지 투쟁하리라! 아니, 박영민은 수십 년 전부터 그런 일을 착착 진행시키고 있었다. 65년 전 고곡스승은 이런 사람이 대한민국에 출현하여 멸망해가는 단군족을 위해 크게 나설 것이라는 것을 이미 보고 있었다. 그날이 바로 오늘날이었다.

반격태세

일지매는 며칠 전의 실패를 생각하고 있었다. 박영민은 호락호락한 존재가 아니다. 그날 일지매는 아주 난감했었다. 경호원인지 뭔지 하는 놈들이 박영민을 필사적으로 보호하는 바람에 도저히 뚫을 수가 없었던 것이다. 그들은 인원도 많고 박영민에 대한 충성심도 강했다. 그들이 사용하는 장비들은 일지매가 미처 생각하지 못했던 것들이었다. 가스총, 전기충격기, 사냥총 등 참으로 귀찮은 것들이다. 특히 총이라는 것이 눈에 맞으면 어쩔 뻔했나!

일지매는 침착함을 유지하고 있었다. 원래 그는 대단히 냉정하고 침착한 사람이었다. 이한영은 그날의 실패에 대해 일지매의 몸에 상처가 있는지는 보살펴주었지만 계속 울기만 했다. 달콤한 육체의 향연 같은 것도 없었다. 일지매는 슬픔도 느꼈고 괴로움도 느꼈고 자존심도 상했다. 그러나 그는 이한영의 냉대를 그대로 수긍하고 있었다.

'내가 일을 잘못했으니 누나도 화가 나겠지….'

일지매는 단순한 사람이었다. 그리고 강했다. 정작 일지매가 강한 것은 육체뿐이 아니었다. 그의 정신은 그 몸에 걸맞았다. 평정이 흔들리는 법은 없었고, 오히려 더욱 냉정하게 대책을 궁리했다. 일지매는 며칠 동안 궁리하고 또 궁리했다.

그러자 몇 가지의 생각이 떠올랐다. 박영민이 자택에 있을 때는 공격할 수 없다는 것이다. 그를 죽이기 위해서는 약점이 노출될 때까지 기다려야 한다는 것…. 일지매는 앞으로 행동을 더욱 조심스럽게 해야 한다는 것도 알았다. 일지매는 일단 한동안 쉬기도 했다. 한동안 쉬고 어느 날 갑자기 행동을 개시해야 박영민의 방심을 유도할 수 있다. 일지매는 또 생각했다.

'박영민은 보통 인간이 아니다. 그는 분명 그날의 습격을 철저히 분석하고 또 다른 대책을 세워놓을 것이다….'

하지만 일지매는 몸의 힘도 생각의 힘도 이 세상 누구에게도 지지 않을 자신이 있었다. 현재 평정을 유지하고 있으며 생각은 더욱 매서워지고 있는 상태다. 몸은 아무 탈이 없다. 총알은 일지매의 옷을 뚫고 몸에 도달했지만 상처는 거의 없었다. 자세히 보면 피부에 약간 멍이 들었을 뿐이다. 그리고 이 멍은 24시간 이내에 없어졌다. 일지매의 몸은 그야말로 금강불괴金剛不壞였고 그 회복력은 신선 그 자체였다.

일지매는 지금 박영민을 비웃고 있었지만 깔보는 것은 아니었다. 비웃고 있는 것은 단지 일지매 자신이 좌절하지 않았다는 것을 스스로에게 보여준 것이고, 실제로 박영민에 대한 경계심을 계속 키우고 있었다.

그러던 중 이한영에게서 연락이 왔다. 그녀도 며칠 사이에 기분이 좀 풀렸나보다. 목소리는 아직 슬픈 듯했지만 일지매에 대한 원망은 없었다. 박영민은 너무나 강한 사람이었다. 이한영은 이를 누구보다도 잘 알고 있었다. 지난 긴 세월 동안 이한영은 박영민에 대한 복수를 계획해왔지만 도무지 접근할 수가 없었다. 일지매조차 박영민을 쉽게 처치할 수 없었다는 게 그 방증이다. 그렇다면? 더욱 철저해질 수밖에 없는 것이다.

"일매, 빨리 나와. 누나가 재미있는 곳에 데려갈게!"

일지매는 급히 집을 나섰다.

유성작전의 발동

　미국 CIA 당국은 피닉스와 2차례 통화한 후 유성작전의 세부사항을 확정해가고 있었다. 대선생의 암살에 직접 참여하는 저격수, 암호명 벼락은 심야에 강을 건너 북한으로 잠입한다. 이는 대선생이 피닉스의 집을 방문하기 이틀 전으로 정해졌다. 벼락은 MSS와 CIA, 그리고 피닉스가 선정한 지역으로 침투하여 피닉스의 집에 당도한다. 그리고 피닉스의 집에서 이틀을 머문 후 대선생이 나타나는 길목에서 저격하는 것이다.

　대선생이 오는 길목은 피닉스가 용의주도하게 계산해서 저격 지점을 선택했고, 저격에 실패하면 즉시 자살하는 것으로 정해졌다. 저격에 실패한 순간 대선생은 반격에 나설 것이고, 그렇게 되면 도주는 불가능한 일이었다. 그뿐이 아니었다. 대선생이 접근해오면 자살마저 쉽지 않을 터, 저격에 실패하면 즉시 자살하는 것만이 작전의 비밀을 유지할 수 있고 또한 피닉스를 보호할 수 있는 것이다. 대선생이 피닉스를 의심하여 방문하는 것은 피닉스도 충분히 인지하고 있었다.

　암호명 벼락이 사용하는 총은 작전 개시 7일 전에 피닉스에게 전달된다. 강민형이 강가에 나와 밀수꾼으로부터 인수할 것이다. 만약 밀수꾼이 강민형에게 총을 전달하지 못하는 상황이 되면 작전은 종료된다.

　유성작전은 이렇게 발동되고 있었다. 벼락은 훈련을 마치고 마지막으로 딸을 만났다. 살아서 돌아오지 못할 수도 있는 일생일대의 작전이다. 벼락은 자신이 실패해도 딸의 일생을 보장받았기 때문에 기꺼이 현장에서 목숨을 버릴 각오를 다졌다. 물론 대선생을 암살하고 다시 귀환할 수만 있다면 이보다 더 좋을 수는 없다. 그렇게 되기만 한다면 벼락은 암살자에서 은퇴하고 딸과 함께 미국으로 건너가 여생을 보낼 생각이었다.

작전개시 9일 전, 저격에 쓸 총은 은밀히 강을 건너 강민형에게 전달되었다. 강민형은 근방까지 차를 몰고 나와 물건을 인수했다. 여기서부터 피닉스 집까지 배달하는 것은 별 문제가 없어 보였다. 강민형의 권력과 용의주도함은 검문을 충분히 피할 수 있을 것이다.

벼락에게 전달할 총은 매우 강력한 것으로, 5km 떨어진 물체를 박살낼 수 있고 총알에는 독이 발라져 있어 한 번 스치는 것만으로도 목표물을 살상할 수 있다. 이외에 벼락은 자살용 캡슐을 소지하는데, 이것은 저격에 실패하면 즉시 입 속으로 가져가게 되어 있다. 벼락은 망설일 사람이 아니다. MSS가 그를 선택할 때 이미 그만한 인품을 알고 있었던 것이다.

벼락은 딸을 만나 '아버지는 먼 곳에 일하러 갈 테니 돌아오지 않아도 염려하지 말고 아버지 친구(CIA 직원)와 미국으로 가서 기다리라.'는 당부를 남겼다. 벼락은 마지막이 될지도 모를 딸과의 포옹을 마친 후 대기하고 있던 승용차에 올랐다. 이제 작전지역으로 출동하는 것이다. 벼락은 차가 움직이자 잠시 눈물을 흘렸다. 그러나 이내 평정을 되찾고 작전상황에 몰입했다. 차는 계속 달리고 있었다.

피닉스의 당부

대선생이 피닉스를 방문하기 9일 전, 피닉스는 사랑하는 손자 강민형을 만났다. 강민형은 방금 전 유성작전에 필요한 총기를 날라왔다. 총기는 육중했고, 망원 조준기가 달려 있었다. 사격의 명수인 피닉스는 총기를 한참 바라보다가 손자를 돌아보며 말했다.

"상당히 좋은 총이군. 이것을 다룰 줄 아는 저격수라면 실력이 있겠는걸…. 총알 크기가 엄청나구나. 이런 정도라면 바람 부는 날에도 조준하기 어렵지 않을 거야."

이 말에 강민형이 끼어들었다.

"할아버지, 대선생이란 분이 나이가 상당히 많다고 하셨는데 그토록 위험한 인물인가요?"

피닉스는 이 말에 묘한 미소를 지으며 대답했다.

"얘야, 북조선이 지난 수십 년간 미국이나 남조선을 이길 수 있었던 것은 오로지 대선생 때문이란다. 아주 무서운 인물이야. 이 사람이 존재하는 한 북조선은 불멸의 국가가 될 거야. 남한을 흡수통일하는 것은 문제도 아니지…."

"아, 그런가요? 꼭 죽여야 되겠네요…. 이곳에 그분이 나타날까요?"

"그럼! 얘야, 대선생은 한 번 입에서 나온 말은 어긴 적이 없어. 태산이 무너지면 무너졌지 약속을 어길 분이 아니다. 정각에 나타나실 거야."

"그렇다면 할아버지, 어떻게 하실 거죠?"

"음, 자세한 것은 나도 몰라. 미국 측에서 파견된 암살자가 정하겠지.

나는 대선생이 이곳에 찾아올 경로를 자세히 얘기해주었어. 그 도중 어딘가에서 저격을 하겠지….”

이 말에 강민형은 고개를 천천히 끄덕이다가 물었다.

“할아버지, 그런데 대선생이 찾아오는 방향을 바꾸면 어떻게 되지요?”

“그럴 수가 없을 거야. 이곳은 통로가 뻔하니까…. 그리고 대선생은 당당한 분이라서 엉뚱한 짓은 하지 않아. 저쪽 언덕에서 내려오실 거야. 미국 측 얘기로는 저격수가 대단한 실력이 있어서 돌발상황도 충분히 대처할 수 있다더구나. 그는 이틀 전에 와서 주변을 샅샅이 점검하겠지. 당일에는 망원경으로 대선생이 오시는 것을 살필 것이야. 작전에 큰 무리는 없을 것 같다. 너는 걱정이 되니?”

“아니요, 할아버지. 저는 나이 든 사람 하나 처치하는 데 너무 야단법석을 떠는 것 같아서요.”

“너는 대선생이 어떤 분인지 모를 테니 실감이 안 나겠지! 그분은 우리 민족의 앞날을 좌지우지할 사람이야. 한반도가 자유민주주의로 통일되려면 대선생이 반드시 없어져야 해. 그렇지 않으면 통일은 없어. 통일이 된다 하더라도 공산주의로 통일이 될 거야. 나는 민족의 앞날이 걱정될 뿐이다….”

“그럼 할아버지, 그분은 공산주의자인가요?”

“아니, 그는 정치사상에는 관심이 없어. 그저 지도자 동지 편이지. 그분이 왜 그런 일을 하는지는 나도 모르겠다…. 애야, 그보다는 다른 할 얘기가 있단다…. 민형이 너 말이지, 이 할아버지를 믿고 있니?”

“네? 무슨 말씀이세요! 제가 세상에서 가장 믿고 따르는 사람이 바로 할아버지예요. 무슨 일이든요.”

“그래, 고맙구나. 그럼 내가 너에게 지시할 일이 있는데 반드시 지켜야 해. 맹세할 수 있니?”

"아이 참, 도대체 맹세가 왜 필요해요? 저는 할아버지가 하라는 일은 무조건 할 거예요. 제가 대선생을 죽일까요?"

"녀석, 그런 말하면 못써. 너는 너의 할 일이 있잖니! 대선생을 제거하는 일은 나와 미국 측의 일이야. 저는 잠자코 이 할아버지의 지시에 따라야 해. 알겠니?"

"네, 할아버지, 하하…."

"이놈아, 웃을 일이 아니야. 꼭 따라야 해."

피닉스가 이렇게 말하자 강민형은 다소 심각해지면서 고개를 끄덕여 대답했다.

"네, 할아버지. 꼭 시키는 대로 할게요. 그런데 제가 뭘 해야 하죠?"

"음, 좋아. 여기 글에 적어 놓았단다. 반드시 6월 27일에 개봉해야 해. 6월 26일에 대선생이 이곳에 오니까 그다음 날 펴보아라. 대선생이 죽었는지 확인하러 오면 안 된다. 그리고 이 편지는 절대로 누가 봐서는 안 된다. 알겠니?"

"네, 할아버지. 잘 알겠어요…. 우리 이제 다른 얘기해요."

밖에는 새벽이 오고 있었다. 강민형은 밤새 할아버지와 함께 있었고, 둘 다 잠을 자지 않았다. 아직은 멀리 있는 저격수 벼락은 지금 무슨 생각을 하고 있을까? 대선생은 어떻게 지내고 계실까? 과연 운명은 어떻게 전개될까? 피닉스는 사랑하는 손자를 앞에 두고 잡념이 많았다.

대왕노조 살인사건

아직 본격적으로 여름이 시작되지 않은 어느 날, 우리나라 산업계에서 최고 권력을 누리고 있는 대왕노조 간부들이 서해안을 찾았다. 휴가를 보내는 것은 아니고 그저 단합대회라는 명목으로 쉬고 있는 것이다. 휴가나 단합대회나 노는 것은 마찬가지다. 이들은 늦은 봄까지 계속 파업을 하다가 오늘은 그 파업 성공을 자축하는 의미로 겸사겸사 모였다. 하지만 회사 측에서는 이들의 모임에 이견을 달지 못했다. 이들이 파업을 하든 단합대회를 하든 운동회를 하든 어디 가서 그냥 놀든, 회사는 감히 뭐라고 말을 못하는 것이다.

오늘 이들은 모여서 재미있게 놀고 다음번엔 무슨 명목으로 파업을 할까 궁리도 하고 있었다. 이들의 연봉은 보통 기업체 직원의 3배이고, 그동안 회사를 협박해서 임원 이상의 권리도 획득해둔 상태다. 이들은 긴긴 세월 동안 회사를 쥐어짜는 일을 하지만 부업(?)으로 종북세력 선동, 정부 무력화 등 나라 망치는 일에도 앞장서고 있다.

그런데 이들에게 이번 여행에서 아주 이상한 일이 발생했다. 온갖 술을 잔뜩 섞어 마시고 모두가 골아 떨어졌는데 아침에 일어나 보니 5명이나 죽어 있었던 것이다. 1명은 칼에 목이 그어져 과다출혈로 죽었고, 나머지 4명은 심장마비였다. 심장마비는 요즘 들어 아주 흔한 사건이다. 하지만 부엌칼에 목이 베인 것은 이상한 일이었다.

이곳에는 12명이 자고 있었지만 모두 곯아 떨어져 있어서 기적을 감지한 사람은 아무도 없었다. 살인은 분명했다. 경찰이 와서 정밀하게 조사한 결과 살인은 내부자의 소행, 즉 살아 있는 7명 중 1명이 저지른 것이었다. 왜냐하면 외부침입 흔적이 전혀 없었고, 좀 떨어진 지역에 설치되어 있는 CCTV에도 아무것도 잡힌 것이 없었다. 살인자는 이들 노조간부들 중에 있다.

너무 심하게 곯아 떨어져 잠든 이들은 누가 그곳에서 굿판을 벌였어도 깨어날 수 없었을 것이다. 죽은 사람의 목에서 나온 피가 방 안을 흠뻑 적셨지만 이들은 계속 자고 있었다. 물론 이들 중 1명은 살인을 저지르고서 잠자는 척하고 있었을 것이다.

심장마비로 죽은 사람들은 술을 너무 많이 마셔서 그렇게 되었을 것으로 추정되었다. 하지만 요즘 아주 많은 사람이 심장마비로 죽어가는 것을 보면 심상치 않은 일이었다. 당국은 슬슬 관심을 갖기 시작했다. 죽은 사람의 숫자는 문제가 아니다. 그들의 신분이 모두 나라를 망치고 있는 인간들이었다는 게 이상했다.

처음엔 괴상한 질병 또는 심장마비를 일으키는 바이러스로 생각했지만, 왜 하필 종북인사만 죽었는가? 물론 종북세력이 온통 세상에 널려 있으니 질병이 돈다면 우선 그들이 걸려들 확률이 높을 수도 있다. 하지만 이번에는 살인사건이다.

경찰은 시신을 척 보고 타살이라고 단정했다. 그들은 그런 기술이 있는가 보다. 어쨌건 경찰은 부엌칼에 의한 피살사건을 조사하는 한편, 심장마비로 죽은 시신을 국립과학수사연구소에 보내 부검을 의뢰했다. 아울러 보건당국에도 전염병 관련 조사를 요청했다.

심장마비 사건은 이미 국과수에서 다룬 지 오래였다. 하지만 아무런 단서가 나오지 않았다. 독극물 같은데 심증은 있으나 물증이 없다. 때문에 당국은 애를 먹고 있었다. 그런데 질병이라는 의견이 나오자 일단은 국과수 측도 숨 쉴 여유가 생긴 셈이다.

그러나 이즈음 음모론이 슬슬 태동하기 시작했다. 대한민국 정부가 종북세력들을 청소하기 위해 CIA와 비밀작전을 벌인다는 것이다. CIA는 음모론자들이 사용하는 단골 메뉴였다. 천안함 폭침 때도 그들은 CIA 작전에 의해 침몰했다고 외쳐댔고, 데모대가 죽으면 국정원을 들먹였다. 음모론자들은 그들의 동지인 거리의 독립군이 죽어 나가는 것은 안타까워했지만 이번에 대한민국 정부를 몰아붙일 일거리가 생겨서 한껏 고무되고 있었다.

한편 경찰은 수사본부를 차리고 부엌칼 피살사건을 조사하기 시작했다. 사건조사는 먼저 참변이 있었던 방에서 함께 자고 있던 7명을 대상으로 실시했다. 필경 이들 중에 원한관계가 있을 것이다. 잔인하게 살해되었다는 점에서 그런 추리도 타당해 보였다.

그런데 이 사건에 대해 국가의 또 다른 기관이 지대한 관심을 가졌다. 바로 국정원이다! 이미 시작된 연쇄 심장마비 사건은 민심을 동요하게 하고 국민과 정부를 이간시키기에 충분했다. 국정원은 은밀히 조사를 진행하고 있었다. 하지만 사건은 종잡을 수가 없었다.

도대체 세상이 어떻게 돌아가고 있는 것일까? 혹시 하늘이 우리 민족에게 경고를 주는 것이 아닐까! 대왕노조는 잠시 기가 죽어 있었다. 그러나 대한민국 정부를 몰아내려는 세력은 거대한 난동을 준비 중이다.

천군

미국 뉴욕 맨해튼 거리에 있는 어느 고층 빌딩. 이곳 34층의 사무실은 제3세계 물건을 수입하여 미국 내에 판매하는 회사다. 사장은 한국인이고, 직원들은 미국인을 비롯해 여러 인종으로 이루어져 있다. 직원들은 거의 외출하여 사무실은 한적했다. 사장이 밀실에서 서류를 뒤적이는 중에 비서가 손님이 왔음을 알려왔다.

비서는 젊은 한국인 남자다. 특이하게도 이 사무실에는 여자가 한 명도 없었다. 손님은 중년의 남미계 흑인으로 얼굴에는 매서움이 넘쳐 보인다. 이 사람이 사장실로 들어섰는데 사장은 의자를 권하지 않았다. 두 사람은 책상을 마주하고 대화를 시작했다. 손님은 서서 보고를 하고 사장은 앉아서 그 내용을 들었다. 이들의 대화 형식을 보면 마치 군인들이 하는 것과 비슷했다. 서 있는 사람이 말했다.

"제1파견대 철수 완료했습니다. 제2파견대는 현지에 속속 도착하고 있습니다. 모두 4명입니다만, 각자 도착하여 작전지역에 곧바로 투입하기로 했습니다."

"음, 알겠네. 수고가 많았어. 포상금은 이미 입금해 놓았으니 부대원들에게 지급하게. 그들의 사기는 어떤가?"

"아주 좋습니다. 다시 파견될 날을 기다리고 있습니다."

"다행한 일이군. 그러나 앞으로는 일이 조금 힘들어질 거야⋯."

사장이 이렇게 말하자 서 있는 흑인은 웃으며 대꾸했다.

"이번 일이 너무 쉬웠으니 다음번엔 좀 어렵게 일을 해야지요. 오히려 대장님이 그동안 신경 많이 쓰셨습니다….”

흑인은 사장을 대장이라고 부른다. 그만한 사연이 있을 것이다. 대장이 말했다.

“나야 뭘, 자네가 일처리를 잘해준 덕분이지. 하나님께서도 칭찬을 전해달라고 하셨다네. 며칠 쉬도록 하게.”

“고맙습니다. 하나님께서도 칭찬해주셨다니 앞으로 더욱 열심히 하겠습니다. 다른 분부가 없으면 가보겠습니다.”

“음, 가보게….”

흑인은 물러갔다. 잠시 후 비서가 들어왔다. 대장이 먼저 말했다.

“제3작전과 제4작전은 착오 없이 준비하고 있나?”

“네, 물론입니다. 제2파견대는 서울에 도착, 즉시 알아서 작전을 개시할 것입니다.”

“알겠네, 현재 천군天軍의 보안상태는 어떤가?”

“철저히 점검하고 있습니다. 안전에는 이상이 없습니다.”

“알겠네. 하나님께서는 오로지 보안상태를 염려하고 계신다네….”

“그러시겠지요. 하지만 대장님, 우리의 보안상태는 세계 제1입니다. CIA를 능가한다고 자부할 수 있습니다….”

“그만하게. 방심은 금물이야.”

비서는 물러났다. 대장은 하나님께 보고할 문건을 정리하고 있었다. 이 문건은 암호화를 거쳐 멀리 3단계를 돌아 하나님에게 도착할 터였다. 이들 천군은 20년을 기다린 끝에 바라왔던 현실을 맞이하는 중이었다.

준철의 고민

도인 인허는 서울에 온 이래 평온한 날을 보내고 있었다. 하루의 일과는 매일 5종류의 신문을 읽고 TV 뉴스를 보는 등 세속과 익숙해지는 일이었다. 개인적으로는 서점에도 다니고 도서관도 찾으며 지식 연마에도 열중했다. 이외에 도봉산 등 서울 주변 산을 모두 탐방하고 틈틈이 광화문이나 시청 앞에 나가 민심을 살피는 것도 중요 일과 중 하나였다.

인허로서는 단군족이 멸망하는 징후를 확연하게 깨달을 수 없었다. 다만 시내 곳곳에서 정부를 공격하고 기업을 공격하는 많은 무리들을 바라보며 불안감을 지울 수 없었다. 모든 것을 법으로 처리했으면 하는 것이 인허의 심정이었다. 하지만 법이 사회를 통제하는 것은 우리나라 사회에서는 불가능하다는 것을 인허는 상상조차 할 수 없었던 것이다. 우리 민족은 법보다는 시위로 해결하는 것을 선호했다. 또한 윗사람의 의견은 항상 틀렸다고 주장한다. 인허는 생각했다.

'스승님께서는 우리 민족의 멸망이 머지않았다고 예언하고 있는바, 그날이 언제일지….'

하지만 인허로서는 도무지 알 길이 없었다. 단지 단군족의 한 사람으로서 그 멸망을 막고 싶었다. 인허의 도제들도 마찬가지였다. 그들은 언젠가 자신의 목숨을 바칠 날이 올 것을 확신하며 각오를 다졌다. 도제들은 이왕이면 자신들이 민족을 위해 목숨을 바치고자 할 때 그것이 큰 효과가 있기를 기대할 뿐이다. 현재로서는 세월이 막연히 흐르고 있다. 때가 되면 무슨 일을 해야 하는지도 알게 되겠지…!

이런 생각을 하며 도제들은 오늘도 미아리 큰집을 나섰다. 도제들이 모두 나가자 인허는 준철을 불렀다. 그러고는 자상히 말해주었다.

"얘야, 내가 보기에는 네가 요즘 큰 고민이 있는 것 같구나. 풀지 못할 문제가 있으면 야원선생을 찾아가보는 게 어떻겠니?"

준철은 의아스럽다는 듯이 고개를 갸우뚱하며 대답했다.

"고민이요? 그런 거 없는데요. 풀지 못한 문제는 누구나 있는 거잖아요…."

준철은 이렇게 말해 놓고 마음이 약간 찔렸다. 왜 고민이 없겠는가! 요즘 들어 쉬지 않고 찾아오는 마녀! 어제는 두 번이나 찾아오지 않았던가. 준철은 이제 마녀가 찾아오는 것을 고민이 아닌 행복으로 생각하고 있었다. 그건 그렇고, 그런데 인허도인께서 이것을 말하는 것일까? 이 순간 준철의 얼굴이 붉어졌다. 그 여인과 벌이는 자신의 행태가 부끄럽고 죄스러워서였다. 인허의 고요한 음성이 들려왔다.

"아무 일 없다면 다행이야. 하지만 고민이 있으면 꼭 야원선생을 찾아가보렴. 나는 산에 좀 다녀오마…."

인허는 이 말을 남기고 밖으로 나갔다. 혼자 남은 준철은 생각하고 또 생각했다. 그러고는 마침내 방침을 정했다.

'내가 마녀를 계속 만나는 것은 인생을 망치는 일일 거야. 끝을 모르는 채 쾌락에 빠져든다는 것은 도인이 할 짓이 아니지….'

준철은 스스로를 도인이라고 생각하며 약간 멋쩍어했다. 하지만 각오를 다졌다.

'이 문제를 해결해야 해. 쾌락만 즐기는 것은 고곡스승님께도 뵐 낯이 없지. 절대 안 되지….'

여기까지 생각한 준철은 야원선생을 찾아가야겠다고 마음을 굳혔다. 그러나 마음 한편에서는 고통과 함께 그리움이 몰려왔다. 더할 수 없는 즐거움, 정녕 이것을 몰아내야 한단 말인가! 도인의 길은 멀고도 멀구나!

준철은 이를 악물고 대문 밖을 나섰다. 미아리 점집 거리는 오늘따라 한산했다. 준철은 자신의 마음이 변할까 봐 빠른 걸음으로 급히 내려갔다.

현장답사

북한 피닉스의 자택, 6월 24일 밤. 피닉스는 혼자 앉아서 명상에 잠겨 있었다. 운명의 날은 이틀 후로 다가왔다. 피닉스는 며칠 전부터 집 안 정리로 바빴다. 보안에 관계되는 물건들은 지난 두 달 동안 하나씩 찾아 없앴기 때문에 의심할 것은 아무것도 남아 있는 것이 없었다. 현재 피닉스가 가지고 있는 보안 관련 물품은 미국 측과 연락할 수 있는 위성통신기 1대 뿐, 이것은 최후까지 가지고 있다가 더 이상 필요 없다고 판단되는 순간 없애려고 작정해두었다.

새로 단장한 집은 대선생을 맞이하려고 그동안 사용하지 않았다. 새 집은 대문 뒤쪽에 있었는데, 아무런 장식도 꾸며놓지 않고 대선생이 왔을 때 대접할 차 끓일 도구와 찻잔 등을 준비해 놓은 상태다. 대선생은 식사는 하지 않겠지만, 차 정도는 마실 것이다. 그리고 또한 술을 마실 수도 있으니 미리 방에 준비해두었다. 찻잔도 2개, 술잔도 2개, 안주는 준비하지 않았다. 물론 필요하다면 부엌에서 가져올 수 있다. 피닉스는 빠진 것이 없는가 꼼꼼히 생각했다. 그러는 중에 인기척이 있었다.

대선생이 벌써 나타났을 리는 없고⋯. 그렇다면 한 사람밖에 없다. 바로 암호명 벼락일 것이다. 원래는 조금 더 있다가 마중하기로 했는데 아마도 오늘 길목에 별일이 없어서 이른 시간에 도착했을 것이다. 문을 열자 벼락이 바로 앞에 서 있었다. 얼굴에는 수염이 있고 건장한 체격이었다. 눈에는 노련미와 매서움이 함께 있었다.

"들어오시오⋯."

피닉스가 청하자 거리낌 없이 들어섰다.

"뭘 좀 드시겠소?"

피닉스가 다시 말하자 벼락은 고개를 가로 저었다. 두 사람은 앉아서 즉시 작전상황을 점검했다. 먼저 피닉스가 총기를 꺼내서 벼락에게 쥐어 주었는데, 벼락은 즉시 총알과 총 상태를 점검했다. 모든 것은 이상이 없었다. 피닉스는 벼락에게 말했다.

"컨디션을 위해 자두는 것이 좋을 것이요. 현장답사는 내일 합시다."

벼락은 이 말을 듣고 고개를 끄덕였다. 두 사람은 한 방에서 자기로 했는데 벼락은 총기를 옆에 놔둔 상태였다.

얼마간 시간이 흘렀다. 밖에서 이름 모를 새소리가 들려왔다. 한가한 시골의 정경이었다. 두 사람이 작전에 임하는 것이 아니었으면 아주 평화스런 아침이었을 것이다. 피닉스는 부엌으로 들어가 미리 준비해둔 음식을 가지고 나왔다. 반찬은 몇 가지 안 되었지만 벼락은 잘 먹고 있는 것 같았다. 피닉스는 상을 가지고 다시 부엌으로 가서는 설거지를 아주 꼼꼼히 해두고 음식물 쓰레기는 집 밖으로 나가 먼 곳에 가져다 버렸다. 특별한 이유라도 있는 것일까!

두 사람은 현장답사를 하기 위해 집 밖으로 나왔다. 현장은 집에서 100m 떨어진 곳이었는데, 한쪽은 산과 숲에 이르는 막다른 길이었고 다른 한쪽은 읍내로 통하는 길이다. 대선생은 이 길을 통과할 것이 확실하다. 두 사람은 먼저 대선생의 예상동선을 샅샅이 탐색했다. 목표물이 나타날 곳을 미리 살펴두는 것은 저격수의 필수사항이다. 길은 평탄했고 좌우는 숨을 곳이 마땅치 않았다.

"저쪽으로 가봅시다…."

벼락은 이쪽은 다 봤다는 의사를 표시했다. 두 사람은 산 쪽의 길로 걸어갔다. 이윽고 막다른 곳에 도착, 언덕과 숲이 나타났다. 벼락은 그 자리에서 먼 곳을 바라보다가 숲으로 들어섰다. 그러고는 어깨에 메고 있던 총을 내려놓았다. 총에는 거치대가 딸려 있었는데, 벼락은 거기에 총을 올려놓고 다시 먼 곳을 바라봤다.

총의 거치대는 몇 번인가 자리를 옮겼다. 이윽고 벼락은 만족했는지 엎드려서 총을 조준해봤다. 그러고는 피닉스에게도 한번 보라고 권했다. 피닉스도 총을 조준하는 자세를 취해봤다. 조준 망원경으로 보니 먼 곳까지 시야가 훤히 트여 있었다. 그리고 그 자리에서 집 쪽으로 틀어 보자 대문이 옆으로 보였다.

피닉스의 생각으로는 대선생이 걸어올 때 저격하거나 대문에 들어설 때 저격하려는 것 같았다. 만약 대선생이 차를 타고 와서 집 앞에 내린다면 대문까지 가는 동안 5초 정도 시간이 있다. 이때 저격하면 되는 것이다. 하지만 실제 저격은 당일 상황에 따라 결정될 것이고, 또한 벼락의 선택에 따라 결정될 터였다.

저격 대기장소는 아주 이상적이었다. 목표지점 제1, 제2가 훤히 내려다보이는 곳이다. 게다가 대기장소는 숲 속에 가려져 있어 노출이 되지 않았다. 두 사람은 언덕을 내려왔다. 이제 기다리기만 하면 되는 것이다. 벼락은 총의 거치대는 그 자리에 두고 총만 가지고 내려왔다. 어차피 이곳은 인적이 없는 곳이다.

이제 대선생이 나타날 시간만 기다리면 된다. 두 사람은 천천히 걸어 집에 다시 당도했다. 그러자 피닉스가 물었다.

"더 준비할 것이 없소?"

벼락은 말없이 고개를 저었다. 벼락은 과묵한 사람이었다. 그리고 딱히 두 사람 사이에 할 말도 없다. 그러자 피닉스가 말했다.

"모든 것이 준비되었다면 내가 할 얘기가 있소. 아주 중요한 일이요…!"

벼락은 침묵했고 피닉스가 말을 이었다.

"한 가지 청이 있소! 들어주겠소?"

"네? 무슨 일입니까?"

"아주 특별한 부탁이요. 반드시 들어줘야만 하는 부탁입니다. 나를 죽여주시오….."

피닉스의 말은 청천벽력과 같았다. 벼락도 깜짝 놀라 반문했다.

"죽여달라고 했습니까?"

피닉스는 벼락의 얼굴을 똑똑히 바라보며 고개를 끄덕였다. 벼락이 다시 반문했다.

"대체 무슨 일이요? 영문을 모르겠소!"

"내 설명하리다. 벼락 양반. 당신은 대선생을 죽이고 본국으로 돌아갈 것이오. 나는 이곳에 남아 있을 것이고….. 맞소?"

피닉스의 말에는 모순이 없었다. 당연히 그렇게 될 터였다. 벼락은 대답했다.

"그렇게 되겠지요. 그래서 어떻단 말이오?"

피닉스는 이 말에 미소를 지으며 벼락을 빤히 쳐다보다가 말을 꺼냈다.

"당신은 가고 나는 이곳에서 조사를 받는단 말이요. 북한 보안기관이 그리 허술한 줄 아시오? 그들은 대선생이 죽으면 제일 먼저 나를 의심할 것이오. 아시겠소?"

벼락이 고개를 끄덕이고 피닉스는 계속했다.

"정황을 보면 내가 작전을 도왔다는 것은 뻔한 일이요. 나는 체포되어 고문을 당하겠지요. 나는 고문을 못 견디고 모든 것을 자백할 겁니다. 나에게는 자식이 있고 손자도 있습니다. 나 하나 죽는 것은 문제가 아니요. 하지만 나는 그들을 보호해야 합니다. 당신이 나를 먼저 죽이고 나서 작전에 임하면 뒤탈이 없을 것이요. 당신이 몰래 잠입하여 나부터 죽인 것이 될 터이니….

나는 대선생을 맞이할 준비를 철저하게 해놓았소. 누가 봐도 내가 대선생을 맞이할 생각이 있다고 볼 것이요. 조금 전에 밥상 흔적을 없앤 것도 나 혼자 있었다는 것을 보이려는 이유에서였소. 이제 나만 죽으면 우리 자식들에게 피해가 없을 것이요. 나는 어차피 죽을 날이 머지않았으니 아까울 것도 없소. 알겠소?"

벼락은 잠시 생각하다가 대답했다.

"상황은 이해했습니다. 하지만 당신을 어떻게 죽인단 말이요? 나는…."

"에이, 이 사람…!"

피닉스가 말문을 막고 다시 이었다.

"당신은 프로 아니요. 사소한 일에 연연하면 안 되잖소. 여러 말 할 것 없소. 나를 죽이시오."

"….""

벼락은 한참 동안 말이 없었다. 그러다가 이윽고 말했다.

"내가 당신을 죽이면 본부에서 어떻게 생각하겠습니까?

"그 점은 염려마시오. CIA 측에서는 이미 짐작할 것이오. 그리고 내가 지금 CIA 측에 말해두겠소…."

벼락은 말이 없었다. 피닉스는 통신기를 열었다. 그리고 간단히 말했다.

"존 글랜 씨. 일전에 부탁했던 것을 기억해주시오. 나는 나 자신을 위해 목숨을 던졌으니 벼락을 원망하지 마시오."

전화는 이것으로 끝났다. 내용은 인공위성에 녹음되고 본부에 전송될 터였다. 벼락은 아직도 말없이 있었다. 피닉스가 말했다.

"이보시오, 이 통신기를 지금 당장 분해해서 강물에 던져버립시다."

잠시 후 두 사람은 통신기를 박살내고 잘게 다진 후 강으로 가져갔다. 피닉스는 그 조각들을 강의 넓은 영역 여러 곳에 분산하여 처리했다.

"자, 다시 들어갑시다."

피닉스는 앞장섰고 벼락은 끌리다시피 따라 들어왔다. 피닉스가 말했다.

"자, 시간이 왔으니 망설일 것 없소. 당신 칼을 가지고 있소?"

이 말에 벼락은 허리에서 날카로운 칼을 꺼내 들었다. 그러고는 칼을 이리저리 들여다보고 있었다. 피닉스는 한발 다가왔다. 이 순간 벼락의 칼은 피닉스의 목을 향해 정면으로 파고들었다. 순식간이었다. 피닉스는 쓰러지면서 미소를 짓는 듯했다. 그리고 즉시 숨을 거두었다.

이렇게 해서 희대의 영웅이 시대의 막을 내린 것이다. 벼락은 피닉스가 죽는 모습을 보지 않았다. 그리고 조용히 밖으로 나갔다. 이제 대선생을 저격하는 일만 남은 것이다. 시간은 초조하게 흘러가고 있었다.

꿈같은 행운

대한민국 서울. 박영민의 자택근방에 며칠 전부터 한 노인이 배회하고 있었다. 이 노인은 이곳에 여러 차례 나타났는데 그때마다 변장을 달리했고 슬쩍 지나갔기 때문에 박영민의 보안팀이 눈여겨보지 않았다. 이 노인은 각별히 조심스럽게 행동하며 볼 일을 다 마친 후 지역을 떠나고 있었다. 그런데 갑자기 누군가 뒤에서 부르는 소리가 들렸다.

"이보게 젊은이. 잠깐 서게…."

젊은이? 노인은 자신을 그렇게 부르는 것으로 알고 날카롭게 돌아봤다. 부른 사람은 진짜 노인이었다. 일지매는 진짜 노인을 보고 흠칫 놀랐다. 범상치 않기 때문이었다. 진짜 노인은 재빨리 다가왔는데 엄청난 기운이 느껴졌다. 일지매는 약간 위축되면서 물었다.

"어르신, 저를 부르셨나요?"

"음, 그렇다네. 여기 자네 말고 누가 있나?"

마침 지나가는 사람도 없어서 노인이 이렇게 말했던 것이다. 일지매는 기분이 나빠져서 날카롭게 물었다.

"무슨 용건입니까? 길 가는 사람을 공연히 불러놓고…."

"허, 이 사람. 자네가 수상해서 불렀네. 필경 사람을 죽이려고 서성거린 것이겠지만…."

"뭐요? 에이…."

일지매는 불문곡직하고 노인을 향해 주먹을 날렸다. 노인이 미워서 힘껏 주먹을 날렸던 것이다. 일지매는 노인이고 뭐고 기분이 몹시 상했다.

자신의 정체를 알아봤으니 죽여도 좋다고 생각한 것이다.

그러나 놀라운 일이 일어났다. 노인은 일지매의 팔목을 잡았다. 그리고 그대로 힘을 준 것 같았는데 팔이 아픈 것은 물론이고 기운까지 쭉 빠지는 것이 아닌가! 노인은 이어 팔을 당기더니 일지매를 공중에 띄웠다가 땅바닥에 후려쳤다.

"윽!"

일지매는 자기도 모르게 신음소리를 냈고 피를 토했다. 그런데도 노인은 팔을 놓지 않고 무섭게 한마디를 내뱉었다.

"너 이놈. 젊은 놈이 그렇게 약해서야 뭐에 쓰겠느냐⋯."

일지매는 완전히 탈진했다. 다시 노인의 말소리가 들려왔다.

"이놈. 너 여기서 죽을래, 아니면 순순히 따라올래?"

노인은 이렇게 말하면서 잡은 팔에 힘을 더 주었다. 일지매는 팔뼈가 으스러질 것이라 생각했다. 노인은 더 이상 힘을 주지 않고 팔을 놔주었다.

"따라와⋯."

이어지는 노인의 일갈. 이 순간 일지매는 노인의 눈을 봤다. 세상에! 이토록 무섭고 날카로운 눈이 있다니! 노인은 어느새 앞서고 있었다. 일지매는 감히 도망갈 엄두가 나지 않았다. 아니, 그보다는 노인이 너무 신기해서 그냥 따라 나섰던 것이다. 가까운 곳에 마침 넓은 공원이 있었고 노인은 일지매를 그곳으로 데려갔다. 그리고 다시 말했는데 이번에는 음성이 인자하게 변해 있었다.

"자네 이름이 뭔가?"

"네. 일지매입니다."

"뭐? 이놈 봐라, 이름이 뭐냐고 물었다!"

"아, 네. 정해천입니다."

일지매는 본명을 말할 수밖에 없었다. 노인은 음성을 더욱 부드럽게 하며 말했다.

"얘야. 나는 너를 도와주러 온 것이니 무서워 마라. 알겠느냐?"

"네…!"

일지매는 순순히 대답했다. 도와주겠다는 말에 더욱 안심을 느끼면서.

노인이 다시 말했다.

"바닥에 편히 앉아라…. 나는 네게 큰 복을 내리려고 한다. 잠시 꼼짝 말고 있어야 한다."

이렇게 말하고 뒤로 돌아간 노인은 한손으로 일지매의 머리를 감싸 쥐었다. 그리고 다른 한손으로 등의 한가운데를 강하게 찔렀다. 몹시 아팠다. 그러나 일지매는 참았다. 무엇인가 심상치 않은 일이 벌어지는 것을 감지했기 때문이었다. 시간은 몇 분 정도 지난 듯했다. 노인은 두 손을 풀고 일지매의 앞으로 왔다. 그러고는 엄격하지만 인자한 음성으로 말했다.

"얘야. 너는 이제 힘이 2배로 커졌다. 그리고 이것을 공부해라…."

노인은 이렇게 말하고 책을 한 권 일지매에게 건네주었다. 일지매는 얼떨결에 책을 받고 고개 숙여 큰절을 올렸다. 정신은 꿈꾸듯 몽롱했지만 갑자기 예를 표하고 싶었던 것이다. 일지매는 정중하게 한마디 덧붙였다.

"스승님, 고맙습니다."

일지매는 어디선가 책에서 읽었던 자세를 취했던 것이다. 그러자 노인의 벼락 같은 음성이 떨어졌다.

"너 이놈! 어디서 감히 스승이라고 부르느냐! 다시 한 번 그런 소리를 내면 입을 찢어놓고 머리통을 박살낼 것이야. 나는 간다. 이놈…."

노인은 사라졌다. 일지매는 꿈에서 깨어난 듯 자리에서 일어났다. 몸은 멀쩡했다. 아니, 전보다 더 기운이 넘치는 것을 현저히 느낄 수가 있었다. 손에 쥔 책을 보니 그림이 많이 그려져 있었는데 무술에 관한 책이었다. 노인은 일지매의 내공을 키워주고 비급도 남겨주었던 것이다.

'꿈은 아니다!'

일지매는 뛸 듯이 기뻤다.

'이런 행운이 있다니! 영문을 모를 일이지만 나중에 차분히 생각해봐야겠어.'

일지매는 이렇게 생각하고는 힘껏 달려 공원을 떠났다.

사랑과 쾌락

준철은 이즈음 야원선생을 찾고 있었다. 야원선생은 마침 인격도장에 한가하게 머물던 중 준철을 맞이했다.

"어서 오시게, 장자방."

야원선생이 준철을 '장자방'이라 불러준 것은 전략가로써 장량에 버금 간다는 뜻이었다. 물론 야원선생이 준철의 실력을 다 알고 있다는 뜻은 아니다. 단지 일휴스승의 당부 때문에 준철이 최고의 전략가라는 것을 인정하고 있을 뿐이다. 어쩌면 야원선생도 준철의 어떤 면을 파악하고 있는 것인지 모른다.

준철은 야원선생의 안내를 받아 인격도장 내의 다실茶室로 들어갔다. 그윽한 느낌을 주는 다실은 도인의 정취를 느낄 수 있었다.

"이쪽에 앉게."

야원선생은 준철을 앉히고 자신도 마주 앉은 다음 수련생에게 차를 준 비하라고 시켰다.

잠시 후 차가 날라져 오자 두 사람은 대화를 시작했다. 준철이 먼저 서 두를 꺼냈다.

"선생님, 고민이 있어서 찾아뵙게 되었습니다."

"음. 그런 것 같구먼….."

야원선생은 준철의 고민을 짐작하고 있는 것 같았다. 준철은 이 때문 에 얘기할 용기를 얻었다.

"선생님. 부끄러운 일입니다만, 저는 매일 밤 마녀에게 시달리고 있습니다….”

준철은 자신이 겪은 내용을 샅샅이 얘기하고 자신이 겪고 있는 정신적 고통도 얘기했다. 야원선생은 준철의 얘기가 끝나자마자 곧바로 그 상황을 정리해주었다.

“얘야. 네가 겪는 일은 귀교鬼交라고 하는 것이다. 흔히 도인들이 겪는 것으로써 나도 40년 전쯤 겪어봤지! 아주 위험한 일이야….”

야원선생은 여기까지 얘기하고 준철의 얼굴을 슬쩍 살펴봤다. 그리고 다시 이어 말했다.

“귀교는 그것을 퇴치하지 않는 한 영원히 계속되는 것이지. 마녀는 너의 혼을 지배하기 위해 그런 짓을 벌이고 있어. 그대로 두면 장차 너는 마녀의 지시를 따르며 인생을 다 바치게 될 것이야. 그리고 그에 응하지 않으면 마녀는 결국 너를 뇌에서 몰아내거나 너의 뇌에 함께 살면서 너를 지배하겠지. 끔찍한 일이야. 그런데 준철아. 너는 그 마녀를 쫓아버리고 싶은 의지가 있느냐…?”

준철은 잠시 망설였다. 야원선생이 묻는 것은 마녀에게 얼마만큼 중독되었는지, 그것에서 벗어날 마음이 있는지를 묻는 것이었다. 중요한 것은 벗어날 마음이다. 그토록 좋은(?) 생활을 끝내야 하다니! 이것은 인생의 기로였다. 마녀가 준철을 완전히 지배할 때까지 그 행복을 잡고 있느냐, 아니면 괴롭지만 단호히 배척하느냐인 것이다. 준철은 생각 끝에 자신의 결심을 토로했다.

“선생님. 저는 방금 그 마녀를 물리치기로 결심했습니다. 방법을 일러주십시오.”

“어려운 일일세. 백번을 결심하고도 다시 마녀에게 돌아가겠지. 한 번의 결심만으로 유지할 수 있겠니?”

준철은 이를 악물고 대답했다.

"저는 장차 스승님의 제자가 되어 도인이 되고자 합니다. 마녀는 잊겠습니다. 방법을 일러주십시오…."

"그래, 좋아. 한번 믿어보지!"

야원선생은 준철이 못 미덥다는 듯이 표정을 엄숙하게 짓고는 설명을 시작했다.

"준철아. 귀교를 물리치려면 첫째 결심이 굳어야 해. 방법은 간단해. 마녀가 나타나면 1초도 지체하지 말고 마음으로 거절한 다음 즉시 일어나서 다른 일을 해보는 거야. 그 순간 누워 있으면 절대 안 되지. 산책을 하든지 일어나서 크게 소리를 질러. 알겠니?"

"네, 선생님. 잘 알겠습니다. 저도 그런 방법을 생각해본 적이 있습니다. 단지 미련 때문에 실행에 못 옮겼습니다."

"그럴 테지. 실행에 옮기는 것이 중요해. 단 한 번이라도 해보면 희망이 있어. 해볼 텐가?"

"네. 물론입니다."

준철은 마음속으로 다짐하고 또 다짐했다. 야원선생의 설명이 이어졌다.

"또 한 가지 방법이 있어. 병행並行을 하면 되겠지! 그것은 마음속으로 사랑하는 사람을 불러 오는 것이야. 사랑이 간절할수록 마녀는 맥을 못 추는 법이지. 사랑하는 사람이 있니?"

"아, 네. 있습니다."

"음, 잘됐군. 그녀의 이름이 세나였든가?"

야원선생은 이렇게 말하고는 준철의 기색을 살폈다. 준철은 매우 놀랐다.

"선생님, 어떻게 그녀의 이름을 알고 계십니까…?"

야원선생은 미소를 지으며 대답했다.

"화재현장에서 네가 구해준 여자이겠지. 당시 신문은 나도 읽었네. 나는 추리를 했어. 그런 일이 있으면 남자는 그 여자를 사랑하게 되어 있다

421

네…."

준철은 부끄러운 표정을 지었다. 야원선생이 다시 말했다.

"애야. 세나 양을 사랑하는 것이 분명하지?"

"네. 선생님. 저는 그녀를 사랑합니다."

"그런가? 마녀보다 더 그녀를 사랑하니?"

"네? 아. 그렇습니다."

준철의 대답은 1초가량 늦었다. 그러자 야원선생은 이를 지적했다.

"다시 묻겠네. 세나 양보다 마녀를 더 사랑하는 것은 아니겠지?"

"선생님, 저는 마녀를 사랑하는 것은 아닙니다. 그저…."

"알겠네. 마녀와 하는 성교가 좋다는 뜻이겠지. 내가 묻는 것이 바로 그것일세. 사랑과 성교 중 무엇을 선택하겠는가?"

"사랑…입니다."

준철은 대답 도중 머뭇거렸다. 야원선생이 다시 지적했다.

"애야. 너는 좀 전에 마녀를 몰아내겠다고 결심하지 않았니? 다시 얘기 해보게."

"네. 마녀를 몰아내겠습니다."

이번에는 준철의 대답이 빨랐다. 야원선생은 만족한 듯 고개를 끄덕이고 다시 말했다.

"준철아. 매일 세나 양을 사랑한다고 1,000번씩 혼자 말하게. 주문을 외우듯이…."

"네. 그렇게 하겠습니다. 해보겠습니다."

"음. 좋아. 그럼 여기서 당장 세나 양을 사랑한다고 말해보게…."

준철은 잠시 부끄러움을 타더니 분명한 목소리로 말했다.

"나는 세나 씨를 사랑합니다!"

"음. 됐네. 그런 식으로 하루 1,000번씩이야. 자기 전과 일어난 후 외우는 것이야. 그리고 세나 양을 찾아가서 만나게. 남자는 용기가 있어야해. 세나 양이 찾아오기를 기다리는 것은 비겁한 짓일 뿐이야. 세나 양이 너를 어떻게 생각하든 너의 사랑을 고백해야 하는 것이지. 세나 양이 받아들이지 않으면 그때 가서 생각하면 돼! 미리 생각하면서 기다리기만 하는 것은 남자의 도리가 아니라네⋯."

"네. 선생님. 이제 알겠습니다. 제가 비겁했습니다."

준철은 계속 머리를 조아리며 또 말했다.

"선생님. 고맙습니다."

"음. 이제 됐네. 그만 가보게. 손님이 오신다고 해서."

준철은 물러나왔다. 밖으로 나오니 세상이 밝아진 듯 느껴졌다.

유성작전 전개되다

북조선 시골마을, 피닉스의 자택. 암호명 벼락은 먼동이 트기 전 일찍 잠자리에서 일어났다. 오늘은 사생결단의 날. 대선생이 죽지 않으면 자신이 죽어야 하는 운명의 날인 것이다. 벼락에게는 특별한 감흥이 있지는 않았다. 평생 해온 일이었기 때문이다. 사실 이번 일은 그 자체는 오히려 그동안 해왔던 상황보다는 아주 쉬웠다. 한적한 시골마을에서 걸어오는 노인 한 사람을 저격하는 일일 뿐이다. 여기에 어려운 일이 생길 턱은 없다.

단지 목표인 대선생이 신출귀몰한 사람이라는 것뿐인데, 그렇다고 해서 날아오는 거대한 총알 앞에서 무얼 할 수가 있을까? 명사수인 벼락은 어렵지 않은 표적에 대해 실수할 리도 없다. 그저 목표가 나타나면 방아쇠를 당기면 그만이다. 물론 벼락이 경거망동할 사람은 아니다. 그는 아무리 쉬운 일이라 하더라도 최선을 다하는 인물이다.

벼락은 방 안에서 전등불을 밝히고 총기를 꼼꼼히 점검했다. 아무 이상이 없는 상태. 벼락은 조용히 집 밖으로 나왔다. 하늘에는 수많은 별들이 가득 차 있었다. 대선생은 저 별들처럼 위대하고 빛나는 존재, 오늘 그 별은 하늘에서 떨어질 것인가!

벼락은 좌측 길을 따라 걸어서 언덕 위의 숲속에 이르렀다. 어제 설치해놓은 거치대를 다시 한 번 점검한 후에 그 자리에 앉았다. 이제 날이 밝기만 기다리면 된다. 목표물이 나타나려면 아직 8시간이나 더 남아 있지만 벼락은 현장에서 기다릴 생각이다. 이것이 벼락이 일하는 방식이었다. 현장에서 기다리는 일은 오래전부터 훈련해왔기 때문에 익숙했다. 아니, 편안했던 것이다.

몇 시간을 기다리자 날이 밝아왔다. 벼락은 시험 삼아 총기를 빙 돌려보면서 타격지점을 넓게 살펴보았다. 인적은 없고 여전히 한적한 시골풍경. 여기서 벼락은 피닉스라는 사람의 인품을 떠올려봤다. 번거로움을 싫어하고 숨어서 일을 꾸미는 사람, 벼락도 비슷한 사람이었다. 피닉스는 자식들을 위해 미리 목숨을 던진 바 있다. 애처로운 일이지만 피닉스의 판단은 옳았던 것이다. 이제 좀 있으면 벼락 자신도 그런 상황에 처할 수 있으리!

작전이 성공했을 때는 어려운 일이 없다. 그러나 첫 번째 방아쇠를 당겼을 때 실패한다면 다음을 노릴 것이냐, 아니면 실패를 인정하고 즉시 자살해야 할 것이냐? 벼락은 두 가지 상황을 떠올려봤다. 작전에 실패해도 탈출에 성공할 수 있지 않을까!

벼락은 이런 생각을 잠깐 떠올려봤지만 이내 지워버렸다. 실패는 있을 수 없다! 그리고 첫 발에 실패했다면 그 후에 성공한다는 보장이 어디에 있는가! 첫 발에 실패하면 상황을 따질 것 없이 즉시 자살하는 것이 도리에 맞는 일이다. 벼락은 딸의 모습을 잠깐 생각했지만 재빨리 지워버렸다. 험난한 작전현장에서 사랑하는 사람을 생각한다는 것은 위험천만이다.

날은 더 밝아졌다. 이제 숨을 고를 때가 된 것이다. 벼락은 망원조준경을 다시 한 번 들여다봤다. 바뀐 것은 아무것도 없었다. 심장박동은 평상시와 다름없었고 몸의 컨디션도 좋았다.

마침내 정오가 되었다. 그 순간 멀리서 한 사람이 보였다. 대선생이다. 대선생은 하얀 도포를 입고 수행원도 없이 혼자 한가하게 걷고 있었다. 주변에 인기척은 전혀 없고 대선생도 주변을 둘러보지 않았다. 오로지 앞만 보고 걷는 중이다.

가만히 두면 몇 분 정도 그 상태를 유지할 것이다. 저격을 하기에 이보다 더 좋은 상황은 있을 수 없었다. 벼락은 망원조준경을 들여다보며 어느새 손가락을 방아쇠에 얹었다. 이제 당기기만 하면 된다. 조준은 완벽했고 벼락은 잠시 숨을 멈추었다. 대선생의 얼굴이 십자선상에 고정되었다. 정지된 표적이나 마찬가지였다. 순간 벼락은 방아쇠를 조용히 미끄러지듯 당겼다.

"슉!"

총은 소음을 제거하는 장치가 있어서 총알은 소리 없이 총을 떠났다. 바람도 없는 화창한 날씨. 1초가 1시간처럼 느껴지는 순간이었다. 벼락은 머릿속으로 대선생의 얼굴이 터져버리는 장면을 생각하고 있었다.

그러나 갑자기 이변이 생겼다. 표적이 사라진 것이다. 벼락은 놀랐지만 차분하게 다시 표적을 찾았다. 대선생은 훨씬 앞으로 다가와 있었다.

"슉!"

두 번째 총알이 날아갔다. 그러나 표적은 또 사라졌다. 벼락은 진땀을 흘렸다. 꿈인가 생시인가! 이해할 수 없는 상황이었다. 그러나 벼락은 침착했다. 작전은 실패했다. 그 이유는 알 길이 없었다.

벼락은 즉시 캡슐을 입으로 가져갔다. 그러고는 잠시 사랑하는 딸을 생각하고는 그것을 삼켰다. 그 순간 기적이 났다. 누군가가 옆에 다가온 것이다. 그러나 벼락은 이를 확인하기도 전에 숨을 거두었다. 유성작전은 이렇게 실패로 끝났다.

대선생은 벼락을 잠깐 살펴보더니 금세 또 사라졌다. 그러고는 피닉스의 집 앞에 나타났다. 대선생은 문을 열고 천천히 들어섰다. 방에는 낭자한 피가 굳어 있었다. 대선생은 다른 방으로 가보았다. 그곳에는 찻잔 2개와 술잔 2개가 올려진 채 상이 차려져 있었다. 대선생은 이것을 살펴보더니 어디론가 사라졌다.

피닉스의 유언

북한 특수보안국 강민형 대위는 중앙본부로부터 할아버지, 즉 피닉스의 사망소식을 전달받았다. 사망원인은 타살로서 범인은 현장에서 자살했다는 것. 그리고 범인이 대선생도 죽이려 했다는 것 등이었다. 강민형은 할아버지가 남겨 놓은 편지를 즉각 개봉했다. 편지는 할아버지가 당신의 죽음을 미리 알고 써놓은 것이었다.

내 사랑하는 손자 민형아. 할아버지의 죽음을 슬퍼하지 마라. 나는 유성 작전 후 우리 집안 사람들이 조사받는 것을 대비해서 일부러 죽은 것이다. 이로써 우리 집안이 조사받을 일은 없을 것이다. 나는 어차피 오래 살지 못할 몸이었으므로 죽음이 아깝지 않았다.
단지 남북통일을 보지 못하고 죽는 것이 아쉬울 뿐이다. 하지만 민형이 네가 살아 있고 피닉스 조직도 존재하므로 아직은 희망이 있다고 생각한다. 나는 죽은 게 아니다. 사랑하는 민형이 마음속에 영원히 존재하는 것이야. 할아버지는 일생이 행복했단다.
오로지 자유대한민국을 위해 일생을 바쳤던바 나는 더할 수 없는 보람을 느꼈다. 우리 민족의 앞날은 암담하지만 하늘이 보살펴주기를 죽어서도 기원하겠다. 그리고 사랑하는 내 손자 민형아, 상황이 여의치 않으면 아버지와 함께 의논하여 미국으로 탈출하도록 해라. 당분간은 안전하겠지만 먼 미래를 장담할 수는 없을 것이다.
사랑한다, 민형아. 네가 있어서 우리 자유대한민국도 큰 힘이 될 것이다.

그럼 이만.

- 피닉스

편지를 다 읽은 강민형은 잠시 눈물을 흘렸다. 할아버지는 편지 끝에 피닉스라고 썼는데 이는 개인으로 죽지 않았다는 뜻일 것이다. 강민형 또한 이 뜻을 계승하리라 굳게 다짐했다. 우리 민족은 어디로 가고 있을까! 강민형은 편지를 불태우고 할아버지가 살았던, 그리고 죽음을 맞이한 현장을 향해 출발했다.

선인들의 작전

한반도 남쪽. 서울 근교 북한산. 밤이 깊은 숲속에서 인기척이 느껴졌다. 북한산의 정상 큰 바위 아래는 달빛이 비추고 있었다. 이곳에 지일선이 막 도착했다. 지일선의 도반 항천과 적파는 먼저 와서 기다리는 중이었다.

"지일. 이쪽으로 오게…."

세 사람은 마주 앉았다. 지일선이 먼저 시작했다.

"이번 출행에서 얻은 것이 많다네. 나는 고곡과 그 도반들이 무슨 일을 꾸미는지 확실히 알았어…."

지일은 계속했고 항천과 적파는 어둠속에서 묵묵히 듣고 있었다.

"우리 민족의 앞날에 대해 두 가지 활동이 병행되고 있는 것이네. 저들은 우선 과거를 바꾸기 위해 세속 제자들을 독려했다네. 그들은 박영민이 주도하고 다른 제자들은 그를 돕는 형식이지. 박영민은 우리 민족의 파멸 원인인 종북세력을 청소하고 있더군. 신문에서 읽은 것이지만 이미 여러 사람이 죽었다네.

박영민은 종북무리들을 다 없애고 대한민국을 정돈하려고 하겠지. 그로써 단군족의 멸망을 막으려는 생각일 거야. 박영민의 생각은 가상하지만 대세를 바꾸지는 못할 걸세. 애석하지만 어쩌겠나. 윗사람을 부정하는 민족성이 이제 마구 폭발하고 있는데…. 그런데 박영민은 큰일을 할 인물이더구먼. 대통령이 되거나 그 이상의 인물이 되겠지….

그것은 그렇고 나는 이번 출행에서 똑똑한 아이를 한 명 만나고 왔다네…. 정해천이란 아이야."

"음? 속인을 만났단 말인가?"

적파선이 물었다. 지일선이 다시 말했다.

"그 아이는 박영민을 암살하려고 하네. 사연이야 어떻든 박영민이 죽
으면 우리 민족을 벌주려는 천명은 더욱 쉽게 실현되겠지…. 그래서 나
는 정해천에게 약간의 도움을 주었다네…."

"잠깐. 지금 뭐라고 했나?"

항천선이 나섰다. 지일선이 대답했다.

"정해천은 싹수가 있는 아이야. 그래서 공력을 키워주었지. 무술책도
한 권 주고…."

"허. 이 사람. 세상일에 직접 관여하는 것이 금기인 줄 모르나?"

항천선은 다소 음성을 높였지만 지일선은 태연히 대답했다.

"관여는 무슨 관여. 나는 그저 한 아이를 도와주었을 뿐이야. 내가 그
아이에게 무슨 일 하라고 지시한 것은 없어. 천명을 방해하는 무리는 고
곡 일당이야. 그들은 아예 제자를 하산시켜 구체적으로 세상일에 관여시
키고 있지 않은가! 물론 고곡이 세속에 직접 손대는 것은 아니지만…."

"자자. 그만하세."

적파선이 나섰다.

"이보게들. 우리는 중요한 일을 의논하러 모인 것이네! 항천은 이번 출
행에서 소득이 있었는가?"

항천이 대답했다.

"대단한 소득이 있었네. 고곡 일당의 행방을 찾았다네. 먼저 그의 생각
과 행동을 설명하겠네. 고곡 일당은 미래를 바꾸려 하고 있어. 그들은 단
군족이 멸망하는 미래현장에 출현하고 있어. 미래의 일이 없어지도록….
그리하여 현재가 그곳에 닿지 못하도록 하겠다는 뜻이겠지. 그들은 미래

를 마구 휘젓고 있다네. 그로써 미래가 없어지면 단군족의 멸망이 지연 되겠지…!"

"그런가?"

적파선이 나서서 물었다.

"그들이 성공할 수 있을까? 구체적으로 하고 있는 일은 무엇이고?"

"음. 그들은 전쟁의 와중에 등장하고 있다네. 핵폭발을 막으려는 것이 겠지. 그리고 그들은 미래에 출현하여 역사를 바꾸는 일을 계속 할 거 야. 일의 성패를 떠나서 그들의 작업은 끝이 안 날 것이야. 혹시 알겠나, 그들이 그렇게 하다 보면 미래가 바뀔지!"

"그럼 안 되지!"

지일선이 나섰다.

"저들은 우리 민족의 죄악을 벌줄 생각은 안 하고 오히려 보호하려고 하는구면. 우리가 나서서 저들을 저지해야 할 것이야…."

"물론이지."

항천선이 다시 나섰다.

"나는 그들이 나타나는 미래에 가봤다네. 멀리서 그들이 하는 짓을 바 라봤는데 미래를 뜯어 고치려고 분주히 돌아다니더구면. 나는 멀리서 기 다리고 있다가 추적했어. 그들의 몸이 있는 곳까지…. 그들은 유체이탈 하여 미래에 출현하는 것이지만, 쉬기 위해서는 다시 몸으로 돌아올 수 밖에 없었지. 나는 뒤를 쫓아 몸이 있는 곳을 찾아냈다네. 그곳에 세 사 람의 몸이 다 있더구면."

"허, 그런가?"

지일선이 나섰다.

"대단한 수확이군! 그렇다면 우리가 어떻게 행동하는 것이 좋을까?"

항천이 대답했다.

"뻔하지 않나! 우리는 몸이 있는 곳으로 가서 그들의 영혼이 나가 있을 때 몸을 처치하면 되는 것이야. 몸이 죽고 나면 그 영혼이 오래 가지 못하는 법이지."

이때 적파선이 나섰다.

"이보게. 그것은 비겁하지 않을까?"

"허, 이 사람."

항천이 말했다.

"우리는 지금 전쟁 중이네. 비겁이란 것이 어디 있나. 이기면 그만이지…."

"하긴 그렇군…!"

적파선이 수긍하고 대화는 끝났다.

"자, 이제 그들의 몸이 있는 곳으로 가야 하지 않겠나?"

"그래야겠지. 그곳에서 그들이 미래로 떠나는 것을 탐지하면 될 것이야."

이렇게 되어 세 명의 선인은 고곡선 등의 몸이 있는 곳으로 떠나갔다. 이들 일행은 몸을 끌고 그곳까지 직접 갈 수밖에 없었다. 지일선이 말했다.

"몸을 끌고 다니자니 번거롭구먼."

"허허. 어쩌겠나. 우리의 몸인 걸."

세 선인은 북한산을 내려왔다. 이들은 인간처럼 서울역으로 향했다.

멸망이 시작되다

머지않은 미래, 단군족이 멸망해가는 시점. 인천의 해안도시. 이곳 일대에는 며칠 전부터 이상한 일이 있었다. 땅 속에 있던 개미들이 모조리 나와 한 방향으로 계속 이동하는 모습이 보였다. 어디로 가는 것일까! 가만히 살펴보니 대이동을 하는 것은 개미뿐이 아니었다. 메뚜기, 잠자리, 땅벌레, 하루살이, 모기, 매미 등 이름 모를 곤충들까지 떼로 이동하는 것이었다. 쥐들도 보였다. 들고양이나 산짐승도 계속 이동하고 있었다.

하늘에도 이상한 일이 나타났다. 어디서 모여들었는지 새들이 하늘을 가득 메우고 한 방향으로 이동하고 있었다. 생물종들이 대이동을 하고 있는 것으로 보아 지진이라도 나려는 것일까? 땅은 평온했다. 그렇다면 무슨 이유 때문에 생물들이 이토록 떼로 이동하는가.

길에 개들도 유난히 많이 보인다. 집에서 뛰쳐나왔을 것이다. 집에 있는 개들은 하늘을 보고 공연히 컹컹댔고, 어떤 개들은 기가 죽어 엎드려 있었다. 집 안의 노인네들은 계속 잠을 자고 아기들은 엄마 품을 잠시도 떠나지 못했다. 무작정 울기만 하는 아이도 있었다. 사람들은 집 안에 틀어박혀 꼼짝도 하지 않는다.

이런 일이 있고 나서 이틀쯤 지나 진남포 앞바다에서 한미연합군이 몰살했다는 뉴스가 전해졌다. 이상한 일들은 그 징조였던 것일까! 이틀이 더 지나자 북한 해안에서 이상한 물체가 나타났다. 기다란 기둥 같은 것이었는데 뒤에서 불을 뿜고 있었다. 이 물체는 해안가를 낮게 떠서 이동했는데 남쪽을 향해 날아가는 것이었다.

미사일! 자세히 보니 순항미사일 같았다. 이것은 해안선을 따라 이동하더니 인천 근방에서 불쑥 솟아올라 해안도로 위에 나타났다. 도로에는 차량들이 지나가고 있었고, 순항미사일은 제 궤도를 계속 날아갔다. 사람들은 놀라기도 했으나 미사일은 순식간에 멀리 날아가 버렸다.

얼마나 시간이 지났을까! 갑자기 대지가 진동하고 폭풍이 몰아닥쳤다. 폭풍은 엄청난 열기를 동반하여 수많은 집을 휩쓸고 불태웠다. 길을 따라 높게 세워져 있던 철탑들은 열기에 못 이겨 증발했다. 그 전에 광범위한 영역의 모든 동물이 몸이 찢기면서 순식간에 죽어버렸다. 모든 동물이…!

멀리서 버섯구름이 치솟았고 뜨거운 우박이 몰아치면서 더 큰 열기가 세상을 휩쓸었다. 공중에 무수히 많은 물체들이 웅웅거리며 날아다녔다. 사람들의 울부짖음은 없었다. 울부짖을 겨를도 없이 모두 죽어버렸기 때문이다. 공중에서 방사능이 내려 쪼이면서 모든 것에 저주를 퍼부었다.

땅은 울고 하늘은 지옥처럼 어지러웠다. 핵폭탄은 인천 해안 외곽에서 폭발했다. 그러나 그 화염과 파편, 그리고 방사능은 인천의 모든 곳을 파괴하고 있었다. 살아남은 사람은 몇 초 또는 몇 분도 채 안 되어 한없는 통증을 느끼면서 죽음으로 사라져갔다. 이로써 한반도는 멸망의 길로 들어섰다. 그 위에 존재했던 단군족도 차츰 멸망해갈 것이다. 이들은 하늘이 준 행복을 마다하고 자기들끼리 실컷 싸우다가 멸망의 벌을 받은 것이니 누구도 원망할 수 없었다.

북한은 제3의 핵폭탄을 준비하고 있었다. 이와 함께 남한 측에 항복을 종용했다. 만약 항복이 늦어지면 남한 전역을 핵폭발의 지옥으로 만들겠다고 협박하면서…. 정부는 전전긍긍하고 사람들은 거리에 몰려나와 전쟁을 끝내라고 난리를 치고 있었다. 생지옥이 따로 없었다.

핵폭발을 저지하라

머지않은 미래, 단군족이 멸망해가는 시점의 인천. 핵폭탄이 터지는 현장에는 버섯구름이 꺼져가고 있었다. 그러더니 미사일이 보였다. 이때 바늘 끝보다 작은 점 하나가 반짝였다. 별인가? 영혼의 흔적이었다. 영혼은 미사일을 바라보며 그 위에 사뿐히 앉았다.

그러자 미사일은 거꾸로 날기 시작했다. 영혼은 그 뒤를 따라가고 있는 것이다. 아니, 영혼이 과거로 흘러가자 미사일이 거꾸로 가는 것처럼 보였다. 미사일은 계속 뒤로 가더니 바닷가에 이르렀다. 이제 방향이 바뀌면서 북쪽을 향해 날았다. 영혼은 이보다 1초씩 빠르게 과거로 여행하고 있었다. 미사일은 해안선을 따라 날아가다가 육지로 이동했다. 바로 북조선 땅이었다. 미사일은 계속 날았다. 그리고 마침내 지하로 이동하더니 발사대에 들어가 멈추었다. 영혼은 발사대를 나와 커다란 돔으로 들어섰다. 거기에는 모니터들이 즐비하고 많은 사람들이 그 앞에 앉아 있었다. 영혼은 이들 중 한 사람의 뒤에 가서 정지했다. 그러고는 잠시 바라보다가 뇌에 어떤 기묘한 기운을 주입하고 있었다.

얼마간 시간이 흐르자 그 사람은 자리에서 쓰러졌다. 미사일을 발사할 조정장교였다. 그가 쓰러졌지만 미사일 발사 카운트다운은 멈추지 않았다. 미사일은 한 명의 조정장교가 없어져도 발사되게 되어 있었던 것이다. 영혼은 옆 사람에게 이동했다. 그리고 좀 전에 했던 행위를 이어갔다. 또 한 명이 쓰러졌다. 그래도 카운트다운은 여전했다.

영혼은 또 한 명에게 이동해 뇌에 기운을 발사하여 기절시켰다. 그러나 미사일 발사체제는 요지부동이다. 영혼은 같은 행위를 반복했으나 결과는 마찬가지였다. 그런데 앞서 기절한 사람은 다른 사람으로 대치되고 있었다. 결국 한 사람씩 죽여 나가서는 끝이 나지 않는 것이다. 영혼은 이 작업을 포기하고 시간을 과거로 흘려보냈다.

레일 위에 있던 미사일이 이제 거꾸로 달려 저장고를 향해 가기 시작했다. 영혼은 그를 따라 갔다. 과거로, 과거로…. 이윽고 미사일을 실은 기차는 정지했고 미사일은 다시 비밀장소로 이동했다. 여기에는 다른 미사일도 있었다. 이들은 아직 우라늄이 장착되지 않은 상태로 대기하고 있는 핵미사일이었다. 여기에도 사람이 많이 있었다.

영혼은 그들을 기절시키기 시작했다. 그러자 이번에는 자동시스템이 움직였다. 영혼은 이것을 멈추려 했지만 말을 듣지 않았다. 영혼이 물질에 작용하는 힘은 아주 미미하고 뇌가 아니면 효과를 내지 못한다.

영혼! 고곡선의 영혼은 조금 지쳐 있었다. 몸으로부터 너무 멀리 떠나와 시간여행을 했기 때문에 기운이 금방 소진된 것이다. 고곡선은 일단 물러갔다가 다시 오려고 마음먹었다. 고곡선이 떠나자 미사일 저장고의 시간은 다시 미래로 흐르기 시작했다.

이렇게 되자 미사일은 다시 레일을 타고 발사장으로 이동해갔다. 결국 도착한 곳은 발사대. 발사조정관이 스위치를 눌렀다. 핵미사일은 바다를 향해 날아가다가 방향을 남쪽으로 잡았다. 이로부터 내장된 컴퓨터 프로그램에 의해 조종되면서 인천으로 계속 날아갔다.

잠시 후 버섯구름이 치솟고 인천시는 완전히 파괴되었다. 수많은 사람의 피가 증발했고 생물은 씨가 말랐다. 인간이 만들어놓은 건물 역시 힘없이 무너져갔다. 하늘에는 악마의 파편이 윙윙거리며 휘젓고 다녔다. 고곡선의 힘으로는 핵미사일의 발사를 막을 수 없었던 것이다. 단군민족의 멸망은 진정 멈출 수 없는 것일까!

위험한 악수

현재 시점, 대한민국 서울. 천군의 제2파견대원 1명이 서울에 제일 먼저 도착했다. 그는 도착하자마자 작전지원팀으로부터 작전에 필요한 서류와 물품을 전달받았다. 물품은 단 한 가지였는데, 얇은 특수 장갑이다. 이 장갑 안에는 어떤 약이 들어 있는데, 심장마비를 일으키는 아주 기묘한 약이었다.

천군 내에서는 이 약을 저승 또는 저승의 꿀이라고 부른다. 물론 꿀이라고 해서 벌의 몸에서 나온 것은 아니다. 이 약은 인도의 밀림에서 자생하는 이름 모를 버섯에서 추출했는데, 극히 적은 양으로 사람을 수초 만에 심장마비에 이르게 한다. 게다가 이 버섯 추출물은 사람 몸에 들어가서 아무런 흔적을 남기지 않는다. 몸속에서 즉각 분해되기 때문이다.

이 버섯은 고대 인도의 전설에 언급되어 있었다. 천군은 우여곡절 끝에 이 버섯을 찾아내고 작전의 주요 무기로 사용하고 있는 것이다. 현재 천군이 비축하고 있는 양은 100만 명에게 사용할 수 있는 분량이다. 100만 명이라고는 해도 그리 많지는 않다. 크지 않은 항아리 하나를 채울 정도인데, 천군은 이 약을 계속 채집하는 중이다.

제2파견대원은 저승의 꿀이 내장되어 있는 장갑을 지급받고 즉시 작전에 돌입했다. 작전은 별로 어려울 것이 없었다. 장갑과 함께 지급받은 서류에는 작전목표 100인의 신상명세서가 있는데, 이들 중에서 아무나 골라 죽이면 되는 것이다.

파견대원은 서울에 도착한 날 바로 한 인물을 찾아 나섰다. 그는 도심

한복판에 있는 건물 사무실에 있었는데, 적당한 핑계를 대어 면회를 요청했다. 그 사람은 기자였고 50대 중반으로 신문사 부장이었다. 파견대원은 그를 신문사 1층에 있는 커피숍에서 만나기로 했다. 하지만 그는 엘리베이터를 타고 내려오자 파견대원과 마주쳤다.

"최 부장님이십니까? 저는….”

파견대원은 악수를 청했다. 부장은 얼떨결에 악수를 받았는데, 그로써 그의 인생은 막을 내렸다. 이자는 20여 년간 대한민국 정부를 파괴하려 한 골수 종북분자였다. 파견대원은 이 자가 곱게 주저앉는 것을 부축해주고는 즉시 사라졌다. 신문사 앞에서 기자가 살해된 것이다.

파견대원은 제1차 작전을 성공시키고 그 길로 또 다른 목표를 찾아나섰다. 이번에는 성직자였다. 이 성직자도 악수 한 번에 세상을 하직했다. 성직자라면 사람을 구원하는 것이 목표일 텐데, 이자는 데모를 계획하고 대한민국 정부를 파괴하는 일로 평생을 지냈던 것이다.

파견대원은 또 다른 목표로 방향을 돌렸다. 이번에는 교수. 그는 퇴근하기 위해 주차장에 들어섰는데 낯선 사람과 악수하는 바람에 인생이 끝장났다. 이 교수는 학생을 가르치는 것은 부업이고 북한을 돕는 것을 본업으로 삼다가 오늘 변을 당한 것이다.

파견대원은 다음 날 본국으로 돌아갔다. 그의 활약(?)은 아주 기록적이었다. 다른 파견대원들은 각자 알아서 작전에 임하고 있었다.

천군의 하나님

지난 며칠간 사람이 많이 죽었다. 죽은 사람들은 하나같이 대한민국을 망치기 위해서 살아왔던 종북세력으로 기자, 교수, 성직자, 무직자, 거리의 독립군, 대왕노조 등이었는데, 무려 11명이나 되었다.

천군의 작전은 이 순간에도 진행 중이다. 그 끝은 아무도 알 수 없다. 아마도 대한민국 내에서 이적행위를 하고 있는 자들이 전멸할 때까지 계속되지 않겠는가! 천군의 하나님, 즉 박영민은 신문을 통해서 모든 작전이 성공적으로 실행되고 있다는 것을 알았다. 따로 보고를 받는 일은 없었다. 천군의 작전은 저절로 행해지도록 오래전부터 설계되어 있었다.

그리고 어떠한 경우라도 천군에 관한 일은 하나님, 즉 박영민에게 접근이 불가능했다. 이는 지난 20년간 구축된 완벽한 보안시스템 덕분이다. 그리고 이 조직은 단군 이래 최고의 민족 구원기구였다. 현재 단군족의 명멸은 천군의 행동에 의해 향방이 정해질 것이다.

만약 대한민국 국민이 이스라엘처럼 단결되어 있다면 북한과의 대화는 진작 성공했을 것이다. 그러나 남한 사회는 스스로를 파괴하는 하극상의 무리들로 인해 북한과의 대화는 늘 공염불로 끝나곤 했다.

박영민은 이를 증오했다. 우리나라는 종북무리에 의해 파괴될 것이다! 이것이 박영민의 판단이었다. 대한민국이 깨끗해져야 북한과의 대화가 성립된다는 것 또한 박영민의 생각이었다. 그러나 이 모든 것은 희망사항에 불과했다. 종북세력은 단군족이 멸망할 때까지 영원히 그 행태를 이어갈 것이다.

이래서 대한민국을 구원할 천군과 같은 조직이 절대적으로 필요했다. 박영민은 이를 20여 년 전에 이미 깨닫고 있었다. 그리하여 박영민은 천군을 조직하게 된 것이다. 여기에는 막대한 자금과 무한한 지혜, 절대적인 운이 필요했다. 그리고 박영민에게는 이 모든 것이 구비되어 있었다.

하늘이 단군족을 구원하려 한 것일까! 박영민은 오로지 자신의 신념을 밀고 나갈 뿐이다. 현재는 천군의 활동이 성공하고 있는 듯 보인다. 하지만 현재의 작전이 길어지면 반드시 세상에 알려지고 조사가 시작될 것이다. 박영민은 이를 충분히 깨닫고 있어서 이미 많은 대비를 해둔 상태였다.

천군은 아직 본격적으로 활동하고 있는 것이 아니었다. 박영민은 현재 천군의 활동이 중요 단계를 넘어서고 있다는 것을 조용히 음미하고 있었다.

선인의 결투

단군족을 구원하려는 자체적인 노력은 2개의 축으로 이루어지고 있었다. 하나는 천군에 의해 현재를 고치는 일이고, 또 하나는 고곡선 등에 의한 미래를 고치는 일이었다. 둘 중 하나만 성공해도 단군족은 멸망하지 않을 것이다. 그러나 두 가지 모두 쉽지는 않았다. 하지만 1만 년 역사의 단군족이 멸망해가는 것을 두고 볼 수만은 없는 일이다. 하늘의 운행은 계속되고 있었다.

고곡선은 도반들과 함께 앉아 있었다. 일휴선이 먼저 말했다.

"고곡, 자네는 좀 쉬어야겠네. 벌써 7번이나 출행하지 않았나! 미래의 일은 현재의 일처럼 관여하기가 쉽지 않아. 시간여행이란 것은 기운의 소비가 너무 많아서 감당하기가 쉽지 않을게야."

일휴선은 고곡선을 바라보며 쓸쓸한 미소를 지었다. 고곡선이 말했다.

"그야 그렇겠지. 하지만 우리의 일이니 어찌하겠나! 이번에는 미래의 부산으로 가볼 생각이야. 인민군의 부산상륙이 그들의 첫 번째 작전이었던 만큼 그것을 막으면 핵무기도 발사되지 않을 수도 있겠지."

이때 유중선이 나섰다.

"부산엔 내가 가보겠네. 그들의 상륙작전 지휘관을 죽여버리면 그 작전이 실패할 수도 있겠지…. 아예 김정은을 죽여버리면 좋을 텐데!"

그러자 일휴선이 급히 나섰다.

"허허, 이 사람아. 농담이라도 그런 말 말게. 김정은이 죽으면 화산족이 내려오지 않겠나! 그리되면 우리는 중국과 싸워야 돼. 그로써 단군족은 더 큰 재앙을 맞이하게 되는 것이야. 무엇 때문에 김정은 얘기를 꺼내는가!"

유중이 답했다.

"그걸 모르겠나! 그저 답답해서 푸념 한마디 한 걸세…. 나는 지금 출행하겠네. 고곡은 좀 쉬고 있게나. 시간여행은 나도 충분히 연습했으니 미래의 부산은 쉽게 찾을 수 있을 거야. 그럼 나는 떠나겠네…."

이렇게 유중선의 영혼은 떠나갔다. 그 몸은 돌덩이처럼 현재 이 자리에 앉아 있다. 그러자 일휴선이 말했다.

"나도 출행해야겠네. 미래의 평양으로 가볼 생각이네. 어쩌면 그곳에 답이 있을지도 모르지…."

일휴선도 떠났다. 이제 이 자리에 남아 있는 두 개의 몸은 고곡선이 지키고 있어야 하는 것이다. 유체이탈 중에 몸을 누가 건드리면 아주 위험하기 때문이다. 몸에 이상이 발생할 수도 있고, 멀리 나가 있는 영혼에 손상을 줄 수도 있다. 그러나 두 선인의 몸이 앉아 있는 이곳은 인적이 끊어진 곳이다. 게다가 고곡선이 지키고 있으니 문제될 것은 없다. 하지만 위험은 바로 문 앞에 다가오는 중이었다.

멀리 한반도 남쪽에 있는 야산. 이 산은 인근에 큰 도시도 없고, 유명한 곳도 아니어서 1년 내내 사람을 보기 드문 산이다. 정상 부근에 움푹 파인 지형이 있는데, 이곳에 고곡선 일행이 기거하는 중이다. 현재는 일휴선과 유중선은 유체이탈 후 출행 중이어서 그 몸을 고곡선 혼자 지키고 있었다. 사방은 고요했고 가끔씩 바람이 불어왔다. 날씨는 구름이 많이 끼어 있고 해는 저물고 있는 중이다.

이때 산의 뒷면 서쪽에서 심상치 않은 생물체가 움직였다. 이들의 출현은 바람처럼 부드럽고 자연스러워서 이를 감지할 존재는 없을 것이다. 항천선은 미리 잠복해 있다가 일휴선과 유중선이 출행하는 것을 파악했다.

"때가 됐군."

항천선이 나지막하게 말하자 적파선과 지일선은 앞장서 움직이기 시작했다. 잠시 후 이들은 고곡선이 앉아 있는 곳에 조용히 나타났다. 항천이 먼저 말했다.

"이곳에 있었군. 사방천지를 찾아다녔는데…."

고곡선은 간단히 인사를 건넸다.

"항천, 그리고 자네들 왔는가! 그간 평안하시었는가?"

항천이 매섭게 대답했다.

"고곡, 나는 자네를 처치하러 왔다네. 지나간 일은 기억하고 있겠지?"

항천은 서울 미아리 큰집에서의 결투를 얘기하는 것이다. 이때 지일과 적파는 일휴와 유중의 몸으로 거침없이 다가섰다. 고곡이 조용히 말했다.

"이보게들, 일휴와 유중은 유체이탈 중이야. 조심하게."

"허허…."

항천이 비웃듯이 말했다.

"그래서 우리가 왔다네. 자네 지금 상황을 잘 알고 있겠지?"

"…."

고곡은 잠시 침묵하고 있었다. 지금 상황은 일촉즉발의 위기. 영혼 없는 몸이 무력하게 앉아 있을 뿐이다. 고곡이 말했다.

"자네들, 무엇 때문에 왔는지 잘 알고 있네. 하지만 주인이 떠난 사이에 집을 파괴하는 것은 비겁하지 않은가!"

이 말에 지일이 나섰다.

"자네는 지금 천명을 방해하고 있지 않은가! 아이들까지 동원해가면서…. 비겁하다면 그것이 더 비겁하지 않나?"

고곡은 미소로 조용히 대꾸했다. 지일이 방금 말한 것은 도덕 공격으로서, 고곡의 기를 죽이려는 것이었다. 선인들의 싸움은 원래 이런 식이다.

"이보게들, 나는 단군족이야. 하늘의 명령이든 무엇이든 나는 내가 할 수 있는 데까지 나의 혈족을 구하려는 것뿐이네. 그것은 방해가 아니라 방어겠지. 자네들은 차라리 가만히 있으면 안 되겠나?"

"닥치게!"

이렇게 말하고 끼어든 사람은 항천이었다. 그리고 자신의 동료를 돌아보며 다시 말했다.

"우리 빨리 일을 처리하세. 고곡은 고집쟁이라서 말이 안 통해. 내가 고곡을 막고 있는 동안 자네들은 그들의 집을 없애버리게…."

항천이 말한 집이란 일휴와 유중의 몸이다. 영혼이 머무는 곳이니 당연한 표현이다.

"잠깐!"

고곡이 다급하게 제지하고 말을 이었다.

"자네들 왜 이러나? 힘이 약해서 비겁하게 이러는 것인가? 일휴와 유중이 돌아오면 그때 가서 해결하면 되지 않나!"

다시 항천이 나섰다. 이들은 이미 결투를 하고 있는 중이었다. 도덕을 앞세워 상대방의 기운을 혼란스럽게 하는 수법이다. 항천의 말이 들려왔다.

"비겁이란 말은 이제 그만 쓰게. 나는 한 번만 말하겠네. 지금 우리들은 전쟁 중이야. 전쟁 중에는 오로지 이기는 것만이 귀하다는 병법서도 못 읽어봤나? 긴말할 것 없네. 지일, 적파, 그들을 없애버리게…."

이 말을 듣고 지일과 적파는 영혼이 떠난 몸의 머리 위에 손을 얹어놓았다. 머리통을 으깨버리겠다는 뜻이었다. 그런데 이때 돌같이 굳어 있던 몸에서 일격이 발출되었다. 극강의 기운이 실려 있는 잔인한 공격이었다.

"윽!"

"헉!"

지일과 적파는 내장이 찢어지고 피를 흘리면서 앞으로 고꾸라졌다. 항천은 너무 놀라서 잠시 혼돈상태에 있다가 깨어났다. 고곡이 말했다.

"항천, 이제 물러가는 것이 어떤가? 우리 셋이 함께 달려들면 자네가 패할 것이 분명하겠지? 내가 자네의 목숨을 살려주었네. 저들도 빨리 손쓰면 살릴 수 있겠지. 어떤가, 끝까지 대항해볼 텐가?"

항천은 잠깐 생각하고 고개를 저었다. 항복을 선언한 것이다. 고곡이 말했다.

"어서 떠나게. 아니 그 몸으로는 움직이지 못하겠지. 우리가 떠나주겠네."

"…."

고곡 일행은 떠나갔다. 항천이 말한 전쟁은 고곡 일행이 이긴 것이다. 여기에는 사연이 있었다. 당초 고곡이 미래의 시점 북조선에 출행했을 때 멀리 항천이 나타난 것을 감지했었다. 그러나 이를 모르는 척하고 몸으로 귀환했다. 몸이 있는 곳을 일부러 알려주어 항천 일행을 유인하기 위함이었다. 계속 쫓아다니는 항천의 무리를 아예 없애버리기 위해….

그리고 기다렸다. 일휴와 유중은 처음부터 몸을 떠나지 않고 있었다. 단지 몸속 깊은 곳에 숨어 겉으로는 몸이 돌덩이처럼 보이게 했다. 이를 모른 채 적파와 지일은 아무런 경계심 없이 그들 몸 가까이에 서 있었다. 위험천만! 지일과 적파가 방심하고 있는 순간이어서 일휴와 유중은 그들을 공격하기 아주 쉬웠다.

항천 일행은 자신들의 작전에 오히려 말려들었다. 고곡 일행은 또 다른 장소로 이동해갔다. 그리고 일휴와 유중은 이제 정말로 유체이탈을 하여 미래의 평양과 부산으로 시간여행을 시작했다. 단군족의 위기는 계속되고 있었다.

일휴의 예언

대한민국 서울. 박영민은 자택에서 뜻밖의 전화를 받았다. 야원선생이었다.

"아니, 선생님. 웬일로…. 안녕하시지요?"

"네, 나는 잘 있습니다. 총무님께서도 별일 없으시겠지요!"

"네, 덕분에 잘 지내고 있습니다. 모두들 평안하신지요?"

박영민은 산에서 내려온 도인들의 안부를 묻고 있는 것이었다. 야원선생이 박영민을 총무라고 지칭한 것은 국민연합의 직책을 표현한 것이었다. 야원선생이 말했다.

"총무님, 긴히 전할 서찰이 있습니다. 스승님께서 남겨주신 것이지요. 우리가 가서 전달해드릴까요?"

"아, 아닙니다. 스승님의 서찰인데 제가 앉아서 받아서야 되겠습니까! 당장 달려가겠습니다."

'세상에, 스승님께서 서찰을 주시다니….'

박영민은 몹시 반가워하며 즉각 집을 나섰다. 밖에는 경호원이 지키고 있고 전용차량이 대기하고 있었다. 차는 출발했고 이어 경호차량이 조용히 따라 붙었다. 이는 지난번 일지매 습격사건 이후 생긴 절차였다.

차는 속도를 높여 얼마 후 정릉 인격도장에 도착했다. 도장 앞에서는 하산하여 머물고 있는 야원의 도제들이 마중했다. 이들의 주요 임무가 박영민을 보호하는 것이므로 뜻있는 마중이었다. 박영민은 홀로 안으로 안내되었다.

이어 찻잔이 들어오고 야원과 박영민 둘만 남았다. 그러자 야원은 봉투를 꺼내 박영민에게 건네주었다.

"총무님, 이 서찰은 일휴스승님께서 남기신 것입니다. 스승님께서는 세상에서 사람이 이상하게 많이 죽어가는 날이 되면 이것을 전달하라고 하셨습니다. 오늘날 사람이 너무 많이 죽지 않았습니까!"

야원의 말에 박영민은 미소를 지으며 끄덕였고 그 자리에서 서찰을 개봉했다. 내용은 아주 간단했다.

2027년 남북대화가 실패하면 2029년에 단군민족이 멸망함.

짧은 글이지만 박영민은 한참 동안 들여다보고 나서 야원에게 넘겨주었다. 내용은 뻔했다. 일휴스승은 민족이 멸망하는 시점을 예언해준 것이었다. 이를 박영민 앞으로 남긴 것은 그의 행동을 독려하는 뜻일 것이다.

박영민은 새삼 각오를 다졌다. 민족의 멸망을 막기 위해서는 모두가 단결해야 하고 단결을 위해서는 종북세력을 소탕해야 한다. 박영민은 민족의 단결을 해치는 이적세력을 이 땅에서 완전히 몰아내기 위해 목숨을 바쳐 싸우리라고 결심 또 결심했다.

"선생님, 저는 이만 가보겠습니다."

박영민은 야원선생에게 인사를 하고 무거운 마음으로 대문을 나섰다. 그러자 경호원 한 명이 다급히 박영민을 밀쳐 대문 안으로 몰아붙였다. 그리고 보고를 시작했다.

"대표님, 밖은 위험합니다. 경호원들은 모두 쓰러졌고 이곳 도인들이 막아서고 있는데 상황이 불리합니다. 곧 이곳으로 들이닥칠 것 같은데,

뒷문으로 피신하셔야겠습니다."

"…."

이 말을 듣고 야원선생이 나섰다.

"총무님, 이곳에 계시지요. 내가 나가보겠습니다."

"…."

야원은 밖으로 나와 사방을 살폈다. 여기저기 많은 사람이 쓰러져 있었다. 박영민의 경호원들이었다. 저쪽에 아직 결투 중인 곳이 보였다. 일휴스승의 제자들이었다. 야원은 급히 달려갔다. 그러는 사이 도제 한 명은 완전히 쓰러져버렸다. 나머지 두 명은 부상을 입은 채 겨우 지탱하고 있었는데, 몇 분을 견디기 어려운 상황이었다.

야원은 일단 일지매의 동작을 살펴보았다. 동작이 약간 서툴러 보인다. 하지만 극강의 내공이 실려 있었다. 그대로 두면 도제들이 크게 다칠 것이 분명해 보였다.

"퍽!" 소리와 함께 어느새 도제 한 명은 일지매의 발길질에 맞아 그 자리에 엎어졌다. 이 순간 야원선생이 허공을 날아 결투장에 뛰어들었다.

"얘들아, 너희들은 물러나라!"

야원은 도제들부터 챙기고 일지매를 향해 일격을 날렸다. 왼쪽 주먹이었는데, 이를 피하자 바른쪽 주먹이 날아갔다.

일지매는 옆구리를 맞고 주춤했다. 그러나 큰 타격을 입은 것 같지는 않았다. 야원은 생각했다.

'이 자는 동작이 서툴고 피하는 것이 늦다. 하지만 공력은 너무나 세군!'

야원은 온 정신을 집중하고 몇 번을 공격했는데 일지매는 이를 모두 피하면서 역공을 펼쳤다.

일지매의 공격을 야원은 다 피하지는 못하고 팔로 억지로 막아냈다.

통증이 심하게 몰려왔다. 이를 눈치 챈 일지매는 육탄돌격을 시도했다. 머리로 받으면서 주먹으로 강타하려는 것이다. 야원은 머리는 피했지만 주먹으로 배를 맞았다. 충격이 아주 컸다. 이로써 야원의 동작이 둔해졌다. 일지매는 회심의 미소를 지으며 공중으로 날아올랐다. 일격으로 끝장내려는 의도였다.

하지만 야원은 피하면서 반격했다. 주먹을 날렸는데 일지매의 이마를 스쳤다. 다음 순간 일지매는 피할 생각을 하지 않고 막무가내로 달려들었다. 이는 일지매가 야원의 내공이 자신보다 약하다는 것을 알고 접근전을 벌이려는 것이었다. 두 사람은 아주 가까이 다가서서 서로 주먹을 날리고 서로 피했다. 그러는 순간 야원이 발길질을 날려 일지매의 옆구리를 걷어찼다.

"퍽!"

명중하는 순간 일지매도 피하지 않고 똑같은 방법으로 가격했다. 이것은 야원의 정강이에 맞았다. 그 순간 야원은 옆으로 쓰러졌다. 다리를 심하게 다친 것이다. 일지매는 별로 충격을 받지 않은 것 같았다. 야원은 구부정한 자세로 수비에 집중할 수밖에 없었다.

그러자 일지매는 이를 방치하고 인격도장의 대문을 향해 달려갔다. 목표인 박영민을 공격하려는 것이다. 대문은 잠겨 있었다. 그러나 일지매의 발길질 일격에 대문은 박살났다. 일지매는 안으로 들어섰다. 그러자 박영민과 경호원 한 명이 보였다. 일지매는 슬슬 다가서다가 공중으로 날아 경호원의 어깨를 찍어 내렸다.

"윽!"

경호원은 사라지고 박영민만 남았다. 박영민은 공포에 떨고 있었으나 당당한 모습이었다. 이제 일격으로 박영민의 목숨은 사라질 터였다. 일지매는 싸늘한 미소를 지으며 다가섰다. 그런데 그 순간 일지매는 뒤에서 어떤 물체가 날아오는 것을 느꼈다. 돌아다보니 사람이었고, 굉장한 힘이 느껴졌다.

바로 도인 인허였다. 인허는 기합과 함께 일격을 날렸다. 일지매는 쉽게 피했으나 그다음 공격이 이어졌다. 이것도 피했다. 하지만 이어지는 세 번째 공격은 막지 못했다. 인허는 처음부터 세 번째 공격을 목표로 했던 것이다. 두 번의 공격은 힘이 실려 있지 않았다. 말하자면 허식虛式으로서, 성동격서聲東擊西인 셈이었다.

일지매는 인허의 일격에 땅으로 구르며 배를 움켜쥐었다. 그리고 일어나지 못했다. 이로써 결투는 끝났다. 박영민은 위기에서 목숨을 건진 것이다.

운명을 향하여

매일 태양이 떠오르고 있었다. 이와 함께 역사의 굴레도 계속 굴러갔다. 단군족의 참담한 운명은 머지않은 곳에서 기다리고 있는 중이다. 대한민국을 공격하여 기어이 단군족을 멸망시키려는 무리들은 오늘도 아침밥을 먹고 각자의 현장으로 의기양양하게 출동했다. 그들은 인간의 탈을 쓰고 있건만 실은 악마에 다름 아니었다.

저 멀리 화산족은 단군족의 10배도 넘는 인구를 가졌지만 얼마나 평화로운가! 그들은 언제나 단결하여 위대한 역사를 이룩했다. 지금 이 순간에도 그들은 계속 단결하여 인류역사에 우뚝 서 있다.

박영민은 오늘 일지매를 석방했다. 그는 경찰서에 가는 것을 마다하고 박영민의 처분에 응하겠다고 했었다. 일지매는 사회에 대한 원한을 씻고 이한영과 행복하게 살 기회를 원했다. 이한영도 자신의 죄를 뉘우치고 일지매를 살려달라고 청원했다. 박영민은 그들의 청원을 허락하고 '다시는 내 앞에 나타나지 말아달라.'고 당부했다. 일지매와 이한영은 새로운 삶을 시작하며 점점 생활에 적응해갔다. 박영민은 얼마나 바쁜 사람인가? 부디 주변에 장애가 없길 바랄 뿐이다.

준철에게는 좋은 일이 생겼다. 며칠 전 용기를 내서 세나 양을 찾아갔다. 이세나는 너무나 기뻐했다. 두 사람은 이미 서로 사랑하고 있었으니, 그들의 행복은 이루 말할 수 없었다. 준철은 생각에 잠겼다.

'스승님은 어떻게 지내고 계실까…!'

위험했던 순간

시간의 흐름은 한반도를 2016년에 이르도록 작용했다. 새해는 미아리 큰집에도 조용히 찾아왔다. 도인 인허는 여느 때와 같이 아침 명상을 마치고 며칠 전 사건을 회상하고 있었다. 지금 인허의 마음속에는 일지매의 인격도장 습격 당일 정경이 그려지고 있는 중이다.

위험했던 순간! 만일 인허가 그곳에 없었다면 무슨 일이 발생했을까? 필경 박영민은 일지매의 일격을 받아 죽음에 이르렀을 것이다. 이는 생각만 해도 끔찍한 일이다. 스승님은 박영민을 보호하라고 간곡히 당부하지 않았던가! 그는 단군족을 멸망으로부터 구원하기 위해 최전선에 나설 인물로서 그가 죽었다면 우리의 희망은 사라질 뻔했다.

인허는 자신이 용케 박영민을 구한 것을 크게 다행스럽게 생각하고 있었다. 하지만 이 일은 준철의 도움이 없었다면 이루어지지 못했을 것이다. 사건 당일 아침 준철은 이렇게 말했다.

"선생님, 드릴 말씀이 있어요. 괜한 일인지도 모르겠지만…."

"음? 무슨 일인데, 들어와서 얘기하지…."

인허는 준철을 아끼고 있기 때문에 준철의 말은 언제나 존중했다. 준철은 인허의 방으로 들어왔고 이내 용건을 말했다.

"선생님, 저는 지난밤 마녀를 겨우 물리치고 깨어났는데 마음속에 다른 육감이 떠올랐어요. 아주 불길한 느낌인데 말씀드려야 할 것 같아서요."

준철은 여기까지 말해놓고 망설였다. 인허는 그를 독려해주었다.

"무슨 말이라도 좋으니 해봐. 준철에게 불길한 육감이 들었다면 의미가 있을 거야."

"네, 선생님. 별것 아닌 것 같기는 하지만…. 저는 가끔 육감이 맞을 때가 있어요. 오늘은 야원 선생님이 누군가에게 습격을 당해 크게 다칠 것 같다는 생각이 들었습니다. 단순한 잡념일까요?"

이 말을 듣자 인허는 당혹해하면서 즉시 일어났다.

"애야, 더 얘기할 것 없다. 내가 급히 가봐야겠구나."

이렇게 되어 인허는 곧바로 야원의 인격도장으로 향했던 것이다. 그 결과 간발의 차이로 무사히 박영민을 구할 수 있었다. 마침 인허의 마음 속에서도 불길한 생각이 맴돌고 있었지만 준철의 말에 의해 그 뜻을 확실히 이해할 수 있었던 것이다. 인허는 원래 매사에 신중하지만 그 못지 않게 아주 민첩한 사람이었다. 사건 당일 아침에도 인허가 조금이라도 지체했다면 박영민을 구하지 못했을 것이다.

인허는 그날 일에 대해 준철에게 몇 번이고 고마움을 표현했다. 그리고 이 사실은 야원선생이나 박영민에게도 알려지게 되었다. 지금은 모두 마음이 진정되었지만 당시는 너무 놀라 할 말을 잊었었다. 야원 선생은 이렇게 말했다.

"우리는 큰 죄인이 될 뻔했어. 하늘이 도와 박영민 총무를 구할 수 있었지만 우리는 오랫동안 반성해야 될 것이야. 스승님의 당부가 계셨건만 우리는 방심했었지. 차제에 우리는 철저한 체제를 갖추고 상황을 정비해야겠어…."

이날 이후 박영민의 주변 사람들은 더욱 경각심을 갖게 되었지만 또한 은근히 하나의 희망도 갖게 되었다. 그것은 하늘이 박영민을 돕고 있다는 생각이었다. 이는 우리 민족에게 절대적 희망이 되는 것일까!

민족의 희망

　새해 벽두 분주한 나날을 보내고 있던 박영민은 한가한 시간에 아버지
와 마주 앉았다.
　"아버지, 요즘 건강은 어떠신지요? 오늘은 긴히 드릴 말씀이 있어서
찾아뵈었습니다."
　"음, 앞에 앉거라…."
　박회장은 미소를 지으며 아들에게 자리를 권했다. 박영민은 심각한 표
정으로 서두를 꺼냈다.
　"아버지, 제가 무슨 말씀을 드려도 놀라지 않을 수 있겠어요?"
　"음? 무슨 일인데? 놀라지 않을 테니 무슨 말이라도 해보거라."
　"네, 아버지. 스승님하고 관련된 일입니다. 전부터 말씀드리려고 했던
것입니다만…."
　"그래, 짐작하고 있단다. 얼마 전에 내게 중요한 할 말이 있다고 했었
지? 나도 그동안 생각을 많이 했기 때문에 놀랄 일은 없어. 나는 이미 죽
은 목숨인데 스승님이 구원해주었던 것이니까. 아무 걱정하지 말고 천천
히 얘기하거라."
　박회장은 이 말을 해놓고 각오를 다지는 듯한 표정을 지었다. 박영민
은 조심스럽게 얘기를 시작했다.
　"아버지, 저는 20여 년이나 아버지께 말씀 안 드리고 제 독단으로 인생
을 꾸려왔습니다. 이 점 먼저 용서를 구하고 싶습니다."
　"…."

박회장은 박영민을 대견하다는 듯이 바라보고는 고개를 끄덕여주었다. 영민은 계속했다.

　"아버지, 저는 스승님께 가르침을 받기 전부터 우리나라의 장래를 걱정하고 있었습니다. 그래서 많은 일들을 준비해 놓았습니다. 이제 막 궤도에 오르고 있는 중입니다만….."

　"….."

　"아버지, 이 시점에서 한 가지 질문을 드리고 싶습니다. 우리는 돈이 많이 있지요?"

　"돈? 허허, 그렇게 생각하고 있지만, 그게 어째서?"

　"네, 아버지. 실은 돈이 더 필요해서요!"

　"그래? 무슨 말을 하려는 거니? 속 시원히 얘기하거라."

　"아버지, 저는 스승님으로부터 계시를 받았습니다. 우리 민족이 멸망할 것이라는…. 그날은 10여 년 후입니다. 그래서 일정이 좀 급해졌습니다. 돈도 많이 들고요."

　박회장은 고개를 끄덕이며 무엇인가를 생각하고 있었다. 영민의 말이 이어졌다.

　"앞으로 전쟁이 일어날 것입니다. 그래서 대비를 해야 하는데, 많은 돈이 들어갑니다. 때문에 우리가 갖고 있는 재산을 현찰로 만들어두어야겠습니다. 허락하시겠어요?"

　박영민은 말을 잠시 멈추고 아버지를 바라봤다. 박회장은 미소를 지으며 대답했다.

　"얘야, 나도 그 생각을 하고 있었단다. 그래서 나는 집 안에 있는 값나가는 물건, 미술품, 골동품 등 많은 것을 처분하고 있는 중이야. 부동산도 당장 필요한 것 외에는 모두 팔아치울 생각이다. 더 할 말이 있니?"

　"아버지, 고맙습니다. 저는 모든 재산을 현찰로 만들고 그것을 달러화로 유지해두려고 합니다. 우리나라는 머지않아 아수라장이 될 것입니다. 이적행위자들은 나라 경제마저 파탄내고 있습니다. 철저히 대비해야겠습니다."

"음, 알겠다. 영민이 네가 아버지보다 똑똑하니 알아서 하거라. 내가 도울 일은 더 없니?"

"아버지, 그만하면 됐습니다. 나머지는 제가 잘 해보겠습니다. 그리고 아버지…."

박영민은 깊게 생각하면서 말을 이어갔다.

"오늘날 사회에는 유난히 많은 사람이 죽고 있습니다. 놀라시지 않았는지요?"

"음? 심장마비 사건 말이냐? 괜찮아. 내가 보아하니 나라 망칠 놈들만 죽는 것 같더구나. 그런 일이 계속되었으면 좋겠구먼. 너는 안전하니?"

박회장의 물음은 깊은 뜻이 있어 보였다. 안전? 이 말은 '너는 심장마비(?) 안 걸릴 수 있느냐'였고 또한 '네가 혹시 그런 일을 꾸미고 있는 것은 아니냐'를 묻는 것 같았다. 박영민은 단호하게 대답했다.

"아버지, 저는 안전해요. 제가 20여 년 동안 연구해서 추구한 일이 그것입니다. 그래서 아버지 돈을 몰래 가져다 쓴 일도 많습니다."

"허허, 녀석…. 모든 돈을 나라를 위해 쓴다면 그것은 내게도 기쁜 일이야. 마음껏 쓰고, 세상을 구하려무나."

"네, 고맙습니다. 그리고 아버지, 어쩌면 아버지께서 머지않아 외국으로 이주해야 할지도 모르겠습니다."

"좋아. 어쨌건 네가 시키는 대로 하마. 하지만 내가 우리 땅에서 할 일이 남아 있다면 늙은 목숨 기꺼이 바칠 생각이야…."

부자간의 대화는 여기서 끝났다. 박영민은 자신이 추진하고 있는 천군사업을 아버지가 반대하지 않는다는 것을 알고 크게 기뻤다.

이제부터 할 일은 더욱 많았다. 민족을 망하게 하는 자들을 몰아내고 국민을 단결시키는 일, 정부를 각성시켜 체계적으로 국란을 대비하는 일, 그리고 북한의 핵침략을 저지하는 일 등이었다. 스승님의 계시에 의하면 우리 민족이 멸망할 날은 10년 정도 남았을 뿐이다. 할 일은 많고 시간은 촉박하다. 이 기간 안에 과연 거대한 운명의 흐름을 바꾸어 놓을 수가 있을까!

박영민은 생각했다. 스승님은 지금 무슨 일을 하고 계실까? 민족을 멸망에서 구할 가능성은 얼마나 될까? 지금부터 내가 더 할 일은 무엇일까? 이 순간 박영민의 마음속에는 준철의 모습이 떠올랐다. 스승님은 모든 일에 준철의 생각을 따르라고 했는데, 그는 어떤 능력이 있는 존재일까? 그는 얼마 전 자신의 목숨을 구해준 바 있었다. 이런 것도 그가 가진 능력 중 일부일까? 박영민은 어지러움을 느끼면서 희망과 절망을 함께 바라보고 있었다.

의미 있는 실패

미국 CIA는 유성작전이 실패하고 피닉스가 죽은 일에 대해 상당히 애석해 했다. 작전의 중심인물이었던 벼락의 죽음에 대해서는 당초 계약한 대로 그 딸에게 보상금을 지급하고 안내자와 함께 미국으로 데려갔다. 딸은 얼마 후 아버지의 죽음을 통보받고 깊은 슬픔에 빠졌다. 하지만 이를 극복하고 자신의 삶을 이어갈 것이다.

이로써 유성작전은 완전히 실패로 끝났다. 하지만 미국 측으로서는 얻은 것이 있었다. 그것은 대선생이 피닉스가 지적한 대로 아주 대단한 인물이었다는 것이다. 중국 MSS도 이를 인정하고 대북 전략개념을 수정하기 시작했다. CIA는 추후 대선생에 대한 또 다른 작전을 기대하면서 일단 관망의 자세로 돌아섰다.

그런데 CIA는 피닉스가 죽은 상황에서 또 다른 피닉스가 등장한 상황을 접수했다. 제2, 3, 4호가 연락을 해온 것이다. 이 중에서 제2호 피닉스는 피닉스의 손자 강민형 대위로 밝혀져 있으나, 나머지 3, 4호는 아직 정체도 드러나 있지 않고 정보도 전달해온 것이 없었다. 하지만 CIA의 판단으로는 피닉스 체재가 계속해서 작동할 것으로 확신했다.

북한에는 아직 CIA가 보내준 위성통신기 6대가 어딘가로 배달되고 있을 것이다. 당초 피닉스는 통신기 10대를 요구했는데, 이는 그것을 소유할 다른 인물들이 존재한다는 뜻이었다. 상황은 좀 더 지켜볼 일이다.

한편 제2호 피닉스 강민형은 그동안 자신이 모아온 정보를 모두 송신해왔고, 또한 그의 아버지 특수보안국 강주혁 대장으로부터 제공받은 모든 정보도 송신해왔다. 그런데 이 정보에는 오랜 세월 동안의 김정은의 행적이 들어 있어서 북한 내부상황을 들여다보는 데 크게 기여할 만한 것들이었다. CIA로서는 호재가 아닐 수 없었다. 피닉스 작전은 이미 성공했고 앞으로도 계속 이어갈 것이 분명해 보였기 때문이다.

　이런 와중에 북한에서는 피닉스의 장례식이 조용히 치러졌고 이에 참석했던 강민형 대위는 지금 본래의 근무지에 돌아와 있었다. 강민형은 할아버지의 죽음을 크게 슬퍼했지만 좌절하지 않았다. 그는 피닉스 작전을 계속 이어가기로 굳게 다짐했다.

　단지 한 가지 아쉬운 것이 있다면 피닉스 작전의 정보가 남한 당국으로 직접 들어가지 않고 미국 CIA로 송신된다는 것이었다. 강민형은 속으로 탄식했다. 어째서 남한 당국은 피닉스와 접촉할 수 없는가? 이에 대한 대답은 강민형 자신이 이미 알고 있었다. 그것은 할아버지 피닉스와 특수보안국 대장인 아버지로부터 긴긴 세월 들어왔기 때문이었다.

　할아버지와 아버지의 말씀에 의하면 남한은 현재 종북세력으로 가득차 있어 정부조차도 자유민주주의를 지키기에는 유명무실해졌다는 것이다. 남한은 지금 종북세력에 의해 붕괴 중이었다. 이는 거대한 흐름으로서, 강민형으로서는 혼자 감당할 수 없는 운명이었다. 강민형은 그저 최선을 다하면서 막연히 통일을 기대해볼 뿐이다.

청정한 제사

대한민국의 남쪽 해안가, 이름 모를 어떤 섬에서는 바닷물이 다 빠져 나가고 개펄이 드러나 있었다. 이곳 일대는 사람이 살지 않는 지역으로, 가끔 먼 곳에서 찾아오는 어선들이 전부였다. 오늘은 그저 적막한 개펄이 자그마하게 펼쳐져 있을 뿐이다.

그런데 이곳에 인적이 나타났다. 세 사람인데 모두 노인이었다. 이들은 무인도의 야산에서 기거하는 중인데, 오늘 바닷물이 빠지자 개펄로 나온 것이다. 이들은 멀리 물가로 돌아와서 개펄을 밟지 않았다. 개펄은 새 발자국조차 없는 깨끗한 모습 그 자체였다. 세 사람의 노인은 바다를 등지고 개펄 앞에 잠시 서 있었다.

이윽고 한 노인이 개펄에 무엇인가를 꽂아 넣었는데, 자세히 보니 불이 붙어 있는 향이었다. 또 한 노인은 손에 그릇을 조심스럽게 받들고 있었고, 그릇 속에는 물이 가득 차 있었다. 이 물은 바닷물이 아니라 섬의 어느 곳에서 나온 청정한 샘물인데 노인은 이 물을 향이 피워져 있는 개펄 위에 내려놓았다. 이들 노인은 여기서 심상치 않은 어떤 행사를 치루는 것 같았다. 한 노인이 말했다.

"이보게, 때가 된 것 같으이. 제사를 시작해볼까!"

이들의 행사는 하늘에 지내는 제사였다. 개펄은 사람이 밟지 않은 깨끗한 땅의 상징이었고 냉수 한 그릇은 하늘에 바치는 예물이었다. 참으로 초라한 제사였다. 향과 냉수 한 그릇! 하지만 이들 노인들의 정성은 하늘 아래 그 누구도 따를 수 없는 경건함 그 자체였다. 노인들은 무릎을 꿇고 하늘을 향해 큰절을 올리기 시작했다.

　이들은 천지신명에게 단군족을 구원해 달라고 빌고 있었다. 현재 단군족은 서로 죽이며 멸망해가고 있지 않은가! 지금 여기 모여 있는 세 신선은 민족의 장래를 정확히 내다보고 있었다. 이들은 역량을 다해 민족을 멸망으로부터 구하려고 애쓰건만 힘이 부친 까닭에 하늘에 도움을 청하는 중이었다. 참으로 애처로운 일이 아닐 수 없다.

　먼 곳 서울의 거리에서는 이와는 대조적으로 민족의 멸망을 앞당기려는 무리들이 거리를 헤매고 있을 것이다. 단군족의 운명은 시시각각 멸망으로 치닫고 있는 중이다. 얼마 후 제사가 끝나자 이들 신선은 섬의 야산으로 이동했고 이어 미래를 바꾸려는 현장으로 출행을 시작했다.

　고곡선은 자리를 지키고 앉아 있는 중이다. 일휴선과 유중선의 영혼은 시간을 초월한 여행을 계속했고, 마침내 민족이 멸망하는 현장에 도착했다. 이제 무엇을 해야 할 것인가? 역사는 냉정하게 흘러가고 있었다.

－끝－

마치며

　이 소설은 확연한 결말 없이 막을 내렸다. 어쩔 수 없었다. 미래란 완전히 결정될 수 없는 것이기 때문이다. 물론 현재 시점에서 보면 미래의 단군족은 멸망으로 가고 있는 것이 분명해 보인다. 하지만 이것을 바꾸려는 사람이 있지 않은가! 사람이 미래를 알고 나서 그것을 고치려 들면 미래가 새롭게 변할 수도 있는 것이 대자연의 이치다.

　예를 들어 박영민이 이끄는 집단이 역사의 흐름을 바꾸려고 애쓰는 중이고, 고곡, 일휴, 유중이 나서서 미래를 개조하고 있다. 이들의 노력은 미미하다면 미미하겠지만, 막강할 수도 있다. 나는 이들의 노력이 단군족을 멸망으로부터 구하는 데는 역부족이라고 믿고 있다. 그러나 우리 민족 모두가 나선다면 그 힘은 막강해질 것이다. 이런 힘이라면 얼마든지 미래를 바꿀 수 있다고 봐야 하지 않겠는가!

　이 소설은 예언서이면서 또한 민족의 각성을 촉구하는 탄원서이기도 하다. 나는 자랑스럽게 예언만 하겠다는 것은 아니다. 제발 우리 민족이 단결하여 미래를 구원해주기를 바라는 마음이 더 크다. 나 자신도 이미 노력하고 있는 중이다. 미래는 바꿀 수 없는 것이 아니다. 인간의 노력이 충분히 쌓이기만 한다면 하늘의 힘도 능가할 수 있다.

　그래서 소설은 결말을 맺지 않았다. 지는 싸움이라고 단언해버린다면 누가 노력을 하겠는가! 반대로 이기는 싸움이라고 단언하면 오히려 방심할 것이다. 그저 재미로 읽고 덮어버리지 말고 민족의 멸망을 막기 위해 모두가 나서주길 바란다. 한 가닥 희망이 없지 않기 때문에 나 자신도 미래를 단정하지 않았다.

독자 여러분의 양해를 거듭 당부한다. 만약 이 소설이 확연한 결말로 끝났다면 이는 웃음거리밖에 되지 않을 것이다. 미래는 우리의 노력에 맡기고, 확실히 보여지는 운명은 심각한 경고로 받아들이면 된다. 옛사람이 말한 바, 미래(운명)란 분명 있으나 헝겊에 수놓아진 것처럼 존재하는 것은 아니다. 결정된 미래는 누가 건드리지 않으면 그대로 실현되는 법이다. 하지만 소설에서 보여주듯이 우리의 미래는 누군가 바라보고 있는 중이다. 세상에는 실제로 선각자들이 있고, 나쁜 미래가 있으면 누군가는 고치려고 나설 것이다.

　이 소설 속에는 실은 나 자신도 들어가 있다. 주역의 가르침에 의하면 미래는 언제나 미완성으로 끝난다. 이 소설도 미래를 다루는 것이기에 미완성으로 끝냈다. 하지만 미완성이 완성인 것이다.

저자소개

김승호

1949년 서울에서 출생했다. 지난 45년간 '과학으로서의 주역'을 연구해 '주역과학'이라는 새로운 개념과 체계를 정립했다. 동양의 유불선(儒佛仙)과 수학·물리학·생물학·화학·심리학 등 인문·자연·사회과학이 거둔 최첨단 이론을 주역과 융합시켜 집대성한 결과가 바로 주역과학이다. 1980년대 미국에서 물리학자들에게 주역을 강의하기도 했으며, 맨해튼 응용지성연구원의 상임연구원과 명륜당(미국 유교 본부) 수석강사를 역임했다. 사단법인 동양과학아카데미 등을 통해 20년간 주역 강좌를 운영해왔으며, 운문학회를 통해 직장인 대상의 특강도 진행하고 있다. 〈문화일보〉에 《소설 주역》을 연재, 10권의 책으로 펴냈으며, 《소설 가이아》가 일본 쇼가쿠칸(小學館) 출판사에서 번역, 출간되기도 했다. 《돈보다 운을 벌어라》, 《사는 곳이 운명이다》, 《사람이 운명이다》 등 많은 저서가 독자들의 사랑을 꾸준히 받고 있다.